LA DERNIÈRE TRAHISON

Le Cœur à vif, Belfond, 2004

Julie GARWOOD

LA DERNIÈRE TRAHISON

Traduit de l'américain
par Valérie Bourgeois

belfond
12, avenue d'Italie
75013 Paris

Titre original :
MERCY
publié par Pocket Books, New York.

Si vous souhaitez recevoir notre catalogue
et être tenu au courant de nos publications,
vous pouvez consulter notre site Internet :
www.belfond.fr
ou envoyer vos nom et adresse, en citant ce livre,
aux Éditions Belfond,
12, avenue d'Italie, 75013 Paris.
Et, pour le Canada, à
Interforum Canada Inc.,
1050, bd René-Lévesque-Est,
Bureau 100,
Montréal, Québec, H2L 2L6.

ISBN 2-7144-3947-0

À ma sœur Mary Colette (Cookie) Benson,
pour son humour et sa générosité.

J'étais mû par l'Ambition, ce péché qui entraîne
La chute des Anges ;
Je gravis les échelons un à un, ô Seigneur,
Et atteignis l'Enfer.

W. H. DAVIES
Ambition

Prologue

Munie d'un couteau, la fillette était tout simplement surprenante. Elle avait reçu un don de Dieu tout-puissant – du moins son père, Big Daddy Jake Renard, le lui affirma-t-il quand, à peine âgée de cinq ans et demi, elle vida sa première truite mouchetée avec la précision et le doigté d'une vraie pro. Débordant de fierté, il la souleva, l'assit sur ses épaules – ses petits genoux cagneux de chaque côté de son visage – et la porta ainsi jusqu'à son bar favori, le Swan. Là, il la posa sur le zinc et rassembla ses amis afin qu'ils voient la petite inciser le ventre d'un autre poisson qu'il avait fourré dans la poche arrière de sa vieille salopette. Milo Mullen fut si impressionné qu'il offrit sur-le-champ cinquante dollars cash en échange de l'enfant. D'un air fanfaron, il clama qu'une semaine lui suffirait pour ramasser trois fois cette somme s'il proposait un tel spectacle aux divers snack-bars fréquentés par les pêcheurs du bayou.

Sachant qu'il essayait seulement d'exprimer son admiration, Big Daddy Jake ne s'offusqua pas de cette offre. D'ailleurs, Milo paya un verre à son ami et porta un toast chaleureux à sa talentueuse fille.

Jake avait trois enfants. Remy, l'aîné, et John Paul, son cadet d'un an, sortaient à peine de l'enfance, mais il devinait déjà qu'ils seraient plus grands que lui. Les deux gamins, pas bêtes pour deux sous et jamais à court d'idées, complotaient chaque jour quelque nouvelle sottise. Jake était fier d'eux, même s'il n'échappait à personne qu'il tenait à sa petite Michelle comme à la prunelle de ses yeux. Jamais il ne reprocha à celle-ci d'avoir quasiment tué sa mère à la naissance. Sa douce Ellie avait été victime de ce que les

11

médecins appelaient « une grave attaque cérébrale » à la fin de l'accouchement et, après que sa fille eut été lavée et enveloppée de linges propres, elle avait été transportée du lit conjugal jusqu'à l'hôpital local, de l'autre côté de St Claire. Une semaine plus tard, quand il fut certain qu'elle ne reprendrait jamais connaissance, on l'avait transférée en ambulance dans une institution spécialisée. Le médecin qui s'occupait d'elle employait l'expression « maison de santé », mais, à la vue de l'austère bâtiment gris ceint d'une grille haute de deux mètres cinquante, Big Daddy comprit qu'il lui avait menti. L'endroit n'avait rien d'une maison. Il ressemblait plutôt à un purgatoire, une prison où de malheureuses âmes en peine faisaient pénitence avant que Dieu ne les accueille au paradis.

Jake pleura lors de sa première visite à sa femme. Par la suite cependant, ses yeux restèrent secs. Les larmes ne guériraient pas Ellie et ne rendraient pas moins lugubre son nouveau cadre de vie. Un long couloir au centre de l'établissement desservait une série sans fin de chambres aux murs vert d'eau, aux sols en linoléum gris et aux vieux lits branlants dont les montants latéraux crissaient chaque fois qu'on les levait ou qu'on les abaissait. Ellie partageait une grande salle carrée avec onze autres patients, dont seule une minorité était lucide. Jake n'y disposait même pas d'assez de place pour approcher une chaise de son lit quand il voulait s'asseoir un moment et lui parler.

Il aurait davantage souffert si sa femme avait été consciente de la situation, mais elle était plongée dans un sommeil permanent. Ce qu'elle ignorait ne pouvait l'affecter, décida-t-il, et cette pensée l'apaisa considérablement.

Chaque dimanche après-midi, après avoir quitté son lit, au prix d'un effort sur lui-même, il emmenait Michelle voir sa mère. Tous deux, main dans la main, la regardaient durant une bonne dizaine de minutes. Puis ils s'en allaient. Parfois, Michelle cueillait des fleurs sauvages et en composait un joli bouquet qu'elle liait avec de la ficelle. Elle le déposait ensuite sur l'oreiller de sa mère afin qu'elle pût en respirer le doux parfum. À deux ou trois reprises, elle tressa une couronne de marguerites dont elle coiffa la malade. Big Daddy lui assura que sa maman était très belle avec cette tiare, aussi belle qu'une princesse.

Quelques années plus tard, la chance sourit enfin à Jake Renard : il gagna soixante mille dollars à une loterie clandestine. Parce que le jeu était illégal et que le gouvernement n'en connaissait pas l'existence, il ne paya pas le moindre impôt sur cette manne. Il envisagea un temps de s'en servir pour faire hospitaliser sa femme dans un lieu plus plaisant mais, au plus profond de lui, il entendit la voix d'Ellie lui reprocher son manque d'esprit pratique. Dépenser l'argent ainsi n'apporterait rien à personne. En conséquence, Jake décida d'en utiliser une partie pour acheter le Swan. Il voulait que ses fils puissent reprendre le bar lorsqu'ils auraient fini de grandir, de courir après les filles, et qu'ils auraient une famille à nourrir. Puis il plaça le reste de la somme, en prévision de sa retraite.

Quand Michelle n'était pas à l'école – Jake estimait qu'elle n'avait nul besoin d'y aller mais l'État, lui, ne l'entendait pas de cette oreille –, il l'emmenait partout. Les jours de pêche, assise à ses côtés, elle ne cessait de jacasser comme une pie ou de lui lire les livres qu'elle empruntait à la bibliothèque. L'après-midi, pendant qu'il faisait la sieste, elle mettait la table et ses frères préparaient à dîner. Une véritable petite femme d'intérieur. Grâce à elle, ils avaient une maison bien tenue, ce qui n'était pas une mince affaire dans la mesure où Jake et ses fils n'étaient pas des plus ordonnés. En été, Michelle veillait à ce qu'il y eût toujours des fleurs fraîches dans les vases.

Elle accompagnait son père au Swan tous les soirs. Parfois, tandis qu'il s'affairait derrière le bar, elle s'endormait dans un coin, roulée en boule comme un chat, jusqu'à ce que Jake la portât dans la réserve du fond où il lui avait installé un lit. Il chérissait chaque instant passé avec elle car il se figurait que, comme presque toutes les autres filles de la paroisse, elle tomberait enceinte et se marierait avant d'avoir dix-huit ans.

Bien sûr, il nourrissait quelques espoirs pour Michelle, mais il n'en demeurait pas moins réaliste : toutes les jolies filles se mariaient tôt dans les environs de Bowen, Louisiane. Il en allait ainsi, voilà tout, et Jake n'imaginait pas que Michelle pût connaître un destin différent. En ville, les jeunes n'avaient guère d'autres distractions que le flirt et, inévitablement, des grossesses finissaient par s'ensuivre.

Jake possédait dix ares de terrain. Il avait construit une petite maison lorsqu'il avait épousé Ellie et y avait ajouté des chambres à mesure que sa famille s'agrandissait. Quand les garçons avaient été assez grands pour l'aider, il avait surélevé le toit et aménagé un grenier afin que Michelle eût un peu d'intimité. Ils vivaient au beau milieu des marécages, au bout d'un sentier sinueux nommé Mercy Road. Des arbres – certains séculaires – s'élevaient partout alentour. Dans la cour se trouvaient deux saules pleureurs presque entièrement recouverts de mousse espagnole qui pendait des branches jusqu'au sol, avec des allures d'écharpes au crochet. Quand le brouillard du bayou s'avançait vers la maison et que le vent se levait et commençait à gémir, les écharpes prenaient l'apparence de fantômes au clair de lune. Ces nuits-là, Michelle courait se réfugier dans le lit de Remy ou de John Paul.

Il leur fallait tout juste vingt minutes à pied pour se rendre à St Claire, la ville voisine. Là, les rues pavées et bordées d'arbres n'avaient peut-être pas le charme de Bowen, mais la pauvreté s'y faisait moins sentir. Cette pauvreté, les voisins de Jake en avaient l'habitude. Ils s'efforçaient tant bien que mal de joindre les deux bouts en exploitant les terrains marécageux et les rivières, et chaque mercredi soir ils raclaient leurs fonds de tiroirs pour miser ensemble un dollar à la loterie, dans l'espoir de toucher eux aussi le gros lot.

La vie de la famille Renard connut un nouveau rebondissement quand Michelle entra au cours élémentaire de l'école Horatio-Hebert. Elle eut cette année-là une institutrice fraîchement diplômée, Mlle Jennifer Perine, qui, quatre semaines après la rentrée, fit passer des tests nationaux d'évaluation à ses élèves. Lorsqu'elle reçut les résultats, elle donna à Michelle un mot sollicitant de toute urgence un entretien avec son père.

Jake n'avait jamais eu à se rendre à la convocation d'un professeur auparavant. Il crut que sa fille s'était attiré des ennuis, ou qu'elle avait été impliquée dans une bagarre. Elle s'emportait vite quand on la poussait à bout et, grâce à ses frères, avait appris à se battre. Craignant que sa petite taille en fasse une proie facile pour les gros durs de l'école, Remy et John Paul avaient en effet veillé à ce qu'elle sache se servir de ses poings, et à ce qu'elle n'hésite pas à y recourir.

Jake se prépara donc à apaiser l'institutrice. Il se mit sur son trente et un, s'aspergea de lotion après-rasage – ce qu'il ne faisait qu'en de rares occasions – et parcourut à pied les deux kilomètres jusqu'à l'école.

Comme il l'avait imaginé, Mlle Perine s'avéra assommante au possible, mais elle était aussi jolie, et ça, il ne s'y était pas du tout attendu. Elle éveilla aussitôt ses soupçons. Pourquoi une jeune femme séduisante et célibataire avait-elle envie d'enseigner dans un trou perdu comme Bowen ? Avec son physique, elle aurait pu trouver du travail n'importe où. Et pourquoi, alors qu'elle semblait avoir une vingtaine d'années, n'était-elle pas encore mariée ? Dans la région, cela la rangeait parmi les vieilles filles.

Mlle Perine lui certifia qu'elle n'avait aucune mauvaise nouvelle à lui apprendre. Bien au contraire. Elle tenait à lui dire que Michelle était une véritable enfant prodige. Jake se raidit. Lui comprenait par là qu'elle jugeait sa fille un peu dérangée. Toute la paroisse avait qualifié Buddy Dupond d'enfant prodige, même après que la police l'eut arrêté et enfermé dans un asile de fous pour avoir mis le feu à la maison de ses parents. Buddy ne pensait pas à mal et n'avait pas eu l'intention de tuer qui que ce soit. Simplement, il était fasciné par les flammes. Il avait à son actif douze incendies – tous dans les marécages, et par conséquent sans gravité. À sa mère, il avait déclaré qu'il adorait le feu, son odeur, sa lueur orange, jaune et rouge au centre, et surtout les crépitements et les grésillements qu'il produisait. Comme le pop-corn. Le médecin qui l'avait examiné avait vraiment dû le trouver prodigieux, en effet. D'ailleurs, il l'avait affublé d'un drôle de nom : « pyromane ».

Mlle Perine n'avait toutefois pas voulu insulter Michelle et, lorsqu'il en eut enfin pris conscience, Jake se détendit. L'institutrice lui expliqua que, ayant découvert les notes obtenues par Michelle aux premières évaluations, elle avait demandé à des spécialistes de soumettre l'enfant à d'autres tests. Si Jake ne connaissait rien au QI et à la manière dont ces experts parvenaient à déterminer l'intelligence d'une enfant de huit ans, il ne fut en revanche pas surpris de s'entendre dire que sa petite fille – ainsi qu'il le confirma fièrement à l'institutrice – en avait dans le crâne.

Il était impératif d'agir dans l'intérêt de Michelle. Mlle Perine apprit à Jake qu'elle lisait déjà des livres pour adultes et qu'elle sauterait l'équivalent de deux classes le lundi suivant. Savait-il aussi qu'elle montrait des prédispositions pour les sciences et les mathématiques ? Pour Jake, ce savant discours signifiait en résumé que sa petite puce était née avec du génie.

Mlle Perine lui confia enfin qu'elle pensait être une bonne institutrice mais qu'elle ne serait pas en mesure de répondre aux besoins de Michelle. Elle voulait que l'enfant aille dans une école privée où elle pourrait développer ses aptitudes et « établir sa propre courbe d'apprentissage » – expression dont Jake ne fut pas sûr de saisir le sens.

Il se leva, serra la main de la jeune femme, qu'il dominait de toute sa hauteur, et la remercia de toutes ces gentilles choses qu'elle lui avait dites au sujet de Michelle. Il n'empêchait, ajouta-t-il, qu'il n'avait aucune envie d'envoyer sa fille dans un autre établissement. Elle n'était qu'une enfant, après tout, et bien trop jeune pour quitter sa famille.

Mlle Perine usa de toute sa persuasion pour le retenir et lui offrit un verre de limonade en le suppliant de se rasseoir. Parce qu'elle s'était donné la peine de préparer des rafraîchissements et de confectionner des cookies, il se sentit obligé de l'écouter poliment.

Sans lui laisser le temps de placer un mot, elle se mit aussitôt à lui décrire les avantages d'une scolarité adaptée aux facultés de Michelle. Jake ne souhaitait pas la priver des merveilleuses opportunités qui se présenteraient ensuite à elle, n'est-ce pas ? Mlle Perine sortit une chemise rose du tiroir de son bureau et lui tendit une brochure illustrée en papier glacé afin qu'il vît à quoi ressemblait cette école. Michelle adorerait cet endroit, lui promit-elle. Certes, il lui faudrait travailler dur, mais elle disposerait aussi de moments de détente.

Jake ne voulait que le bien de sa fille, aussi prêta-t-il attention aux moindres paroles de l'institutrice. Tous deux finirent par s'entendre et, tout en savourant leurs limonades et de délicieux gâteaux au beurre de cacahuètes, discutèrent cordialement de l'enfant. Cependant, il vit rouge quand elle lui suggéra de déposer une demande d'aide auprès de l'État pour couvrir les frais d'inscription, voire de solliciter une bourse qu'il n'aurait peut-être pas à rembourser. Offensé, il dut se rappeler que cette femme venait d'arriver à Bowen et ignorait encore certaines choses. Bien sûr, elle ne l'avait pas fait exprès. Elle essayait seulement de l'aider, sans se douter de l'importance que revêtait l'honneur dans cette région. Enlever sa fierté à un homme revenait à lui enfoncer un couteau dans le cœur.

Jake serra les dents et entreprit de lui mettre poliment les points sur les *i* : jamais il ne s'abaisserait à demander la charité, et personne d'autre que lui ne paierait les études de sa fille.

En raison de son gain à la loterie, certains le considéraient comme riche – ce que, bien sûr, Mlle Perine ne pouvait savoir. On ne parlait pas des jeux d'argent illégaux devant des étrangers. Pour autant, Jake n'appréciait guère qu'elle les juge hâtivement, lui et les siens, en fonction de leurs vêtements et de l'endroit où ils vivaient. S'il se décidait à envoyer sa fille dans cette école de luxe, il puiserait dans ses économies, et quand tout l'argent aurait été dépensé, eh bien, ma foi, ses fils prendraient le relais en faisant des petits boulots.

Il songea néanmoins que, avant toute chose, une discussion avec sa femme s'imposait. En son for intérieur, il s'adressait sans cesse à Ellie. Il aimait en effet à penser qu'elle trouvait agréable d'être ainsi associée à ses décisions et que, telle une bonne étoile, elle le guidait dans ses choix familiaux.

Par ailleurs, il devait aussi en parler à Michelle. Elle avait son mot à dire dans l'histoire.

Le dimanche suivant, il l'emmena à la pêche. Assis l'un à côté de l'autre sur le ponton, ils contemplaient leurs lignes qui pendaient mollement dans l'eau boueuse. Jake avait niché un grand couteau dans sa gibecière en cuir pour se protéger d'éventuels prédateurs.

— Ça ne mord guère, hein ? lança-t-il, se creusant la tête pour trouver un moyen d'aborder le sujet.

— Pas étonnant, papa. Je ne vois pas pourquoi on est venus pêcher à une heure pareille. Tu m'as toujours répété que le meilleur moment pour attraper des poissons, c'était tôt le matin. Pourquoi tu t'es décidé aussi tard ? Il va être bientôt seize heures.

— Inutile de me rappeler l'heure qu'il est, mademoiselle Je-sais-tout. Je voulais t'éloigner deux minutes de tes frères et parler avec toi de quelque chose… d'important.

— Qu'est-ce que tu attends pour cracher le morceau, alors ?

— Ne sois pas insolente, veux-tu !

— Je ne voulais pas être insolente. Je te jure. Croix de bois, croix de fer, si je mens, je vais en enfer.

Avec ses grands yeux bleus levés vers lui, elle était jolie comme un cœur, songea-t-il. Sa frange avait de nouveau besoin d'être coupée. Ses cheveux, trop longs, lui tombaient dans les yeux. Il allait devoir sortir les ciseaux après le dîner.

— Cette Mlle Perine est une dame très gentille. Et ravissante en plus.

Michelle s'écarta de lui et se concentra sur l'eau.

17

— Peut-être, j'en sais rien. Elle sent bon, mais elle ne sourit pas beaucoup.

— Enseigner est un travail sérieux, expliqua-t-il. C'est probablement pour cette raison qu'elle ne sourit pas souvent. Tu t'entends bien avec elle ?

— Oui, je crois.

— Nous avons eu une conversation bien agréable l'autre jour. À ton sujet.

— C'est de ça que tu voulais me parler, hein ? Je m'en doutais.

— Tais-toi et écoute-moi maintenant. Mlle Perine trouve que tu es une enfant prodige.

Elle ouvrit de grands yeux et secoua la tête.

— Je n'ai pas allumé de feux, papa. Je te jure.

— Bien sûr, répliqua-t-il. Mais elle ne pensait pas à Buddy Dupond quand elle a employé ce mot. Pour elle, cela signifiait simplement que tu es très intelligente.

— Je ne l'aime pas.

Elle se détourna de nouveau. Il lui donna un petit coup de coude pour qu'elle le regarde en face.

— Et pourquoi tu ne l'aimes pas ? Elle te fait travailler trop dur ? Elle attend trop de toi ?

— Je ne comprends pas ce que tu veux dire, papa.

— Est-ce que tu as du mal à suivre à l'école ?

Michelle gloussa comme à l'énoncé d'une bonne blague.

— Oh non ! Les exercices sont faciles comme tout et je m'ennuie même de temps en temps parce que je les finis trop vite, et après, je dois attendre que Mlle Perine trouve autre chose pour m'occuper. En classe, il y en a qui apprennent seulement à lire, alors que moi, je sais depuis que je suis toute petite. Tu te rappelles ?

Sa remarque arracha un sourire à son père.

— Je me souviens quand tu as commencé à me déchiffrer le journal pendant que je me rasais. Tu n'as quasiment eu besoin de personne pour y arriver.

— Si. Tu m'as appris à reconnaître les lettres.

— Peut-être, mais tu as réussi à repérer les syllabes presque sans aucune aide. Moi, je me suis contenté de te lire les mots. Tu as très vite compris le système. Tu étais dans ton élément…

— … comme un poisson dans l'eau !

— Exact, ma puce. Explique-moi pourquoi tu n'aimes pas Mlle Perine ? Parce qu'elle ne s'occupe pas assez de toi ?

— Non.

— Alors quoi ?

— Elle veut m'envoyer ailleurs, lâcha-t-elle, les larmes aux yeux et la voix tremblante. Elle veut que tu m'envoies dans une autre école où je ne connaîtrai personne.

— Allons, tu devrais savoir que personne ne forcera Big Daddy à agir contre sa volonté, mais cette Mlle Perine… Eh bien, je reconnais qu'elle m'a poussé à réfléchir.

— Elle se mêle de ce qui ne la regarde pas. Fais pas attention à elle.

Jake secoua la tête. Sa fille venait de retourner contre lui l'un de ses conseils favoris. Quand ses frères la taquinaient, il lui répétait toujours de ne pas leur prêter attention.

— D'après ton institutrice, tu as un QI très élevé.

— C'est pas ma faute.

— Il n'y a rien de mal à être intelligent ! Mlle Perine en conclut juste que nous devrions essayer de t'offrir la meilleure éducation possible. Elle pense que tu as de l'avenir. Je n'y avais jamais réfléchi avant, mais il n'est peut-être pas écrit que tu doives te marier et avoir des enfants aussi sec. Notre famille manque probablement un peu d'ambition.

— Peut-être, papa.

Il devina à sa voix qu'elle tentait de l'amadouer.

— Mais je ne veux rien changer, ajouta-t-elle.

— Oui, je comprends, répondit-il. Sauf que ta maman aimerait qu'on prenne la bonne décision, tu le sais.

— Elle est intelligente, maman ?

— Oh, pour ça, oui ! Elle est rudement intelligente !

— Pourtant, elle s'est mariée et elle a eu des enfants aussi sec.

Bon sang, il n'y avait pas à dire, cette gamine était futée. Pourquoi diable avait-il eu besoin d'une jeune institutrice pour s'en rendre compte ?

— C'est parce que je suis arrivé et que je lui ai tourné la tête.

— T'étais irrésistible, hein ?

— Gagné.

— Tu devrais en parler avec maman avant de décider de m'envoyer ailleurs. Elle aura peut-être une idée de ce qu'il faut faire.

Il fut si choqué qu'il sursauta.

— Tu sais que j'aime bavarder avec ta maman ?

— Mmmm.

— Comment l'as-tu découvert ?

Elle lui sourit, une lueur dans le regard.

— Parce qu'il t'arrive de le faire à voix haute. Ne t'inquiète pas, papa. Moi aussi, j'aime bien lui parler.

— Très bien, alors. Demain, quand on ira la voir, on en discutera avec elle.

Elle se mit à battre l'eau de ses pieds.

— À mon avis, elle me conseillera de rester ici avec toi, Remy et John Paul.

— Allons, sois raisonnable…

— Papa, raconte-moi encore comment vous vous êtes rencontrés, maman et toi. J'adore cette histoire.

Ils s'éloignaient du sujet, et il sentait que sa fille en était responsable.

— Laissons ça de côté. Le plus important pour le moment, c'est toi. J'ai une question à te poser. Lâche ta canne à pêche et écoute-moi.

Elle obéit et attendit, les mains jointes sur les genoux. Une vraie petite femme, pensa-t-il. Il n'en revenait pas. Comment cela était-il possible, avec trois lourdauds comme lui et ses fils à la maison ?

— Si tu avais le choix, quel métier voudrais-tu exercer plus tard ? (Michelle appuyait les bouts de ses doigts les uns contre les autres. Il tira sur sa queue-de-cheval.) Ne sois pas gênée. Tu peux bien l'avouer à ton papa.

— Je ne suis pas gênée.

— Tes cheveux sont en train de virer au rouge et tes taches de rousseur aussi.

Elle se mit à rire.

— J'ai déjà les cheveux rouges et les taches de rousseur ne changent pas de couleur.

— Alors, tu vas me répondre, oui ou non ?

— Tu promets de ne pas te moquer de moi ?

— Promis.

— Remy et John Paul rigoleraient peut-être, eux.

— Tes frères sont idiots. Ils rient pour un rien, mais tu sais qu'ils t'aiment et qu'ils travailleront dur pour que tu obtiennes ce que tu veux.

— Je sais.

— Alors, tu me dis ce que c'est ? Tu as l'air d'avoir déjà une petite idée.

— C'est vrai, reconnut-elle, avant de le regarder droit dans les yeux pour s'assurer qu'il n'éclaterait pas de rire. Je serai docteur.

Il cacha sa surprise et ne souffla mot durant une longue minute. Il tournait et retournait la réponse de sa fille dans sa tête.

— Et pourquoi docteur ? demanda-t-il, déjà emballé par cette perspective.

— Parce que alors, je pourrai peut-être réparer… des choses. J'y pense depuis longtemps, depuis que je suis toute petite en fait.

— Tu es encore petite, répliqua-t-il. Et les docteurs réparent les gens, pas les choses.

— Je sais, papa, s'insurgea-t-elle, avec tant de sérieux dans la voix qu'il ne put s'empêcher de sourire.

— Il y a quelque chose en particulier que tu aimerais rafistoler ?

Big Daddy passa un bras autour des épaules de sa fille et la serra contre lui. Il connaissait déjà la réponse, mais il voulait l'entendre de sa bouche.

Elle repoussa les cheveux qui lui tombaient sur les yeux et acquiesça lentement.

— Je me disais que je réussirais peut-être à réparer la tête de maman. Comme ça, elle pourrait rentrer à la maison.

1

De nos jours, à La Nouvelle-Orléans

Tout commença par un meurtre charitable.

Elle se consumait lentement, très lentement. Chaque jour qui passait s'accompagnait d'une nouvelle humiliation, d'une nouvelle victoire de la maladie sur son corps autrefois superbe. Pauvre Catherine. Sept ans plus tôt, jeune mariée à la silhouette irréprochable, elle suscitait le désir des hommes et la jalousie des femmes ; à présent obèse et bouffie, elle avait perdu jusqu'à son teint d'albâtre, devenu marbré et cireux.

Par moments, son propre mari, John, ne la reconnaissait plus. Obligé de se la remémorer telle qu'il l'avait connue, il prenait alors conscience avec une acuité extrême du changement qui s'était opéré en elle. L'abus d'antalgiques avait rendu vitreux ses magnifiques yeux verts au regard pétillant qui l'avaient tant fasciné lors de leur première rencontre.

La mort prenait son temps avec elle, et n'accordait à John aucun instant de répit.

Il redoutait de rentrer chez lui le soir. En chemin, il s'arrêtait toujours sur Royal Street pour acheter à sa femme une boîte d'un kilo de chocolats. Il avait instauré ce rituel des mois auparavant afin de lui prouver qu'il l'aimait toujours malgré son apparence. Il aurait pu les faire livrer, bien sûr, mais ce détour retardait le moment où il se retrouvait de nouveau face à elle. Chaque matin, il découvrait la boîte presque vide dans la poubelle en porcelaine placée à côté du grand lit à baldaquin. Il feignait toujours de ne pas remarquer qu'elle s'était empiffrée pendant la nuit, et elle non plus n'en soufflait mot.

John ne lui reprochait plus sa gloutonnerie. Avaler des chocolats devait représenter un plaisir pour elle, supposait-il – et Dieu sait que des plaisirs, sa lugubre et tragique existence ne lui en offrait guère ces derniers temps.

Certains soirs, après s'être acquitté de cette course, il retournait travailler à son bureau jusqu'à ce que la fatigue le terrasse et le contraigne à rentrer. Tandis qu'il engageait son cabriolet BMW dans l'avenue St Charles, en direction du Garden District de La Nouvelle-Orléans, il se mettait inévitablement à trembler, comme en proie à une crise d'hypothermie. Son malaise ne faisait ensuite qu'empirer dès lors qu'il avait pénétré dans le vestibule noir et blanc de sa maison. La boîte de chocolats dans une main, il posait son attaché-case Gucci sur la console à l'entrée et s'immobilisait quelques instants devant le miroir au cadre doré en prenant de profondes inspirations. Celles-ci ne parvenaient jamais à l'apaiser, mais il s'obstinait à ne pas déroger à cette habitude. Sa respiration saccadée se mêlait au tic-tac de l'horloge de parquet disposée contre le mur adjacent. Ce bruit sec lui rappelait le minuteur d'une bombe à retardement. Une bombe logée à l'intérieur de son crâne et sur le point d'exploser.

Puis il se traitait de froussard et se forçait à monter à l'étage. Tendu, l'estomac noué, il gravissait lentement les marches de l'escalier circulaire avec l'impression de traîner un boulet à chaque pied. Et lorsque, enfin, il arrivait au bout du long couloir, des gouttes de sueur perlaient à son front tandis que des frissons parcouraient sa peau moite.

Il s'essuyait le visage avec son mouchoir, accrochait un sourire factice à ses lèvres puis ouvrait la porte en essayant de toutes ses forces de s'armer mentalement contre l'odeur de renfermé qui régnait dans la pièce. Celle-ci empestait les fortifiants, et le parfum de vanille entêtant des désodorisants employés par les femmes de chambre rendait cette puanteur plus insupportable encore. Certains jours, il devait sortir en toute hâte sous un quelconque prétexte avant que Catherine perçoive son envie de vomir. Il aurait fait n'importe quoi pour qu'elle ne vît pas son dégoût.

D'autres jours, son estomac tenait bon. Il fermait les yeux au moment de se pencher vers elle pour l'embrasser sur le front puis se reculait tout en lui parlant, se postant généralement près du tapis de jogging qu'il lui avait offert un an après leur mariage. Il n'aurait su dire si elle s'en était jamais servie. Un stéthoscope pendait à une poignée, à côté de deux peignoirs de soie identiques, aux motifs fleuris et de taille XXL. Les bonnes oubliaient sans cesse de nettoyer l'appareil, de sorte qu'une couche de poussière recouvrait la large courroie de vinyle noir. Parfois, quand il ne supportait plus la vue de sa femme, il se tournait vers les fenêtres palladiennes cintrées et contemplait le petit jardin anglais doucement éclairé derrière la maison – un jardin ceint, comme tous les autres dans le quartier, d'une grille en fer forgé noir.

Derrière lui, la télévision offrait un fond sonore assourdissant. Catherine la laissait allumée vingt-quatre heures sur vingt-quatre et ne suivait que les talk-shows et les émissions de téléachat. Elle ne baissait jamais le son lorsqu'il s'adressait à elle et il en était arrivé au point où il parvenait à ne plus y prêter attention. Il s'étonnait cependant devant la dégradation des facultés intellectuelles de son épouse. Comment pouvait-elle regarder de telles inepties à longueur de journée ? Il y avait eu une époque, avant que la maladie ne vienne affecter sa vie et sa personnalité, où son incroyable vivacité d'esprit et ses reparties acerbes lui permettaient de clouer le bec à n'importe qui. Il se rappelait combien elle adorait débattre de sujets politiques – il suffisait d'inviter un conservateur à l'un de leurs dîners raffinés et le spectacle était garanti. Désormais, elle ne parlait et ne s'inquiétait que de ses intestins. Et aussi de son alimentation, bien sûr, évoquant toujours avec plaisir son prochain repas.

Les pensées de John le ramenaient souvent sept ans en arrière, au jour de leur mariage. Comme il avait désiré cette femme ! À présent, il répugnait tant à demeurer dans la même pièce qu'il dormait dans la chambre d'amis. Le véritable calvaire qui le rongeait de l'intérieur.

Avant de se retrouver contrainte de s'aliter, elle avait fait retapisser sa suite dans des tons vert pâle. Le mobilier imposant, de style Renaissance italienne, comportait deux statues d'Ovide et de Virgile, leurs bustes de plâtre trônant sur des piédestaux blancs de part et d'autre d'une fenêtre en saillie. Dans un premier temps, John avait apprécié le travail effectué par la jeune décoratrice d'intérieur, au point qu'il l'avait engagée pour réaménager son bureau. Puis il l'avait haï, tant il représentait ce qu'il avait perdu.

Malgré ses efforts, il ne pouvait éviter tel ou tel détail qui lui rappelait sa femme. Quelques semaines plus tôt, il avait retrouvé l'un de ses associés à l'heure du déjeuner dans un nouveau bar branché de la rue Bienville, mais à peine avait-il franchi le seuil de l'établissement que son estomac s'était soulevé à la vue des murs vert pâle et qu'il avait eu du mal à respirer. Durant quelques instants, terrifié, il s'était cru victime d'un arrêt cardiaque. Au lieu d'appeler le 911, il avait toutefois préféré sortir en courant dans la lumière du jour pour reprendre son souffle. La vue du soleil aidant, il s'était ressaisi, conscient après coup d'avoir été victime d'une grosse crise d'angoisse.

À certains moments, il ne doutait pas d'avoir perdu la raison.

Dieu merci, ses trois meilleurs amis le soutenaient. Il les rejoignait autour d'un verre tous les vendredis après-midi, et ne vivait souvent que dans l'attente de ce jour où il pouvait s'épancher auprès d'eux. Ils l'écoutaient, le réconfortaient et compatissaient à sa douleur.

Quelle ironie, vraiment, qu'il pût sortir, lui, alors que Catherine dépérissait seule dans sa chambre. Si l'un d'eux devait payer pour ses péchés passés, pourquoi était-ce tombé sur elle ? Par son intégrité, Catherine lui avait toujours été supérieure. Elle n'avait jamais enfreint la loi, n'avait jamais écopé de la moindre contravention, et aurait à coup sûr été stupéfaite de découvrir tout ce dont John et ses acolytes s'étaient rendus coupables.

Ils se surnommaient le « Club des semeurs ». Cameron, à trente-quatre ans, était le plus âgé du groupe. Dallas et John en avaient tous deux trente-trois et le benjamin, Preston – dit le Joli Cœur en raison de sa beauté ténébreuse –, trente-deux. Ils avaient fréquenté la même école privée et, bien qu'éparpillés dans des classes différentes, avaient vite été rapprochés par une foule de points communs. Ils partageaient les mêmes motivations, les mêmes buts, les mêmes ambitions. Tous avaient aussi le goût du luxe, et n'hésitaient pas à transgresser la loi pour parvenir à leurs fins. Ils avaient entamé leur parcours criminel au lycée, après avoir compris combien il était facile de commettre de menus larcins en échappant à la justice. Ils n'avaient toutefois pas tardé à s'apercevoir que ces vols ne rapportaient pas gros. À l'université, pour s'amuser, ils s'étaient risqués à leur premier délit sérieux – le cambriolage d'une bijouterie dans une ville voisine – et avaient écoulé les pierres précieuses comme de vrais pros. John, le plus analytique du groupe, avait ensuite estimé le danger trop important en regard de ce qu'ils récoltaient. Même les plans les mieux élaborés pouvaient mal tourner à la dernière minute en raison d'imprévus. Aussi s'étaient-ils lancés dans les escroqueries, tirant profit de leurs études pour se constituer un carnet d'adresses.

Ils devaient leur premier jackpot à Internet. Par le biais de leurs ordinateurs portables, ils avaient acheté des actions sans valeur sous un faux nom, puis inondé les forums de discussion de chiffres et de rumeurs bidon, de sorte que le cours du titre n'avait pas tardé à grimper en flèche. Ils n'avaient plus eu alors qu'à tout revendre avant que la Commission des opérations de Bourse ne découvre le pot aux roses. Au final, ils avaient augmenté leur mise de 5 000 %.

Chaque dollar ainsi extorqué ou volé était placé sur un compte ouvert au nom du Club des semeurs, dans les îles Caïmans. Lorsqu'ils s'étaient installés à La Nouvelle-Orléans, à la fin de leurs études, leur butin se chiffrait à plus de quatre millions de dollars.

Et cela n'avait fait qu'aiguiser leur appétit.

Au cours d'une discussion, Cameron s'était exclamé que si un psychiatre venait un jour à se pencher sur leur cas, il les qualifierait tous de sociopathes. John n'était pas de cet avis. Un sociopathe ne tenait aucun compte des besoins et des désirs d'autrui. Eux, au contraire, se sentaient liés par leur serment d'entreprendre toute action susceptible de leur procurer ce qu'ils voulaient. Leur but consistait à amasser quatre-vingts millions de dollars avant que le plus vieux d'entre eux atteigne ses quarante ans. Le jour où Cameron avait fêté son trentième anniversaire, la moitié de cette somme les attendait déjà sur leur compte.

Ils ne reculaient devant rien. Au fil des ans, leur amitié s'était renforcée et chacun aurait tenté l'impossible pour protéger les autres.

Ils apportaient tous au club un talent, un don particulier, mais Cameron, Preston et Dallas savaient que John était le cerveau du groupe et que sans lui ils n'auraient jamais amassé leur fortune. Ne pouvant se permettre de le perdre, ils se sentaient concernés par son état dépressif – de plus en plus marqué.

Ils ignoraient totalement la manière de l'aider à traverser cette phase difficile, aussi se contentaient-ils de l'écouter déverser le trop-plein de son cœur. Invariablement, ils évoquaient l'état de sa chère femme et John les informait de l'horrible évolution de sa maladie. Aucun d'eux n'avait vu Catherine depuis des années. Non par désintérêt, mais parce qu'elle s'y était opposée. Elle tenait à ce qu'ils gardent d'elle le souvenir de la femme qu'elle avait été. Bien sûr, ils lui envoyaient des présents et des cartes. Il n'en restait pas moins qu'ils considéraient John comme un frère et que, s'ils plaignaient sincèrement sa femme, ils s'inquiétaient encore plus à son sujet. Après tout, le sort de Catherine était scellé à leurs yeux. Celui de John, non. Ils pressentaient ce que lui n'était pas en mesure de voir – à savoir qu'il courait droit au désastre. Le bruit leur était parvenu qu'il peinait à se concentrer au travail – fâcheux problème, étant donné sa profession – et qu'il buvait trop.

Ce soir-là, John était fin soûl. Preston l'avait invité avec les deux autres dans son nouveau penthouse afin de célébrer le succès de leur dernier coup. Assis sur de luxueuses chaises tapissées autour de la table de la salle à manger, ils contemplaient la vue dégagée sur le Mississippi. Il était tard – près de minuit –, et les lumières de la ville scintillaient dans l'obscurité. De temps à autre, le son lugubre d'une corne de brume résonnait au loin.

Cette complainte rendit John mélancolique.

— Depuis combien de temps on est amis ? articula-t-il péniblement. Quelqu'un s'en souvient ?

— Une éternité, répondit Cameron en attrapant la bouteille de Chivas.

Dallas éclata de rire.

— Rien que ça ?

— Depuis le lycée, intervint Preston. Quand on a fondé le Club des semeurs. (Il se tourna vers John.) Tu m'impressionnais, tu sais. Tu étais si calme, si sûr de toi. Tu avais même des manières plus raffinées que celles des profs.

— Et moi ? Qu'est-ce que tu pensais de moi ? l'interrogea Cameron.

— Je te trouvais nerveux. Tu étais sans arrêt… à cran. Tu vois ce que je veux dire ? Tu l'es encore, d'ailleurs.

— C'est vrai, renchérit Dallas. Tu as toujours été le plus prudent du groupe.

— Et le plus anxieux, ajouta Preston. Alors que Dallas et moi, on est plus…

28

— Téméraires ? suggéra Dallas. Vous ne seriez jamais devenus mes amis si John ne nous avait pas rapprochés.

— J'ai détecté en vous ce que vous ne voyiez pas, dit alors celui-ci. Le talent et la cupidité.

— À la vôtre ! s'exclama Cameron, qui leva son verre en feignant de leur porter un toast.

— Je crois que j'avais tout juste seize ans quand on a créé le club, fit remarquer Dallas.

— Et t'avais encore jamais couché, je parie, se moqua Cameron.

— Bien sûr que si. J'avais commencé avant d'avoir neuf ans.

Tant d'exagération déchaîna l'hilarité générale.

— Bon, d'accord. C'était peut-être un peu plus tard.

— Putain, on était une sacrée bande de petits merdeux prétentieux, quand même, reprit Preston. Dire qu'on se trouvait si malins avec notre club secret.

— On l'était, rétorqua Cameron. Et chanceux, aussi. Vous vous rendez compte des risques stupides qu'on a pris ?

— Chaque fois qu'on voulait se soûler, on convoquait une nouvelle assemblée du club, se rappela Dallas. On a eu du pot de ne pas devenir alcooliques.

— Qu'est-ce qui te fait croire qu'on ne l'est pas devenus ? lança Cameron avant de s'esclaffer.

John leva son verre.

— Je porte un toast au club et au joli magot qu'on vient d'empocher grâce aux inestimables renseignements fournis par Preston.

— Tchin-tchin, dit Cameron en choquant son verre contre ceux de ses amis. Mais je ne vois toujours pas comment tu as réussi à te procurer ces infos.

— À ton avis ? Je l'ai soûlée, je l'ai baisée à mort et quand elle est tombée dans les vapes, j'ai épluché ses fichiers informatiques. Tout ça en une nuit.

— Tu l'as tronchée ? s'exclama Cameron.

— « Tronchée » ? Qui emploie encore un mot pareil aujourd'hui ? s'étrangla Preston.

— Moi aussi, j'aimerais bien savoir comment tu t'y es pris, insista Dallas. J'ai croisé la fille. C'est un thon.

— Ma foi, j'ai fait ce que j'avais à faire. Je n'ai pas arrêté de penser aux huit cent mille dollars qu'il y avait à la clé et…

— Et quoi ? le pressa Cameron.

— J'ai fermé les yeux, tu piges ? Mais je ne crois pas que je pourrais me sacrifier une deuxième fois. Il faudra que l'un de vous prenne le relais. Elle m'a vraiment pompé…, avoua-t-il en souriant à son jeu de mots.

Cameron vida son verre et saisit la bouteille.

— Tant pis pour toi. Tu devras te la coltiner tant qu'elle bavera d'envie devant tes biscoteaux et ta gueule de jeune premier.

— Encore cinq ans, et à nous la belle vie, observa Dallas. On sera libres de partir, de disparaître si nécessaire, de faire tout ce qu'on voudra. Ne perdez pas de vue l'enjeu final.

John secoua la tête.

— Je ne crois pas que je tiendrai cinq années de plus. Je *sais* que je n'y arriverai pas.

— Eh ! Tu ne peux pas nous laisser tomber, protesta Cameron. On a trop à perdre si tu nous lâches. Tu m'entends ? C'est toi le cerveau du groupe. On est juste…

Il ne parvenait pas à trouver le mot qui convenait.

— Des co-conspirateurs ? proposa Preston.

— Peut-être, intervint Dallas. Mais on a tous accompli notre part du boulot. John n'est pas le seul à avoir un cerveau. Vous avez déjà oublié que je vous ai présenté Monk ?

— Oh, bon sang, ce n'est pas le moment de la ramener avec vos ego, grogna Preston. Tu n'as pas besoin de nous rappeler ce que le club te doit, Dallas. On sait tous combien tu travailles dur. D'ailleurs, c'est ta seule occupation dans la vie. En dehors de ton job et du club, tu n'as rien. Dis-moi, à quand remontent ta dernière journée de congé et tes derniers achats ? Certainement pas à hier à mon avis. Tu portes les mêmes fringues noires ou bleu marine à longueur d'année. Tu emportes toujours un casse-croûte pour déjeuner – et je parie que tu rapportes même le sac chez toi pour t'en resservir le lendemain. D'ailleurs, t'est-il déjà arrivé de régler une addition ?

— Tu insinues que je suis pingre ?

Avant que Preston pût continuer, Cameron les interrompit :

— Ça suffit, vous deux. Peu importe lequel d'entre nous est le plus rusé ou le plus travailleur. On est tous coupables. Vous avez une idée du nombre d'années dont on écoperait si quelqu'un découvrait un jour toutes nos escroqueries ?

— Personne ne découvrira jamais rien, le coupa John, furieux à présent. Les flics ne sauraient même pas où chercher. J'y ai veillé. Il n'existe aucune preuve de nos agissements, à part sur les disquettes de mon ordinateur, à la maison, et personne ne mettra jamais la main dessus. Il n'existe pas d'autres fichiers, ni de traces écrites ou téléphoniques. Même si la police ou la Commission des opérations de Bourse se montraient tout à coup curieuses, elles ne dénicheraient pas l'ombre d'un indice susceptible de nous faire épingler. On est tranquilles.

— Monk pourrait nous trahir.

Cameron ne s'était jamais fié à leur homme de main – leur « employé à gages », comme le nommait John –, mais ils avaient besoin de quelqu'un de sûr, doublé d'un exécutant, et Monk remplissait ces conditions. Il était au moins aussi cupide et corrompu qu'eux et avait tout à perdre s'il ne se pliait pas à leur volonté.

— Depuis le temps qu'il travaille pour nous, tu devrais lui faire confiance, Cameron, remarqua Preston. Sans compter que la chute sera plus dure pour lui que pour nous s'il va trouver la police.

— Tu as tout compris, marmonna John. Écoutez, j'ai bien conscience qu'on avait décidé de poursuivre jusqu'au quarantième anniversaire de Cameron, mais je préfère vous avertir que je ne tiendrai pas jusque-là. Certains jours, j'ai l'impression que ma tête… Oh, merde, je ne sais plus. (Il se leva et, les mains dans le dos, s'approcha de la fenêtre pour contempler les lumières.) Je vous ai déjà raconté comment Catherine et moi on s'est rencontrés ? C'était au Centre d'art contemporain. On voulait tous les deux acheter le même tableau et, pendant qu'on se le disputait, je suis tombé amoureux d'elle. Bon Dieu, cette étincelle entre nous… Il fallait voir ça. Après toutes ces années, la flamme est toujours présente. Aujourd'hui Catherine se meurt, et je ne peux rien faire pour empêcher ça.

Cameron jeta un coup d'œil à Preston et Dallas, lesquels lui adressèrent un signe de tête.

— Nous savons combien tu aimes Catherine, commença-t-il.

— Ne lui colle tout de même pas une auréole, le coupa Dallas. Elle n'est pas parfaite.

— Putain, surveille ce que tu dis, s'indigna Preston.

— Non, ce n'est rien, l'apaisa John. Je sais que Catherine n'est pas parfaite. Elle a ses défauts, comme nous tous. Qui n'est pas un peu maniaque sur certains points ? Elle a toujours peur de se trouver à court de quelque chose, alors elle tient à avoir deux exemplaires de tout ce qu'elle achète. Elle a deux téléviseurs identiques installés côte à côte sur la table près de son lit. L'un est allumé jour et nuit mais, parce qu'elle a peur qu'il tombe en panne, elle s'est assurée par avance qu'elle en aurait tout de suite un autre. Idem quand elle commande un article dans un catalogue ou dans un magasin. Elle achète tout par paire. Et où est le problème ? Elle ne fait de mal à personne, et elle n'a guère l'occasion de s'amuser maintenant. Elle s'accroche parce qu'elle m'aime. Elle est toute ma vie, murmura-t-il en baissant la tête.

— Oui, on sait, acquiesça Cameron. Mais on s'inquiète pour toi.

John se tourna vers eux, les traits déformés par la colère.

— Tu parles ! Vous vous inquiétez surtout pour vos comptes en banque. Vous avez peur que je foute tout en l'air, c'est ça ?

— L'idée nous a traversé l'esprit, reconnut Cameron.

— John, on risque gros si tu pètes les plombs, renchérit Preston.

— Je ne vais pas péter les plombs.

— Bon, d'accord, lança Dallas. Je propose une solution. John nous préviendra s'il a besoin d'aide. D'accord ?

— Oui, bien sûr, approuva celui-ci.

Les trois autres laissèrent tomber le sujet et passèrent le reste de la soirée à discuter des préparatifs de leur prochain coup.

Ils continuèrent à se rencontrer le vendredi après-midi, se gardant cependant d'évoquer l'humeur de plus en plus morose de leur ami. De toute façon, aucun d'eux ne savait comment résoudre le problème.

Trois mois s'écoulèrent sans que le nom de Catherine surgît une seule fois dans la conversation. Puis John craqua. Il ne supportait plus de la voir souffrir. Il confia à ses amis que ses finances le préoccupaient sans cesse à présent, ce qu'il jugeait ridicule dans la mesure où ils avaient des millions placés sur le compte du club. Des millions auxquels ils s'étaient interdit de toucher avant cinq ans. Il leur expliqua que l'assurance maladie ne couvrait qu'une infime partie des soins nécessaires à Catherine. Si son agonie se prolongeait, la fortune de sa femme y passerait et il se retrouverait ruiné. À moins, évidemment, que les autres acceptent de le laisser puiser dans leur compte commun.

Cameron protesta :

— Vous savez tous combien j'ai besoin d'argent, moi aussi, avec le divorce qui me pend au nez et tout le reste, mais si nous effectuons un retrait maintenant, sans clôturer le compte, la transaction pourra être repérée et le fisc…

John ne le laissa pas achever :

— Je sais. C'est trop risqué. Écoutez, je n'aurais pas dû aborder le sujet. Je vais me débrouiller.

Le vendredi après-midi suivant, ils se réunirent au Dooley's, leur bar favori. Tandis que l'orage grondait au-dehors, que des torrents de pluie se déversaient dans les rues et que la voix de Jimmy Buffett s'échappait des haut-parleurs, John se pencha vers ses amis pour leur murmurer son macabre projet.

Il voulait se tuer et mettre fin à son calvaire.

Cameron, Dallas et Preston affichèrent tous trois le même effroi et la même indignation. Ils le sermonnèrent pour avoir envisagé ne serait-ce qu'un seul instant de commettre pareille folie mais ne tardèrent pas à comprendre qu'ils n'arrangeaient rien. Au contraire, ils ne faisaient qu'ajouter à sa souffrance et à ses idées noires. Leurs reproches cédèrent donc vite la place à des paroles empreintes de sollicitude. En quoi pouvaient-ils l'aider ?

Il existait sûrement une solution.

Serrés autour d'une table dans un coin du bar, ils s'efforcèrent de réfléchir ensemble au moyen de remédier à la situation intenable de leur ami. Vers minuit, après des heures et des heures de discussion, l'un d'eux osa exprimer tout haut leur pensée à tous. La pauvre Catherine était déjà condamnée. Si quelqu'un devait mourir, c'était bien cette pauvre femme agonisante et résignée.

Si seulement…

Plus tard, aucun ne réussirait à se rappeler qui avait émis l'idée de la supprimer.

Au cours des trois semaines suivantes, ils examinèrent cette possibilité, mais une fois le débat clos et leur décision arrêtée, il devint impossible de reculer. Le vote fut unanime. Aucun des membres du club n'éprouva la moindre hésitation, le moindre doute.

Leur verdict, telle une tache de sang séché sur un tapis blanc, fut sans appel.

Ils ne se considéraient pas comme des monstres et refusaient de voir ce qui les motivait réellement, à savoir l'appât du gain. Non, ils n'étaient que de simples surdoués ambitieux, ayant le goût du travail, et surtout du risque. Leur audace et leur pouvoir en effrayaient plus d'un et ils traînaient une réputation d'emmerdeurs – ce qui, pour eux, constituait un compliment. Pourtant, malgré leur arrogance et leur audace, aucun n'eut le courage d'employer le mot « meurtre » pour évoquer ce projet. Ils préférèrent chaque fois parler de l'« acte ».

Ils n'en firent pas moins preuve d'un certain cran, dans la mesure où le Dooley's se situait à quelques pas du poste de police du 8ᵉ district de La Nouvelle-Orléans. Ils préparèrent donc leur crime entourés d'inspecteurs et de flics. Quelques agents du FBI assignés à la PID[1] s'arrêtaient là à l'occasion, ainsi que des juristes pleins d'avenir qui espéraient nouer des relations. Les policiers et les avocats du tribunal considéraient le Dooley's comme leur bar attitré, ainsi d'ailleurs que les internes et les étudiants débordés de travail du Charity Hospital et de la faculté de médecine. Mais les groupes se mêlaient rarement.

Les membres du Club des semeurs restaient à l'écart, assis dans leur coin. Personne n'ignorait cependant qui ils étaient les uns et les autres, et, jusqu'à une heure avancée, des collègues et des lèche-bottes les interrompaient sans cesse pour les saluer.

Oh, oui, ils avaient du cran, car ils planifièrent calmement ce meurtre charitable au beau milieu de l'élite de La Nouvelle-Orléans.

Ils ne seraient toutefois jamais allés aussi loin s'ils n'avaient eu sous la main l'homme de la situation. Monk avait déjà tué pour de l'argent et n'éprouverait aucun scrupule à recommencer. Dès le début, Dallas avait pressenti son potentiel et vu l'intérêt de le sauver du système judiciaire. Monk savait qu'il avait une dette envers eux. Il s'était dit prêt à faire n'importe quoi pour s'en acquitter, du moment que les risques étaient raisonnables et le prix correct. Leur tueur était avant tout un homme d'affaires, qui mettait les sentiments à part.

Ils se rassemblèrent tous pour mettre au point les derniers détails chez Frankie, un snack-bar délabré du côté de l'Interstate 10, près

---

1. *Public Integrity Division* : Inspection générale de la police de La Nouvelle-Orléans chargée de promouvoir l'image des officiers de cette ville auprès du public et d'enquêter sur leurs éventuels abus de pouvoir. (*N.d.T.*)

de Métairie, où Monk aimait aller. L'endroit sentait le tabac, les cacahuètes – dont les clients jetaient les coques sur les lattes gauchies du plancher – et le poisson pourri. Monk leur avait assuré qu'on mangeait là les meilleures crevettes frites du Sud.

Il arriva en retard et ne s'en excusa pas. Une fois installé, les mains croisées sur la table, il fixa d'emblée ses conditions. Monk avait suivi des études, ce qui expliquait en partie pourquoi Dallas lui avait évité la peine de mort. Le club voulait quelqu'un d'intelligent, et il répondait à leur attente. Par ailleurs, il présentait très bien. On n'eût pas attendu tant de bonnes manières et de raffinement de la part d'un tueur professionnel. Son casier judiciaire était resté vierge jusqu'à son arrestation pour meurtre. Après qu'il eut conclu un accord avec Dallas, il s'était un peu vanté de ses exploits passés, parmi lesquels figuraient incendies criminels, chantages, extorsions et assassinats. La police ne savait rien de ses antécédents, bien sûr, mais elle avait eu en sa possession assez de preuves pour l'accuser de meurtre – des preuves délibérément égarées.

Les trois autres avaient rencontré Monk pour la première fois chez Dallas. Le personnage leur avait fait forte impression : eux qui s'étaient attendus à un vulgaire voyou avaient trouvé un homme qu'ils auraient presque pu considérer comme l'un des leurs – du moins jusqu'à ce qu'ils l'observent d'un peu plus près. Il avait le regard froid et inexpressif d'une anguille. S'il est vrai que les yeux sont le miroir de l'âme, alors Monk avait déjà vendu la sienne au diable.

Après avoir commandé une bière, il se cala sur sa chaise et, d'un ton calme, exigea le double de la somme offerte par Dallas.

— Tu te fous de nous ? s'insurgea Preston. C'est du vol.

— Non, c'est un meurtre, rétorqua Monk. À risques plus importants, somme plus importante.

— Il ne s'agit pas d'un… meurtre, intervint Cameron. Ce cas est particulier.

— Qu'a-t-il de si particulier ? Vous voulez que je règle son compte à la femme de John, non ? Ou bien ai-je mal compris ?

— Oui, mais…

— Mais quoi, Cameron ? Ça te gêne que j'appelle les choses par leur nom ? Je peux utiliser un autre mot si tu veux, mais ça ne changera rien à ce que vous me demandez de faire. (Il haussa les épaules.) Je veux plus d'argent, un point c'est tout.

— Tu es déjà riche grâce à nous, objecta John.

— En effet.

— Alors écoute, connard. On s'est mis d'accord sur un prix, cria Preston, avant de jeter un coup d'œil par-dessus son épaule, de crainte que quelqu'un ne l'ait entendu.

— Je sais, répondit Monk, qui ne semblait pas le moins du monde ébranlé par cet accès de colère. Sauf que vous ne m'aviez pas expliqué ce que vous attendiez de moi. Imaginez ma surprise quand j'ai discuté avec Dallas et que j'ai appris de quoi il retournait.

— Que t'a dit Dallas exactement ? lui demanda Cameron.

— Que vous aviez un problème dont vous souhaitiez vous débarrasser. Maintenant que je connais la nature de ce problème, je double mon prix. Cela me paraît raisonnable. Le risque le justifie.

Un silence suivit cette déclaration. Puis Cameron reprit la parole :

— Je suis à sec. Où va-t-on dénicher le reste de l'argent ?

— C'est moi que ça regarde, pas toi, répliqua John, avant de se tourner vers Monk. J'ajoute même dix mille dollars de bonus si tu acceptes de patienter jusqu'à l'ouverture du testament pour être payé.

Monk pencha la tête.

— Dix mille dollars de plus ? Bien sûr que je patienterai. Je sais où te trouver de toute façon. À présent, donnez-moi les détails. Je connais la victime, alors dites-moi quand, où, et à quel point vous voulez qu'elle souffre.

John accusa le choc. Il s'éclaircit la gorge, avala la moitié de sa chope de bière et murmura :

— Seigneur, non ! Ce n'est pas ce que je veux ! Elle souffre déjà assez comme ça.

— Elle est malade et en phase terminale, expliqua Cameron.

John acquiesça d'un hochement de tête.

— Elle n'a plus aucun espoir de s'en sortir. Je ne supporte pas de la voir endurer un tel martyre. Sans répit… cela n'en finit pas. Je…

L'émotion et la douleur l'empêchèrent de poursuivre.

Cameron prit aussitôt le relais :

— Quand John a commencé à perdre la tête et à parler de se tuer, on a compris qu'on devait lui venir en aide d'une manière ou d'une autre.

Monk lui fit signe de se taire en voyant une serveuse approcher. Elle posa une nouvelle série de bières sur la table et les avertit qu'elle serait de retour quelques minutes plus tard avec les plats qu'ils avaient commandés.

Dès qu'elle se fut éloignée, Monk s'adressa à John :

— Écoute, j'ignorais que ta femme était malade. J'ai dû te paraître un peu froid. Je suis désolé.

— Assez pour baisser ton prix ? demanda Preston.

— N'exagérons rien, tout de même.

— Bon, alors tu acceptes ou pas ? l'interrompit John, impatient.

— C'est bizarre. En somme, je ferai une bonne action, hein ?

Monk voulut en apprendre davantage sur l'état de Catherine, ainsi que sur la configuration des lieux où il opérerait. Pendant que John lui répondait, il se pencha en avant et posa les mains à plat devant lui. Ses ongles étaient impeccables, le bout de ses doigts lisse et dépourvu de cals. Il regardait droit devant lui, l'air perdu dans ses pensées, comme s'il passait en revue dans sa tête toutes les étapes de son travail.

Quand John eut fini de lui décrire les différentes pièces de la maison, le système d'alarme et les habitudes des aides ménagères, il attendit, crispé, de nouvelles questions.

— Donc, la femme de ménage rentre chez elle tous les soirs. Et la gouvernante ?

— Elle s'appelle Rosa... Rosa Vincetti. Elle reste jusqu'à vingt-deux heures, sauf le lundi, où je quitte en général le travail un peu plus tôt pour qu'elle puisse repartir à dix-huit heures.

— Y a-t-il des amis ou des parents dont je doive tenir compte ?

John secoua la tête.

— Catherine a rompu tout contact avec ses amis depuis plusieurs années. Elle n'aime pas les visites. Elle se sent gênée en raison de... de son état.

— Et sa famille ?

— Elle a un oncle et quelques cousins, avec qui elle a aussi coupé les ponts. Elle les traite de racaille blanche. L'oncle appelle une fois par mois. Elle essaie d'être polie mais ne reste jamais long-temps au téléphone. Ça la fatigue.

— Est-ce qu'il arrive à ce type de passer sans être invité ?

— Non. Elle ne l'a pas vu depuis des années. Aucun souci de ce côté-là.

— OK, je te fais confiance, répliqua doucement Monk.

— Je ne veux pas qu'elle souffre… Enfin, je veux dire, quand tu… C'est possible ?

— Évidemment. Je suis une âme charitable, pas un monstre, se vanta-t-il. J'ai de nobles principes et un sens moral à toute épreuve, figurez-vous.

Aucun d'eux n'osa rire de cette contradiction. Un tueur à gages doté d'un sens moral ? L'homme était fou, à n'en pas douter, et pourtant tous opinèrent sagement du chef. S'il avait prétendu être capable de marcher sur l'eau, ils auraient fait semblant de le croire.

Après avoir refermé la parenthèse sur ses vertus, Monk passa aux choses sérieuses : il expliqua à John qu'il ne voyait pas l'intérêt d'infliger des souffrances inutiles et, bien qu'il lui eût promis de minimiser la douleur de sa femme durant « l'acte », il lui suggéra, par mesure de précaution, d'augmenter la dose d'antalgiques qu'elle prenait avant de dormir. À part ça, il ne fallait toucher à rien. John devrait brancher l'alarme comme tous les soirs avant de se retirer, puis aller dans sa chambre et n'en pas bouger. Monk leur certifia, avec une assurance qu'ils jugèrent tous à la fois obscène et rassurante, que Catherine serait morte au petit jour.

L'homme tint parole. Il la tua durant la nuit. La manière dont il parvint à s'introduire dans la maison, puis à ressortir sans déclencher l'alarme, resta un mystère pour John. Déjouant les caméras de vidéosurveillance dans le jardin et les détecteurs de mouvement et de bruit à l'intérieur, Monk envoya diligemment la malade dans l'autre monde.

Pour preuve de son passage, et ainsi qu'il l'avait annoncé à John, il déposa une rose sur l'oreiller à côté d'elle, s'assurant ainsi qu'aucun doute ne subsisterait quant à l'auteur du meurtre et, par conséquent, au bénéficiaire du paiement. John ôta la fleur avant d'appeler les secours.

Il consentit ensuite à ce qu'une autopsie soit pratiquée afin de couper court à d'éventuelles interrogations. Le rapport indiqua que Catherine s'était étouffée en mangeant des chocolats. On retrouva un gros caramel coincé dans son œsophage. Son cou était couvert de meurtrissures, mais on les attribua aux tentatives de la défunte pour déloger le bonbon alors qu'elle suffoquait. La mort fut déclarée accidentelle, le dossier clos et l'inhumation autorisée.

En raison de l'extrême corpulence de Catherine, il aurait fallu au moins huit solides porteurs pour soulever le cercueil – lequel, comme l'expliqua l'entrepreneur des pompes funèbres, devrait être construit sur mesure. L'air plutôt embarrassé, et ô combien désolé, il informa John que, en toute franchise, il ne serait pas possible de faire entrer le corps dans l'un de leurs cercueils standard en acajou poli et tapissés de satin. Il serait plus sage, suggéra-t-il, de le faire incinérer, ce que John accepta volontiers.

Les funérailles se déroulèrent dans l'intimité et rassemblèrent quelques parents et amis proches du veuf. Cameron y assista, contrairement à Preston et Dallas, qui trouvèrent une excuse. La gouvernante de Catherine était présente elle aussi. John l'entendit se lamenter au moment où il sortait de l'église. Debout dans le vestibule, son rosaire entre les mains, elle le foudroyait du regard. Il ignora cette hystérique et passa son chemin sans lui accorder plus d'attention.

Deux membres de la famille de Catherine se joignirent également au cortège, restant toutefois en retrait de la petite procession. John avait l'impression très nette que l'homme et la femme l'observaient. Il ne cessa de se retourner vers eux jusqu'à ce que, soudain conscient de sa nervosité, il leur tournât le dos et baissât la tête.

Les cieux pleurèrent la mort de Catherine et chantèrent ses louanges. Tandis que le prêtre priait pour elle, la foudre retentit, le tonnerre gronda, et une pluie torrentielle tomba sans discontinuer jusqu'à ce que l'urne remplie de cendres fût enfermée dans le caveau.

Catherine reposait enfin en paix et c'en était fini du supplice de John. Ses amis s'attendaient qu'il se lamente sur cette perte tout en éprouvant un certain soulagement à la pensée que sa femme ne souffrait plus. Quelle plus belle preuve d'amour John aurait-il pu lui donner ?

Bien que chacun lui conseillât de prendre du repos, le veuf retourna à son travail dès le lendemain des funérailles, affirmant préférable de s'occuper afin de penser à autre chose.

Le temps était superbe et le ciel sans nuages lorsqu'il longea l'avenue St Charles. Le soleil lui réchauffait les épaules, le parfum du chèvrefeuille imprégnait l'air humide et sa chanson préférée de Mellencamp, *Hurts So Good*, s'échappait des amplis de son lecteur CD.

Il se gara à sa place habituelle dans le parking couvert et emprunta l'ascenseur jusqu'à l'étage où il travaillait. À peine eut-il ouvert la porte sur laquelle figurait son nom que sa secrétaire se précipita pour lui présenter ses plus sincères condoléances. Il lui fit remarquer que son épouse aurait adoré vivre une telle journée d'été, et l'employée répandit ensuite le bruit qu'il avait eu les larmes aux yeux en prononçant le nom de Catherine.

Les premiers temps, il sembla lutter contre la dépression. Réservé et distant, il effectuait ses tâches quotidiennes dans un état proche de l'hébétude. Mais il était parfois aussi en proie à de choquants accès de gaieté. Ses collègues s'inquiétaient de ces sautes d'humeur, même s'ils s'efforçaient de ne voir là qu'un contrecoup logique à son deuil : John avait sans doute besoin d'air à présent. Cependant, tous le savaient peu enclin à s'épancher.

Ce qu'ils ignoraient en revanche, c'est qu'il était en réalité des plus occupés.

Durant les premières semaines qui suivirent « l'acte », il se débarrassa de tout ce qui lui rappelait sa femme, y compris les meubles de style Renaissance qu'elle aimait tant. Il renvoya les fidèles serviteurs de Catherine et engagea une gouvernante qui ne l'avait pas connue. Il fit également repeindre la maison de fond en comble de couleurs vives et claires puis, dans le jardin lui aussi réaménagé, ajouta la fontaine dont il avait toujours eu envie – celle où l'eau jaillissait de la bouche d'un chérubin. Il l'avait repérée des mois auparavant, mais Catherine l'avait décrétée trop tape-à-l'œil lorsqu'il lui avait montré la page du catalogue où elle figurait.

Tout fut effectué selon ses goûts. John avait choisi des meubles contemporains aux lignes pures et sobres. Le jour où ils quittèrent l'entrepôt dans lequel il les avait stockés, l'architecte d'intérieur qui avait réagencé son bureau s'occupa en personne de les disposer dans la maison.

Une fois le dernier camion de livraison parti, John étrenna sa nouvelle chambre avec la jeune et jolie décoratrice – une fine mouche, celle-là. Ils passèrent la nuit à s'envoyer en l'air dans le lit à baldaquin laqué noir, ainsi qu'il le lui avait promis plus d'un an auparavant.

2

Theo Buchanan n'arrivait pas à se débarrasser de son infection. Courbaturé et secoué de frissons, il avait bien conscience d'avoir de la fièvre, mais refusait d'admettre qu'il pût être malade. Il se sentait juste un peu mal en point, voilà tout. Pas de quoi consulter un médecin. D'ailleurs, il ne doutait pas que le pire était passé. Son fichu point de côté ne lui causait plus qu'une douleur sourde, signe indubitable à ses yeux qu'il allait mieux. S'il s'agissait du même virus qui avait touché une bonne partie de ses collègues à Boston, les symptômes disparaîtraient en vingt-quatre heures et il se réveillerait frais comme un gardon le lendemain matin. Restait cet élancement dans le ventre, qui durait depuis plusieurs jours maintenant.

Il décida d'en imputer la faute à son frère Dylan. Celui-ci ne l'avait pas ménagé pendant le dernier match de foot qu'ils avaient disputé à l'occasion d'une réunion de famille à Nathan's Bay. Oui, voilà, il s'était déchiré un muscle à cause de Dylan. S'il continuait à l'ignorer cependant, la douleur finirait par s'estomper.

Bon sang ! il se faisait l'effet d'un vieillard depuis quelque temps ; il n'avait pourtant même pas trente-trois ans.

Il ne s'estimait pas contagieux. De toute façon, il était trop débordé pour envisager de rester au lit à transpirer en attendant que la fièvre tombe. La tenue d'un congrès juridique sur le crime organisé l'avait amené à se rendre en avion de Boston jusqu'à La Nouvelle-Orléans, où il devait prononcer un discours devant ses pairs et, par la même occasion, recevoir leurs éloges – qu'il considérait comme injustifiés : après tout, il ne faisait que son travail.

Il glissa son revolver dans son étui – il répugnait à en porter un, mais les menaces de mort qu'il avait reçues au cours du procès d'un gang mafieux l'y obligeaient, au moins jusqu'à ce que les choses se calment –, il enfila sa veste de smoking, entra dans la salle de bains de sa chambre d'hôtel et s'approcha du miroir pour ajuster sa cravate. La glace lui renvoya le reflet d'un homme au teint blafard et luisant de sueur.

Il se prépara à la première des trois soirées habillées prévues pendant son séjour. Le dîner serait l'œuvre des cinq plus grands chefs de la ville. Un gâchis, en ce qui le concernait. La simple idée d'avaler quoi que ce soit, y compris de l'eau, lui soulevait le cœur. Il n'avait rien mangé depuis la veille.

Une chose était sûre en tout cas : il ne faudrait pas compter sur lui pour discuter de la pluie et du beau temps. Il fourra la clé de sa chambre dans sa poche, et il tendait la main vers la poignée de la porte lorsque le téléphone sonna.

Son frère Nick venait aux nouvelles.

— Alors, quoi de neuf ?

— Je m'apprêtais à sortir, répondit Theo. Où es-tu ? À Boston ou à Holy Oaks ?

— Boston. J'ai aidé Laurant à fermer la maison du lac et on est rentrés ensemble.

— Elle reste avec toi jusqu'au mariage ?

— Tu plaisantes ? Tommy m'enverrait tout droit en enfer !

Sa remarque arracha un rire à Theo.

— Avoir un prêtre pour beau-frère complique sûrement ta vie sexuelle.

— Tu parles ! Enfin, encore quelques mois et je serai un homme marié. Qui aurait imaginé ça, hein ?

— Qui, surtout, aurait imaginé qu'une femme voudrait un jour de toi.

— Laurant est myope. Je lui ai expliqué que j'étais canon et elle m'a cru. Elle dormira chez nos parents jusqu'à ce qu'on aille tous dans l'Iowa pour le mariage. Tu fais quoi ce soir ?

— Je dois assister à un gala de charité. Bon, dis-moi pourquoi tu appelles.

— Oh, comme ça, histoire de dire bonjour.

— À d'autres. Tu veux quelque chose, n'est-ce pas ? Dépêche-toi, Nick. Je vais être en retard.

— Theo, il faut que tu apprennes à lever le pied. Tu ne peux pas continuer à courir le restant de tes jours. Je ne suis pas dupe. Tu t'imagines qu'en te plongeant dans le boulot tu ne penseras plus à Rebecca. Sa mort remonte à quatre ans mais tu...

— J'aime la vie que je mène, l'interrompit Theo, et je ne suis pas d'humeur à parler de Rebecca.

— Tu es accro au travail.

— Tu m'as appelé pour me faire la morale ?

— Non. Je voulais juste savoir comment tu allais.

— Mouais.

— Tu es dans une belle ville réputée pour ses jolies filles et sa cuisine...

— Dis-moi ce que tu veux.

Nick abandonna.

— Avec Tommy, on aimerait t'emprunter ton voilier demain.

— Le père Tom est là ?

— Oui. Il est revenu avec Laurant et moi.

— Une minute. Vous comptez sortir en mer avec mon voilier alors qu'aucun de vous deux ne sait naviguer ?

— Où veux-tu en venir ?

— Et mon bateau de pêche ? Pourquoi vous ne prenez pas plutôt le *Mary Beth* ? Il est plus solide.

— On n'a pas envie de pêcher. On a envie de naviguer.

Theo soupira.

— Essayez de ne pas le couler, d'accord ? Et pas question que Laurant vous accompagne. Toute la famille l'apprécie, alors autant éviter de la noyer. Bon, il faut que j'y aille, maintenant.

— Attends, ce n'est pas tout.

— Quoi ?

— Laurant m'a harcelé pour que je te téléphone.

— Elle est là ? Passe-la-moi.

Theo s'assit au bord du lit, soudain apaisé. La fiancée de Nick produisait cet effet sur chacun des frères Buchanan. Tout le monde se sentait bien en sa présence.

— Non, elle n'est pas là. Elle est sortie avec Jordan, et tu connais notre sœur. Dieu sait à quelle heure elles vont rentrer. Enfin bon, j'ai promis à Laurant de te trouver, où que tu sois, et de te demander...

— Quoi ?

— Elle tenait à ce que je le fasse mais je n'en voyais pas l'utilité. Pour moi, c'était entendu.

Theo se força à ne pas perdre patience.

— Qu'est-ce qui est entendu ?

— Tu seras mon garçon d'honneur.

— Et Noah ?

— Il est invité, bien sûr, mais je veux que ce soit toi mon garçon d'honneur. Je pensais que tu le savais déjà, mais Laurant était d'avis que je devais tout de même te poser la question.

— Ah ouais ?

— Ah ouais quoi ?

Theo sourit.

— Ouais, d'accord.

Son frère n'était pas du genre bavard.

— Parfait alors. Tu as déjà prononcé ton discours ?

— Non, demain soir seulement.

— Et quand est-ce que tu reçois ton trophée ?

— C'est une plaque, le corrigea Theo. On me la donnera juste avant le discours.

— Comme ça, si tu les endors tous, ils ne pourront pas te la reprendre ?

— Je vais raccrocher.

— Theo, attends. Pour une fois, arrête de penser au boulot. Visite la ville. Tape-toi une fille. Enfin, tu vois, lâche-toi un peu. Oui, je sais… Pourquoi tu n'appellerais pas Noah ? Il est affecté à Biloxi pour quelques mois. Il n'aurait qu'à te rejoindre à La Nouvelle-Orléans et vous pourriez vous payer un peu de bon temps tous les deux.

Quand il s'agissait de se payer du bon temps, Noah Clayborne n'avait pas son pareil. L'agent du FBI était devenu un proche de la famille après avoir travaillé avec Nick sur plusieurs affaires et aidé Theo lors des investigations que menait celui-ci en tant que procureur fédéral du ministère de la Justice. C'était un type bien, mais intenable dès lors qu'il voulait s'amuser et, au vu de son état actuel, Theo doutait de survivre à une soirée entière en sa compagnie.

— Oui, peut-être, répondit-il.

Il reposa le combiné et se leva. Une douleur lui cisailla aussitôt le côté droit, le pliant en deux. Elle se propageait plus bas que les premiers jours à présent et devenait franchement insupportable. Son muscle lui semblait déchiré ou en feu.

Il n'allait pas se laisser abattre par une stupide contusion après un match de foot. En grommelant, il ôta son téléphone portable du chargeur, le glissa dans sa poche de poitrine avec ses lunettes puis sortit. Lorsqu'il atteignit le hall d'entrée, il souffrait moins et se sentait de nouveau presque bien. Ce qui, bien sûr, le conforta davantage encore dans sa règle d'or : Ignore la douleur et elle disparaîtra. Sans compter qu'un Buchanan pouvait supporter n'importe quoi, il ne fallait pas l'oublier.

3

Cette soirée était à marquer d'une pierre blanche.

Michelle n'avait jamais vu pareil étalage de luxe. Du haut des marches dominant la salle de bal de l'hôtel, elle se sentait comme Alice au moment où celle-ci, basculant de l'autre côté du miroir, tombe au pays des merveilles.

De magnifiques compositions florales printanières s'offraient partout aux regards – dans des pots sculptés disposés çà et là sur le sol en marbre et dans les vases en cristal qui ornaient toutes les nappes blanches. Au centre de la piste de danse, sous un lustre magnifique, se dressait un magnolia géant en fleur dont le parfum divin imprégnait l'air.

Des serviteurs fendaient adroitement la foule, chargés de plateaux en argent couverts de flûtes de champagne, tandis que d'autres se hâtaient d'allumer les grandes et fines bougies blanches placées sur les tables.

Mary Ann Winters, une amie d'enfance de Michelle, contemplait ce spectacle à ses côtés.

— Je ne suis pas à ma place ici, murmura Michelle. Je me sens toute gourde.

— Tu n'en as pourtant pas l'air, lui rétorqua Mary Ann. Je serais invisible que cela ne ferait aucune différence. Tous les hommes te dévorent des yeux, je t'assure.

— Parce que ma robe est outrageusement moulante. Comment une tenue qui paraissait si simple et ordinaire sur un portemanteau est-elle devenue si…

— … sexy sur toi ? Elle te colle aux bons endroits. Regarde les choses en face, tu es bien fichue.

— Je n'aurais jamais dû mettre autant d'argent dedans.

— Enfin, Michelle, elle est griffée Armani ! Et son prix n'avait rien d'excessif.

Mal à l'aise, Michelle lissa de la main le doux tissu. Elle songea qu'il lui faudrait porter cette robe au moins vingt fois pour amortir une telle dépense. Les autres femmes agissaient-elles comme cela ? se demanda-t-elle. Se préoccupaient-elles aussi de rentabiliser leurs folies afin de se sentir moins coupables ? Elle aurait pu employer cet argent à des fins beaucoup plus utiles. Et puis, quand aurait-elle l'occasion de s'habiller encore ainsi ? Pas à Bowen, en tout cas. Donc, pas avant une éternité.

— Où en étais-je ? reprit-elle. Ah oui. Je n'aurais jamais dû t'écouter.

Mary Ann repoussa impatiemment en arrière une mèche de ses cheveux blonds.

— Ne commence pas à te lamenter sur le prix, tu veux ? Tu ne t'achètes jamais rien. Je parie que c'est ta première robe de soirée digne de ce nom. Elle te va à merveille. Alors arrête de t'inquiéter et amuse-toi.

Michelle obtempéra d'un hochement de tête.

— D'accord, tu as raison.

— Parfait. Allons rejoindre tout ce petit monde. On sert des hors-d'œuvre à l'extérieur : on a intérêt à en manger pour au moins mille dollars chacune. C'est le prix des billets, à ce que j'ai entendu dire. Je te retrouve là-bas.

Mary Ann venait juste de descendre l'escalier lorsque le Dr Cooper repéra Michelle et lui fit signe de s'approcher. Il dirigeait le service de chirurgie du Brethren Hospital, où elle occupait un poste depuis un mois, en plus de son travail à St Claire. Le champagne avait eu raison de sa réserve habituelle, à tel point qu'il se montra particulièrement affectueux envers elle. Et très animé. Il lui répéta à plusieurs reprises combien il était heureux de la voir utiliser les billets qu'il lui avait donnés, et combien elle était superbe. À ce rythme-là, pensa-t-elle, il ne tarderait pas à s'écrouler ivre mort.

Lorsque le Dr Cooper s'embarqua ensuite dans un exposé sur les caractéristiques de l'écrevisse, elle recula afin d'éviter le tir groupé de postillons que déclenchait chaque fin de mot. Quelques minutes plus tard, sa femme s'avança vers eux accompagnée d'un couple plus âgé. Michelle en profita pour s'éclipser.

Elle ne tenait pas à se retrouver assise à côté d'eux durant le repas. Il n'y avait rien de pire qu'un ivrogne enjoué, sinon un ivrogne enclin à draguer, et Cooper semblait bien engagé dans cette voie. Posté avec sa femme près de la porte donnant sur la cour, il ne manquerait pas de l'apercevoir si elle passait par là. Aussi fit-elle le tour par le hall d'entrée de l'hôtel, où se trouvaient les ascenseurs, espérant gagner le buffet extérieur par le côté opposé.

C'est alors qu'elle le remarqua. Appuyé contre une colonne, replié sur lui-même, il semblait chercher à se protéger. L'homme était grand, large d'épaules et bien charpenté – comme un athlète, pensa-t-elle. Un athlète au teint livide cependant, qui grimaça et porta la main à son ventre tandis qu'elle s'approchait de lui.

De toute évidence, il se sentait mal. Elle lui toucha le bras afin d'attirer son attention, juste au moment où les portes d'un ascenseur s'ouvraient. Il se redressa tant bien que mal et baissa la tête vers elle. Dans ses yeux gris se lisait une extrême souffrance.

— Avez-vous besoin d'aide ?

Il répondit en vomissant sur sa robe.

Parce qu'il avait saisi son bras, Michelle ne put s'écarter à temps. Les jambes de l'inconnu se dérobèrent sous lui. Comprenant qu'il allait s'effondrer, elle lui saisit la taille et tenta de retenir sa chute – en pure perte, car il tituba en avant, et elle avec lui.

Pris de vertiges, Theo atterrit sur la jeune femme. Il l'entendit gémir et chercha désespérément la force de se relever. Persuadé d'être sur le point de mourir, il se fit toutefois la réflexion qu'il n'y verrait guère d'inconvénients si au moins la mort mettait fin à son supplice. Le cœur encore soulevé, il éprouva de nouveau une douleur fulgurante. Être lacéré de coups de couteau procurait-il la même sensation ? s'interrogea-t-il avant de perdre connaissance.

Lorsqu'il revint à lui, il était allongé sur le dos et la femme penchée sur lui. Comme dans un brouillard, il s'efforça de distinguer son visage. Elle avait de jolis yeux bleus, plus violets que bleus d'ailleurs, et des taches de rousseur sur l'arête du nez. Puis, aussi brusquement qu'il avait disparu, son point de côté se raviva, plus insupportable encore qu'auparavant.

Un spasme lui tordit l'estomac et il se recroquevilla.

— Putain !

L'inconnue lui parlait, sans qu'il comprenne un mot de ce qu'elle disait. Et elle jouait à quoi, là ? À lui faire les poches ? Il sentait ses mains partout, sur sa veste, sa cravate, sa chemise. Elle essaya de lui déplier les jambes. Nom d'un chien, elle lui faisait mal, et chaque fois qu'il tentait de la repousser, elle revenait à la charge, le fouillait et le palpait de plus belle.

Theo perdait et reprenait conscience tour à tour. Il eut l'impression d'être ballotté puis entendit le hurlement d'une sirène à proximité. La fille aux yeux bleus en avait toujours après lui. Elle lui posa d'autres questions. Un truc sur les allergies. Voulait-elle qu'il soit allergique à quelque chose ?

— Ouais, bien sûr.

Elle déboutonna sa veste et il comprit qu'elle avait maintenant sous les yeux le revolver enfoui dans son étui au-dessus de sa hanche. La douleur le rendait à moitié fou, l'empêchant de raisonner. Il savait juste qu'il ne pouvait la laisser s'emparer de son arme.

Décidément, elle se montrait bien bavarde pour une voleuse. Elle ressemblait aux mannequins des catalogues de sportswear J. Crew. Un gentil mannequin. Non, elle n'était pas gentille, se corrigea-t-il. Elle lui infligeait une véritable torture.

— Écoutez, ma jolie, prenez mon portefeuille mais ne touchez pas à mon revolver. Compris ?

Les mots peinaient à franchir le barrage de ses dents serrées.

Les mains de la jeune femme appuyèrent sur son côté droit. Sans réfléchir, il la repoussa d'un coup de poing. Sa dernière pensée avant de s'évanouir une nouvelle fois fut qu'il devait avoir touché un point sensible, parce qu'un cri parvint à ses oreilles.

Lorsqu'il ouvrit les yeux, des lumières vives l'éblouirent. Il ignorait combien de temps s'était écoulé. Où se trouvait-il, nom de Dieu ? Il se sentait vidé, incapable du moindre geste, et il lui semblait être allongé sur une table dure et froide.

— Où suis-je ? articula-t-il péniblement tant sa bouche était sèche.

— Vous êtes au Brethren Hospital, monsieur Buchanan, lui répondit derrière lui la voix d'un homme qu'il ne pouvait voir.

— Ils l'ont arrêté ?

— Qui ?

— Le mannequin de chez J. Crew.

— Il est timbré, commenta une voix féminine inconnue.

Theo se rendit soudain compte qu'il ne souffrait plus. En fait, il éprouvait même un certain bien-être. Vraiment. Comme s'il avait des ailes. Bizarre, pourtant, il n'avait pas la force de bouger les bras. Un masque lui recouvrait la bouche et le nez. Il s'agita pour s'en débarrasser.

— Vous commencez à avoir envie de dormir, monsieur Buchanan ?

Il tourna la tête et l'aperçut. La fille aux yeux bleus. Elle avait l'air d'un ange, nimbée d'un halo doré. Une seconde. Qu'est-ce qu'elle fichait ici ? Eh là…

— Mike, vous allez y voir quelque chose ? Votre œil me paraît bien amoché.

— Ça ira.

— Comment est-ce arrivé ? demanda la voix derrière Theo.

— Il m'a filé un coup de poing.

— Ce type vous a envoyée au tapis ?

— Oui, répondit-elle en regardant Theo bien en face.

Elle portait un masque vert mais il devina qu'elle souriait.

Plongé à présent dans une agréable torpeur et gagné par le sommeil, il devait lutter pour garder les yeux ouverts. La conversation se poursuivait autour de lui sans que rien de ce qu'il entendait fasse sens.

— Où l'avez-vous trouvé, docteur Renard ? s'enquit une femme.

— À une soirée.

Une autre inconnue se pencha sur lui.

— Waouh ! pas mal, le mec.

— Vous avez eu le coup de foudre tous les deux ?

— À vous d'en juger. Il a vomi sur ma robe neuve. Elle est bonne à jeter maintenant.

Quelqu'un éclata de rire.

— Si ça ne ressemble pas à de l'amour, ça ! Je parie qu'il est marié. Tous les beaux mecs le sont, et celui-là est bien fichu. Tu t'es renseignée, Annie ?

— J'espère qu'il dort.

— Pas encore, intervint un homme. Mais il aura tout oublié à son réveil.

— Où est passé l'assistant ?

— Il se lave les mains.

Il avait apparemment atterri au beau milieu d'une fête. Vingt ou trente personnes au moins devaient être présentes. Mais pourquoi faisait-il aussi froid ici ? Et d'où provenaient tous ces cliquetis ? Il avait soif. Sa bouche lui semblait pleine de coton. Il avait peut-être intérêt à aller se chercher à boire. Ouais, bonne idée.

— Où est le Dr Cooper ?

— Probablement dans les vapes, à l'heure qu'il est, répondit la fille aux yeux bleus.

Theo aimait le son de sa voix – une voix si sensuelle.

— Alors, vous avez croisé Cooper à la soirée ?

— Oui. Il n'était pas de garde cette nuit. Il travaille tellement dur que c'était sympa de le voir se détendre un peu. Mary Ann aussi doit être en train d'en profiter.

— Vous…, dit Theo avec effort.

Cela suffit toutefois à attirer son attention car, lorsqu'il ouvrit les yeux, elle était penchée sur lui et faisait écran à la lumière aveuglante.

— Il est temps de dormir, monsieur Buchanan.

— Il résiste.

— Qu'est-ce…

— Oui ?

— Qu'est-ce que vous voulez ?

L'homme caché derrière lui se chargea de lui répondre :

— Mike veut votre appendice, monsieur Buchanan.

L'idée lui convenait. Il était toujours ravi d'obliger une jolie femme.

— D'accord, murmura-t-il. Vous le trouverez dans mon portefeuille.

— On est prêts.

— Il va falloir y aller, déclara la voix masculine.

— Qu'est-ce que vous avez envie d'écouter ce soir, docteur Renard ?

— Quelle question, Annie !

Un couinement retentit dans la pièce. Suivi d'un *clic*. Theo entendit un siège grincer derrière lui, puis la voix de l'inconnue lui ordonna de respirer à fond. Il comprit enfin qui était le type derrière lui. Bon sang, mais c'était Willie Nelson, et il lui chantait l'un de ses tubes, un truc sur une fille aux yeux bleus qui pleurait sous la pluie.

Du tonnerre, cette soirée.

4

Theo dormit d'une traite jusqu'au lendemain matin. Lorsqu'il se réveilla, il se trouvait dans un lit d'hôpital. Les barreaux latéraux étaient levés et on l'avait mis sous perfusion. Il ferma les yeux et tenta de reprendre ses esprits. Que lui était-il arrivé ? Il ne se souvenait de rien.

Il était plus de dix heures quand il émergea de nouveau de son sommeil. Elle était là, à côté de son lit, et relevait les draps sur sa taille. La fille aux yeux bleus. Il ne l'avait pas rêvée finalement.

Elle avait l'air différent aujourd'hui. Elle portait la même tenue qu'au bloc opératoire mais ses cheveux ne disparaissaient plus sous un bonnet. Ils tombaient librement sur ses épaules, révélant leur magnifique couleur auburn.

Elle était bien plus jolie que dans son souvenir.

— Bonjour, lui lança-t-elle quand elle le vit réveillé. Comment vous sentez-vous ? Encore un peu assommé ?

Tandis qu'il s'efforçait de se redresser, elle saisit une télécommande dont elle pressa un bouton. La tête du lit se souleva lentement. Son ventre lui tirailla et il éprouva un léger picotement.

— Dites-moi stop.

— C'est parfait, l'arrêta-t-il. Merci.

Elle décrocha sa feuille de température et se mit à griffonner dessus tandis qu'il la dévisageait ouvertement. Il se sentait vulnérable et gauche, assis là dans une chemise d'hôpital, et cherchait en vain une remarque intelligente à formuler. Pour la première fois de sa vie, il voulait faire du charme mais n'avait aucune idée de la manière de s'y prendre. Travailleur acharné, il n'avait guère eu de temps jusqu'alors à consacrer aux civilités. Depuis la mort de sa femme, quatre ans auparavant, il était devenu brusque, mordant et direct, parce que cela lui permettait d'arriver plus vite à ses fins et qu'il était toujours pressé – du moins ces dernières semaines – de mener son travail à bien. Ce soudain revirement le surprit. Oui, il avait bel et bien envie de lui faire du charme. Voyez-vous ça, aurait dit son plus jeune frère, Zack. Pourtant, Theo s'en croyait capable. Pas de problème. Le charme, c'était dans ses cordes.

— Vous vous rappelez ce qui s'est passé hier soir ? lui demanda-t-elle en détachant les yeux de ses notes.

— J'ai été opéré.

— Oui. De l'appendicite. Un quart d'heure de plus et il était trop tard.

— Je n'ai que quelques vagues souvenirs. Qu'est-il arrivé à votre œil ?

Elle sourit en recommençant à écrire.

— Je ne me suis pas baissée assez vite.

— Qui êtes-vous ?

— Le Dr Renard.

— Mike ?

— Pardon ?

— Quelqu'un vous a appelée Mike.

Michelle referma sa chemise cartonnée, vissa le capuchon de son stylo à plume et glissa celui-ci dans sa poche. Elle reporta ensuite toute son attention sur son patient. Les infirmières du bloc opératoire avaient raison. Theo Buchanan était bel homme... et très séduisant. Bien sûr, elle n'aurait pas dû y accorder d'importance. Elle était son médecin, ni plus ni moins ; pourtant, elle ne pouvait s'empêcher de réagir comme n'importe quelle autre femme devant un aussi beau représentant de la gent masculine. Même ses cheveux en bataille et sa barbe naissante ne gâchaient rien. Il n'y avait aucun mal à en avoir conscience... sauf, bien sûr, s'il s'en apercevait.

— Vous disiez ? se reprit-elle.

Il sentit qu'il l'avait agacée, mais ne comprit pas pourquoi.

— J'ai entendu quelqu'un vous appeler Mike.

— Oui, le personnel me surnomme ainsi. C'est un diminutif de Michelle.

— Joli prénom.

— Merci.

Theo se remémorait peu à peu les événements de la veille. Il se trouvait à une soirée et avait croisé cette femme superbe habillée d'une robe noire sexy au possible. Une beauté renversante. Ça, il n'était pas près de l'oublier. Elle avait des yeux bleus à tomber par terre et Willie Nelson chantait à ses côtés. Non, voyons, quelque chose clochait. De toute évidence, il n'avait pas encore recouvré tous ses esprits.

— Vous m'avez parlé… après l'opération.

— En salle de réanimation, oui, opina-t-elle. Mais je vous ai surtout écouté.

Elle souriait de nouveau.

— Vraiment ? Qu'est-ce que j'ai raconté ?

— Rien de très compréhensible.

— Vous m'avez pris mon pistolet. Où est-il ?

— Dans le coffre de l'hôpital avec vos affaires personnelles. Le Dr Cooper vous les rendra avant que vous partiez. C'est lui qui va s'occuper de vous à partir de maintenant. Vous le verrez bientôt, lorsqu'il fera la tournée des chambres.

— Pourquoi ?

— Pourquoi quoi, monsieur Buchanan ?

— Theo, la corrigea-t-il. Je m'appelle Theo

— Je sais. Votre frère me l'a dit.

— Mon frère ? Lequel ?

— Combien en avez-vous ?

— Cinq, répondit-il. Et deux sœurs. Alors, auquel avez-vous parlé ?

— Nick. Vous m'avez donné son numéro en me demandant de le contacter. Il s'est inquiété et m'a fait promettre de lui téléphoner après l'opération. Dès qu'on vous a emmené en réa, je lui ai passé un coup de fil pour l'assurer que vous seriez vite sur pied. Il voulait venir, mais quand je lui ai dit que ce n'était pas nécessaire, il m'a semblé soulagé.

— Nick déteste l'avion, lui expliqua-t-il. Quand vous ai-je donné son numéro ? Je ne m'en souviens pas.

— Juste avant d'entrer au bloc. Vous êtes devenu très bavard après qu'on vous a administré un analgésique. Au fait, la réponse est non. Je ne veux pas vous épouser.

Il sourit, certain qu'elle plaisantait.

— Je ne me rappelle pas non plus la salle préopératoire. Seulement la douleur. J'avais une de ces put…

— Je n'en doute pas.

— C'est vous qui m'avez opéré, n'est-ce pas ? Je n'ai pas rêvé ?

— Non, vous ne vous trompez pas.

Elle s'apprêtait à sortir de la chambre. Il eut envie de la retenir encore un peu, d'en apprendre davantage sur elle. Quelle plaie de ne pas être plus doué pour la conversation, songea-t-il.

— Attendez.

— Oui ?

— À boire… pourrais-je avoir à boire ?

Elle se dirigea vers la table de nuit, versa un peu d'eau dans un verre et le lui tendit.

— Juste une goutte, l'avertit-elle. Si vous vomissez, vous ficherez en l'air tous mes points de suture.

— D'accord.

Il avala une gorgée et lui rendit le verre avant d'ajouter :

— Vous me paraissez un peu jeune pour être chirurgienne.

Remarque idiote, pensa-t-il, mais il n'avait rien trouvé de mieux.

— On me le répète souvent.

— Je vous verrais plutôt à l'université, précisa-t-il, s'enfonçant de plus en plus.

— En fait, je suis lycéenne, répliqua-t-elle, amusée. J'ai l'autorisation d'opérer dans le cadre d'un module.

— Docteur Renard ? Excusez-moi de vous déranger, lança alors un jeune aide-soignant dans le couloir, un gros carton sous le bras.

— Oui, Bobby ?

— Le Dr Cooper a rempli cette boîte de matériel médical pour votre dispensaire. Que voulez-vous que j'en fasse ? Il l'avait déposée au bureau des infirmières, mais elles préféreraient qu'on la mette ailleurs. Elle gêne le passage.

— Cela vous ennuierait de la descendre dans mon casier ?

— Elle est trop grosse pour tenir dedans, docteur Renard. Par contre, elle n'est pas lourde. Je pourrais la porter jusqu'à votre voiture.

— C'est mon père qui l'a prise aujourd'hui. (Elle jeta un œil autour d'elle, puis regarda Theo.) Est-ce que Bobby peut laisser ce carton ici ? Mon père viendra le chercher dès qu'il arrivera.

— Oui, bien sûr.

— Parfait. Je ne vous reverrai pas parce que je rentre chez moi tout à l'heure, mais ne vous inquiétez pas. Vous êtes entre de bonnes mains. Le Dr Cooper est le chef du service de chirurgie, il s'occupera bien de vous.

— Où habitez-vous ?

— Dans les marais.

— Vous plaisantez ?

— Non.

Elle sourit de nouveau et il remarqua la petite fossette sur sa joue gauche.

— Je vis dans une petite ville encerclée par les marécages, et j'ai hâte d'y retourner.

— Elle vous manque ?

— Oui, reconnut-elle. Au fond de moi, je suis une fille de la campagne. Il ne se passe pas grand-chose là-bas, et j'aime ça.

— Vous aimez vivre dans les marais.

Il ne s'agissait pas d'une question mais d'une constatation.

— Vous semblez choqué.

— Non, juste surpris.

— Vous venez d'une grande ville. Vous détesteriez sûrement un tel endroit.

— Pourquoi ?

Elle haussa les épaules.

— Vous avez l'air trop… sophistiqué.

Il n'aurait su dire si c'était un compliment ou une critique.

— On ne peut pas toujours retourner vivre sur les lieux de son enfance, répliqua-t-il. J'ai lu ça dans un livre, un jour. Et puis je ne vous trouve pas différente des femmes de La Nouvelle-Orléans.

— J'adore La Nouvelle-Orléans. On y trouve d'excellents restaurants.

— Reste que vous ne vous y sentirez jamais chez vous.

— Exact.

— Donc, vous êtes le seul médecin de votre petite ville ?

— Non, il y en a plusieurs. Je compte ouvrir un dispensaire là-bas. Rien de très luxueux, mais le besoin est réel. Tant de personnes n'ont pas les moyens de s'offrir des soins réguliers.

— Ils ont de la chance de vous avoir, apparemment.

— Oh non, c'est moi qui ai de la chance ! s'exclama-t-elle, avant d'éclater de rire. À m'entendre, je passerais presque pour une sainte, n'est-ce pas ? Pourtant, je n'exagère pas. Les habitants du coin sont merveilleux – enfin je crois – et ils me donnent bien plus que je ne pourrai jamais leur rendre. (Son visage s'illumina.) Mais vous savez ce que je vais surtout apprécier ?

— Quoi ?

— L'absence de faux-semblants. J'aurai surtout affaire à de braves gens, plus occupés à joindre les deux bouts et à s'entraider qu'à perdre leur temps en futilités.

— En somme, tout le monde aime son prochain là-bas ? se moqua-t-il.

— Bien sûr que non. Seulement, je connaîtrai mes ennemis. Ils ne comploteront pas dans mon dos – ce n'est pas leur genre. Ils viendront s'expliquer sans détour, et je m'en réjouis d'avance. Comme je vous l'ai dit, plus de faux-semblants. Ce sera un vrai bol d'air, comparé à mon internat.

— Vous ne regretterez pas d'avoir renoncé à un beau cabinet et à toutes les gratifications qui en découlent ?

— Pas vraiment. Il existe d'autres récompenses que l'argent. Bien sûr, disposer de tout le matériel et de tout l'équipement nécessaires serait formidable, mais on se débrouillera. Je me prépare depuis des années... et de plus, j'ai une promesse à tenir.

Theo ne cessait de la questionner pour la retenir. L'entendre évoquer sa ville natale l'intéressait presque autant que le fascinait l'expression de son visage. La passion et la joie étaient perceptibles dans sa voix, et ses yeux étincelaient tandis qu'elle lui parlait de sa famille, de ses amis et du bien qu'elle espérait accomplir autour d'elle.

Cela lui rappelait la manière dont lui-même envisageait la vie, au début de sa carrière juridique, avant de devenir cynique. Lui aussi avait voulu changer le monde, le rendre meilleur. Rebecca avait mis fin à ce rêve. À présent, s'il regardait en arrière, force était de constater qu'il avait lamentablement échoué.

— Je vous ai épuisé avec mes histoires, déclara-t-elle. Je vais vous laisser vous reposer.

— Quand pourrai-je sortir ?

— Le Dr Cooper en décidera, mais à sa place, je vous garderais encore jusqu'à demain. Vous avez eu une sérieuse infection. Il faudra vous ménager durant quelques semaines et ne pas oublier de prendre vos antibiotiques. Bonne continuation, Theo.

Puis elle partit, lui ôtant tout espoir de mieux la connaître. Il ignorait jusqu'au nom de l'endroit où elle habitait. Le sommeil le gagna alors qu'il essayait d'imaginer un moyen de la revoir.

5

Lorsque Theo se réveilla un peu plus tard dans la matinée, sa chambre était remplie de fleurs. Il entendit des murmures dans le couloir, ouvrit les yeux et vit une infirmière en pleine discussion avec un vieux monsieur. Elle lui désignait la boîte apportée par l'aide-soignant.

L'homme avait dû être *linebacker* dans une équipe de foot autrefois, songea Theo. Ou bien boxeur. S'il avait devant lui le père du Dr Renard, alors celle-ci devait sa beauté à sa mère.

— Je ne veux pas vous déranger, s'excusa le nouveau venu avec un fort accent cajun. Je prends juste le carton que le Dr Cooper a préparé pour ma fille et je m'en vais.

— Je vous en prie, entrez. Vous êtes le père du Dr Renard, n'est-ce pas ?

— Oui. Je m'appelle Jake. Jake Renard.

Il s'avança vers le lit et serra la main de Theo, lequel n'eut pas à se présenter. Le vieil homme connaissait déjà son nom.

— Ma fille m'a parlé de vous.

— Vraiment ? fit Theo, qui ne put masquer sa surprise.

Jake acquiesça d'un signe de tête.

— Vous avez dû être sacrément rapide, jeune homme, parce que ma petite Mike sait se défendre.

— J'ai été « rapide » ? répéta Theo sans rien comprendre.

— Quand vous l'avez cognée. À votre avis, qui lui a flanqué cet œil au beurre noir ?

— Je l'ai frappée, moi ? Vous êtes sûr ?

Il n'en gardait aucun souvenir, et Michelle ne lui en avait pas soufflé mot.

— Comme je vous vois. Je me doute que vous ne l'avez pas fait exprès. Elle m'a dit que vous souffriez beaucoup à ce moment-là. Heureusement pour vous qu'elle vous a remarqué. (Il s'appuya contre le montant du lit et croisa les bras.) Écoutez... ma fille reste discrète sur ses patients, en général, mais je sais qu'elle était partie à cette soirée avec une robe toute neuve qu'elle ne voulait pas acheter au départ, et quand je lui ai demandé si elle s'était bien amusée, elle m'a tout raconté. Elle venait à peine d'arriver que déjà il fallait qu'elle retourne à l'hôpital. Elle n'a même pas eu le temps d'avaler un petit-four.

— Je ferais bien de lui présenter mes excuses, alors.

— Sans compter que vous avez déchiré sa robe. Vous devriez peut-être lui dire que ça aussi, vous le regrettez.

— J'ai déchiré sa robe ?

— Juste après lui avoir vomi dessus, gloussa Jake. Vous avez massacré une robe toute neuve à quatre cents dollars.

Theo grogna. Cet épisode-là, il se le rappelait bien.

— Vous avez besoin de repos, reprit Jake. Si vous voyez ma fille, vous voudrez bien l'avertir que je l'attends à l'accueil ? Je suis ravi de vous avoir rencontré.

— Pourquoi ne pas l'attendre ici ? proposa Theo. J'ai assez dormi pour aujourd'hui. Comme ça, quand votre fille viendra vous chercher, je pourrai la remercier.

— Ma foi, ce n'est pas de refus. Mais je ne veux pas vous fatiguer.

— Ne vous inquiétez pas.

Jake tira une chaise à côté du lit et s'assit.

— D'où venez-vous, jeune homme ? À votre accent, je pencherais pour la côte Est.

— Boston.

— Je n'ai jamais mis les pieds là-bas. Vous êtes marié ?

— Je l'étais.

— Divorcé ?

— Non, ma femme est morte.

Le ton de sa voix dissuada Jake de le questionner plus avant sur ce sujet.

— Et vos parents ? Ils sont toujours en vie ?

— Oh oui. Je viens d'une famille nombreuse – six garçons et deux filles. Mon père est juge. Il essaie de prendre sa retraite depuis un moment, mais il n'a pas encore tout à fait réussi à sauter le pas.

— Je ne crois pas avoir jamais rencontré de juge. Ma femme, Ellie, voulait beaucoup d'enfants, elle aussi, et, avec l'aide de Dieu, j'aurais probablement trouvé un moyen de nourrir tout le monde. J'étais prêt à y mettre du mien, mais nous avons dû nous arrêter à trois. Deux garçons et une fille.

— Où habitez-vous exactement, monsieur ? Votre fille m'a parlé de son dispensaire sans préciser le nom de la ville.

— Appelez-moi Jake, insista le père de Michelle. Nous habitons à Bowen, mais je ne pense pas que vous en ayez jamais entendu parler. L'endroit est trop petit pour figurer sur une carte. Pourtant, il n'y a pas de plus joli coin dans toute la Louisiane. Certains soirs, quand le soleil se couche, que la brise se lève, la mousse des arbres ondule doucement, la lumière semble jaillir du bayou et les grenouilles et les crocos se mettent à chanter... Alors, voyez-vous, jeune homme, j'ai l'impression de vivre au paradis. Je vous assure. La ville la plus proche est St Claire, c'est là que les gens vont faire leurs courses le samedi. Nous ne sommes donc pas complètement isolés. Il y a un hôpital, juste au nord. Vieux, mais correct.

— Vos fils aussi habitent Bowen ?

— L'aîné, Remy, est parti dans le Colorado. Il est pompier, et pas encore marié. Il revient à la maison de temps en temps. John Paul, le cadet, a quitté les marines pour rentrer à Bowen il y a quelques années. Lui non plus n'est pas marié. Trop occupé, j'imagine. Il vit dans une jolie petite cabane qu'il s'est construite dans les marais, et quand il ne me donne pas un coup de main au bar, il travaille comme charpentier. John Paul a aidé à bâtir le nouveau lycée qui a ouvert ses portes à Bowen l'année dernière. Le lycée Daniel-Boone, la célébrité locale.

— Attendez, vous ne parlez tout de même pas du Daniel Boone qui a contribué à la colonisation du Kentucky, l'explorateur... Vous plaisantez ?

— Pas du tout.

— Il a vécu à Bowen ?

— Non, quand même pas, mais d'après la légende, Daniel a chassé et pêché dans la région. Bien sûr, cela remonte au début du XVIIIe siècle, et Bowen sortait à peine de terre à l'époque. Pourtant, on aime à croire qu'il a pêché et séjourné un petit bout de temps ici.

Theo parvint à réprimer son envie de rire. À l'évidence, les habitants de Bowen étaient à court de héros locaux.

— D'où vient le nom de votre ville ?

— De Bowie, comme le trappeur.

— Jim Bowie[1] ? Lui aussi s'est arrêté dans les parages ?

— Il y a des chances.

— Vous vous moquez de moi.

— Non, lui assura Jake. Évidemment, Jim n'est pas passé au même moment que Daniel. Il est arrivé plus tard, au début des années 1800.

— Vous êtes certain de ne pas confondre Daniel Boone avec Davy Crockett ?

— Il ne manquerait plus que ça ! Son nom est déjà gravé sur la façade du lycée.

— Existe-t-il des preuves de son séjour à Bowen ?

— Aucune, reconnut Jake, une lueur dans le regard. Ce qui ne nous empêche pas d'y croire malgré tout. Enfin, pour en revenir à ce que je vous disais, les gamins de Bowen prenaient le bus pour aller au lycée de St Claire – un bon lycée, mais qui devenait trop petit. Il était vraiment temps que nous ayons le nôtre. Et puis, on a aussi une équipe de foot depuis l'année dernière. Tout le monde sautait de joie… jusqu'à ce qu'on les voie jouer. Nom de nom, quelle bande d'empaillés ! Pourtant, je n'ai jamais raté un seul de leurs matchs, et je continuerai cette année, parce que maintenant que ma fille est de retour, elle m'accompagnera. Mike a accepté d'être le médecin de l'équipe, ce qui veut dire qu'elle restera assise sur le banc de touche et soignera les joueurs quand ils se blesseront. On se doute tous qu'ils vont encore se faire laminer, mais bon, il faut quand même que je soutienne leurs efforts en venant aux rencontres et en les encourageant. Ils n'ont pas remporté un seul match la saison passée. Certains ont beau être de grands gaillards, ils ne savent pas quoi faire quand ils ont le ballon. Quant à shooter correctement, je ne vous en parle même pas. Vous suivez le foot à la télé, Theo ?

— Oui.

— Vous y jouez ?

---

1. Jim Bowie, célèbre trappeur américain, mort aux côtés de Davy Crockett lors de la bataille d'Alamo. (*N.d.T.*)

— J'y jouais. Au lycée, et ensuite à l'université, jusqu'à ce que je me démolisse le genou.

— Quelle position ? *Quarterback* ? Vous êtes grand et costaud.

— Gagné. J'ai l'impression que ça fait une éternité.

— Vous avez déjà envisagé d'entraîner une équipe ? demanda Jake, soudain songeur.

— Non, jamais, répondit Theo en riant.

— Mike saurait peut-être vous rafistoler le genou.

Theo saisit cette occasion de ramener la conversation sur la jeune femme.

— Vous devez être fier d'elle et de sa décision de retourner à Bowen pour y ouvrir un dispensaire.

— Vous pensez bien ! Mais je ne la laisserai pas se tuer au travail pour autant. Il y a d'autres médecins à St Claire, et ils se remplaceront à tour de rôle afin que chacun puisse prendre quelques jours de temps en temps.

— Pourquoi opère-t-elle ici, au Brethren Hospital ?

— Pour se faire un peu d'argent en plus. Elle cumule deux postes, ou plutôt elle cumulait, parce qu'elle a fini maintenant et qu'elle ne reviendra pas. Vous pêchez ?

— Je l'ai fait autrefois, mais ces dernières années, je n'en ai pas eu le temps. Je me souviens pourtant que rien ne saurait se comparer à ce sentiment de paix qui vous envahit quand…

— Quand on tient une canne à pêche dans une main et une bière fraîche dans l'autre ?

— Oui, c'est ça. Il n'y a pas mieux.

La discussion dévia sur leurs amorces et leurs appâts préférés, et chacun se vanta de ses prises. Jake fut impressionné. Il avait cru jusqu'alors que personne ne comprenait ni n'aimait la pêche autant que lui mais, à en juger par la manière dont s'exprimait Theo, il devait reconnaître qu'il avait trouvé à qui parler.

— Franchement, jeune homme, vous devriez venir à Bowen. Nous avons les meilleurs coins de pêche de l'État, et j'entends bien vous le prouver. On passera un bon moment sur mon ponton.

— Je vous prendrai peut-être au mot un jour ou l'autre.

— Vous faites quoi dans la vie ?

— Je suis procureur.

— Et le chef de la police vous envoie des fleurs ? s'étonna Jake avant de s'expliquer, l'air penaud. Elles étaient posées sur le bureau des infirmières avant qu'on les apporte ici, et j'ai lu la carte.

— Je suis à La Nouvelle-Orléans pour prononcer un discours, répondit Theo, sans préciser que les autorités locales devaient lui décerner une récompense à cette occasion. Je travaille pour le ministère de la Justice.

— Et votre poste consiste en quoi exactement ?

— On m'a chargé d'une mission spéciale. Dans le domaine du crime organisé, ajouta-t-il, conscient qu'il se montrait toujours aussi évasif. Je viens juste de l'achever.

— Vous avez coincé votre homme ?

Theo sourit.

— Oui.

— Et maintenant, vous êtes au chômage ?

— Non. Le ministère veut que je reste. Je n'ai pas encore pris ma décision.

Jake continua à l'interroger. Son acuité et sa vivacité d'esprit auraient fait de lui un excellent procureur, estima Theo.

— Vous avez déjà pensé à vous mettre à votre compte ? poursuivit le vieil homme.

— Parfois.

— Il n'y a pas de bon avocat à Bowen. St Claire en compte deux, mais ils vous volent tout votre argent. Les gens ne les tiennent pas en très haute estime.

Tandis que Jake s'épanchait sur sa ville, Theo ne cessait de réfléchir à un moyen subtil d'en revenir à Michelle.

— Votre fille est-elle mariée ?

Tant pis pour la subtilité.

— Je me demandais quand vous alliez enfin vous décider à me questionner sur Mike. La réponse est non, elle n'est pas mariée. Elle n'a pas eu le temps. Bien sûr, tous les hommes de Bowen et de St Claire lui courent après – sans succès, parce qu'elle est trop occupée avec son dispensaire pour s'intéresser à eux. Elle est encore jeune. Et intelligente avec ça. Nom de nom, ce qu'elle peut être intelligente ! Elle a fini ses études à l'université avant d'avoir vingt ans, et elle a commencé ensuite sa formation médicale. Elle a dû quitter l'État pour effectuer son internat, mais elle est rentrée à la maison chaque fois qu'elle en avait la possibilité. Elle est très attachée à sa famille, ajouta-t-il en appuyant sa remarque d'un hochement de tête. Et elle est jolie, n'est-ce pas ?

— Oh que oui !

— J'aurais parié que vous l'aviez remarqué.

Jake se leva et replaça sa chaise contre le mur.

— Ç'a été un plaisir de discuter avec vous, mais il faut que j'y aille maintenant. Reposez-vous un peu. Moi, je vais porter ce carton à la voiture. Le Dr Cooper a donné du vieux matériel chirurgical à ma fille, et quand elle m'a demandé de venir le chercher, elle souriait comme un matin de Noël. Si jamais vous avez l'occasion de passer par Bowen, faites un saut au Swan. C'est mon bar. Je vous offrirai un verre.

Il ouvrait la porte lorsque Theo l'arrêta :

— Si je ne vois pas votre fille avant son départ, remerciez-la de ma part, s'il vous plaît, et dites-lui que je suis désolé pour sa robe.

— Je n'y manquerai pas.

— Nos chemins se croiseront peut-être un jour.

— Peut-être, oui.

6

Les amis de John tombèrent des nues.

Deux semaines jour pour jour après les funérailles de Catherine, l'un d'eux surprit par hasard le veuf inconsolable au Commander's Palace, un restaurant quatre étoiles de Garden District. Assis à une table, Cameron attendait son avocat pour aborder avec lui le sujet inépuisable et éminemment douloureux de son divorce. Sa femme était décidée à le ruiner et à l'humilier devant tous – et, au vu de la tournure des événements, elle semblait bien partie pour réussir.

John dînait en compagnie d'une jeune femme dans la salle d'à côté. La blonde éveilla en Cameron un vague souvenir. La tête inclinée, elle notait quelque chose avec soin sur son agenda.

Il ne se rappelait pas où il l'avait aperçue auparavant mais il se réjouit de voir son ami de sortie ce soir-là, même s'il s'agissait d'un rendez-vous d'affaires. John se montrait si lunatique depuis la mort de sa femme – tantôt plein d'entrain, presque euphorique, tantôt dépressif avec une propension marquée à s'apitoyer sur son sort.

La fille leva la tête, permettant à Cameron de l'examiner plus en détail. Canon, la nana. Pourtant, il n'arrivait toujours pas à mettre un nom sur son visage. Il décida de les interrompre et de les saluer. Après avoir commandé un double scotch, histoire de se remonter, il se faufila entre les tables vers la salle où se trouvait John.

S'il n'avait pas laissé tomber son stylo, il n'aurait jamais découvert la vérité. Alors qu'il se baissait pour le ramasser, il vit John caresser la cuisse de la fille sous la nappe blanche. Elle écarta les jambes et bougea discrètement de façon à se pencher plus avant vers son compagnon, dont la main remontait à présent sous sa robe.

Choqué, Cameron en perdit presque l'équilibre. Il se reprit aussitôt et se redressa. Le couple n'avait pas remarqué sa présence. La tête tournée ailleurs, la blonde regardait dans le vide, les yeux à demi fermés, en proie à une jouissance manifeste.

Cameron contempla cette scène, incrédule. Sa stupeur céda toutefois vite la place au désarroi.

Il se rappela soudain qui était cette femme, même si son nom lui échappait toujours. Il l'avait rencontrée chez John un jour. Une fille sans intérêt qui se prétendait architecte d'intérieur. Oui, tout lui revenait à présent. Elle était dépourvue de talent et de goût au point d'avoir donné au bureau de son ami des allures de lupanar en cachant les superbes murs lambrissés sous une couche de peinture jaune moutarde criard.

Mais à l'évidence elle excellait dans un autre domaine. La manière dont John buvait du regard sa bouche pulpeuse suggérait qu'elle était capable de prouesses au lit. Cameron resta posté près de l'entrée de la salle, les yeux rivés sur son ami, cependant que la vérité commençait à se faire jour dans son esprit.

Ce salaud les avait tous bernés.

Stupéfait, et en même temps ivre de rage, Cameron tourna les talons pour regagner sa table. Il tenta de se convaincre qu'il tirait des conclusions trop hâtives. Il connaissait John depuis des années et lui accordait toute sa confiance.

Jusqu'à maintenant. Nom de Dieu, à quel jeu John avait-il joué avec eux ? Les détournements de fonds, les escroqueries, d'accord, mais un meurtre... Ils n'étaient jamais allés aussi loin auparavant et, plus effroyable encore, ils s'étaient persuadés de la bonté de leur geste. Allez raconter ça à des jurés. Ils rigoleraient bien.

Bon Dieu, la maladie de Catherine avait-elle vraiment été en phase terminale ? Se mourait-elle lentement dans d'atroces souffrances ou bien John avait-il tout inventé pour les pousser à exécuter la sale besogne ?

Non, impossible. Il n'aurait pas menti au sujet de sa femme. Il l'avait aimée, bon sang.

Nauséeux, Cameron ne savait plus que penser. Il sentait cependant qu'il aurait été injuste de condamner son ami sans connaître toutes les données du problème. Puis il songea que cette liaison, si liaison il y avait, pouvait avoir commencé après la mort de Catherine. Il s'accrocha à cette idée. Oui, bien sûr. John avait rencontré l'architecte du vivant de sa femme – elle avait en effet été engagée par celle-ci pour redécorer sa chambre. Devenu veuf, il s'était retrouvé seul et accablé de douleur face à une jeune femme libre. Elle avait probablement profité de sa vulnérabilité juste après les funérailles. Et alors ? Où était le problème ?

Pourtant, un doute le tenaillait encore. S'il n'y avait là rien de douteux, pourquoi John ne leur avait-il pas parlé de cette fille ? Pourquoi la cachait-il ?

Peut-être parce que les cendres de Catherine n'avaient pas eu le temps de refroidir. Oui, voilà pourquoi. John se doutait qu'entamer une relation si peu de temps après la mort de son épouse ferait mauvaise impression. À coup sûr, les gens trouveraient cela bizarre et se mettraient à jaser, ce qui n'était guère dans l'intérêt du club. John était trop intelligent pour ne pas deviner qu'il avait intérêt à adopter un profil bas.

Cameron avait presque réussi à se convaincre du caractère anecdotique de la scène, mais il éprouvait tout de même le besoin de se rassurer. Veillant à ce que John ne le repère pas, il régla sa note, quitta discrètement le restaurant et demanda au voiturier de lui amener la vieille Ford Sedan dont il devait se contenter depuis peu – sa future ex-femme, cette sale garce, avait déjà mis la main sur sa chère Jaguar. Il se gara un peu plus loin, s'enfonça dans son siège et, tout en appelant son avocat afin d'annuler leur rendez-vous, guetta la sortie du couple.

John et la blonde franchirent le seuil du restaurant vingt minutes plus tard. Ils attendirent sur le trottoir, à distance respecueuse l'un de l'autre, l'air guindé et froid comme s'ils n'étaient guère plus que des étrangers. Lui avait fourré les mains dans ses poches, tandis qu'elle serrait son agenda et son sac. Elle coinça celui-ci sous son bras pour échanger une poignée de main avec John lorsque sa voiture fut avancée. Le voiturier lui tint la porte de la Honda cerise au volant de laquelle elle s'installa avant de s'éloigner sans un regard derrière elle.

Aux yeux du premier venu, leurs rapports semblaient purement professionnels.

Un instant plus tard, le cabriolet gris BMW de John arriva à son tour. Il prit son temps pour retirer sa veste et la plier avec soin puis la déposa avec tout autant de précaution sur le siège passager. Son costume était griffé Valentino, comme tous ceux qu'il portait. Une vague d'amertume submergea Cameron. Six mois plus tôt, lui aussi avait eu une armoire remplie de complets Joseph Abboud, Calvin Klein et Valentino. Jusqu'au jour où sa femme, sous l'effet de la colère et de l'alcool, avait saisi un couteau et les avait tous taillés en pièces. Sa petite crise de nerfs avait détruit pour plus de cinquante mille dollars de vêtements.

Il rêvait de lui rendre la pareille. Parfois, la nuit, allongé dans son lit, il imaginait toutes sortes de moyens de la tuer, avec toujours le même leitmotiv : la douleur. Il tenait à ce que cette salope souffre en mourant. Dans son scénario favori, il lui fracassait la tête contre une vitre, un éclat de verre lui sectionnait partiellement une artère et il la regardait se vider lentement de son sang.

Oh oui, il voulait qu'elle souffre autant que lui, qu'elle paie pour avoir gâché sa vie. Elle avait fait geler tous ses biens en attendant que le divorce soit réglé, mais il en connaissait l'issue d'avance. Elle lui prendrait tout.

Par chance, elle ignorait l'existence du Club des semeurs et de leur capital secret. Personne n'était au courant. L'avocat de sa femme ne trouverait aucune trace de cet argent, même s'il entreprenait des recherches. Leurs millions étaient placés sur le fameux compte des Caïmans, et rien ne permettait de faire le lien entre eux et lui.

Sauf que pour le moment ce pactole ne lui servait à rien puisqu'il ne pouvait y toucher avant ses quarante ans. Le club en avait décidé ainsi, et les autres ne le laisseraient pas prélever le moindre dollar. Ils couraient tous trop de risques. Résultat, durant les cinq années à venir, il allait devoir serrer les dents et vivre chichement.

Un sacré veinard, ce John. À présent que Catherine était morte, il avait hérité du restant de sa fortune, sans avoir à la partager avec quiconque.

Envieux, Cameron observa son ami. Il coiffait sa casquette des Saints, l'équipe de football de La Nouvelle-Orléans. John ne la portait que pour cacher son début de calvitie. Comme tous les hommes de sa famille, et malgré ses précautions, il serait chauve avant ses cinquante ans. Mais quelle importance ? Les femmes le trouveraient toujours aussi séduisant. Du moment qu'un type avait du fric, elles s'accommodaient de ses défauts.

Cameron chassa ces dernières pensées. Se lamenter sur son sort ne changerait rien à rien. De plus, il pouvait tenir bon encore quelques années. Pense à l'avenir, se répéta-t-il. Bientôt, avec tous ses millions en poche, il arrêterait de travailler et partirait s'installer dans le sud de la France. Son ex ne pourrait pas l'en empêcher.

John se glissa sur le siège en cuir de sa voiture. Puis il desserra sa cravate, régla le rétroviseur et s'éloigna.

Devait-il le suivre ? Cameron se passa la main dans les cheveux, irrité. Il avait conscience de se montrer injuste envers John et de s'être affolé trop vite devant une scène assurément sans importance. Son ami avait aimé sa femme et si un traitement avait pu la guérir, Cameron était presque sûr qu'il aurait dépensé jusqu'à son dernier dollar pour la sauver.

Pourtant, l'incertitude le rongeait toujours, au point qu'il se décida à le prendre en filature. Il pensait qu'il leur suffirait de s'asseoir et de discuter pour dissiper ce... malentendu. John mettrait certainement ses soupçons sur le compte de l'horrible sentiment de culpabilité provoqué par l'acte qu'ils avaient commis au nom de la pitié.

Cameron songea à faire demi-tour et à rentrer chez lui mais se ravisa. Il voulait en avoir le cœur net. Savoir une bonne fois pour toutes. Il emprunta un raccourci dans Garden District et parvint devant la maison de John avant celui-ci. La belle demeure de style victorien se dressait sur un emplacement recherché, à l'angle de deux rues. Deux énormes vieux chênes et un magnolia projetaient des ombres noires dans la cour. Cameron se gara le long de la rue transversale sur laquelle donnait le portail électronique. Il éteignit ses phares, coupa le moteur et resta assis, masqué par une branche feuillue qui s'interposait entre lui et la lumière des réverbères. La maison était plongée dans l'obscurité. À l'arrivée de John, Cameron tendit la main pour ouvrir sa portière puis se figea.

— Merde, murmura-t-il.

Elle attendait là elle aussi. Lorsque les grilles de fer s'ouvrirent, il la remarqua sur le trottoir devant la maison. Puis la porte du garage se souleva et il découvrit la Honda rouge garée à l'intérieur.

À peine John eut-il rentré sa voiture et fait un pas dehors qu'elle se précipita vers lui, ses gros seins ballottant comme des ballons de silicone sous le tissu de sa robe moulante. Le veuf éploré brûlait trop d'impatience pour se contenir plus longtemps. Ils se jetèrent l'un sur l'autre comme des chiens errants en chaleur. En un clin d'œil, John descendit la fermeture éclair de la robe, laquelle tomba autour de la taille de la fille. Sa main se scotcha aussitôt sur sa poitrine tandis qu'ils se dirigeaient tant bien que mal vers la porte. Les grognements de plaisir de l'un se mêlèrent au rire aigu de l'autre.

— Quel fils de pute ! marmonna Cameron. Quel sale fils de pute !

Il en avait assez vu. Il partit et regagna son appartement, un deux-pièces qu'il louait dans le peu reluisant quartier des entrepôts. Là, il rumina la situation des heures durant, à la fois agité, furieux et inquiet. Une bouteille de scotch attisa sa colère.

Vers deux heures du matin, deux ivrognes en vinrent aux mains sous sa fenêtre. Cameron contempla ce spectacle avec une curiosité mêlée de dégoût. L'un des hommes tenait un couteau, et il espéra qu'il allait en frapper l'autre, ne serait-ce que pour le faire taire. Entre-temps, un voisin avait dû appeler la police car une voiture de patrouille déboula quelques minutes plus tard, accompagnée du hurlement de sa sirène.

Deux agents en sortirent et désarmèrent rapidement le type avant de les plaquer sans ménagement, lui et son adversaire, contre un mur de pierre. Du sang, irisé sous la lumière crue de la rue, jaillit de la tempe de l'un des soûlards tandis qu'il s'écroulait, inconscient, sur le trottoir.

Le policier qui avait recours gratuitement à la force laissa échapper un juron en roulant l'homme évanoui sur le ventre. Puis il s'agenouilla sur son dos, lui passa les menottes et le tira jusqu'à la voiture. Docile, le deuxième ivrogne attendit son tour et ne tarda pas à être bouclé lui aussi à l'arrière du véhicule, lequel se dirigea aussitôt vers la prison municipale.

Cameron avala une grande gorgée de scotch et essuya la sueur de son front du revers de la main. La scène qui venait de se dérouler sous ses yeux, en particulier la vue des menottes, l'avait terrifié. Il ne supportait pas l'idée d'être menotté et emprisonné. Non, pas question. Il se tuerait d'abord… à condition d'en avoir le courage. Il avait toujours souffert de claustrophobie, mais cette peur avait empiré au fil des années. Se retrouver dans une pièce sans fenêtre l'oppressait ces derniers temps. Il n'empruntait plus les ascenseurs, préférant monter sept étages à pied plutôt que de passer trente ou quarante secondes dans une cage métallique, serré comme une sardine morte avec d'autres employés.

Bon Dieu, pourquoi n'avait-il pas un peu plus réfléchi avant de consentir pareille folie ?

Il connaissait la réponse et était assez soûl pour l'admettre. La cupidité. Cette fichue cupidité. John jouait le rôle de moteur, d'organisateur, de visionnaire... et il jouissait de relations dans les milieux financiers. Avec la ferveur d'un évangéliste du Sud, il avait promis qu'ils s'enrichiraient tous – promesse qui s'était d'ailleurs déjà matérialisée. Mais il s'était aussi servi d'eux comme d'autant d'imbéciles assoiffés d'argent. Lorsqu'il avait commencé à parler de se tuer, il savait qu'ils paniqueraient. Sans lui, le club n'existait plus, aussi auraient-ils fait n'importe quoi pour le contenter.

Ce salaud avait précisément compté là-dessus.

Les yeux troublés par la boisson, Cameron vida la bouteille de scotch et se coucha. Le lendemain matin, un dimanche, il eut la gueule de bois jusqu'à midi. Lorsque ses idées se remirent en place, il élabora un plan. Il devait présenter des preuves irréfutables à Preston et Dallas, et, une fois que ces derniers auraient compris comment John les avait manipulés, il exigerait le partage immédiat de l'argent du club. Chacun partirait ensuite de son côté. Il n'allait pas attendre pour toucher sa part. Après ce qu'il venait de découvrir, Cameron ne pensait plus qu'à une chose : s'enfuir avant qu'ils soient tous arrêtés.

Il disposait d'un réseau de connaissances lui aussi, et quelques coups de fil s'imposaient. Cinq jours le séparaient de la confrontation qu'il avait fixée au vendredi suivant. Cinq jours pour coincer ce salaud.

Cameron ne s'ouvrit de ses démarches à personne. Il était tard, le vendredi – près de dix-huit heures trente –, lorsqu'il rejoignit ses amis au Dooley's. À peine s'était-il dirigé vers leur table et assis en face de John que le serveur, l'ayant repéré, lui apporta sa boisson habituelle, sans même lui laisser le temps d'enlever sa veste ou de desserrer sa cravate.

— Tu as une sale gueule, remarqua Preston, toujours très diplomate.

Obsédé par sa forme physique, il ne manquait jamais de marquer sa désapprobation devant le style de vie de Cameron. Bâti comme un haltérophile olympique, il fréquentait assidûment un club de sport huppé cinq soirs par semaine. À ses yeux, tout homme dépourvu de biceps et d'abdos en acier était un gringalet, et les ventres bedonnants ne lui inspiraient que de la pitié.

— J'ai bossé tard cette semaine. Je suis crevé, c'est tout.

— Tu devrais commencer à prendre soin de toi avant qu'il soit trop tard, lui conseilla Preston. Viens faire des haltères et courir avec moi. Et arrête un peu de boire, bon sang. Tu te détruis l'estomac.

— Depuis quand tu joues les mères poules ?

Dallas, en farouche adversaire de toute dissension, si minime soit-elle, intervint aussitôt pour apaiser les esprits :

— Preston s'inquiétait juste pour toi. On sait que tu as beaucoup de stress à gérer ces derniers temps avec ton divorce et on n'aimerait pas que tu te rendes malade, c'est tout. On compte beaucoup sur John et toi.

— Preston a raison, ajouta John, avant de remuer le liquide ambré de son cocktail. Tu as vraiment sale mine.

— Je vais bien, marmonna Cameron. Assez parlé de moi maintenant.

— D'accord, d'accord, obtempéra Preston, vexé par le ton critique de son ami.

Celui-ci vida son verre d'un trait et fit signe au serveur de lui en apporter un autre.

— Du nouveau ces jours-ci ? demanda-t-il.

— Rien de mon côté, répondit Preston. Mais c'est plutôt bon signe dans notre boulot. Pas vrai, Dallas ?

— Oui. La semaine a été calme pour moi aussi.

— Et toi, John ? Quoi de neuf ? s'enquit doucement Cameron.

John haussa les épaules.

— Pour le moment, je vis au jour le jour.

Il semblait accablé. Cameron jugea qu'il en faisait trop, mais Preston et Dallas n'y virent que du feu et lui témoignèrent leur compassion.

— Ça ira mieux, lui assura Preston.

N'ayant jamais perdu d'être cher, rien ne lui permettait d'affirmer que John reprendrait peu à peu goût à la vie. Cependant, il se sentait obligé de l'encourager.

— Avec le temps, ajouta-t-il maladroitement.

— Exact, renchérit Dallas. Tu as juste besoin d'un peu de temps.

— À quand remonte la mort de Catherine, déjà ? l'interrogea Cameron.

John haussa un sourcil.

— Tu le sais très bien.

Il se leva, ôta sa veste et la posa avec soin, bien pliée, sur le dossier de sa chaise.

— Je vais chercher des cacahuètes, annonça-t-il.

— Rapporte des bretzels aussi, lui lança Preston, qui attendit qu'il se soit éloigné pour se tourner vers Cameron. Qu'est-ce qui t'a pris de parler de sa femme ?

John passa sa commande auprès d'une serveuse et revint vers la table au moment où Dallas s'exclamait :

— Il commençait à peine à s'en remettre. Fous-lui la paix !

— Inutile de me dorloter, dit-il en se rasseyant. Je n'ai pas tenu le compte de toutes les heures et de toutes les minutes qui se sont écoulées depuis que Catherine nous a quittés. Parfois, j'ai l'impression que c'était hier.

— Cela remonte à presque un mois, déclara Cameron en scrutant le visage de son ami. (Il leva son verre dans sa direction.) À mon avis, tu devrais te remettre à sortir avec quelqu'un. Vraiment.

— Tu perds la tête ou quoi ! murmura Dallas. C'est bien trop tôt.

Preston l'approuva d'un vigoureux hochement de tête.

— Les gens jaseront s'il fréquente une fille aussi vite, et ils finiront par s'interroger. On n'a pas besoin de ça. T'es pas d'accord avec moi, Dallas ?

— Bien sûr. Je n'arrive pas à croire que tu aies suggéré une chose pareille, Cam.

John s'adossa à sa chaise. Ses épaules s'affaissèrent imperceptiblement et la détresse se lut sur son visage.

— Je ne pourrais pas, pas maintenant en tout cas. Peut-être même jamais. Je ne m'imagine pas vivre avec une autre femme. J'aimais Catherine et l'idée de la remplacer me donne la nausée. Vous savez ce que j'éprouvais pour elle.

Cameron serra les mains sur ses genoux pour se retenir de sauter à la gorge de ce fumier.

— Mouais, je suppose que tu as raison. J'ai été un peu rude.

Il se baissa pour sortir de son attaché-case une épaisse chemise cartonnée qu'il plaça avec précaution au centre de la table, après avoir poussé son verre sur le côté.

— Qu'est-ce que c'est ? s'enquit Dallas.

— Un nouveau projet pour le club, présuma Preston.

Ménageant ses effets, Cameron ne quittait pas John du regard.

— Une foule de notes et de chiffres, commença-t-il, et...

— Et quoi ? demanda John.

— Le dossier médical de Catherine.

John tendait le bras vers la chemise. À l'énoncé de son contenu, il réagit comme si un serpent à sonnette avait atterri sur sa main. Il eut un brusque mouvement de recul et se leva à demi. Le choc le céda toutefois vite en lui à la colère.

— Qu'est-ce que tu fous avec le dossier médical de ma femme ?

John était devenu si rouge qu'il paraissait au bord de la crise cardiaque. Cameron se prit à souhaiter que cette éventualité devienne réalité et espéra qu'il n'en sortirait pas indemne. Ce connard méritait de souffrir autant et aussi longtemps que possible.

— Espèce de salaud, siffla-t-il. Je t'ai vu samedi soir avec la blonde. Je ne comprenais pas pourquoi tu ne nous avais pas parlé d'elle, alors j'ai décidé de mener ma petite enquête.

— Tu n'as pas eu confiance en moi ! s'insurgea John, sincèrement outragé.

— En effet. (Cameron se tourna vers Preston et Dallas.) Et devinez quoi ? Cette brave vieille Catherine n'était pas à l'article de la mort. John voulait juste se débarrasser d'elle. Pas vrai, John ? Tu t'es bien fichu de nous, et nous, pauvres crétins qu'on était, on t'a cru sur parole. Tu savais que Monk ne la tuerait que si nous étions tous d'accord. On avait posé cette condition avant de l'engager. Il travaille pour le club, et toi, tu n'avais pas le cran de la tuer toi-même. Tu as préféré nous mouiller tous dans l'histoire !

— Ce n'est pas possible, balbutia Dallas.

Abasourdi, Preston resta d'abord muet.

— Est-ce que Cameron dit vrai ? demanda-t-il enfin, les yeux rivés sur le dossier. Catherine était en phase terminale, n'est-ce pas ? Tu parlais d'une maladie du cœur, d'une malformation congénitale... (Il s'interrompit et se tourna vers Cameron, impuissant.) Mon Dieu, murmura-t-il.

Les lèvres pincées, John fusilla Cameron d'un regard noir de rage.

— Qui t'a donné le droit de m'espionner ?

— Connard, tu ne manques vraiment pas d'air, ricana celui-ci. Tu oses trouver scandaleux d'avoir été espionné avec ta poupée Barbie ? (Il jeta un coup d'œil à Dallas, dont le teint virait au vert à vitesse grand V.) Vous voulez connaître la meilleure ? Il y a de quoi se marrer, je vous assure. Moi, en tout cas, ça m'a bien fait rigoler.

— Quoi ? demanda Dallas en saisissant la chemise.

John se pencha vivement pour mettre la main dessus, mais Dallas le devança.

— C'est Catherine qui a présenté cette fille, Lindsey, à John. Elle avait embauché cette salope pour redécorer sa chambre. Pas vrai, John ? Votre liaison a débuté juste après votre rencontre, hein ? Mais tu avais déjà décidé de tuer ta femme à ce moment-là.

— Je ne pense pas que parler de tout ça ici soit une bonne idée, le coupa Preston, qui balaya le bar d'un regard inquiet pour vérifier si personne ne les observait.

— Bien sûr que si, rétorqua Cameron. Après tout, c'est ici qu'on a planifié notre meurtre charitable.

— Cam, tu fais complètement fausse route, se défendit John, l'air sérieux et sincère à présent. Je n'ai eu qu'un rendez-vous avec Lindsey, et il n'avait rien de galant. Je la voyais pour affaires.

Désireux de le croire, Preston appuya ses dires avec énergie :

— S'il affirme qu'il la voyait pour affaires, alors il ne faut pas chercher plus loin.

— Foutaises. Il ment. Je l'ai suivi jusque chez lui. J'ai aperçu la voiture de Lindsey dans son garage et elle qui poireautait dehors. Ça y allait entre eux deux. Elle vit avec toi maintenant, n'est-ce pas, John ? Tu l'as caché à tout le monde, et surtout à nous. (Cameron se massa les tempes. Cela faisait une semaine qu'il était en proie à des migraines intermittentes – depuis qu'il avait découvert le sale petit secret de John, en fait.) Pas la peine de répondre. J'ai toutes les preuves ici, ajouta-t-il en désignant la chemise que Dallas venait d'ouvrir. Tu sais que Lindsey s'attend que tu l'épouses ? Je tiens cette info de sa mère. Elle prépare déjà le mariage.

— Tu es allé trouver la mère de Lindsey ? Tu bois trop, Cameron. L'alcool t'a rendu fou… paranoïaque.

— Sale enflure, cracha Cameron.

— Mettez un peu la sourdine, les supplia Preston.

Il essuya son front couvert de transpiration avec la serviette du bar. La peur lui desséchait la gorge.

— Et si on passait à la petite fortune de Catherine, celle que John craignait tant de voir disparaître ?

— Eh bien ? demanda Preston. Il en restait une partie ?

— Oh que oui, répondit Cameron d'une voix traînante. Environ quatre millions de dollars.

— Trois millions neuf cent soixante-dix-huit mille, pour être exact, lut Dallas.

— Non… c'est pas vrai, fit Preston. Il nous a dit… Il nous a dit qu'il l'avait emmenée à Mayo et que les médecins ne pouvaient rien pour elle là-bas. Tu te rappelles, Cameron ? Il nous a dit…

— Il a menti. Sur toute la ligne. On lui faisait tellement confiance qu'on est tombés dans le panneau. Réfléchis, Preston. Quand avonsnous rencontré Catherine pour la dernière fois ? Il y a deux ans à peu près. C'était juste avant qu'elle aille à Mayo, non ? On a tous constaté qu'elle était mal en point. Et puis elle est revenue et John nous a annoncé qu'elle ne voulait plus voir personne. Alors on a respecté son désir. Pendant deux ans, il a prétendu que son état se détériorait et qu'elle souffrait de plus en plus. Pendant tout ce temps, il a menti.

Tous dévisagèrent John, attendant une explication.

Il leva les mains comme en signe de reddition et sourit.

— La comédie est terminée, apparemment.

Un silence stupéfait s'ensuivit.

— Tu avoues ?

— Ma foi oui. D'ailleurs, j'éprouve presque du soulagement à ne plus avoir à me cacher de vous. Cameron a raison. Je vous fais marcher depuis un bail. Plus de quatre ans. Pas mal, non ? Est-ce que j'ai aimé Catherine ? Au début, peut-être, avant qu'elle devienne une emmerdeuse chronique. C'est marrant comme l'amour tourne parfois à la haine en un rien de temps. À moins que je ne l'aie jamais aimée, allez savoir. Sa fortune personnelle a pu m'influencer. Elle, par contre, je l'adorais.

Dallas laissa tomber son verre, qui atterrit sur la moquette avec un bruit sourd.

— Tu te rends compte dans quel pétrin tu nous as fourrés ?

La question lui avait échappé dans un murmure étranglé.

— J'ai fait ce que j'avais à faire, se défendit John. Et je ne regrette rien. Enfin non, j'exagère un peu. Je regrette d'avoir invité Lindsey à emménager chez moi. D'accord, je prends mon pied avec elle. Je peux lui demander n'importe quoi au lit, elle est toujours partante tellement elle a envie de me plaire. Mais elle devient un peu collante et il n'est pas question que je me laisse passer la corde au cou une deuxième fois.

— Fils de pute, gronda Cameron.

— Oui, j'en conviens, reconnut doucement John. Et je vais vous avouer autre chose. Le plus beau dans l'histoire, à part la fortune de cette grosse vache, c'est que tout a été un jeu d'enfant.

— Tu l'as assassinée, lui rappela Dallas en refermant la chemise.

John s'agita sur sa chaise.

— Non, pas tout à fait. *Nous* l'avons assassinée. Pas moi.

— J'ai envie de gerber, balbutia Dallas, avant de se précipiter vers les toilettes.

John parut s'amuser de sa réaction. Il fit signe au serveur de leur apporter une nouvelle tournée.

Raides, tels des étrangers, ils s'absorbèrent dans leurs pensées.

— Je parie que tu aimerais m'étrangler de tes propres mains, n'est-ce pas, Cameron ? reprit John lorsque le serveur eut déposé leurs boissons sur la table.

— Moi oui, en tout cas, lança Preston.

— Allons, allons. Tu es une vraie tête brûlée, Preston. Depuis toujours d'ailleurs. Bien sûr, vu tout le sport que tu pratiques, tu n'aurais aucun mal à me régler mon compte. Mais, ajouta-t-il, sans moi tu croupirais déjà en prison. Tu ne réfléchis pas assez – manque de jugeote, je suppose. Tu ne dois pas avoir l'esprit calculateur. On a dû te pousser à participer à chacune de nos combines financières. Et aussi à accepter qu'on paie Monk pour tuer Catherine. (Il marqua une pause.) Cameron, lui, a tout pour réussir.

L'intéressé grimaça intérieurement.

— Je savais déjà que tu n'avais guère de conscience morale mais je n'aurais jamais imaginé que tu nous entuberais. Tu n'as que nous, John. Sans nous, tu n'es… rien.

— On était amis et je te faisais confiance, geignit Preston.

— On est toujours amis, répliqua John. Rien n'a changé.

— Tu te fous de nous ? se récria Cameron.

— Vous vous en remettrez, leur promit-il sans s'émouvoir. Surtout quand vous vous rappellerez combien d'argent vous avez gagné grâce à moi.

Cameron posa les coudes sur la table et le fixa droit dans les yeux.

— Je veux ma part maintenant.

— Pas question.

— Je te dis qu'on va dissoudre le club. Chacun prendra sa part et filera ensuite de son côté.

— Non, s'entêta John. Tu connais les règles. Aucun de nous ne touchera rien avant cinq ans.

Dallas revint à cet instant et s'assit.

— J'ai raté quelque chose ?

— Cameron veut dissoudre le club et répartir l'argent maintenant, répondit Preston, qui semblait à son tour gagné par la nausée.

— Ça va pas, non ? s'exclama Dallas, l'air effaré. Il suffit d'un retrait pour qu'on soit repérés par le fisc. Pas question.

— Il ne peut rien prélever sur le compte à moins qu'on ne l'accompagne à la banque, lui rappela John. Nous devons tous signer avant d'y avoir accès. C'était la règle fixée dès le départ.

— Tu es un putain de salopard, John.

— Tu l'as déjà dit. Vois les choses en face, Cameron. Tu n'es pas en colère parce que je vous ai menti mais parce que tu mènes une vie pourrie en ce moment. Je te connais mieux que toi. Je lis dans tes pensées.

— Ah ouais ? Vas-y, éclaire-moi.

— Tu considères que je ne me suis pas trop mal débrouillé, n'est-ce pas ?

— Exact, reconnut Cameron.

— Tu n'as pas eu le courage de faire autre chose que gémir, poursuivit John d'une voix calme. Moi si. C'est aussi simple que ça. (Il se tourna vers Dallas.) Tu sais, tu n'aurais jamais demandé à Monk de tuer Catherine si je n'avais pas menti.

— Si tu ne la supportais plus, pourquoi tu n'as pas simplement divorcé ?

— L'argent. Je voulais jusqu'au dernier de ses dollars. Nom de Dieu, je le méritais bien, vu ce que j'ai enduré. Cette salope tenait à tout contrôler, expliqua-t-il avec, pour la première fois, une pointe d'amertume et de haine dans la voix. Contrairement à Cameron, je ne me suis pas réfugié dans l'alcool. J'ai réfléchi à une solution. Vous n'imaginez pas à quel point Catherine était répugnante. Elle n'arrêtait pas de grossir. Et hypocondriaque avec ça.

79

Elle ne se préoccupait et ne parlait que de sa santé. Oui, elle avait bien un souffle au cœur, mais rien de grave. Elle était tout excitée quand elle l'a appris. Cela lui donnait un prétexte pour se laisser aller encore plus. Elle s'est mise au lit et n'en a plus bougé. Ses bonnes et moi avons dû sans cesse nous occuper d'elle. J'espérais que son cœur lâcherait un jour et, franchement, j'ai même essayé de la tuer avec les tonnes de chocolat que je lui rapportais tous les soirs, mais je n'en voyais pas la fin. D'accord, j'aurais pu baiser à droite à gauche tous les jours et elle n'en aurait rien su. D'ailleurs, c'est ce qui s'est passé. Comme je vous l'ai dit, elle était trop paresseuse pour se lever, et a fortiori pour sortir de sa chambre. Je ne supportais plus de la voir en rentrant chez moi. Elle me donnait envie de gerber.

— On est censés te plaindre ? demanda Cameron.

— Non. Mais n'oubliez pas qu'il y a longtemps qu'on a quitté le droit chemin.

— On n'avait encore jamais assassiné personne.

— Et alors ? Nos délits seuls suffiraient à nous valoir vingt, voire trente ans de prison.

— Il ne s'agissait que de malversations financières, s'entêta Preston.

— Et tu présenteras ça comme défense devant le fisc ? Tu crois qu'ils se contenteront de te taper sur les doigts ?

— On n'avait jamais assassiné personne.

— Eh bien maintenant c'est fait, conclut John d'un ton sec, irrité par l'attitude pleurnicharde de Preston. Cameron, laisse-moi te dire une chose. C'était facile… assez pour qu'on recommence. Tu vois où je veux en venir ? On pourrait attendre un peu, six mois peut-être, et puis parler à Monk de ta situation.

Dallas en resta bouche bée.

— T'es cinglé ou quoi ?

Cameron inclina la tête. Il réfléchissait déjà à la suggestion de John.

— J'aimerais beaucoup que Monk rende une petite visite à ma femme. Cela me consolerait de tout ce que j'ai perdu.

— C'est possible, insista John.

— Si vous n'arrêtez pas vos conneries, je quitte le club, menaça Preston.

— Trop tard, tu ne peux plus reculer.

— Le crime parfait n'existe pas, intervint Dallas.

— Celui de Catherine l'était presque, pourtant. Je suis sûr que tu penses à ce que je viens de te dire, pas vrai, Cameron ?

— Oui, admit-il.

Preston eut soudain envie de faire perdre sa suffisance à John.

— Tu es devenu un monstre, cracha-t-il. Si jamais quelqu'un découvre la vérité au sujet de Catherine…

— Du calme, répliqua John. Il n'y a aucun danger. Arrête de t'inquiéter. Personne ne découvrira jamais rien.

7

Catherine eut le dernier mot. La garce avait ordonné à son avocat, Phillip Benchley, d'attendre six semaines jour pour jour après sa mort pour procéder à la lecture de son testament. John enrageait devant ce contretemps, tout en sachant qu'il n'y pourrait rien changer. Même morte, sa femme cherchait encore à régenter sa vie.

Catherine avait engagé Phillip avant son mariage. Associé au sein du prestigieux cabinet juridique Benchley, Tarrance et Paulson, ce vieux raseur n'ignorait pas où se trouvaient ses intérêts et avait donc accédé à tous les caprices de sa cliente. John était au courant qu'elle avait modifié son testament à au moins trois reprises durant leur vie commune, mais la dernière fois qu'il avait épluché ses papiers pour vérifier qu'il était toujours son principal héritier remontait à six mois. Il avait ensuite surveillé de son mieux ses appels et ses visites afin de s'assurer qu'elle n'avait pas eu l'occasion de s'entretenir une nouvelle fois avec son lèche-bottes d'avocat.

Depuis le décès de sa femme, ses factures – au délai de paiement échu pour la plupart – s'entassaient, et Monk ne cessait de lui réclamer son dû. John avait été obligé de monter sa prime à vingt mille dollars pour l'apaiser.

Furieux, il patientait dans le luxueux bureau de Benchley, jugeant scandaleux que celui-ci tarde tant.

Il regarda de nouveau sa montre. Quinze heures quarante-cinq. Il était censé retrouver ses amis au Dooley's pour fêter l'événement. À l'heure qu'il était, ils avaient probablement quitté leur travail.

La porte s'ouvrit derrière lui. Il ne prit pas la peine de se retourner. Pas question non plus d'être le premier à parler, même si son attitude devait être qualifiée de puérile.

— Bonjour, le salua Benchley d'un ton froid, presque glacial.

— Vous m'avez fait attendre quarante minutes, jeta John, cinglant. Dépêchons-nous.

L'avocat ne s'excusa pas. Il s'assit à son bureau et posa une épaisse chemise sur le sous-main. L'homme était petit, avec des cheveux gris frisés. Il ouvrit lentement le dossier.

Deux jeunes gens – des stagiaires, supposa John – entrèrent alors et vinrent se placer derrière Benchley. Avant qu'il ait eu le temps de demander la raison de leur présence, il la reçut en deux mots, brefs et secs :

— Les témoins.

John se détendit à l'instant où Benchley brisa le sceau et commença la lecture. Un quart d'heure plus tard, il tremblait de rage.

— Quand le testament a-t-il été modifié ? demanda-t-il, en se forçant à ne pas crier.

— Il y a quatre mois.

— Pourquoi n'en ai-je pas été averti ?

— Je suis l'avocat de Catherine, monsieur, si vous voulez bien vous en souvenir. Je n'avais aucune raison de vous informer des nouveaux desiderata de votre épouse. Vous avez signé un contrat de mariage en séparation de biens et ne pouvez prétendre à aucun droit dans ce domaine. Je vous ai fait une copie du testament. Selon les instructions de Catherine, précisa-t-il d'une voix suave.

— Je vais le contester. Comptez sur moi. Elle s'imagine qu'elle peut me laisser cent dollars et léguer le reste à un fichu refuge pour oiseaux sans que je lève le petit doigt ?

— Ce n'est pas tout à fait exact, le coupa Benchley. Une somme de quatre cent mille dollars sera versée à la famille Renard, à partager de manière égale entre son oncle Jake et ses trois cousins, Remy, John Paul et Michelle.

— Je n'en crois rien, ricana John. Catherine détestait ces gens. Elle les traitait de racaille blanche.

— Elle a dû changer d'avis, rétorqua Benchley. (Il tapota le testament du bout des doigts.) Tout figure là. Chacun d'eux recevra cent mille dollars. Encore une chose : Catherine avait formulé un dernier vœu. Comme vous le savez sans doute, elle aimait beaucoup sa gouvernante.

— Le contraire m'aurait étonné. Cette femme lui passait tous ses caprices et me détestait cordialement. Catherine s'en amusait.

— Oui, eh bien, poursuivit Benchley, Rosa Vincetti héritera de cent cinquante mille dollars.

Cette nouvelle mit John hors de lui. Il regretta de ne pas avoir demandé à Monk de se débarrasser d'elle par la même occasion. Il vomissait cette sorcière, avec son prêchi-prêcha et son regard accusateur, et avait pris grand plaisir à la renvoyer. Maintenant, elle aussi recevait une part du gâteau.

— Le moindre de ses dollars m'appartient ! cria-t-il. J'attaquerai ce testament et j'obtiendrai gain de cause, sale enfoiré !

Benchley resta impassible devant sa colère.

— Faites comme bon vous semble. Cependant… Catherine pensait que vous risquiez de vous opposer à ses volontés, aussi m'a-t-elle confié cette lettre cachetée afin que je vous la remette en main propre. Je n'ai aucune idée de son contenu. Mais votre épouse m'a assuré que, après l'avoir lue, vous abandonneriez l'idée d'une bataille juridique.

John signa le récépissé et arracha l'enveloppe à Benchley.

— Je ne comprends pas pourquoi ma femme a agi ainsi envers moi, cracha-t-il, l'air venimeux.

— La lettre vous renseignera peut-être.

— Donnez-moi la copie de ce foutu testament, marmonna-t-il. Je peux vous assurer que rien de ce que Catherine a écrit là-dedans ne me fera changer d'avis. Je porterai l'affaire devant les tribunaux.

La rage au ventre, il sortit en claquant la porte. Puis il se rappela ses impayés et l'argent qu'il devait à Monk. Comment allait-il s'en sortir ?

— Quelle foutue salope ! jura-t-il entre ses dents lorsqu'il monta dans sa voiture.

Le garage était plongé dans l'obscurité. John alluma la lampe au-dessus du rétroviseur intérieur et déchira l'enveloppe. Elle contenait six feuillets, mais la lettre de Catherine tenait sur un seul. John le tourna pour voir quelles nouvelles surprises sa femme lui avait réservées.

Incrédule devant ce qu'il découvrit, il revint à la première page et, fiévreux, commença à lire.

— Mon Dieu, mon Dieu, répéta-t-il.

8

Pris de panique, John fonçait à plus de cent kilomètres-heure le long de l'avenue St Charles, zigzaguant comme un chauffard ivre.

La lettre obscène de Catherine serrée dans une main, il ne cessait de frapper le cuir du tableau de bord, furieux de ne pouvoir infliger le même sort à son ex-femme. La salope. Elle avait bien caché son jeu !

Il n'arrivait pas à croire qu'elle ait pu lui faire ça. Il s'y refusait. Elle bluffait. Ouais, voilà. Même dans la mort, elle essayait encore de le manipuler, de le diriger. Elle n'avait pas pu accéder à des fichiers informatiques aussi sécurisés que les siens. Elle n'était pas assez futée pour ça, voyons.

Lorsqu'il s'arrêta devant chez lui, presque convaincu que toute cette histoire relevait du canular, il évalua si mal les distances qu'il heurta la porte du garage en freinant brutalement. Avec un juron, il bondit hors de sa voiture et se rua vers l'entrée, avant de s'apercevoir qu'il avait laissé le moteur tourner.

Il jura de nouveau. Du calme, se dit-il. Reste calme. Cette garce essayait encore de le mettre sur les nerfs, de le déstabiliser. Rien de plus. Il fallait qu'il soit sûr cependant. Il traversa les pièces au pas de course et, dans sa hâte, renversa une chaise de la salle à manger. Parvenu à la bibliothèque, il claqua la porte derrière lui et se précipita vers l'ordinateur pour l'allumer. Puis il s'installa dans le fauteuil capitonné.

— Allez, dépêche-toi, marmonna-t-il en tambourinant du bout des doigts sur le bureau pendant le démarrage du système.

À la seconde où l'icône attendue apparut, il inséra une disquette dans le lecteur et tapa son mot de passe.

Il fit défiler les documents et compta les lignes, ainsi que Catherine le lui avait indiqué dans sa lettre. Et là, à la seizième, au beau milieu d'une transaction effectuée un an plus tôt, six mots avaient été insérés. *Tu ne commettras point l'adultère.* John rugit tel un animal blessé.

— Sale grosse vache ! hurla-t-il.

Il venait de retomber dans son fauteuil, assommé, lorsque la sonnerie de son téléphone portable retentit. Il l'ignora. Cameron, Preston ou Dallas devaient essayer de le joindre pour savoir ce qui le retenait. À moins que ce ne fût Monk, impatient d'apprendre où et quand il toucherait son argent.

Qu'allait-il bien pouvoir lui raconter ? John se massa les tempes tout en réfléchissant au problème. Dallas était la solution, décida-t-il. Oui, il laisserait Dallas s'occuper de Monk. Après tout, celui-ci lui obéissait au doigt et à l'œil, et il accepterait sûrement de patienter encore s'il en recevait l'ordre.

Restaient les autres. Que leur dirait-il ? Mentir ne le sortirait pas de ce cauchemar, et plus il attendrait, plus la situation empirerait. Il devait les prévenir, et vite, avant qu'il soit trop tard.

Il avait sacrément besoin d'un verre. Il traversa la pièce en direction du bar, s'aperçut que le seau à glace en argent était vide et le jeta à terre. De son vivant, Catherine veillait à ce qu'il soit toujours rempli, de jour comme de nuit. Détail stupide, mais qui prenait soudain toute son importance. Sa femme avait dirigé la maison depuis son lit, en même temps qu'elle s'efforçait de lui saper le moral avec ses jérémiades et ses exigences.

Après s'être servi un whisky, il retourna à son bureau. Il s'y appuya et but son verre en espérant que l'alcool l'aiderait à surmonter l'épreuve qui l'attendait.

Le téléphone sonna de nouveau. Cette fois, il décrocha.

— Où es-tu ? lui demanda Preston. On t'attend pour fêter ton pactole. Ramène tes fesses ici.

John entendit en arrière-fond le bruit de la musique et des rires. Le cœur battant à se rompre, il prit une inspiration.

— Il n'y a pas de pactole.

— Quoi ?

— On a un problème.

— John, je t'entends très mal. Tu dis que tu n'as pas encore le pactole ?

— Les autres sont avec toi ?

— Oui, répondit Preston, soudain plus prudent. On t'a même commandé un verre et...

— Écoute-moi, l'interrompit John. On a un sérieux problème.

— Comment ça, *on* a un sérieux problème ? Quel genre de problème ?

— Je ne veux pas en parler au téléphone.

— Où es-tu ?

— Chez moi.

— Tu veux qu'on te retrouve là-bas ? Il faut qu'on discute de ça tout de suite ?

— Oui.

— Qu'est-ce que...

— J'ai une mauvaise nouvelle. Alors rappliquez, et vite.

John raccrocha avant que Preston lui pose d'autres questions. Il se servit un deuxième verre au bar et regagna son bureau, où il resta assis à contempler l'écran lumineux de son ordinateur tandis que la nuit tombait.

Cameron et Preston prirent la même voiture et arrivèrent un quart d'heure plus tard, suivis par Dallas.

John les introduisit dans la bibliothèque, alluma la lumière et leur montra du doigt la lettre qu'il avait défroissée et laissée sur son sous-main.

— Lisez-la. Il y a de quoi pleurer, articula-t-il péniblement, presque ivre.

Cameron la saisit et en prit connaissance en silence. Lorsqu'il eut fini, il la jeta sur le bureau et sauta à la gorge de John. Preston s'interposa.

— Tu es cinglé ? cria Cameron, dont le visage virait au rouge. Tu as laissé ta femme accéder à nos fichiers ? Bon Dieu...

— Calme-toi, lui ordonna Preston en le tirant en arrière.

— Jette un coup d'œil à ce papier et on verra si tu restes calme, rétorqua Cameron.

Dallas se leva de sa chaise et, attrapant la lettre, la lut à voix haute :

Cher John,
Les adieux sont ennuyeux quand ils s'éternisent, aussi les miens seront-ils brefs et tendres.

Mon cœur a lâché, c'est cela ? Je t'avais pourtant prévenu. Pardonne-moi la banalité de cette remarque, mais je m'y attendais depuis le début. Je suis morte d'une crise cardiaque, n'est-ce pas ? Me crois-tu enfin ? Je n'étais pas si hypocondriaque, après tout.

À l'heure qu'il est, tu dois accuser le coup après avoir appris que j'ai modifié mon testament et que je ne t'ai rien laissé. Je te connais, John, et à cet instant, tu as sûrement la ferme intention de le contester. Peut-être prétendras-tu que je n'avais plus toute ma tête ou que j'étais trop malade pour savoir ce que je faisais. Je pense cependant que, lorsque tu auras fini de parcourir cette lettre, tu décideras de filer en douce te mettre à l'abri. Je suis sûre d'une chose en tout cas : tu ne contesteras rien.

Tu dois aussi avoir à l'esprit toutes les sommes que tu as dépensées ces derniers temps. J'ai demandé à ce que le testament ne soit pas ouvert avant six semaines à compter de la date de mon décès parce que je me doute que tu succomberas à une petite frénésie dépensière, et je veux que tu te retrouves sans le moindre sou en poche. Et aussi que tu fuies devant tes créanciers.

Pourquoi une telle cruauté à ton égard ? Ce n'est que justice, John. Croyais-tu vraiment que je vous léguerais un seul dollar, à toi et à ta putain ? Oh oui, je suis au courant. Pour elle et pour toutes les autres d'ailleurs.

Tu enrages, mon chéri ? Prépare-toi à la suite. Je t'ai réservé le meilleur pour la fin. Je n'étais pas une « grosse vache stupide ». Oui, je t'ai entendu m'appeler ainsi pendant que tu discutais au téléphone avec ta traînée. Au début, j'ai été mortifiée et furieuse, et si désillusionnée que j'en ai pleuré pendant une semaine. Et puis j'ai décidé de te rendre la pareille. J'ai commencé à fouiller ton bureau afin d'y trouver des preuves de tes liaisons. Je voulais absolument savoir combien d'argent tu m'avais pris pour couvrir tes pouffiasses de cadeaux. Quand tu partais au travail, je levais mes « grosses fesses » du lit et je descendais à la bibliothèque. Il m'a fallu du temps, mais j'ai fini par découvrir ton mot de passe et par entrer dans tes petits fichiers secrets. Oh, John, je ne m'étais jamais rendu compte à quel point toi et tes amis du Club des semeurs étiez malhonnêtes et corrompus. Que penseront les autorités de vos malversations ? J'ai fait une copie de tout et, pour te prouver que je ne mens pas, je te suggère de filer à la maison et d'ouvrir le dossier « Acquisitions ». Va à la ligne seize. J'ai inséré un message dans l'une des dernières transactions, afin de te montrer que je suis bien passée par là.

Es-tu inquiet ? Terrifié ? Moi, de mon côté, je jubile. Imagine ma joie à l'idée que, lorsque je serai partie, tu iras croupir en prison jusqu'à la fin de ta vie. Le jour où tu liras ceci, une sortie papier de tes fichiers sera adressée à quelqu'un qui agira à bon escient.

Tu n'aurais pas dû me tromper, John.

Catherine

9

Michelle venait de remplir les formulaires autorisant la sortie d'un patient du Dr Landusky et, assise dans le petit bureau de celui-ci au service de chirurgie du St Claire Community Hospital, s'efforçait de rassembler assez d'énergie pour finir d'enregistrer ses observations au dictaphone. Elle avait déjà rempli neuf dossiers et il ne lui en restait plus que deux. La plupart concernaient des malades suivis par Landusky. Depuis deux semaines, Michelle remplaçait ce dernier, parti effectuer une visite éclair des capitales européennes. Son retour, prévu le lendemain, lui permettrait de prendre officiellement des vacances – les premières depuis elle ne savait combien d'années.

Pas question de rentrer chez elle, cependant, tant qu'elle n'en aurait pas terminé avec cette paperasse. Et avec son courrier. Dire qu'elle avait emporté ici la pile de lettres non ouvertes qui se trouvaient dans son bureau... Elle se jura de ne pas partir avant de les avoir passées en revue. Épuisée, elle regarda sa montre et grogna. Elle était debout depuis quatre heures et quart ce jour-là. Une rupture de la rate consécutive à un accident de moto l'avait tirée du lit une heure plus tôt qu'à l'accoutumée, et il était à présent dix-sept heures. Elle croisa les bras sur la pile de dossiers qu'elle avait déjà traités, y posa la tête et ferma les yeux.

Trente secondes plus tard, elle dormait profondément. Michelle avait découvert les bienfaits de tels petits sommes au cours de son internat et était maintenant capable de dormir n'importe où, n'importe quand.

— Docteur Mike ?

Elle sursauta.

— Oui ?

— Vous avez besoin de caféine, lui fit remarquer une infirmière qui passait devant sa porte. Vous voulez que j'aille vous chercher quelque chose à boire ? Vous paraissez à bout de forces.

— Megan, vous m'avez réveillée pour me dire que j'avais l'air fatigué ? rétorqua Michelle sans cacher son irritation.

Megan était une jolie fille tout juste sortie de l'école d'infirmières, qui, bien qu'elle travaillât à l'hôpital depuis moins d'une semaine, connaissait déjà le nom de tout le monde. Elle avait appris ce jour-là sa réussite à ses examens, et rien ne semblait pouvoir la contrarier, pas même le courroux d'une chirurgienne.

— Je ne sais pas comment vous arrivez à vous assoupir comme ça. Il n'y a pas cinq minutes, vous papotiez au téléphone, et hop ! l'instant d'après, vous ronfliez sur vos fiches.

— Je ne ronfle pas, s'insurgea Michelle.

— Je descends à la cafétéria. Vous voulez que je vous rapporte quelque chose ?

— Non, merci. Je vais bientôt partir. Je dois juste examiner mon courrier et je serai quitte.

Une aide-soignante les interrompit.

— Docteur Mike ?

— Oui ?

— Un pli vient de vous être apporté aux urgences. Je crois que vous devez signer un reçu. Ça a l'air important, ajouta-t-elle. J'espère qu'on ne vous intente pas un procès.

— Le Dr Mike ne travaille pas ici depuis assez longtemps pour être poursuivie en justice, objecta Megan.

— D'après le coursier, le paquet vient d'un cabinet juridique de La Nouvelle-Orléans. Ce type ne partira pas tant qu'il ne vous l'aura pas remis en main propre et que vous n'aurez pas signé son reçu. Que dois-je lui répondre ?

— J'y vais tout de suite.

Michelle rassembla ses dossiers et les déposa dans le casier des affaires réglées. Abandonnant les deux inachevés au sommet de la pile de lettres, elle descendit aux urgences. Là, elle ne trouva trace du coursier nulle part. Une secrétaire l'aperçut et se précipita pour lui remettre une grande enveloppe en papier kraft.

— Voici votre pli, docteur. Je savais que vous étiez occupée, alors j'ai expliqué au type que j'étais habilitée à signer à votre place.

— Merci, Elena.

Michelle faisait demi-tour et s'apprêtait à remonter au service de chirurgie lorsque l'employée l'arrêta.

— Ne me remerciez pas trop vite, docteur. Il y a eu un grave accident à Sunset et les secours nous amènent toute une bande de gamins. Ils seront là dans deux minutes. On va avoir besoin de vous.

Sa lettre toujours à la main, Michelle alla se chercher un coca light dans la salle de repos des médecins – un peu de caféine s'imposait, effectivement, si elle voulait tenir le coup, décida-t-elle – puis retourna s'asseoir dans le bureau des infirmières. Elle reposait sa boisson et saisissait l'enveloppe lorsqu'un ambulancier entra et réclama de l'aide en criant.

— On a un hémophile !

Michelle s'élança aussitôt, sans plus penser à son pli.

10

Nul homme n'est une île[1], et Leon Bruno Jones ne dérogeait pas à la règle. Le Comte, ainsi que le surnommaient ses acolytes en raison de la longueur de ses canines, ressemblait à un vampire lorsqu'il souriait. Il donnait l'impression de pouvoir sucer le sang de ses victimes et, à en juger par le montant de ses extorsions, qui figurait dans le double de ses livres de comptes, il ne les avait pas vidées que de leur sang.

Leon comptait un grand nombre d'amis qui tous, sans exception, haïssaient Theo Buchanan. Sans lui, Leon n'aurait pas dénoncé ses anciens complices ni témoigné en faveur de l'accusation devant un Grand Jury à Boston, provoquant ainsi la chute de l'une des organisations criminelles les plus puissantes du pays.

Theo avait regagné Boston quelques jours après son opération de l'appendicite. L'affaire Leon était terminée et une demi-douzaine de grands chefs mafieux se trouvaient à présent derrière les barreaux, mais lui avait encore une montagne de documents à classer. Parce qu'il avait reçu des menaces de mort, ses supérieurs au ministère de la Justice lui conseillèrent de faire profil bas. Pourtant, bien qu'il ne prît pas ces avertissements à la légère, il répugnait à les laisser perturber son travail. Au cours des semaines suivantes, il passa de longues journées harassantes à son bureau.

Lorsque, enfin, il eut tout mis en ordre et que ses assistants eurent rendu leurs derniers rapports, Theo rentra chez lui. Il se sentait vidé, tant sur le plan physique que mental, et, éprouvé par le

---

1. Citation de John Donne, poète anglais (1572-1631), *Dévotions*, 17.

stress qu'il avait enduré, se demandait si au bout du compte ses efforts avaient servi à quelque chose. Mais il était trop fatigué pour y réfléchir. Il lui fallait une bonne nuit de sommeil. Ou plutôt un mois entier de repos. Alors peut-être, il y verrait un peu plus clair et pourrait décider de l'orientation à donner à sa carrière. Accepterait-il de diriger une nouvelle étude sur la criminalité, ainsi que le lui proposait le ministère de la Justice, ou reprendrait-il l'exercice libéral de sa profession, avec pour perspective des réunions et des négociations à longueur de journée ? Dans un cas comme dans l'autre, il replongerait dans un rythme de vie infernal. Sa famille avait-elle raison ? Essayait-il de fuir la réalité en se tuant au travail ?

Sa hiérarchie l'avait pressé de s'éloigner quelque temps, du moins jusqu'à ce que la famille de Leon se calme un peu. Dans son état actuel, l'idée de passer quelques jours loin de toute agitation n'était pas pour déplaire à Theo. L'image d'une ligne de canne à pêche troublant les eaux tranquilles d'un bayou de Louisiane lui vint à l'esprit. Avant de quitter La Nouvelle-Orléans, il avait promis de revenir prononcer son discours, et il supposait que ce moment n'était pas plus mal choisi qu'un autre. Après, il pourrait aller taquiner le poisson dans le coin que Jake Renard lui avait vanté. Oui, décompresser un peu, voilà exactement ce dont il avait besoin. Une autre raison le poussait à retourner en Louisiane cependant… et elle n'avait rien à voir avec la pêche.

Trois semaines et demie après son opération, Theo était de retour à La Nouvelle-Orléans et, debout sur l'estrade dressée dans la salle de bal du Royal Orleans, attendait que les applaudissements cessent afin de prendre la parole face aux représentants des forces de l'ordre venus une nouvelle fois des quatre coins de l'État. Soudain, l'image d'une jeune femme s'imposa à lui, troublant ses pensées. Son sourire magnifique lui faisait l'effet d'un rayon de soleil. Son corps aussi était renversant – cela crevait les yeux. Il se souvint comment, allongé sur son lit d'hôpital, il n'avait pu détacher d'elle son regard. N'importe quel homme aurait eu la même réaction. Il avait peut-être été mal en point à ce moment-là, mais pas inconscient.

Il tentait de se remémorer leur conversation lorsqu'il s'aperçut tout à coup que le silence était retombé dans la salle. Tout le monde le fixait, attendant qu'il commence, et pour la première fois de sa vie il se sentit pris de court. Impossible de se rappeler le moindre mot – ni même le thème du discours qu'il avait préparé. Il baissa les yeux sur le pupitre où il avait posé le programme de la soirée, lut l'intitulé et le descriptif du sujet dont il était censé parler et finit par improviser. La brièveté de son intervention lui valut la reconnaissance de son auditoire. Débordé de travail et stressé, ce dernier s'était vu accorder un répit à titre exceptionnel pour manger, boire et faire la fête. Tous furent par conséquent d'autant plus ravis que Theo cesse vite de les assommer de platitudes sur les dangers qu'ils encouraient chaque jour. Son discours, prévu pour durer une demi-heure, fut bouclé en à peine dix minutes. Devant la joie de son public, il ne put s'empêcher de rire. On se leva pour l'ovationner.

Plus tard, alors qu'il regagnait son hôtel, il réfléchit à la bizarre-rie de son comportement et finit par se comparer à un jeunot au lendemain de sa première expérience sexuelle. Il avait l'impression d'avoir échangé sa personnalité contre celle de son plus jeune frère, Zachary. Ces derniers temps, Zach ne pouvait prononcer deux phrases sans y inclure les mots « nana », « bandante » et « sexe ».

Theo ne comprenait pas ce qui lui arrivait, mais il supposait que tout rentrerait dans l'ordre dès qu'il irait pêcher. Il adorait la pêche. Sur son bateau, le *Mary Beth*, il se détendait complètement. Cela valait presque le sexe.

Le mardi matin, avant de partir pour Bowen, il déjeuna avec quelques officiers de police de La Nouvelle-Orléans puis s'arrêta au cabinet du Dr Cooper. Celui-ci profita de sa visite pour lui reprocher vertement de ne pas avoir honoré son rendez-vous post-opératoire. Il acheva son sermon en lui rappelant combien son temps était précieux puis se décida enfin à l'examiner.

— Vous avez bien cicatrisé, annonça-t-il. Mais vous risquiez gros en cas de complications. Vous n'auriez pas dû retourner aussi vite à Boston. C'était stupide de votre part. (Il s'assit sur le tabouret à côté de la table d'examen.) Bien sûr, je n'attendais aucune compli-cation. Mike a fait du très bon boulot. Comme d'habitude. Elle est aussi douée que moi avec un bistouri, ce qui n'est pas un mince compliment. Elle compte parmi les meilleurs chirurgiens du pays, insista-t-il. Une chance pour vous qu'elle ait identifié votre pro-blème. Je lui ai proposé d'intégrer mon équipe, et lui ai même laissé entendre qu'elle pourrait devenir mon associée. C'est dire si elle est douée. Quand elle a refusé mon offre, je l'ai encouragée à poursuivre ses études et à se spécialiser, mais cela ne l'intéressait pas. Elle est trop têtue pour admettre qu'elle gaspille son talent.

— Comment cela ? demanda Theo, occupé à reboutonner sa chemise.

— En se cantonnant à un travail de médecin généraliste en pleine cambrousse, Mike aura l'occasion de pratiquer des actes chirurgicaux, mais pas très souvent. Quel gâchis.

— Les habitants de Bowen ne voient peut-être pas les choses sous cet angle.

— Oh, bien sûr, ils ont besoin d'un autre médecin, mais…

— Mais quoi ?

Cooper jouait avec le couvercle d'une boîte de cotons-tiges. Il la referma d'un geste brusque et se leva.

— Bowen n'est pas la gentille petite ville qu'elle décrit. J'ai discuté avec elle ce matin d'une résection intestinale, et elle m'a appris que son dispensaire avait été saccagé. Tout était sens dessus dessous.

— Quand cela s'est-il produit ?

— La nuit dernière. La police enquête, mais Mike m'a dit qu'ils ne détenaient aucun indice pour le moment. Vous voulez mon avis ?

— Oui ?

— Ce sont des gamins à la recherche de drogue qui ont fait le coup. Comme ils n'ont rien trouvé, ils ont tout cassé.

— Peut-être.

— Mike ne garde pas de narcotiques là-bas. Aucun de nous ne s'y risquerait d'ailleurs. La place des malades qui ont besoin de ce type de médicaments est à l'hôpital. C'est une honte, ajouta-t-il. Elle a travaillé dur pour que tout soit prêt, et elle se réjouissait tant de retourner chez elle. (Il marqua une pause et secoua la tête.) Je m'inquiète pour elle. Enfin, je veux dire… s'il ne s'agissait pas d'un acte de vandalisme, alors peut-être que quelqu'un ne veut pas la voir revenir à Bowen.

— Je pars pêcher là-bas avec son père, l'informa Theo.

— Si vous vouliez bien me rendre un service, alors… J'ai une autre boîte de matériel médical que je comptais lui apporter, mais vous pourriez vous en charger à ma place, et, pendant que vous y êtes, jetez un œil à son dispensaire. Ma réaction est peut-être excessive, mais…

— Oui ?

— Elle a peur. Même si elle ne l'a pas avoué, je m'en suis rendu compte. J'ai eu l'impression pendant que je lui parlais qu'elle me cachait quelque chose. Il en faut beaucoup pour effrayer Mike, pourtant elle m'a paru bouleversée au téléphone.

Theo quitta le cabinet du médecin quelques instants plus tard, avec dans les bras une grande boîte en carton. Il avait déjà réglé sa note d'hôtel et rangé sa valise et son matériel de pêche dans la voiture qu'il avait louée.

Le ciel était d'un bleu azur, il faisait beau et chaud – le temps idéal pour une balade à la campagne.

11

Cameron et Preston avaient rejoint John chez lui en début d'après-midi. Tous trois rongeaient leur frein. Dallas était en retard, comme d'habitude. Ils l'attendaient depuis plus d'une heure et leur nervosité allait croissant.

— Mais qu'est-ce que tu foutais ? s'exclama Cameron à l'instant même où leur complice entrait dans la bibliothèque, le teint blême et l'air aussi fatigué que les autres. Ça fait des heures qu'on poireaute.

— Je me suis pas tourné les pouces, figure-toi. Et je ne suis pas d'humeur à écouter tes critiques, Cameron, alors ferme-la.

— Il faut qu'on boucle nos valises et qu'on quitte le pays ? s'inquiéta Preston. Les flics vont débarquer chez nous ?

— Putain, arrête, grogna Cameron, pris de sueurs froides.

— Je ne crois pas que ce soit nécessaire pour le moment, répondit Dallas.

— Tu as récupéré les copies de nos fichiers ?

— Non. Pas encore. J'ai découvert quelle agence de coursiers travaille pour le cabinet juridique et je leur ai rendu visite. Heureusement, ils n'avaient pas encore retourné le reçu à Benchley et j'en ai fait une copie. Catherine a envoyé les documents à sa cousine, un certain Dr Michelle Renard, à Bowen, en Louisiane. J'ai appelé Monk et il est parti aussitôt là-bas.

— Je ne comprends pas : pourquoi Catherine a-t-elle attendu sa mort pour transmettre ces infos à une parente au lieu de les adresser tout de suite au FBI ? lança Cameron.

— Je connais la raison, répondit John. Catherine ne jurait que par les liens sacrés du mariage, alors elle n'allait pas me laisser la quitter comme ça. Elle aurait plutôt été du genre à se servir de sa découverte pour me rappeler à l'ordre. Ces derniers mois, elle a dû croire que j'avais changé – il faut dire que je la dorlotais comme c'est pas permis. Sauf qu'elle avait la rancune tenace. J'ai eu beau me montrer attentionné, il fallait qu'elle m'expédie en prison après sa mort. Je n'aurais pourtant jamais imaginé qu'elle enverrait les fichiers à une famille qu'elle avait pratiquement reniée…

— Le médecin a signé le reçu ? demanda Preston.

— Oui.

— Putain de merde. On est foutus.

— Arrête de m'interrompre et laisse-moi finir, s'énerva Dallas. J'ai parlé au type qui a livré le paquet. Il m'a dit qu'il s'était d'abord rendu chez le Dr Renard. Comme elle n'était pas chez elle, il a essayé l'hôpital. Elle a signé le bordereau aux urgences.

— Qu'est-ce qu'on en a à faire qu'elle l'ait signé là ou ailleurs ! intervint John.

— J'allais y venir. Le coursier se rappelle que, quand il est sorti du parking, il a failli rentrer dans une ambulance qui arrivait à toute vitesse, suivie d'une autre juste derrière. Il a attendu et a vu les secours sortir quatre garçons. Ils avaient tous plein de sang sur leurs vêtements.

— Et alors ? s'enquit Preston.

— Et alors, je suppose que le Dr Renard a été très occupée hier soir.

— Et on devrait garder le moral parce que, selon toi, elle n'a pas eu le temps de lire les fichiers et d'appeler la police ? s'énerva Cameron.

— Tu vas la fermer, oui ? Une fois à Bowen, Monk a fait un saut à l'hôpital de St Claire. Le Dr Renard se trouvait en effet au bloc opératoire. Monk a raconté à l'une des aides-soignantes qu'il voulait lui proposer un investissement. Il a demandé si cela valait la peine d'attendre et la fille lui a expliqué que la chirurgienne devait opérer deux patients à la suite et qu'elle en aurait pour plusieurs heures.

— Quoi d'autre ? s'impatienta John.

Assis à son bureau, il pianotait sur le sous-main. Dallas résista à l'envie de l'arrêter et consulta ses notes.

— D'après le reçu, elle a signé à dix-sept heures quinze précises. J'ai interrogé la compagnie des ambulances. Leurs gars sont arrivés à l'hôpital à dix-sept heures vingt. Donc…

— Elle n'a pas pu avoir le temps d'ouvrir le paquet, conclut Preston.

— Pendant que Renard opérait ses patients, Monk est allé chez elle mettre son téléphone sur écoute. Quand il est revenu à l'hôpital, il y avait eu un changement d'équipe aux urgences. Il en a profité pour se glisser dans la salle de repos des médecins et fouiller le casier de Renard. Il a même reçu l'aide d'une employée. Il a prétendu qu'un colis avait été envoyé par erreur à la mauvaise personne.

— Et elle a avalé ça ?

— Monk sait être charmant quand il veut. Et la fille était jeune. Ils n'ont rien trouvé, mais elle lui a filé plein de renseignements sur le médecin.

— Elle a peut-être emporté le pli au service de chirurgie, suggéra John.

— J'en doute, répliqua Dallas. D'après l'employée, elle est montée au bloc opératoire avec un patient.

— Qu'a fait Monk ?

— Il a attendu pour pouvoir la prendre ensuite en filature. Renard a quitté l'hôpital très tard. Elle s'est arrêtée une fois sur le chemin du retour – dans un dispensaire – et elle avait des papiers à la main quand elle y est entrée. Monk aurait aimé fouiller sa voiture à ce moment-là mais elle avait laissé le moteur tourner, signe qu'elle ne comptait pas s'attarder.

— Elle avait toujours les papiers en sortant ?

— Pas d'après ce qu'il a pu distinguer. Seulement, elle portait un sac à dos cette fois. Enfin bref, il l'a filée jusque chez elle et il a attendu d'être sûr qu'elle dormait pour s'introduire dans la maison et fouiller les lieux. Il a déniché le sac à dos dans la buanderie et il l'a tout de suite inspecté.

— Le pli n'y était pas, devina John.

Dallas acquiesça d'un signe de tête.

Cameron se mit à faire les cent pas.

— Elle l'a forcément laissé au dispensaire. Elle prévoyait peut-être de s'en occuper aujourd'hui.

— Monk est retourné là-bas, mais il n'a rien trouvé. Il m'a assuré qu'il avait fouillé partout. Le seul problème, c'est qu'il a fracturé une des serrures de son bureau. Il a alors préféré tout saccager pour qu'on attribue ça à des vandales.

— Où est ce putain de paquet ? s'emporta John, qui ne cachait plus sa colère. Je n'arrive pas à croire que cette salope l'ait envoyé à sa cousine. Elle détestait sa famille.

— Je ne sais pas où il est, fit Dallas. Mais je me suis dit une chose...

— Quoi ? demanda Preston.

— Le Dr Renard ne peut pas avoir la moindre idée de son importance.

12

Se rendre jusqu'à St Claire ne posa pas de problème à Theo. En revanche, trouver Bowen s'avéra une autre paire de manches. Aucun panneau n'en indiquait la direction et, comme le lui avait dit Jake, la petite ville ne figurait pas sur la carte. Répugnant à admettre qu'il était perdu, et donc obligé de solliciter de l'aide – une tare génétique transmise de génération en génération aux mâles de la famille, selon ses sœurs Jordan et Sydney –, Theo tourna en rond jusqu'à ce que, pratiquement à court d'essence, il se retrouvât contraint de s'arrêter. Au moment de payer son plein à la station-service, il craqua et demanda au caissier si, par hasard, il connaissait le chemin jusqu'à Bowen.

L'employé – un adolescent criblé de taches de rousseur et atteint d'un léger strabisme – opina du chef avec enthousiasme.

— Bien sûr que je le connais. Vous êtes nouveau en ville ? (Avant que Theo ait pu répondre, le garçon enchaîna sur une autre question.) Vous cherchez le lycée ? Il est sur Clement Street. Hé, je parie que c'est ça. (Il marqua une pause et examina Theo de haut en bas, avant de plisser les yeux et de hocher de nouveau la tête.) Je sais pourquoi vous êtes là.

— Vraiment ?

— Ouais. Vous venez passer un entretien pour le poste d'entraîneur. Je me trompe pas, hein ? Vous venez pour l'annonce ? Il paraît qu'elle intéresserait quelqu'un. Sûr que c'est vous, hein ? On nous a pas raconté de blagues, alors. Ça tomberait vraiment bien parce que M. Freeland – c'est le prof de musique, mais je suppose que vous le savez déjà –, y connaît que dalle au foot. Vous allez accepter le poste ?

— Non.

— Pourquoi ? Vous avez pas encore vu Bowen. À mon avis, vous devriez pas prendre votre décision avant de savoir à quoi ça ressemble.

— Je ne suis pas entraîneur, rétorqua Theo, qui commençait à perdre patience.

L'adolescent n'en crut pas un mot.

— Pourtant vous en avez l'air. Vous êtes carré d'épaules, un peu comme si vous aviez été joueur étant jeune.

Étant jeune ? Quel âge lui donnait-il, à la fin ?

— Écoute, tout ce qui m'intéresse, c'est la direction…

— Oh, j'ai pigé ! s'exclama le gamin avec enthousiasme.

— Tu as pigé quoi ? demanda Theo en dépit du bon sens.

— C'est un secret, pas vrai ? Je veux dire, jusqu'à ce que le poste soit attribué, ça doit rester confidentiel. Jusqu'à ce que le principal annonce son choix à la grande réunion qu'aura lieu dans quelques semaines. Au fait, Coach, mon nom c'est Jerome Kelly, mais tout le monde m'appelle par mon deuxième prénom, Kevin. (Il se pencha pour lui serrer la main par-dessus le comptoir.) Je suis drôlement content de vous rencontrer.

— J'essaie juste de me rendre à Bowen, répéta Theo, dont les mâchoires se crispèrent. Est-ce que tu vas m'indiquer le chemin, oui ou non ?

Kevin leva les mains en un geste d'apaisement.

— D'accord, d'accord. Pas la peine de vous énerver. Mais j'ai raison, hein ? C'est bien un secret ?

Theo décida d'acquiescer pour lui faire abandonner le sujet.

— Ouais, gagné. C'est un secret. Bon, maintenant, où se trouve Bowen ?

Kevin sourit jusqu'aux oreilles.

— Vous voyez ça ? lui demanda-t-il en désignant la rue devant la station-service.

— Quoi ?

— Cette rue.

— Oui, bien sûr.

— C'est Elm Street, la rue des Ormes. Sauf qu'il n'y a pas d'ormes dessus. Au fait, ma spécialité, c'est les coups d'envoi.

— Pardon ?

— Les coups d'envoi. M. Freeland pense que je devrais m'en charger. Je peux vous expédier un ballon à quarante mètres les doigts dans le nez.

— Vraiment ?

— Je pourrais aussi me charger des retours de dégagement. Je cours vite.

— Écoute, Kevin, je ne suis pas le nouvel entraîneur.

— Ouais, je sais, je dirai rien à personne tant que ce sera pas officiel. Comptez sur moi, Coach.

— Où se trouve Bowen ? martela Theo, d'un ton cinglant cette fois.

— J'allais y venir. Quand vous longez Elm Street de ce côté-là – vers l'est, précisa-t-il en tendant de nouveau la main vers la fenêtre –, vous êtes à St Claire. Au cas où vous sauriez pas de quel côté sont l'est et l'ouest – parfois, je m'y perds –, vous pourrez être sûr que vous êtes à St Claire si vous voyez des trottoirs. Bowen n'en a pas.

— Et où exactement se trouve Bowen ? grinça Theo.

— J'y viens, lui assura de nouveau Kevin. Maintenant, en traversant Elm Street, comme si vous alliez…

Theo détestait ce gamin.

— Oui ?

— Vous y êtes.

— Où ?

— À Bowen. Vous comprenez ? D'un côté de la rue, on est à St Claire, et de l'autre, à Bowen. C'est pas plus compliqué. J'espère bien que vous me laisserez faire les coups d'envoi. Je serais un bon atout pour l'équipe.

— Tu as déjà entendu parler d'un bar appelé le Swan ? lui demanda Theo en comptant ses billets pour régler l'essence.

— Oui, bien sûr. Tout le monde le connaît. C'est un vieux bâtiment qui crèche au fond des marécages, de l'autre côté de Bowen. Il y a un grand cygne au sommet. Une fois sur place, vous pouvez pas le rater.

— Justement, explique-moi comment on y arrive, sur place.

Kevin lui donna cette fois les indications nécessaires. Lorsqu'il eut fini de lui décrire le trajet, pour le moins complexe, il ajouta :

— Vous savez, les gens de St Claire regardent Bowen comme leur banlieue, mais à Bowen, ça les fait chier. Oh… désolé. Je devrais peut-être pas parler comme ça devant un prof.

Theo empocha sa monnaie, remercia Kevin de son aide et retourna vers sa voiture. L'adolescent le rattrapa.

— Monsieur, c'est quoi votre nom ?

— Theo Buchanan.

— N'oubliez pas !

— Quoi ?

— De me laisser jouer les coups d'envoi !

— Promis, lui répondit Theo avec un large sourire.

Kevin attendit que la voiture ait démarré puis fonça à l'intérieur de la station appeler ses amis. Il voulait être le premier à leur révéler l'arrivée secrète du nouvel entraîneur.

Dix minutes plus tard, Theo roulait de nouveau sur une interminable route gravillonnée dépourvue de toute signalisation. De chaque côté, au milieu d'une végétation luxuriante, se dressaient des cyprès dont les branches se paraient de lambeaux de mousse grisâtre. La nature lui parut si belle et paisible que, malgré la chaleur et l'humidité, il baissa sa vitre afin de respirer les douces senteurs de la terre.

Tandis qu'il roulait au pas, il distingua des eaux boueuses derrière les arbres. L'envie lui prit de s'arrêter et de s'asseoir là pour embrasser tout le paysage du regard. Quel magnifique cadre de randonnée, songea-t-il. Cette pensée en entraîna une autre. Les alligators ne vivaient-ils pas dans les marécages ? Bon sang, mais si. Adieu la randonnée, alors.

Qu'est-ce qu'il fabriquait là ? Pourquoi avait-il parcouru toute cette distance dans le seul but d'aller pêcher ? Parce qu'elle vivait à Bowen, reconnut-il, avec l'impression subite d'être ridicule. Il envisagea de rebrousser chemin et de retourner à La Nouvelle-Orléans. Oui, sage idée. En se dépêchant, il pourrait attraper un vol dans la soirée et être de retour chez lui avant minuit. Sa place n'était-elle pas à Boston ? S'il désirait pêcher, il n'avait qu'à sortir en mer avec son bateau et jouer les super-marins.

Givré, voilà ce qu'il était. Complètement givré. Il savait ce qu'il aurait dû faire, et pourtant il n'en continuait pas moins à rouler.

Il aborda un nouveau virage et soudain le Swan se dressa devant lui, au bout de la route. À sa vue, il éclata de rire. Seigneur ! il n'avait jamais rien contemplé de tel. Les façades grises du bâtiment, en tôle ondulée, étaient surplombées d'un toit métallique en pente. L'ensemble ressemblait plutôt à une vieille grange, un peu délabrée de surcroît, mais le clou du spectacle résidait sans conteste dans l'énorme cygne perché à son sommet. Avec un léger hic cependant : l'oiseau n'avait de cygne que le nom. Il s'agissait en réalité d'un flamant rose, dont l'une des ailes pendait de manière précaire à un mince fil de fer.

Un vieux pick-up Ford cabossé était garé sur le parking gravillonné. Theo se rangea à côté, descendit de voiture et ôta sa veste. Il retroussait les manches de sa chemise bleue et se dirigeait vers l'entrée lorsqu'il se rappela que sa veste lui avait servi jusqu'alors à masquer le holster fixé à sa ceinture. Il faisait trop lourd pour qu'il la remette. Tant pis, décida-t-il. Michelle savait déjà qu'il portait une arme. Et puis, pour le moment, il réfléchissait surtout à ce qu'il allait répondre à Jake quand celui-ci l'interrogerait sur la raison de sa présence à Bowen. Le vieil homme apprécierait-il d'entendre la vérité ? Votre fille m'obsède. Oh, pour sûr, tout avouer le soulagerait. Aucun doute à ce sujet. Et cela lui vaudrait certainement un bon coup de poing dans la figure en prime.

La porte était entrouverte. Theo la poussa et avisa Jake Renard qui, un chiffon à la main, frottait le bois verni du comptoir. Il retira ses lunettes de soleil, les glissa dans la poche de sa chemise avec ses verres correcteurs et salua le vieil homme d'un signe de tête. Il espérait que Jake se souviendrait de lui, tout en cherchant comment expliquer sa venue dans le cas contraire. Quelle autre raison l'avait poussé à venir à Bowen déjà ? La pêche. Ouais, voilà. Il voulait pêcher.

Jake ne l'avait pas oublié. Dès l'instant où il aperçut Theo, il lâcha un cri digne d'un chanteur de country. Avec un large sourire, il laissa tomber son chiffon, s'essuya les mains sur sa salopette et se hâta de contourner le comptoir.

— Eh bien ça alors ! s'exclama-t-il. Ça alors !

— Comment allez-vous, Jake ?

— Bien, Theo. Très bien. Vous êtes venu pêcher ?

— Oui, monsieur. En effet.

Jake lui serra la main avec enthousiasme.

— Ce que je suis content de vous voir ! Je disais justement à Ellie l'autre soir qu'on finirait par se croiser tous les deux, et voilà que je vous trouve ici !

Theo savait qui était Ellie. Jake y avait fait allusion devant lui à l'hôpital.

— Comment se porte votre femme ? s'enquit-il poliment.

D'abord surpris, Jake ne tarda pas à se reprendre.

— Paix à son âme ! Elle nous a quittés il y a longtemps.

— Je suis désolé, s'excusa Theo, de plus en plus perplexe. Pardonnez mon indiscrétion, mais qui est Ellie, alors ?

— Ma femme.

— Oh, vous vous êtes donc remarié ?

— Non, je n'en ai jamais eu envie. Je n'imagine pas rencontrer un jour quelqu'un qui arrive à la cheville de mon Ellie. (Il s'interrompit et lui sourit.) J'étais sûr que vous viendriez. J'ai failli vous appeler mais Mike m'aurait passé un sacré savon en l'apprenant et, de toute façon, je pensais bien que vous vous arrangeriez d'une manière ou d'une autre pour passer à Bowen.

Theo se demanda comment interpréter la remarque du vieil homme.

— À partir du moment où je vous ai mis l'idée de pêcher en tête, expliqua Jake, je savais que vous prendriez quelques jours de congé. Un vrai pêcheur ne résiste jamais à la tentation, même s'il n'a pas eu l'occasion de ferrer du poisson depuis longtemps. J'ai pas raison ?

— Tout à fait, monsieur.

— S'il se trouve que vous êtes né avec une canne entre les mains – et j'ai l'impression que c'est le cas –, alors je m'associerai peut-être avec vous pour le tournoi du week-end prochain. J'ai toujours fait équipe avec mon ami Walter, mais Mike a dû lui ôter la vésicule biliaire hier et il ne sera pas du tout en état de m'épauler. Il m'a déjà conseillé de chercher un autre équipier. Vous ne serez pas parti d'ici là, n'est-ce pas ?

— Je n'ai pas encore décidé de la durée de mon séjour à Bowen.

— Alors c'est entendu. Vous restez.

Theo éclata de rire.

— De quel genre de tournoi s'agit-il ?

— Oh, d'une grande manifestation locale. Une fois par an, tous les pêcheurs de la région viennent y participer. Chacun paie cinquante dollars d'inscription. Au final, cela représente une jolie somme à gagner, et il y a cinq ans que j'attends de battre le vieux Lester Burns et son frère Charlie. Ils ont raflé tous les premiers prix depuis la création de la compétition. Faut dire qu'ils sont bien équipés, alors forcément ils démarrent avec un avantage. Les règles ne sont pas compliquées, ajouta-t-il. On fixe un quota maximum et le juge pèse vos prises devant tout le monde à la fin de la journée. Après, on fait la fête au Swan devant un bon repas cajun. Hé, comment vous trouvez mon bar ? (Il balaya l'espace d'un grand geste du bras.) Joli, hein ?

Theo examina les lieux avec intérêt. Le soleil entrait à flots par les fenêtres ouvertes et inondait le plancher en bois dur. Des tables étaient disposées le long du mur et leurs chaises empilées dessus. Un seau et un balai à franges appuyé contre l'angle du bar voisinaient avec un juke-box. Au plafond, les pales des ventilateurs tournaient lentement en émettant un léger cliquetis. Il régnait dans la salle une fraîcheur étonnante compte tenu de la température extérieure.

— Oui, très joli.

— Le week-end, ça ne chôme pas ici, poursuivit Jake. Enfin, ça me fait vraiment plaisir de vous voir, jeune homme. Michelle aussi sera contente. Elle m'a parlé de vous plus d'une fois.

Cette dernière remarque combla d'aise Theo.

— Comment va-t-elle ? J'ai discuté avec le Dr Cooper qui m'a appris que son dispensaire avait été vandalisé.

— Ils ont essayé de le démolir, oui ! Et pourquoi ? je vous le demande. Rien n'a été volé, ils ont juste tout fichu sens dessus dessous. Ma pauvre Mike a à peine eu le temps de constater les dégâts. Elle a découvert ça ce matin et elle venait à peine de rentrer chez elle pour se changer qu'on l'a encore appelée à cause d'une urgence. Elle n'a pas eu une minute pour mettre un peu d'ordre dans ce fouillis ou nous expliquer, à son frère et à moi, comment on pourrait se rendre utiles en attendant. Si vous voulez mon avis, elle se tue au travail. Elle ne va plus tenir longtemps à ce rythme-là, croyez-moi.

— Je vais très bien, papa.

Theo se retourna au son de sa voix et la découvrit là, sur le seuil, qui leur souriait à tous deux. Elle était vêtue d'un short kaki et d'un polo de rugby bordeaux et blanc, maculé de taches de peinture.

Il s'efforça de ne pas fixer ses jambes, mais Dieu, qu'il lui en coûta. Longues, galbées, superbes… elles l'hypnotisaient.

— Que faites-vous à Bowen, monsieur Buchanan ? s'enquit-elle en priant pour que sa voix restât neutre.

Elle avait éprouvé un choc à le voir dans le bar de son père et lorsqu'il s'était tourné vers elle, le sourire aux lèvres, il lui avait semblé que le sol se dérobait sous ses pieds. Son cœur se mit à battre la chamade et elle se sentit rougir. Quoi de plus normal après tout ? Comme l'avaient si bien dit les infirmières du bloc opératoire, Theo Buchanan était tout simplement canon.

— Est-ce que c'est comme ça qu'on accueille un invité ? lui reprocha Jake.

Michelle ne parvenait cependant pas à se remettre de la surprise que lui avait causée la vue de Theo.

— Tu l'as appelé pour lui demander son aide ? lança-t-elle à son père d'un ton accusateur.

— Non, jeune fille, tu as tout faux. Maintenant, arrête de me faire cette tête et montre-toi plus polie. Quand Theo était à l'hôpital, je l'ai invité à venir pêcher avec moi.

— Papa, tu proposes ça à tous les gens que tu rencontres. (Elle s'adressa à Theo.) C'est vraiment la pêche qui vous amène ici ?

— En réalité, je…

Jake l'interrompit.

— Puisque je te le dis, Michelle. Et devine quoi ? Il participera avec moi au tournoi du week-end prochain.

— Comment allez-vous ? demanda-t-elle à Theo, préférant rendosser le rôle sûr et confortable de médecin. Des complications ?

— Je suis comme neuf, grâce à vous. C'est l'une des raisons de ma venue ici… en dehors de la pêche. Je voulais vous rembourser la robe que j'ai abîmée, et puis surtout vous remercier. Vous m'avez sauvé la vie.

— C'est pas beau, ça, Mike ? s'exclama Jake, qui rayonnait comme une enseigne lumineuse. Tu as étudié la médecine dans ce but, pas vrai ? Pour sauver des vies.

— Oui, papa.

— Vous avez faim, Theo ? Il est midi passé et je parie que vous n'avez pas encore mangé. J'ai un peu de gombo[1] qui mijote sur le

---

1. Gombo : soupe à base de gombo (plante potagère tropicale) et de viande ou de fruits de mer. (*N.d.T.*)

feu. Allez vous asseoir au comptoir pendant que je finis de ranger. Mike, apporte-lui donc une bière fraîche.

— De l'eau suffira, l'arrêta Theo.

Il suivit Michelle vers le bar, notant au passage que ses cheveux, coiffés de travers en queue-de-cheval, se balançaient à chacun de ses pas. Quel âge pouvait-elle avoir ? Mon Dieu, il accusait peut-être un coup de vieux. Oui, certainement même. Michelle lui insufflait une nouvelle jeunesse. Sauf qu'il n'avait que trente-deux ans. N'était-ce pas un peu tôt pour un coup de quoi que ce soit ?

Jake plaça un grand bol de soupe épaisse devant lui puis lui tendit une serviette et une cuiller.

— Attention, le prévint-il.

Theo supposa qu'il lui conseillait d'attendre quelques instants que le gombo refroidisse. Il remua donc un peu avant d'y goûter. Deux secondes plus tard, les larmes aux yeux et la goutte au nez, il toussait tout en essayant de reprendre son souffle. Sa gorge lui semblait traversée par de la lave en fusion. Il attrapa son verre d'eau et l'avala d'un trait.

— Je crois que tu l'as trop épicé cette fois, constata Michelle. Tu n'aurais pas eu la main un peu lourde avec ta sauce spéciale ?

Jake servit un autre verre d'eau à Theo et le regarda tenter de le boire entre deux quintes de toux.

— Je n'en ai mis qu'une bouteille, protesta-t-il. La soupe me paraissait un tantinet fade. Je pensais même en rajouter encore un peu.

Michelle secoua la tête.

— Il vient me remercier de l'avoir sauvé et tu ne trouves rien de mieux à faire que d'essayer de le tuer.

Theo ne parvenait toujours pas à articuler le moindre mot. Jake, penché par-dessus le comptoir, entreprit de lui administrer de grandes tapes entre les omoplates – le jeune homme lui aurait demandé d'arrêter s'il n'avait eu la quasi-certitude d'avoir les cordes vocales brûlées au dernier degré.

Michelle lui tendit un morceau de pain.

— Tenez. Cela vous soulagera.

— Je parie que vous ne refuserez pas une bonne bière cette fois, n'est-ce pas ? lui demanda ensuite Jake.

Theo opina puis, après une longue gorgée de Michelob, s'adressa à Michelle qui était passée derrière le bar et rangeait des verres :

— J'ai vu le Dr Cooper ce matin.

— Je croyais que vous alliez bien ? s'étonna-t-elle.

— Oh oui. Mais je ne m'étais pas rendu à mon premier rendez-vous avec lui – je suis rentré à Boston quelques jours après l'opération. Finalement, mon discours a été reporté alors je suis revenu. Mieux vaut tard que jamais.

— Vous deviez être dans un sale état en arrivant chez vous. Jouer les gros durs aurait pu vous coûter la vie.

— Il s'en est fallu de peu en effet, reconnut-il. Enfin bref, Cooper m'a mis au courant du saccage de votre dispensaire.

— Ah ! Tu vois, Mike ? Je ne l'ai pas appelé ! souligna Jake. J'ai suggéré à ma fille de vous contacter, Theo, parce que vous êtes le seul agent du FBI que j'aie jamais rencontré.

— Je travaille en tant que procureur au ministère de la Justice, le corrigea Theo.

— N'empêche que le FBI fait partie du ministère de la Justice, pas vrai ?

— Oui, mais…

— Raison pour laquelle je voulais vous contacter. Je pensais que vous pourriez éventuellement vous pencher sur cette affaire, mais Mike n'a pas voulu en entendre parler. Vous savez ce que ces types ont fait d'autre ? Ils ont barbouillé ses jolis murs blancs de peinture noire. Des mots que je ne répéterai pas. Et puis ils ont déchiré ses dossiers et contaminé son matériel. Michelle va devoir repartir de zéro. C'est pas vrai ce que je viens de dire, ma chérie ?

— Je m'en sortirai, papa. Ça tombe bien : j'ai les deux prochaines semaines pour tout remettre en ordre. J'aurai le temps.

— Sauf que tu étais censée prendre des vacances, te reposer et aller pêcher. (Jake se tourna vers Theo.) Ma fille a toujours été optimiste. Elle tient ça de moi. Vous, Theo, que nous conseillez-vous ?

— Vous avez appelé la police, je suppose ? demanda-t-il à Michelle.

— Oui, répondit-elle, exaspérée. Le chef de la police de St Claire, Ben Nelson, a enregistré ma plainte. Il mène son enquête, mais pense lui aussi qu'il s'agissait de gamins à la recherche de drogue. Heureusement, le bruit va se répandre maintenant que je n'en garde pas là-bas et l'incident restera isolé.

— Je doute de pouvoir vous être d'une quelconque utilité…

— Vous travaillez pour le gouvernement, objecta Jake, et vous portez une arme. Je suppose que les gars du ministère de la Justice ne vous l'ont pas confiée sans vous apprendre d'abord à vous en servir ?

— Papa, à t'entendre, on croirait que tu veux lui faire abattre quelqu'un.

— Je veux juste dire qu'il connaît son boulot. Ben Nelson est un bon chef de la police. On a de la chance de l'avoir. Mais deux têtes valent mieux qu'une. Je n'ai pas raison, Theo ?

— Il n'appréciera sûrement pas que je me mêle de son enquête.

— Qui parle de se mêler de son enquête ? Je pense plutôt qu'il sera ravi de votre aide.

— Seigneur, ce n'était que du vandalisme, papa ! s'écria Michelle. Ben arrêtera les gamins. Laisse-lui un peu de temps.

— Mike, ma chérie, tu veux bien aller me chercher un verre de lait froid dans le frigo ? la coupa Jake. (Dès qu'elle se fut éloignée, il se pencha vers Theo et baissa la voix.) Sa fierté la perdra. Elle est têtue, et tellement indépendante qu'elle s'imagine capable d'affronter le monde entier toute seule. Seulement, elle a déjà assez de travail comme ça en tant que médecin. Peut-être qu'il s'agissait de voyous. Ou peut-être pas. Mais puisque vous allez passer quelques jours avec nous, je suis d'avis que vous examiniez la situation. Et puis, ma fille vous a sauvé la vie – vous l'avez déclaré vous-même –, alors vous pourriez aussi veiller sur elle pendant votre séjour ici. Vous lui devez bien ça. (Il jeta un coup d'œil par-dessus son épaule.) Il me semble d'ailleurs que ce serait une bonne idée si elle vous hébergeait, chuchota-t-il.

Au même moment, l'intéressée sortit de la cuisine, un verre de lait à la main.

— Ne lui répétez pas un mot de tout ça, demanda aussitôt Jake à Theo, avant de poursuivre d'une voix assez forte pour être entendue de sa fille. Oui, monsieur, j'estime que Ben gagnerait à avoir un autre avis sur la question. Maintenant vous savez ce que j'en pense et je n'insisterai plus.

— Jusqu'à quand ? sourit Michelle.

— Ne sois pas insolente. J'ai juste supposé que Theo serait content de nous donner un coup de main.

— J'irais volontiers jeter un œil à votre dispensaire, proposa celui-ci.

— Parfait. Mike peut vous y emmener tout de suite, et ce soir, vous n'aurez qu'à vous installer chez moi… ou chez elle, lâcha Jake avec un regard complice en direction de Theo. Nous avons tous les deux des chambres d'amis. Pas question que vous dormiez à l'hôtel. Vous êtes mon partenaire pendant le tournoi, donc mon hôte par la même occasion. Je vous invite à manger au Swan tous les jours.

— Non, je vous remercie.

La réponse avait fusé si vite que Michelle se mit à rire.

— Je crois qu'il n'aime guère ton gombo.

Et, de nouveau, elle adressa un sourire à Theo. Un sourire incroyable. Bon Dieu, dans quel pétrin était-il en train de se fourrer ? Cette partie de pêche commençait à se compliquer sérieusement.

— J'oubliais, dit-il. Cooper vous envoie une autre boîte de matériel. Je l'ai laissée dans le coffre de ma voiture.

— C'est gentil de sa part.

— Il lui fait les yeux doux, oui ! ronchonna Jake.

— Papa, il est marié.

— Il te fait les yeux doux pour que tu rejoignes son service et que tu emménages en ville, précisa-t-il.

Un coup frappé à la porte interrompit leur conversation. Tous trois se retournèrent et découvrirent un adolescent aux cheveux coupés ras qui avait passé la tête dans l'entrebâillement. Bâti comme un colosse, il devait peser cent vingt kilos au bas mot.

— Monsieur Renard ? lâcha-t-il d'une voix éraillée. Comme vous n'êtes pas ouvert à cette heure-ci, ça pose un problème si j'entre ?

Jake reconnut Elliott, l'aîné des enfants Waterson. Ses parents, Daryl et Cherry, avaient huit garçons – tous de solides gaillards éclatants de santé –, mais le couple rencontrait quelques difficultés financières depuis que Daryl avait été victime d'un accident du travail. En attendant qu'il se rétablisse, les plus âgés de ses fils effectuaient des petits boulots afin de l'aider à nourrir toute la famille.

— Elliott, tu connais mon règlement. Je n'autoriserai jamais aucun mineur à mettre les pieds au Swan. Ja-mais. Tu ne veux pas que je perde ma licence, n'est-ce pas ?

— Non, m'sieur. Bien sûr que non.

— Tu cherches du travail ?

— Non, m'sieur. J'ai trouvé un bon job à la société d'emballage de St Claire. Je décharge des cartons le week-end. Non, en fait, on se demandait juste combien de temps...

— Qui ça, « on » ?

— Moi et mes copains.

— Tous mineurs, eux aussi ?

— Oui, m'sieur, je crois bien. Et les filles aussi, mais elles...

— Ferme la porte derrière toi, mon garçon. Tu laisses entrer les mouches. Donne le bonjour à tes parents de ma part, et dis à Daryl que je viendrai le voir dimanche.

— Oui, m'sieur, mais..., bafouilla Elliott, l'air désorienté.

— File, maintenant !

— Papa, tu pourrais au moins lui demander ce qu'ils te veulent, non ? intervint Michelle.

Theo se dirigea vers la porte.

— L'un d'eux sait peut-être quelque chose sur ce qui s'est passé au dispensaire, dit-il. On ferait mieux de leur parler.

— Je suis peut-être allé un peu trop vite en besogne, admit Jake. Quelqu'un est-il malade ou blessé, Elliott ? Mike, va donc voir.

— Non, pas du tout, répondit l'adolescent, avec force signes de tête à l'appui. Personne n'est blessé. (Il pivota alors sur ses talons.) Hé, les gars ! cria-t-il vers l'extérieur. Il porte un revolver. C'est pas génial, ça ?

Il se retourna aussitôt, fixa un bref instant les jambes de Michelle, qui s'avançait vers lui, et détourna vite le regard.

— Non, m'dame... Enfin, je veux dire... non, docteur Mike, personne n'a besoin de vous. Même si on aime tous vous regarder... non, ce n'est pas ce que je voulais dire. C'est juste que personne n'est malade ni rien. Je vous jure.

Le visage d'Elliott avait viré au rouge vif. Rester cohérent en présence d'une belle femme semblait de toute évidence au-dessus de ses forces. Theo compatit à son sort.

— Tu as quelque chose à nous apprendre sur les dégradations commises au dispensaire ? le questionna Michelle.

— Non, m'dame, et pourtant, j'ai interrogé tout le monde autour de moi – mon père m'avait bien répété ce que le vôtre voulait que je fasse. Personne n'est au courant de rien, et je trouve ça un peu bizarre parce que d'habitude, quand des gamins montent un coup pareil, ils aiment bien s'en vanter. Vous voyez, quoi. Mais là, rien. Tout ceux à qui j'ai parlé savent que dalle. Je vous jure.

— Alors que fabriques-tu ici, Elliott ?

Incapable de détacher complètement les yeux de Michelle, l'adolescent parvint néanmoins à lui désigner Theo du doigt.

— Euh… on espérait juste… euh, enfin, si ça l'embête pas… euh, que le coach accepterait de sortir rencontrer une partie de l'équipe.

Michelle crut avoir mal entendu.

— Pardon ?

— Que le coach accepterait de sortir rencontrer une partie de l'équipe.

— Le *coach* ? fit-elle, interloquée.

Theo resta sans voix. Où diable Elliott avait-il été pêcher cette idée ?… Soudain, tout s'éclaira et il éclata de rire.

— Il y avait un gamin…

Elliott coupa court à son explication.

— Le coach arrive ! cria-t-il à l'extérieur. Tout le monde en place !

Jake poussa Theo vers la porte.

— Autant aller voir la cause de ce raffut.

— C'est un malentendu…

Theo suivit Michelle dehors. Il s'apprêtait à se justifier quand des acclamations retentissantes saluèrent sa sortie du bar. Stupéfait, il découvrit le parking rempli de voitures et de pick-up. Au milieu, un groupe d'enfants – au moins quarante au total – sifflaient et hurlaient à tue-tête.

Quatre adolescentes, blondes, souriantes et vêtues chacune d'un short blanc et d'un T-shirt rouge, s'avancèrent avec un bel ensemble. L'une d'elles, porteuse de deux pompons, rouge et blanc eux aussi, mena joyeusement toute l'assemblée.

— Donnez-moi un B ! cria-t-elle, à quoi les autres répondirent par un « B ! » tonitruant. Donnez-moi un *u*, un *k*, un *a*, un *n*, un *a* et un *n* ! Qu'est-ce qu'on obtient ?

— Ça me dépasse, commenta sèchement Theo.

— Bukanan ! rugit la foule.

Michelle éclata de rire. Theo leva les mains et tenta de ramener le calme.

— Je ne suis pas votre entraîneur, s'époumona-t-il. Écoutez-moi. C'est un malentendu. Ce gamin…

Peine perdue. Nul ne prêta attention à ses protestations et, dans un débordement de joie, les jeunes se précipitèrent vers lui en criant tous en même temps.

Comment avait-il pu perdre à ce point le contrôle de la situation ? Theo sentit Jake lui poser la main sur l'épaule. Il se retourna.

Le vieil homme affichait un sourire éclatant.

— Bienvenue à Bowen, jeune homme.

13

Theo essaya de mettre fin au quiproquo, mais les garçons, visiblement surexcités, ne le laissèrent pas placer un seul mot. Massés autour de lui, ils cherchaient tous à dominer le tumulte pour le renseigner sur leurs talents particuliers et la position qu'ils voulaient occuper sur le terrain. L'un d'eux, un dénommé Moose, se fraya un chemin jusqu'au premier rang et l'informa que, à son avis, il ferait un bon *linebacker*. À en juger par sa taille, pensa Theo, il pouvait même se charger à lui seul de toute la défense.

Il s'efforça de leur imposer le silence mais se heurta une nouvelle fois à l'exubérance générale. En retrait, les pom-pom girls exécutaient des séries de sauts arrière sur le parking.

Michelle, prise d'un fou rire incontrôlable, ne l'aidait pas vraiment. C'est alors qu'un des adolescents eut envie d'examiner son arme de plus près. La réaction de Theo fut immédiate et instinctive. Il l'attrapa par le poignet et le fit tomber à genoux.

— Joli réflexe, Coach ! approuva bruyamment Moose.

— En arrière, tout le monde ! cria Jake. Laissez le coach rejoindre sa voiture avec Mike. Allez ! Dégagez le passage. Ils doivent se rendre au dispensaire pour que le coach commence son enquête.

Cet emploi insistant du mot « coach » n'arrangea pas la situation et, devant le sourire de Jake, Theo sentit que le vieil homme l'avait répété délibérément.

Michelle lui prit alors la main et le guida à travers la foule, dont il tentait toujours de se faire entendre. Tous deux se faufilèrent ainsi entre les camionnettes et les pick-up jusqu'à sa voiture de location. Theo ouvrit la portière à la jeune femme, avant de se retrouver de nouveau assailli de toutes parts. Lui qui était pourtant grand constata que certains de ces adolescents le dépassaient largement, et il ne put s'empêcher de penser que, bien entraînés et motivés, ils formeraient une équipe du tonnerre.

Il renonça à s'expliquer et se contenta de hocher la tête tandis qu'il contournait la voiture et s'installait au volant.

— Ouais, va pour milieu de terrain, lança-t-il en fermant sa portière, qu'il verrouilla aussitôt.

— Milieu de terrain ? demanda Michelle.

— Le gosse avec la boucle d'oreille veut être milieu de terrain.

Elle se mordit la lèvre pour ne pas rire, mais Theo fut de nouveau salué par une ovation au moment où il quitta le parking et elle ne put résister plus longtemps.

— Donnez-moi un B !

— Vous savez ce qui manque à ces gamins ?

— Laissez-moi deviner. Un entraîneur de foot.

— Non, un professeur d'anglais. Quelqu'un qui leur apprenne l'orthographe.

— Ils sont très heureux de vous voir, c'est tout.

Elle essuya ses larmes et soupira.

— Écoutez, protesta-t-il, je me suis seulement arrêté prendre de l'essence et le gamin à la caisse m'a pris pour un entraîneur.

— Les gens tomberont de haut quand ils découvriront que vous les avez bernés. Je n'avais pas autant ri depuis longtemps.

— À votre service, rétorqua-t-il. Dites-moi, comment se fait-il que personne dans cette ville ne veuille m'écouter ?

— Ils sont tous trop occupés à essayer de vous impressionner. Vous allez laisser Andy Ferraud jouer *quarterback* cette année ?

— Très drôle.

— Il a ce qu'il faut dans les bras.

Theo stoppa la voiture à une intersection et se tourna vers elle.

— Je suis venu pêcher.

Michelle mit quelques secondes à s'apercevoir que la voiture n'avançait plus. Theo s'était de toute évidence arrêté en attendant qu'elle lui indique la direction, et voilà qu'elle restait là comme une idiote à le dévisager.

— Prenez à gauche, lui ordonna-t-elle. Mon dispensaire est à deux pas, le long de cette route. En continuant, on arrive chez moi. J'habite un peu plus loin, dans un virage. Une petite maison à un étage. Rien d'extraordinaire. Je raconte n'importe quoi, n'est-ce pas ? C'est curieux, ajouta-t-elle, je crois que vous me rendez nerveuse.

— Pourquoi trouvez-vous ça curieux ?

— C'est moi qui devrais vous rendre nerveux. Après tout…

— Oui ?

— Je vous ai vu nu.

— Et bien sûr, vous avez été impressionnée.

— Par votre appendice, oui.

— Qu'est-ce que je ne ferais pas pour attirer l'attention d'une jolie femme, plaisanta-t-il en tournant à gauche.

— Nous y sommes.

Il eût été difficile de rater son dispensaire : aucune autre construction ne se dressait au bord de la route. Theo s'engagea sur le parking goudronné et se gara près d'un sycomore géant. Les branches de l'arbre retombaient sur le toit du bâtiment, laissant présager un désastre.

— Vous devriez couper ces branches. Un bon orage et vous risquez de perdre votre toit.

— Je sais. Cela fait partie de mes prochaines priorités.

L'établissement se composait d'un petit édifice rectangulaire dont les murs de pierre avaient été récemment peints en blanc. Le nom de Michelle figurait en lettres dorées sur une plaque noire apposée au centre de la porte d'entrée, au-dessus de la poignée. De part et d'autre de l'allée, deux pots de géraniums en ciment avaient été brisés et leurs fleurs arrachées.

Michelle mena Theo derrière le bâtiment. Quelqu'un avait éventré les sacs-poubelle et renversé le conteneur réservé aux objets métalliques. La cour ressemblait à un dépotoir.

— Je venais juste de donner une dernière couche à la porte de service, et regardez ce qu'ils ont fait.

Le mot « salope », peint au pistolet – et écrit correctement, nota Theo –, barrait la surface blanche vernie.

Elle lui montra une bombe de peinture jetée non loin de là.

— Ils l'ont prise dans le placard à fournitures.

Theo balaya une dernière fois la cour du regard, puis s'écarta pour permettre à Michelle d'insérer la clé dans la serrure. Elle le précéda dans l'entrée et alluma.

Le dispensaire comportait trois salles de consultation, toutes intactes à première vue. Aucune dégradation n'était à déplorer sur les tables d'examen et les meubles de rangement et, bien que les portes des placards fussent ouvertes, le matériel sens dessus dessous et les murs barbouillés de peinture, les dégâts ne semblaient pas considérables.

Le bureau de Michelle, en revanche, offrait un spectacle bien différent, au point que Theo siffla en le découvrant. La pièce donnait l'impression d'avoir été ravagée par un cyclone : bureau renversé, tiroirs arrachés, défoncés, dossiers éparpillés partout.

— Je ne plaisantais pas quand je disais n'avoir pas eu le temps de ranger, le prévint Michelle. J'ai jeté un coup d'œil et j'ai appelé Ben.

Theo examina un vieux canapé au milieu de la pièce. Quelqu'un s'était acharné dessus à coups de couteau. Du cuir bordeaux lacéré s'échappait le rembourrage, semblable à du blé soufflé. L'un des vandales était apparemment entré dans une colère noire.

— Regardez-moi ça. Je laisse toujours mon bureau fermé, mais jamais à clé. Ces salauds n'avaient qu'à tourner la poignée et au lieu de ça, ils se sont donné un mal fou pour défoncer la porte.

— Ils venaient peut-être de se rendre compte que vous ne stockiez pas de drogues dures ici.

— Ce qui les aurait rendus fous de rage ?

— Possible.

Michelle avança dans le couloir.

— Attendez d'avoir vu les locaux à l'avant. C'est pire.

Theo resta cependant sur le seuil du bureau à contempler les dégâts.

— Que faites-vous ?

— Je cherche une cohérence.

— Une cohérence ?

Il secoua la tête.

— Pourquoi votre père et votre frère n'ont-ils pas commencé à tout nettoyer ? Jake m'a dit qu'il vous l'avait proposé, mais vous n'avez pas voulu qu'il touche à quoi que ce soit. Pourquoi ?

— Il faut d'abord que je rassemble les dossiers, ou au moins que je sois là pour les superviser tous les deux quand ils s'y mettront. Les informations contenues à l'intérieur sont confidentielles et je dois veiller à ce que tous les rapports médicaux soient replacés dans les bonnes chemises.

— Je croyais que vous veniez tout juste d'ouvrir ce centre.

— Exact.

— Alors d'où viennent tous ces dossiers ?

— Ce sont ceux du Dr Robinson. Il a quitté Bowen il y a deux mois et il me les a tous envoyés. Je n'en ai été informée qu'après coup, ajouta-t-elle. J'étais au courant qu'il détestait Bowen, mais il a vraiment laissé tous ses patients en plan. Il a déclaré à mon père que la vie était trop courte pour travailler dans, je cite, « une ville pourrie et paumée ».

— Ses malades devaient l'adorer !

— En effet. Ils ne s'adressaient à lui qu'en dernier recours. Ils savaient ce qu'il pensait de leur ville… et aussi d'eux – ou plutôt de nous. Vous êtes prêt pour la suite ?

— Bien sûr.

Il lui emboîta le pas le long du couloir jusqu'au bureau des infirmières, situé derrière la réception. La cloison vitrée qui séparait les deux espaces avait été brisée et la plupart des éclats de verre jonchaient encore le sol. Theo traversa la pièce pour examiner de plus près une fenêtre cassée à côté des meubles de rangement. Puis il baissa les yeux et hocha la tête.

— Attention où vous mettez les pieds, lui recommanda Michelle.

Si inimaginable que cela pût paraître, le bureau des infirmières se trouvait dans un plus triste état encore. La tablette du comptoir avait été arrachée et jetée à terre sur un amas de papiers et de documents déchirés. Les sièges de la réception, lacérés eux aussi, étaient tous bien trop endommagés pour qu'elle puisse espérer les récupérer.

Theo promenait son regard d'une salle à l'autre lorsque Michelle interrompit le cours de ses réflexions.

— Heureusement que je suis en vacances.

— Il va vous falloir plus de deux semaines pour tout remettre en ordre.

— Non. Deux de mes amies vont arriver de La Nouvelle-Orléans. Elles sont infirmières et sauront où ranger chaque chose. Une bonne journée devrait nous suffire pour reclasser tous les dossiers et une fois qu'on en aura fini avec ça, John Paul et mon père m'aideront à donner un coup de peinture. Ce n'est pas le temps qui me manque, ajouta-t-elle, mais plutôt l'argent pour remplacer le mobilier. Du moins en ce moment. (Elle releva l'un des fauteuils, le plaça contre un mur, puis se baissa pour enfoncer le rembourrage en coton blanc à l'intérieur.) Je suppose que du ruban adhésif fera l'affaire dans l'intervalle.

— Je serais ravi de vous dépanner.

Grossière erreur. Piquée au vif, Michelle se redressa aussitôt. Il devina à son visage qu'il l'avait choquée et insultée.

Elle ne lui laissa pas le loisir de chercher comment réparer sa bévue.

— Je ne veux pas de votre argent. À Bowen, on se débrouille seuls. On n'attend pas après l'aide des étrangers.

— C'est la fierté qui vous fait dire ça. J'essayais seulement...

— De secourir une petite dame dans le besoin ? Au risque de paraître impolie, je vous rappellerai que vous n'êtes pas d'ici et que vous ne comprenez pas combien il est important à nos yeux de gérer nous-mêmes ce dispensaire.

— Vous m'avez sauvé la vie, alors je voulais juste... (Il s'interrompit en la voyant froncer les sourcils.) Vous avez raison, je ne comprends pas. Mais je n'insisterai pas. Désolé, je n'avais pas l'intention de vous insulter.

L'expression de la jeune femme s'adoucit.

— Écoutez, j'ai conscience que cela partait d'un bon sentiment, seulement, ce problème ne vous concerne pas. C'est le mien, et je le réglerai moi-même.

— Très bien, déclara-t-il en levant les mains. Réglez-le vous-même. Maintenant, dites-moi ce que pense le chef de la police. Il a une idée sur l'identité des coupables ?

— Pas encore. Mais même s'il les arrête, je ne serai pas dédommagée. Les habitants du coin n'ont pas un sou. Vous avez sûrement remarqué l'absence de grandes propriétés en arrivant en ville. La plupart des familles doivent cumuler deux emplois pour s'en sortir.

Il lui désigna la réception.

— Elle est en piteux état.

— Oui, c'est un coup dur. Enfin, je m'en remettrai.

— Et l'assurance ?

— Elle m'aidera à avaler la pilule, sans couvrir pour autant tous les dégâts. Celle qui couvre ma responsabilité civile professionnelle m'a coûté une fortune, et il ne me restait plus grand-chose après l'avoir payée. Pour économiser, j'ai souscrit un contrat avec une grosse franchise. (Sans s'arrêter, elle changea de sujet.) Vous avez besoin d'aide pour porter le carton ?

— Non.

— Vous n'aurez qu'à le déposer dans l'entrée du fond en partant. Le poisson ne mord pas en fin d'après-midi, mais à défaut de pêcher, vous pouvez aller défaire vos valises chez mon père.

Elle essayait de se débarrasser de lui et ne se montrait guère subtile à ce petit jeu. Elle ignorait manifestement à qui elle avait affaire. Theo était au moins aussi têtu qu'elle, et il avait déjà pris sa décision : il n'irait nulle part.

— Je crois que je m'installerai chez vous... si ça ne vous dérange pas.

— Pourquoi ?

— Vous cuisinez forcément mieux que votre père.

— Je n'ai pas franchement le temps de me mettre aux fourneaux en ce moment.

— Vous êtes donc forcément meilleure cuisinière. Bon, je décharge cette boîte et ensuite on ira chez vous. J'ai envie de voir votre maison, de déballer mes affaires et d'enlever ce costard.

Il voulut sortir mais elle lui bloqua le passage.

— Pourquoi ?

— Pourquoi quoi ?

Quelques centimètres seulement les séparaient. Bien que Theo la dépassât, Michelle ne semblait pas le moins du monde impressionnée.

— Pourquoi voulez-vous dormir chez moi ? Mon père a plus de place.

— Oui, mais vous êtes plus jolie, et il m'a donné le choix. Sa maison ou la vôtre. Je choisis la deuxième. Et puis n'oublions pas l'hospitalité provinciale, etc. La politesse vous interdit de m'envoyer balader.

— Vous voulez parler de l'hospitalité du Sud, le corrigea-t-elle. Reste que vous n'avez toujours pas répondu...

— Laissez-moi le temps de m'installer chez vous et de boire quelque chose de frais, la coupa-t-il. Après, je vous dirai ce que je pense de ce saccage.

Theo regagna sa voiture, sortit le carton du coffre et le posa sur le carrelage près de l'entrée de service. Il attendit ensuite qu'elle éteigne les lumières.

— Je devrais rester et commencer à nettoyer, soupira-t-elle.

— Quand vos amies arrivent-elles ?

— Après-demain.

— Ça vous ennuie si je demande à quelqu'un de passer ici avant ?

— Pour quoi ?

— Pour savoir si j'ai raison ou pas. Reposez-vous ce soir, Michelle. Votre père et votre frère nous donneront un coup de main plus tard. Il n'y en aura pas pour très longtemps.

— Vous êtes venu pêcher.

— Oui, et je n'y ai pas renoncé. On peut aller boire un verre maintenant ?

Elle opina, ferma la porte à clé derrière elle et se dirigea vers la voiture.

— Cooper m'a confié que vous aviez l'air effrayé au téléphone, reprit-il.

— Je l'étais… tellement, même, que je me suis fait des frayeurs ridicules. (Son sourire s'estompa.) Mon imagination me joue des tours.

— Comment ça ?

— J'ai cru qu'il y avait quelqu'un chez moi la nuit dernière. Pendant que je dormais. J'ai entendu un bruit, alors je me suis levée et j'ai inspecté toute la maison, mais personne ne se cachait sous mon lit ni ailleurs. C'était peut-être John Paul. Il débarque parfois à des heures impossibles.

— Et en l'occurrence ?

— Je n'en suis pas sûre. Il a pu partir avant que je l'appelle. J'ai probablement fait un cauchemar ou été réveillée par le bois de la maison qui craquait. Il m'a aussi semblé qu'on avait fouillé mon bureau. Il se trouve dans la bibliothèque, juste à côté du salon.

— Qu'est-ce qui vous fait croire ça ?

— Je pose toujours le téléphone dessus, dans l'angle supérieur droit… c'est une sorte d'obsession chez moi, j'ai besoin d'avoir un espace dégagé pour travailler. Quand je suis descendue ce matin, j'ai tout de suite remarqué qu'il avait été déplacé.

— Autre chose ?

— J'ai eu l'impression flippante d'être suivie. (Elle secoua la tête comme pour chasser cette idée absurde.) Je dois vous paraître parano, n'est-ce pas ?

14

Theo ne la traita pas plus de paranoïaque qu'il ne rit à ses propos mais, durant le trajet, il ne laissa rien deviner des pensées qui l'agitaient.

— C'est là ? demanda-t-il à la vue d'une maison dans un virage.

— Oui, répondit-elle, un instant distraite. Je possède la seule maison de tout le quartier.

Il sourit.

— Au cas où vous ne l'auriez pas remarqué, vous habitez au bord d'un chemin de terre, pas dans un quartier.

— Pour Bowen, c'est un quartier.

Le cadre était d'une beauté incroyable. Une douzaine de grands arbres au moins bordaient le terrain. La maison, en bois, comportait une large galerie à balustrade, ainsi que trois lucarnes en saillie sur le toit. En s'arrêtant dans l'allée, Theo aperçut les eaux du bayou une centaine de mètres plus loin et les arbres au tronc tordu qui en sortaient.

— Il y a beaucoup de serpents par ici ?

— Quelques-uns.

— Ils entrent dans les habitations ?

— Non.

Il laissa échapper un soupir de soulagement.

— Je les déteste.

— Je connais peu de gens qui les aiment.

Il lui emboîta le pas sur le chemin menant aux marches du perron. Elle avait la main verte, songea-t-il. Des fleurs décoraient le rebord des fenêtres de chaque côté de la porte et d'autres

126

encadraient le perron dans de gros pots d'argile d'où débordait aussi du lierre.

Theo suivit Michelle à l'intérieur et posa son sac dans l'entrée, près d'une vieille commode, avant d'inspecter les lieux. Selon toute apparence, elle avait apporté un grand soin à la remise à neuf de sa maison. Le parquet en bois dur et les plinthes présentaient des finitions parfaites et un doux aspect poli en harmonie avec le jaune pastel des murs. Une légère odeur de vernis frais flottait dans l'air. Theo appuya sa canne à pêche dans un coin et ferma derrière lui. Ce faisant, il constata la fragilité du loquet. Il rouvrit donc la porte, s'accroupit et l'examina attentivement, à la recherche de signes d'effraction. Aucun n'était visible, mais la serrure avait grand besoin d'être remplacée.

Il s'avança dans le vestibule et découvrit une petite salle à manger sur sa gauche. Une table et des chaises en acajou sombre, ainsi qu'un magnifique buffet adossé au mur, face aux fenêtres, en composaient le mobilier. Un tapis d'un rouge vif éclatant, parsemé de motifs jaunes et noirs, conférait une touche de gaieté à la pièce.

À droite de l'entrée se trouvait le salon. Un canapé beige rembourré et deux fauteuils s'y faisaient face devant la cheminée de pierre. Au milieu, un coffre disposé sur un autre tapis coloré servait de table basse ; quantité de livres s'y empilaient. Au fond, on devinait le bureau de Michelle derrière des portes vitrées.

— La maison a la forme d'un grand carré, expliqua-t-elle. On peut passer de la salle à manger à la cuisine, traverser le vestibule à l'arrière, entrer dans mon bureau, puis franchir ces portes vitrées et revenir ainsi dans le salon. Voilà ce que j'apprécie ici : il n'y a pas d'impasse.

— Où sont les chambres ?

— À l'étage. Les escaliers sont dans l'entrée du fond, à côté de la buanderie. J'ai deux grandes chambres, mais le sol et les murs ont encore besoin d'être rafraîchis. Je ne m'attaque qu'à une pièce à la fois. Ah, au fait, il faudra qu'on partage la salle de bains si ça ne vous dérange pas. À moins que vous ne préfériez utiliser la baignoire du rez-de-chaussée, seulement, la machine à laver et le sèche-linge sont à côté. Quand j'aurai fini de tout réaménager, il y aura deux espaces distincts.

La maison, meublée simplement – mais avec goût – et bien ordonnée, était à l'image, décida-t-il, de la femme qui y habitait.

127

— C'est une Maitland-Smith ? demanda-t-il en pénétrant dans la salle à manger pour examiner la table.

— Vous vous y connaissez en meubles ?

— Oui. J'apprécie le travail bien fait. Alors, j'ai gagné ?

— Non. Elle ne vient pas de chez Maitland-Smith, mais de chez John Paul.

Le nom ne lui évoqua d'abord rien. Puis il comprit qu'elle parlait de son frère.

— Je ne vous crois pas. Ce n'est pas possible.

— Et pourtant si.

— Michelle, c'est une œuvre d'art !

Sous les yeux ravis de la jeune femme, il effleura la table aussi doucement qu'il eût caressé le front d'un bébé.

Le bois d'acajou avait le toucher du marbre poli.

— Incroyable, murmura-t-il. Regardez-moi ces lignes.

Il se baissa pour observer le dessous du plateau et resta stupéfait devant les pieds artistement sculptés. Tout était parfait, jusque dans les moindres détails.

— Qui l'a formé à l'ébénisterie ?

— Il a appris tout seul.

— Vous plaisantez ?

Elle se mit à rire.

— Mon frère est perfectionniste dans certains domaines. Il a du talent, n'est-ce pas ?

Theo poursuivit son examen. Il se releva et souleva l'une des chaises. Puis il la retourna et laissa échapper un sifflement admiratif.

— Pas une vis ou un clou visible. Oh, bon sang, je donnerais cher pour être capable d'en réaliser une semblable. Si on en prend soin, cette chaise tiendra des siècles.

— Vous façonnez le bois ?

Sans qu'elle sache pourquoi, l'idée que Theo puisse se livrer à une quelconque activité manuelle la surprenait. Elle ne collait pas avec l'image qu'elle avait de cet homme.

Il leva les yeux et remarqua sa surprise.

— Eh bien quoi ?

— Vous ne semblez pas du genre à travailler avec vos mains.

— Vraiment ? J'ai l'air de quel genre d'homme ?

Elle haussa les épaules.

128

— Celui qui travaille à Wall Street… porte des costumes sur mesure… emploie des domestiques. Vous voyez ce que je veux dire. Le genre citadin.

— Ah oui ? Eh bien vous vous trompez. C'est parfois avec mes mains que je suis le plus doué. (Il sourit.) Vous voulez quelques exemples ?

L'allusion sexuelle n'échappa guère à Michelle.

— Est-ce que je dois m'enfermer à clé dans ma chambre cette nuit ?

Theo se rembrunit aussitôt.

— Non, je ne forcerai jamais votre porte. Et puis…

— Oui ?

— Si je mène bien ma barque, c'est vous qui viendrez à moi, ajouta-t-il avec un clin d'œil.

— Êtes-vous aussi direct avec toutes les femmes que vous rencontrez, monsieur Buchanan ?

— Je n'y comprends rien, Michelle, répondit-il en riant. On dirait que vous éveillez le démon qui sommeille en moi.

Elle roula des yeux indignés.

— Sincèrement, reprit-il. J'adore le travail manuel. J'aime fabriquer des objets… du moins j'aimais. J'avoue que je manque trop de pratique aujourd'hui.

— Qu'avez-vous réalisé ?

— Mon dernier projet était une volière sur deux niveaux. Je l'ai construite il y a quatre ans, mais elle n'a pas eu de succès. Les oiseaux refusent de s'en approcher. Michelle, je meurs de faim. Je vous emmène au resto, d'accord ?

— Je préférerais rester ici ce soir. Si vous n'y voyez pas d'inconvénient, bien sûr. Vous êtes mon invité…

— Que cela vous plaise ou non ?

— En fait, je trouve plutôt agréable d'avoir un procureur fédéral sous mon toit. Vous tiendrez peut-être les rôdeurs à l'écart.

— Mais vous fermerez quand même votre chambre à clé, n'est-ce pas ?

Il paraissait étrange à Michelle de flirter avec un bel homme. Et amusant aussi, pensa-t-elle. Ses études de médecine ne lui avaient guère laissé le temps de se distraire et pendant son internat elle n'avait rêvé que de grappiller des heures de sommeil. Le badinage n'était certes pas sa spécialité.

— Pour tout vous avouer, ma porte ne ferme pas à clé. Venez, je vais vous montrer votre chambre. Vous pourrez vous changer pendant que je regarde ce qu'il y a dans le frigo.

Theo saisit son sac de voyage et la suivit jusqu'à la cuisine. Lumineuse, gaie et de style campagnard, celle-ci était deux fois plus grande que la salle à manger. Une vieille table en chêne et quatre chaises pliantes constellées de taches de peinture faisaient office de coin déjeuner. Au-dessus de l'évier en émail, trois fenêtres à double guillotine donnaient sur la véranda et l'arrière de la maison. Là, au bout d'un jardin tout en longueur, il distingua un ponton s'avançant dans les eaux boueuses. Un hors-bord était amarré à l'un des piquets.

— Vous pêchez ici ?

— Parfois, répondit-elle. Mais je préfère aller chez mon père. J'attrape plus de poissons là-bas.

Le vestibule du fond comportait trois portes. L'une ouvrait sur la véranda, la deuxième sur une salle de bains fraîchement repeinte et la dernière sur le garage.

— Il y a une autre salle de bains en haut, l'informa Michelle. Votre chambre est à gauche.

Theo ne monta cependant pas tout de suite à l'étage. Il posa son sac sur les marches, scruta la serrure de la porte de service et secoua la tête. Un enfant de dix ans aurait pu la forcer. Il inspecta ensuite les fenêtres du rez-de-chaussée.

— N'importe qui aurait pu s'introduire chez vous par l'une de vos fenêtres, fit-il remarquer à Michelle lorsqu'il la rejoignit dans la cuisine. Aucune n'était fermée.

— Je sais, avoua-t-elle. Je les verrouillerai à partir de maintenant.

— Je n'essaie pas de vous effrayer, mais vu l'acte de vandalisme…

— Cela vous ennuierait d'attendre la fin du repas ? le pria-t-elle en se dirigeant vers le frigo. J'ai eu une journée stressante.

Elle entendit les marches grincer lorsqu'il gravit l'escalier. Le matelas du vieux lit en fer de la chambre d'amis était défoncé, et elle se doutait que, de par sa taille, Theo dormirait les pieds dans le vide. Mais elle savait aussi qu'il était trop bien élevé pour se plaindre du moindre désagrément.

Elle adorait son accent bostonien. Cette pensée lui vint à l'esprit cependant qu'elle posait des légumes sur la table, et elle l'écarta aussitôt. Oui, Boston. À des années-lumière de Bowen. Un soupir lui échappa. Theo était venu pêcher et s'acquitter d'une dette. Il l'aiderait à se tirer de son mauvais pas puis il retournerait à Boston.

— Point final.

— Vous disiez ?

Elle sursauta.

— Je parlais toute seule.

Theo avait enfilé un vieux jean délavé et un T-shirt gris qui avait à coup sûr connu des jours meilleurs. L'une de ses baskets blanches, qui ne l'étaient d'ailleurs plus vraiment, arborait un trou au bout. Michelle lui trouva un charme fou.

— Qu'y a-t-il de si drôle ?

— Vous. Je m'attendais plutôt à un jean repassé avec le pli bien marqué au milieu. Je plaisante, s'empressa-t-elle d'ajouter lorsqu'elle le vit se rembrunir. Votre tenue est parfaite... si l'on excepte le revolver.

— Le moment venu, je serai content de le rendre. Je n'aime pas les armes à feu, mais les autorités de Boston m'ont demandé d'en porter une tant que l'agitation autour de la dernière affaire dont je me suis occupé ne sera pas retombée.

— Vous avez déjà eu à tuer quelqu'un ?

— Non, mais je ne désespère pas, répliqua-t-il avec un fin sourire. Je peux prendre cette pomme ? (Sans attendre sa permission, il mordit dedans.) Dieu que j'ai faim ! Qu'est-ce que vous préparez ?

— Du poisson grillé avec du riz et des légumes. Ça vous va ?

— Je ne sais pas, ça me paraît un peu trop sain. J'aime bien manger des cochonneries.

— Pas de chance. Vous aurez un régime équilibré ici.

— Bon, et si on s'asseyait après le repas pour discuter un peu de ce qui se passe dans votre vie ?

— Que voulez-vous savoir ?

— Par exemple, qui dans cette ville pourrait avoir envie de vous baiser. Oh, pardon, j'aurais dû formuler ça autrement : « qui éprouve de la rancune à votre égard ».

— J'ai déjà entendu pire. Et moi aussi j'en ai sorti, des grossièretés, se vanta-t-elle. Quand j'étais petite. Je répétais tous les gros mots de mes frères. Papa prétend que je pouvais faire rougir un adulte, mais il a trouvé la parade.

— Comment ? En vous savonnant la bouche ?

— Oh, non ! (Elle tourna le robinet et commença à laver de la ciboule.) Il m'a juste expliqué que ma mère pleurait chaque fois qu'elle m'entendait jurer.

— Il vous a culpabilisée.

— Exactement.

— À l'entendre, on croirait qu'elle...

— ... qu'elle l'attend à la maison ?

— Oui.

— Il aime lui parler.

— De quoi est-elle morte ?

— Ma mère a eu une attaque cérébrale à ma naissance. Elle ne s'en est jamais remise, et puis un jour elle s'est éteinte.

Le téléphone sonna à cet instant, interrompant leur conversation. Michelle s'essuya les mains et alla répondre à son père, qui l'appelait du Swan. Des verres tintaient en arrière-fond.

Theo s'appuya contre le bar et termina sa pomme en attendant que Michelle lui indique comment il pouvait se rendre utile. Affamé, il chercha quelque chose à grignoter autour de lui. Cette femme avait décidément banni les graisses de son alimentation. Boire une bière fraîche sans la moindre chips ? L'idée lui semblait presque criminelle.

— Je peux ? demanda-t-il en lui montrant les placards.

Elle lui fit signe que oui et il entreprit aussitôt de fourrager dans les étagères. Jake assurait l'essentiel de la conversation au téléphone. De temps à autre, Michelle essayait d'endiguer son flot de paroles.

— Mais, papa... on pensait... oui, papa. Je comprends. Très bien. J'arrive tout de suite... Pourquoi Theo devrait-il m'accompagner ? Enfin, papa, il est venu pêcher... Non, je ne m'énervais pas. Oui, chef. Je te passe un coup de fil dès qu'on sera rentrés. (Elle partit soudain d'un rire si joyeux que Theo ne put s'empêcher de sourire.) Non, papa, je ne crois pas qu'il veuille encore de ton gombo.

Après avoir raccroché, elle remit le poisson dans le frigo.

— Désolée, mais le dîner attendra encore un peu. Daryl Waterson a des ennuis avec sa main et papa lui a promis que je passerais l'examiner. À mon avis, Daryl a encore trop serré son bandage. Je vous aurais bien proposé de rester tranquillement ici ou de commencer à préparer le repas, mais ma voiture est au Swan et papa préfère que vous veniez avec moi. Cela vous ennuie ?

Comme il n'avait pas l'intention de la quitter des yeux tant qu'ils n'auraient pas discuté de sa situation, il ne souleva aucune objection.

— Pas de problème, répondit-il. Daryl, c'est le père du grand gamin qui est venu me chercher au bar ? Comment s'appelait-il déjà ?

— Elliott. Oui, Daryl est son père.

— En chemin, on pourrait peut-être s'arrêter dans un McDo pour acheter des frites et un Big Mac.

— Et vos artères, vous y pensez ? s'exclama-t-elle d'un air si horrifié qu'il éclata de rire.

— Bien sûr. Alors, ça vous tente ?

— Il n'y a pas de McDonald's à Bowen, rétorqua-t-elle avant d'aller prendre sa trousse médicale dans son bureau.

Theo courut à l'étage récupérer ses clés de voiture et revint l'attendre dans l'entrée.

— Vous avez les clés de la maison ? lui demanda-t-il.

— Oui, acquiesça-t-elle en tapotant sa poche.

— J'ai fermé la porte de derrière. Vous aviez oublié, lui signala-t-il d'un ton accusateur.

— Cela m'arrive de temps en temps. Nous n'avons pas ce genre de préoccupations à Bowen.

— Et votre dispensaire ? Toutes les issues étaient verrouillées ?

— Oui.

— Bon. À partir de maintenant, décréta-t-il en tirant la porte derrière lui et en s'assurant qu'elle était bien fermée, vous ne laisserez plus rien ouvert. D'accord ?

— D'accord, obtempéra-t-elle cependant qu'elle posait sa trousse sur le siège arrière de la voiture.

Quelques instants plus tard, alors qu'il effectuait une marche arrière, Theo risqua un coup d'œil dans sa direction.

— Vous croyez qu'on pourrait s'arrêter…

— Non.

— Vous ne savez pas ce que j'allais proposer.

— Si. Des frites, un hamburger dégoulinant de graisse…

— Perdu. Des chips.

— Trop de sodium.

133

Il s'engagea avec elle dans un débat sur la nutrition pendant qu'elle le guidait sur des routes dépourvues encore une fois de toute signalisation.

— Vous ne vous autorisez jamais le moindre écart ?

— Étant médecin, j'aurais tendance à répondre non.

— Les médecins ne sont pas autorisés à manger ce qui est bon ?

— J'étais loin d'imaginer que mon invité se plaindrait autant ! Mon père aime tout ce qui est calorique. Vous n'avez qu'à vous installer chez lui.

Elle craignit de lui avoir paru agressive, mais Theo lui donna l'occasion de prouver qu'elle n'était pas si bégueule lorsqu'il lui demanda :

— Comment les gens se distraient-ils ici ?

Elle haussa les épaules.

— Oh, avec des plaisirs simples... Ils vont au cinéma ; ils se racontent des histoires de pêche devant une pinte de bière au Swan ; ils organisent des repas à la bonne franquette dans la salle municipale des anciens combattants ; ils rendent visite à leur voisin pour comparer la grosseur de leurs tomates... Sans oublier, bien sûr, leur occupation favorite... le sexe.

— Pardon ? fit Theo, certain d'avoir mal entendu.

— Le sexe, répéta-t-elle d'un air innocent. Ils font l'amour à n'en plus finir.

Il éclata de rire.

— Je savais que cet endroit allait me plaire.

15

— Voici la maison de Daryl, au bout du chemin, l'avertit Michelle.

Theo se serait volontiers garé le long du trottoir, si toutefois il y en avait eu un. N'apercevant pas non plus d'allée privative, il s'arrêta sur une pente herbeuse à côté d'une vieille camionnette cabossée. La maison des Waterson, qui s'élevait sur un étage, aurait eu besoin d'une sérieuse rénovation. Les marches de l'entrée ployaient, comme à deux doigts de s'effondrer.

La femme de Daryl, Cherry, les guettait derrière la porte moustiquaire. Elle sortit à leur arrivée et leur adressa un signe de la main.

— C'est gentil d'être venue, docteur Mike. Mon mari en bave avec sa main. Il n'aime pas se plaindre, mais je sens bien qu'elle lui fait un mal de chien.

Theo attrapa la trousse médicale et suivit Michelle, qui s'acquitta des présentations. Cherry s'essuya la main sur son tablier avant de serrer la sienne. Elle devait avoir la quarantaine, estima-t-il. Plutôt quelconque, les traits usés, elle devenait cependant jolie dès qu'elle souriait. À l'évidence, son surnom[1] s'expliquait par ses cheveux rouges.

— Notre aîné, Elliott, nous a beaucoup parlé de vous. Je ne crois pas l'avoir jamais vu aussi excité. Vraiment, vous l'avez impressionné, ajouta-t-elle avec un hochement de tête. Entrez donc. Je m'apprêtais justement à mettre la table pour le dîner. Oh, avant

---

1. *Cherry* : cerise. (*N.d.T.*)

que j'oublie, M. Freeland risque de venir vous saluer. Il a appelé il y a environ vingt minutes.

— M. Freeland ? demanda Theo, en qui ce nom éveilla un vague souvenir.

— Le professeur de musique du lycée, précisa Michelle.

Cherry leur fit traverser un salon et un coin servant de salle à manger où les meubles, peu nombreux, semblaient tous bons à changer. De là, ils parvinrent dans la petite cuisine, encombrée quant à elle d'une longue table en chêne et de dix chaises, toutes différentes les unes des autres.

Daryl les attendait là. Assis en bout de table, il faisait manger une banane à un bambin installé dans une chaise haute, près de lui. L'enfant, qui en avait plus sur les joues et les mains que dans la bouche, arbora un large sourire à la vue de sa mère. Puis il aperçut Michelle. Son visage s'assombrit alors et sa lèvre inférieure se mit à trembler.

La jeune femme resta à distance.

— Pas de piqûre aujourd'hui, Henry. C'est promis.

Le garçon éclata en sanglots. Cherry lui tapota les doigts et le consola en posant une poignée de céréales sur son plateau.

— Chaque fois qu'on se voit, je lui fais mal, expliqua Michelle. Quand j'en aurai les moyens, j'engagerai une infirmière qui donnera ces soins à ma place.

— Ne vous inquiétez pas, la rassura Cherry. Il comprendra vite que vous n'êtes pas là pour lui.

Daryl se leva pour saluer Theo pendant que Michelle les présentait. Il avait le bras gauche bandé de la main jusqu'au coude.

— Pourquoi ne pas vous asseoir à côté du Dr Mike le temps qu'elle examine mon mari ? suggéra Cherry à Theo. Là, près de ces papiers.

Daryl ne s'embarrassa pas d'autant de manières et poussa les documents plus près du jeune homme.

— Big Daddy Jake pensait qu'ils pourraient vous intéresser... vu que vous êtes avocat et tout.

Theo savait reconnaître un traquenard quand il en voyait un. Il acquiesça et s'assit. Bien qu'elle eût compris ce qui se tramait, Michelle poursuivit son examen.

— Vous changez le bandage tous les jours, Daryl ? s'enquit-elle après avoir vérifié la couleur de ses doigts.

— Oui, répondit-il, les yeux fixés sur Theo. Cherry s'en charge pour moi.

— On a encore de quoi tenir une semaine avec la gaze que vous nous avez laissée, l'informa cette dernière, qui observait elle aussi Theo avec attention en tordant nerveusement son tablier.

Theo saisissait mal ce qu'on attendait de lui. Michelle décida de venir à son secours :

— Daryl était employé à la sucrerie des frères Carson.

— Après l'accident, ils ne m'ont pas gardé à l'usine, compléta Daryl en se frottant le menton. Ça non ! Ils m'ont fichu dehors pour de bon.

— Vous vous êtes blessé en travaillant ?

— Oui.

— Daryl leur a donné vingt-deux ans de sa vie, intervint Cherry.

— C'est vrai, renchérit son mari. J'ai commencé le jour de mes dix-sept ans.

Theo effectua le calcul et découvrit, choqué, que l'homme n'avait que trente-neuf ou quarante ans. Il en paraissait dix de plus. Les cheveux parsemés de mèches blanches, la main droite calleuse et le dos voûté, il était dans le même triste état que sa maison.

— Racontez-moi ce qui s'est passé.

— Maintenant ou quand vous aurez feuilleté ces papiers ?

— Maintenant.

— Très bien. Je vais vous résumer ça en trois mots. Je m'occupais d'un moulin défibreur – c'est une grosse machine qu'est indispensable dans une sucrerie – et j'ai fait remarquer à Jim Carson qu'il marchait mal et qu'il fallait l'arrêter pour le réparer, mais il a rien voulu entendre. Il roule pas sur l'or alors je le comprends, bien sûr. Toujours est-il que je regrette qu'il m'ait pas écouté. Enfin bon, j'étais à mon poste, et puis tout à coup la courroie a lâché et ce foutu engin m'est tombé dessus. Il m'a broyé tous les os de la main, pas vrai, Mike ?

— Oui, pour ainsi dire.

Michelle songea qu'elle rendait peut-être Daryl nerveux à rester penchée au-dessus de lui. Elle tira donc une chaise et s'assit à ses côtés.

— C'est vous qui l'avez opéré ? lui demanda Theo.

— Non.

— Le Dr Mike a embobiné un chirurgien à La Nouvelle-Orléans – un spécialiste des mains – pour qu'il s'en charge, expliqua Daryl.

— Et il a fait du bon boulot, hein, Daryl ? ajouta sa femme.

— Ça oui. Grâce à lui, j'ai gardé tous mes doigts. J'arrive déjà à les bouger.

— C'est un miracle, je vous le dis ! s'exclama Cherry.

— Jim Carson m'a rendu visite à l'hôpital. Mais pas pour prendre de mes nouvelles, oh non. Il m'a accusé d'avoir été négligent parce que, d'après lui, je m'étais obstiné à me servir de cette machine alors que je savais qu'elle ne fonctionnait pas bien. Il m'a traité de fainéant et m'a renvoyé.

— Il y a un syndicat à l'usine ?

— Oh non ! Les frères Carson préféreraient fermer la sucrerie plutôt que d'autoriser leurs employés à se syndiquer. Ils se plaignent déjà de ne pas faire assez de bénéfices pour joindre les deux bouts et payer les salaires, alors si en plus ils devaient supporter des gars qui essaient de leur dicter leur conduite, vous comprenez, ils n'auraient plus qu'à mettre la clé sous la porte.

— Ils menacent sans arrêt de tout arrêter et de prendre leur retraite si quelqu'un leur colle des bâtons dans les roues, enchaîna Cherry.

Elle enleva son tablier et alla mouiller une serviette pour débarbouiller son fils.

— Vous avez un stylo ? demanda Theo à Michelle. J'aimerais prendre deux ou trois notes.

Elle ouvrit sa trousse médicale et fouilla parmi ses instruments sous le regard comiquement méfiant du petit Henry.

— Il se méfie de vous, remarqua Theo, amusé.

À ces mots, le bébé se tourna vers lui et sourit. De la bave coula sur son menton.

Pendant que sa mère s'efforçait de lui laver les doigts, Michelle tendit un carnet et un stylo à Theo, lequel chaussa ses lunettes et se mit à griffonner quelques lignes.

— Qu'en est-il de l'assurance contre les accidents du travail ? s'enquit-il.

— Jim m'a expliqué que les tarifs augmenteraient si je déposais une demande d'indemnités et que, de toute façon, je ne pouvais pas y prétendre puisque l'accident était de ma faute.

— Daryl s'inquiète pour les autres, à l'usine, observa Cherry. Si Jim Carson ferme la sucrerie, ils se retrouveront tous au chômage.

Theo hocha la tête puis saisit les papiers rassemblés par Daryl pour les étudier. La conversation s'interrompit aussitôt et le couple attendit avec impatience qu'il eût fini. Seul le bruit du bébé suçant son poing troublait le silence de la cuisine.

Il fallut peu de temps à Theo pour parcourir les documents.

— Avez-vous signé quoi que ce soit en rapport avec votre licenciement ?

— Non.

— N'oublie pas de lui parler de l'avocat, rappela Cherry à Daryl.

— J'allais y venir, répondit-il. Jim a envoyé Frank Tripp me parler.

— Tout le monde l'appelle Le Pourri, jeta Cherry, qui s'était approchée de la cuisinière pour remuer son ragoût. Même quand il est là. On tient à ce qu'il sache ce qu'on pense de lui.

— Allons, calme-toi, Cherry, et laisse-moi continuer, la coupa doucement Daryl. Frank est avocat à St Claire, et si je n'étais pas assis chez moi, je cracherais par terre en prononçant son nom. Un vulgaire truand, voilà ce qu'il est. Et son associé, Bob Greene, il vaut pas mieux. Ils ont monté une affaire ensemble et ils travaillent sur la base d'un truc mensuel... c'est quoi le terme exact déjà, Cherry ?

— Une commission ?

— Une avance sur honoraires, répondit Theo.

— Oui, c'est ça. Enfin bon, comme je vous le disais, les Carson leur versent une avance tous les mois, et leur boulot consiste à s'occuper de tous les problèmes qui se présentent comme moi, par exemple.

— Quel sympathique contrat, commenta Michelle.

— On se demandait..., commença Cherry, qui adressa ensuite un signe de tête à son mari. Vas-y, Daryl. Expose-lui le fond de ta pensée, comme Big Daddy te l'a conseillé.

— Très bien. Ma femme et moi, on se demandait si vous pourriez faire quelque chose, vu que vous êtes avocat vous aussi. Vous serez payé, bien sûr. Nous n'acceptons pas la charité.

— Mais on ne veut pas non plus vous attirer des ennuis, enchaîna Cherry.

— En quoi cela m'attirerait-il des ennuis ? s'étonna Theo, perplexe.

— Comme votre démission du ministère de la Justice n'est pas officielle et que vous n'avez pas signé le contrat d'entraîneur au lycée, Big Daddy nous a expliqué que vous n'aviez pas le droit de toucher d'argent à côté.

— Parce que c'est le ministère qui vous paie, compléta Cherry. C'est la vérité ou bien juste une supposition ?

— Si vous me facturez des honoraires, j'aurai besoin de connaître la somme pour réfléchir au moyen de la payer, reprit Daryl.

— Il n'y aura pas d'honoraires.

— Alors Big Daddy ne s'est pas trompé ?

— Non, mentit Theo.

— Et vous pouvez nous aider au sujet des Carson ? l'interrogea de nouveau Cherry, d'un ton empli d'espoir mais l'air inquiet.

— Sans les énerver au point qu'ils ferment l'usine, lui rappela Daryl. Big Daddy nous a beaucoup vanté vos talents…

— Vraiment ?

Theo se retint de rire. Il ne voyait guère ce que Jake avait pu leur raconter sur son compte. Une chose était sûre en tout cas : le vieil homme ignorait tout de ses compétences. Tous deux n'avaient guère discuté que de pêche.

— Oui, monsieur, je vous assure. Pour lui, ce serait une bonne idée que vous ayez une petite discussion avec Jim Carson. Histoire de l'inciter à se montrer raisonnable, vous voyez. On nous prélève beaucoup d'argent sur notre paie pour l'assurance maladie et puis, au final, on n'a droit à rien en cas d'urgence. Je ne trouve pas ça juste.

— Ça ne l'est pas, en effet.

— Et si vous alliez parler à Gary, le frère de Jim ? suggéra Cherry. Il est plus âgé et Jim lui obéit au doigt et à l'œil. C'est Gary qui dirige tout.

Theo acquiesça d'un signe de tête.

— Je connais mal la législation de la Louisiane, déclara-t-il, en remarquant aussitôt que la résignation succédait à l'espoir sur le visage de Daryl. Ce qui signifie que j'ai besoin d'entreprendre quelques recherches et de contacter des amis capables de me conseiller. (Il constata avec joie que Daryl l'approuvait et retrouvait son sourire.) Voilà donc ce que je vous propose : je vais mener ma petite enquête, réfléchir à une solution, et ensuite on s'assiéra tous les deux et je vous expliquerai quels sont vos recours. En attendant, le mieux à mon avis est de ne pas ébruiter cette conversation. Je ne veux pas que les Carson ou leurs avocats apprennent que je m'occupe de cette affaire. D'accord ?

— D'accord, répondit Daryl. Je serai muet comme une carpe.

— Et Big Daddy Jake ? s'inquiéta Cherry. Il est déjà au courant.

— Il tiendra sa langue lui aussi, la rassura son mari.

Une voix enfantine retentit soudain :

— Maman ! M. Freeland attend dehors. Il peut venir ?

Un petit garçon de cinq ou six ans, à la figure couverte de taches de rousseur et aux cheveux aussi bouclés que ceux de Cherry, fit irruption en courant dans la cuisine.

— Fais-le entrer, John Patrick.

Mais celui-ci ne prêta aucune attention à sa mère. Il s'était faufilé près de Michelle et s'agrippait à son bras.

— Nous n'allons pas vous déranger plus longtemps, s'excusa Theo en reculant sa chaise. J'ai bien examiné ces papiers, Daryl. Gardez-les ici.

— Vous n'allez pas vous sauver comme ça, s'exclama Cherry. M. Freeland a fait tout ce chemin pour vous… Enfin, il ne serait pas correct de partir sans le rencontrer.

— Vu qu'il passe par hasard dans le quartier, ça tombe bien, insista Daryl, les yeux baissés sur la table.

Theo n'eut pas besoin de le regarder en face pour sentir qu'il mentait.

— M. Freeland aurait-il un problème juridique par hasard ? demanda-t-il à Michelle.

Elle sourit et changea vite de sujet.

— John Patrick, lança-t-elle à l'enfant, voici mon ami, Theo Buchanan. Il est venu depuis Boston rien que pour pêcher.

— Je sais déjà qui c'est, rétorqua-t-il. Comme tout le monde. Docteur Mike, vous pourrez dire à votre frère de repasser ici ? Et de se dépêcher, parce que j'ai laissé mon ballon dans le jardin et j'en ai besoin. D'acc ?

— Lois est de retour ?

— D'après lui, oui, répondit Daryl. Il angoisse tellement à cette idée qu'il finira par se rendre malade.

— Nous n'avons pas aperçu Lois depuis un mois, renchérit Cherry, mais John Patrick a toujours peur qu'elle réapparaisse sans prévenir. Il n'ira pas chercher son ballon tant que votre frère ne sera pas là, et il refuse que l'un de nous aille le récupérer à sa place. Je suis obligée d'étendre mon linge sur le côté de la maison pour le calmer. Notre John Patrick est du genre anxieux, ajouta-t-elle à l'intention de Theo, comme si cette remarque devait expliquer l'attitude étrange du petit garçon.

— On l'a baptisé John Patrick en l'honneur du frère du Dr Mike, John Paul, précisa Daryl.

— Vous lui direz bien de venir, hein ? supplia de nouveau l'enfant en s'adressant à Michelle.

Celle-ci lui passa un bras autour des épaules.

— Dès que je le verrai, oui, c'est promis. Maintenant, il faut que tu arrêtes de t'inquiéter, John Patrick.

— D'acc, murmura-t-il. Le monsieur assis là…

— Theo ?

Il fit oui d'un signe de tête.

— Eh bien ?

— Je peux lui demander quelque chose ?

— Tout ce que tu veux, intervint Theo.

John Patrick se raidit et se tourna vers lui. Bien qu'il n'eût guère d'expérience en la matière, Theo s'estimait capable de faire face à un gamin de six ans.

— Que veux-tu savoir ?

L'enfant s'appuya sans la moindre gêne sur sa jambe et le regarda droit dans les yeux.

— Big Daddy Jake a dit à mon papa que vous aviez un revolver. C'est vrai ?

La question le surprit.

— Oui, j'en ai un, mais je ne vais pas le garder très longtemps. Je n'aime pas les armes.

— Mais vous l'avez sur vous ?

— Oui.

Son air fasciné inquiéta Theo. Il serait peut-être opportun de lui exposer brièvement les dangers des armes à feu et leur différence avec les jouets, songea-t-il tout en réfléchissant à la manière de formuler cela de manière compréhensible pour un enfant de six ans. Mais John Patrick enchaînait déjà :

— Vous voulez bien aller dehors, alors ?

— Tu veux que je sorte dans le jardin ?

Le garçon acquiesça d'un hochement de tête solennel. Theo coula un regard vers Michelle et vit ses yeux pétiller.

— D'acc ? demanda John Patrick.

— Oui, d'acc. Et qu'est-ce que tu attends de moi une fois là-bas ?

— Vous pourriez tuer Lois pour moi ?

Bien qu'il se fût attendu à cette question, Theo éprouva un tel choc qu'il en resta muet.

— Non, Theo ne tuera pas Lois, intervint Daryl, exaspéré. Tu ne voudrais pas que l'ami du Dr Mike ait des ennuis avec la justice, n'est-ce pas ?

— Non, papa.

— C'est aussi bien, conclut Michelle, qui tapota l'épaule du petit garçon pour le consoler. Il n'aurait fait que la mettre en colère s'il lui avait tiré dessus.

— Et elle est vraiment méchante quand elle est en colère, déclara l'enfant à Theo.

Au même instant retentit le claquement de la porte mousti-quaire, bientôt suivi de plusieurs autres.

— Va te laver les mains avant de manger, ordonna Cherry à son fils.

John Patrick se dirigea vers l'évier, non sans avoir jeté un regard déçu à Theo.

— Il est du genre sanguinaire, ce gamin, non ? souffla celui-ci à Michelle.

— Il est adorable, répliqua-t-elle.

— À la place de Lois, je filerais me terrer dans les bois.

La porte d'entrée claqua de nouveau, et le sol se mit soudain à vibrer sous les pieds de Theo, comme si une horde de buffles traversait le salon. Une ribambelle de garçons de tous âges et de toutes tailles déboulèrent bruyamment dans la cuisine. Theo en perdit le compte à partir du cinquième.

M. Freeland entra en dernier. La petite pièce était si encombrée qu'Elliott dut se coller contre le frigo pour le laisser passer.

Sans sa chemise et sa cravate, l'homme aurait pu être pris pour un ami de l'adolescent. Maigre comme un clou, il ne mesurait guère plus d'un mètre cinquante et portait d'épaisses lunettes à monture d'écaille qui glissaient sur son nez. Il les releva avec son index.

— M. Freeland est le professeur de musique du lycée, rappela Daryl à Theo.

— Ravi de vous rencontrer, monsieur Freeland.

Deux des fils de Daryl se tenaient derrière la chaise de Theo, l'empêchant de se lever. Il se pencha sur le côté pour serrer la main du nouveau venu.

— Appelez-moi Conrad, insista ce dernier, avant d'adresser un signe de tête aux Waterson. Bonjour, Daryl, bonjour, Cherry. (Il se tourna ensuite vers Michelle.) Bonjour, Mike.

— Comment va Billie ? s'enquit Cherry en lui rendant son salut.

— C'est ma femme, expliqua Conrad à Theo. Elle va très bien. Le bébé ne nous réveille plus qu'une fois par nuit, et nous dormons un peu plus tous les deux. Billie vous envoie ses amitiés.

— Les garçons, dégagez le passage et laissez M. Freeland s'asseoir à côté de Theo pour qu'ils puissent discuter, commanda Cherry.

S'ensuivit un grand remue-ménage, pendant lequel les enfants prirent place à table. Theo se rapprocha de Michelle afin de libérer un peu de place au professeur.

— Je ne peux pas rester longtemps, s'excusa ce dernier. Billie m'attend pour dîner. (Il s'assit, puis reporta toute son attention sur Theo.) Daryl et Cherry comprennent bien l'importance des études pour leurs huit garçons. Ils aimeraient les voir tous aller à l'université.

Theo l'approuva d'un signe de tête, sans trop savoir ce qu'il était censé ajouter.

— Elliott excelle dans toutes les matières à l'école, poursuivit Conrad. Il va essayer de décrocher une bourse universitaire, même si elles ne sont pas accordées facilement. C'est un garçon travailleur et intelligent, vous savez.

— Merci, Conrad, fit Daryl, comme si le compliment s'adressait à lui et non à son fils.

— Nous pensons qu'Elliott pourrait tout de même en obtenir une... avec votre aide.

— L'aider, moi ? Et comment donc ? demanda Theo, interloqué.

— En lui permettant de décrocher une bourse sportive.

Theo ouvrit de grands yeux.

— Pardon ?

— Elliott a toutes les capacités requises. Il deviendrait très, très fort s'il était… bien conseillé.

Tout le monde se mit soudain à parler en même temps :

— L'équipe de St Claire est restée invaincue l'année dernière, déclara Cherry à Theo.

— Ça paraît impossible, lança Daryl, mais vous devriez y arriver. Big Daddy nous a dit tellement de bien de vous.

— Et de vos relations, renchérit Conrad.

Theo se tourna vers Michelle.

— C'est curieux, pourquoi avais-je la certitude que votre père se trouvait derrière tout ça ?

Elle haussa les épaules et sourit.

— Il vous apprécie.

— Big Daddy est persuadé que si les universités voyaient notre fils briller sur un terrain de foot, elles lui offriraient de financer ses études, expliqua Daryl.

Theo leva une main.

— Attendez…

Tous ignorèrent ses protestations.

— Elles recherchent sans arrêt de bons *linebackers*, ajouta Conrad.

— Pour ça, oui, opina Daryl. Mais d'après Big Daddy, Elliott est si rapide qu'il pourrait aussi jouer attaquant.

Michelle donna un petit coup de coude à Theo.

— Des recruteurs viennent parfois à St Claire observer les joueurs pour dénicher de nouveaux talents, vous savez.

À son tour, Conrad réclama son attention :

— Pourquoi ne pas commencer tout de suite ?

— Commencer ? répéta Theo, qui, gagné par un fichu mal de crâne, se massait les tempes. Commencer quoi ?

De la poche arrière de son pantalon, le professeur sortit quelques documents pliés qu'il posa sur la table, puis, de la poche de sa chemise cette fois, une feuille et un bout de crayon jaune. Il lança alors à Theo un regard dans lequel se lisait une attente pleine d'espoir.

— Où avez-vous fait vos études ?

— Pardon ?

Conrad reformula patiemment sa question.

— À l'université du Michigan. Pourquoi voulez-vous…

— C'est une grande université, n'est-ce pas ? s'enquit Cherry.

— Oui, reconnut Conrad.

— Et sacrément bonne, aussi, j'imagine, commenta Daryl.

Theo balaya la petite assemblée du regard et constata que tous – y compris les enfants – le dévisageaient avec l'air de comprendre ce qui se passait. Tous, sauf lui.

— Big Daddy vous a-t-il aussi suggéré de me demander conseil sur les universités ?

Allons bon, voilà qu'il appelait le vieil homme Big Daddy lui aussi.

Personne ne daigna prêter attention à sa question.

— Vous avez joué au football, n'est-ce pas ? reprit Conrad.

— Oui.

— Et ensuite, vous avez étudié le droit.

Bien qu'il s'agît d'une affirmation, Theo se sentit tenu de répondre.

— C'est exact.

— Toujours à l'université du Michigan ?

À quoi diable rimait cet interrogatoire ?

— Non. Après avoir décroché mon MBA, j'ai intégré une faculté de droit sur la côte Est.

— C'est quoi, un MBA ? voulut savoir Cherry.

— Un diplôme de gestion des entreprises, lui expliqua Michelle.

— Et des études de droit par-dessus le marché. Si c'est pas fortiche, ça ! s'exclama Daryl, impressionné.

— Oui, enfin, beaucoup de gens...

— Où exactement avez-vous obtenu ces diplômes ? l'interrompit Conrad.

— À Yale.

— Mon Dieu, ça aussi, c'est une bonne école, fit remarquer Cherry.

Conrad acquiesça d'un signe de tête.

— Vos notes étaient excellentes, je suppose ? poursuivit-il en noircissant furieusement ses papiers.

Tout s'éclaira soudain pour Theo, qui s'étonna d'avoir été si lent à saisir. Ce type le soumettait à un entretien d'embauche pour le poste d'entraîneur du lycée.

Une petite conversation avec Jake s'imposait, et le plus vite possible, conclut-il. Il devait mettre les choses au clair avec lui.

— Je parie que vous avez gardé vos vieux manuels d'entraînement, pas vrai ?

— Mes manuels d'entraînement ?

— Pour le football, précisa Michelle.

Le sourire aux lèvres, elle semblait beaucoup s'amuser de son embarras et de sa perplexité. Une petite conversation avec elle ne serait pas inutile non plus, décida-t-il.

— Bon, la plaisanterie a assez duré, déclara-t-il d'un ton ferme et sérieux. Il faut que je dissipe un malentendu. Écoutez, je me suis arrêté dans une station-service avant d'arriver à Bowen, et le gamin…

Il ne put achever sa phrase. Posant sa main sur la sienne, Michelle lui coupa aussitôt la parole :

— Vous avez bien conservé vos manuels, n'est-ce pas ?

— Qu'est-ce qui vous fait croire ça ?

— C'est une manie typiquement masculine.

— Il se trouve en effet que j'en ai encore quelques-uns. Mais, s'empressa-t-il d'ajouter, ils sont rangés dans mon grenier avec toutes mes vieilles affaires.

— Vous ne voulez pas demander à l'un de vos frères de vous les envoyer par exprès ?

— Et puis après ?

— Vous pourriez m'accompagner à la prochaine séance d'entraînement et observer l'équipe.

— Cela nous ferait très plaisir, insista Elliott.

Tous se remirent à parler en même temps, à l'exception du petit John Patrick, fort occupé à essayer de prendre son arme à Theo. Celui-ci ne cessait de le repousser, tout en ayant l'impression d'avoir atterri au beau milieu d'un pays étranger où personne ne comprenait un traître mot de ce qu'il disait.

— Je ne suis pas entraîneur ! hurla-t-il.

Le silence retomba aussitôt, et il hocha vigoureusement la tête.

— Oui, vous m'avez bien entendu. Je ne suis pas entraîneur de foot.

Il avait enfin repris le contrôle de la situation. Empli d'une fierté démesurée, il s'adossa de nouveau à sa chaise en attendant que tous s'imprègnent du sens de ses paroles.

Personne ne se montra cependant le moins du monde déconcerté.

— Ces garçons n'aspirent qu'à progresser, reprit Conrad. Mais je ne veux pas vous forcer la main, Theo. Détrompez-vous. Ce n'est pas dans nos habitudes. Tu es bien d'accord avec moi, Daryl ? On est plutôt du genre décontracté ici.

— Exact, approuva Daryl.

Conrad déchira un bout de papier, se pencha pour y inscrire quelque chose, puis le plia et le poussa vers Theo.

— Le principal de notre lycée est à Memphis, mais je lui ai téléphoné avant de venir. Nous pensons tous les deux que cette offre vous conviendra. (Il se leva et salua Cherry.) Je ne veux pas faire attendre Billie plus longtemps. Merci de m'avoir laissé retarder votre repas. Theo, j'ai hâte de vous voir demain à l'entraînement. Mike vous dira où et quand il a lieu.

Il lui tendit les formulaires qu'il avait posés à côté du papier plié et se fraya un chemin jusqu'à la porte. Au moment de franchir le seuil, il se retourna.

— Theo, vous ne possédez pas de diplôme d'enseignant, par hasard ?

— Non.

— Je m'en doutais, mais je préférais m'en assurer. Aucune importance. Ne vous inquiétez pas. Le conseil d'administration nous soutiendra, vu les circonstances. Bonsoir tout le monde.

Theo ne se précipita pas derrière lui pour le détromper sur son compte. Mieux valait patienter jusqu'au lendemain. Loin de l'agitation qui régnait dans la petite cuisine, il saurait se faire entendre.

— Maman, quand est-ce qu'on mange ? lança John Patrick.

— Je sers le dîner tout de suite.

— Nous devrions prendre congé, glissa Theo à Michelle.

— Restez souper avec nous, proposa Cherry. Nous avons de quoi nourrir un régiment.

Theo déclina l'invitation.

— En temps normal, j'aurais accepté, mais je ne me sens pas capable d'avaler quoi que ce soit pour le moment. J'ai goûté au gombo de Jake et il s'est avéré un peu trop épicé pour moi. Il me donne des brûlures d'estomac.

Bien qu'il mentît, Michelle trouva son excuse convaincante. Cherry, elle, hocha la tête avec compassion. Seul Daryl parut un peu soupçonneux.

— Nous avons toujours de quoi recevoir nos invités.

— Il vient d'une grande ville, Daryl, lui rappela Michelle comme si cela justifiait tout.

— J'avais oublié, reconnut-il. Je suppose que le gombo de Jake a effectivement de quoi vous rendre malade si vous n'avez pas l'habitude des plats épicés.

— Et si je vous servais une tasse de mon thé spécial ? offrit Cherry. Il vous remettrait d'aplomb en un rien de temps.

— Avec plaisir.

— Alors prépare-lui un thé, Cherry, approuva Daryl. Mike, ça vous ennuierait de changer mon bandage pendant que vous êtes là ?

Theo se retrouva donc à boire un thé amer et brûlant dans une cuisine où régnait une chaleur moite, pendant que Michelle s'occupait de la main de Daryl et que Cherry nourrissait sa tribu. John Patrick insista pour se placer à côté de lui et, avant même que l'enfant eût fini son assiette, l'estomac du jeune homme se mit à gargouiller. Il dut faire appel à toute sa volonté pour ne pas arracher au petit garçon l'un de ses biscuits maison.

Trois tasses de thé plus tard, Theo et Michelle quittèrent les Waterson. John Patrick prit Theo par la main et le reconduisit officiellement jusqu'à la porte d'entrée. Là, il tira sur sa chemise :

— Demain, c'est mon anniversaire. Vous allez m'offrir un cadeau ?

— Ça dépend. Tu as quelque chose de précis en tête ?

— Vous pourriez revenir avec un plus gros pistolet. (L'enfant lui lâcha la main et jeta un coup d'œil par-dessus son épaule.) Mais ne répétez pas à maman que je vous ai demandé un cadeau, hein ?

Michelle avait déjà descendu les marches du perron et attendait Theo près de la voiture.

— J'ai l'impression qu'on entendra parler de ce gamin dans une quinzaine d'années, lui affirma-t-il un peu après en effectuant une marche arrière vers la route.

— C'est un ange.

— Dites plutôt un monstre assoiffé de sang ! Je ne comprends pas. Il a au moins quatre grands frères… n'est-ce pas ?

— Et alors ?

— Alors comment se fait-il qu'ils n'ordonnent pas à cette Lois de lui fiche la paix ? Moi, j'ai protégé mes jeunes frères et sœurs. Je n'aurais jamais permis qu'on les embête. Les grands frères sont là pour ça.

— Et vous veillez toujours sur eux ?

— Vos frères veillent toujours sur vous ? rétorqua-t-il en guise de réponse.

— Ils essaient. Heureusement, Remy habite dans le Colorado, de sorte qu'il ne peut pas vraiment se mêler de mes affaires. Quant à John Paul, il est un peu solitaire. Bien entendu, il réapparaît toujours au moment où l'on s'y attend le moins. Je pense que mon père lui envoie des SOS de temps à autre.

John Patrick agitait la main avec frénésie dans leur direction. Michelle baissa sa vitre et lui fit signe elle aussi.

— Croyez-moi, ce gosse n'est pas normal.

Elle éclata de rire.

— Il est tout ce qu'il y a de plus normal !

— Lois n'est pas une voisine, n'est-ce pas ?

— Vous avez donc remarqué l'absence d'autres maisons dans les parages. Pas étonnant que vous travailliez pour le ministère de la Justice. Vous êtes très observateur.

— Hé ! Je suis en vacances, riposta-t-il. J'ai le droit d'être un peu lent à la détente. Éclairez-moi plutôt sur cette Lois. Qu'est-ce que c'est au juste ? Un opossum ? Ou un raton laveur, je parie. Bon sang, ne me dites pas que c'est un serpent ? Ils creusent des trous et…

— Lois est un alligator.

Theo écrasa la pédale de frein. La voiture effectua une violente embardée et manqua de peu s'écraser contre un gros chêne. Même s'il savait que les alligators vivaient dans les marécages – enfin quoi, il lisait *National Geographic*, comme tout le monde, et il lui arrivait de regarder la chaîne Découvertes quand il ne parvenait pas à dormir –, il n'aurait jamais imaginé en trouver si près d'une habitation.

Mais d'abord, qui pouvait avoir l'esprit assez tordu pour baptiser un alligator Lois ?

— Dois-je comprendre qu'il y a un crocodile, un vrai de vrai, dans le jardin de ce gamin ?

La mine de Theo valait le détour. Il semblait avoir soudain eu la révélation que le Père Fouettard existait réellement.

— C'est exact. Les femelles sont très attachées à leur territoire. Lois a décidé que le jardin des Waterson lui appartenait. Elle poursuit quiconque s'y aventure… du moins elle le faisait jusqu'à ce que mon frère la déloge. Soit dit en passant, je préférerais que vous évitiez toute allusion à ce sujet devant Ben Nelson. Les alligators sont protégés par la loi et cela pourrait valoir des ennuis à John Paul.

— C'est une coutume locale de donner un nom à tous les alligators ?

— À certains seulement.

Theo s'essuya le front.

— Nom de Dieu, murmura-t-il.

— Prêt à retourner à Boston ?

— Pas sans avoir pêché. Par où faut-il passer pour revenir chez vous ?

Elle lui indiqua la direction et, avant même qu'il s'en rende compte, ils se retrouvèrent à St Claire, dans des rues cette fois bordées de trottoirs. À l'angle d'un carrefour, Theo aperçut les arches dorées d'un McDo qui se profilaient au loin.

— Ah, soupira-t-il. La civilisation…

— J'ai toujours l'intention de préparer un repas équilibré en rentrant, l'avertit-elle. Mais je me suis dit…

— Oui ?

— Que vous méritiez un petit extra.

— Vraiment ? Et pourquoi ?

— Parce que vous avez bu du thé alors que vous mouriez de faim chez Daryl et Cherry… parce que vous n'avez pas arraché son gâteau à John Patrick alors même que vous le dévoriez des yeux… et parce que…

— Quoi ?

— Vous avez laissé mon père prendre l'avantage.

16

Une journée entière s'était écoulée depuis que la lettre avait été remise au Dr Renard. Cameron et les autres patientaient de nouveau dans la bibliothèque de John, guettant l'arrivée de Dallas qui devait leur transmettre les dernières nouvelles de Monk.

L'attente rendait Cameron fou. Seigneur, comment en était-il arrivé là ? Que s'était-il passé ? Il avait nourri de telles ambitions, de tels espoirs au début. À quel moment les choses avaient-elles commencé à aller de travers ?

À présent, il se sentait pris au piège d'une effroyable course contre la montre. Chaque heure qui passait le rapprochait de la prison. Lorsqu'il fermait les yeux, il imaginait le bruit de la porte que l'on refermait à clé derrière lui.

— On ne peut pas continuer à rester ici les bras croisés, s'exclama-t-il. Cela dure depuis vingt-quatre heures maintenant. Le temps presse. Il faut qu'on agisse, et vite.

Preston l'approuva :

— Je propose qu'on se rende à Bowen ce soir.

— Et que comptes-tu faire une fois là-bas ? le railla John.

— Cela vaudra toujours mieux qu'attendre sagement que les flics viennent nous embarquer. Plus nous...

— J'en ai marre, le coupa Cameron. S'il faut que je prenne les choses en main, je suis prêt.

John tapa du poing sur le bureau.

— Pas question ! tonna-t-il. On est tous dans la même galère, alors tu ne bougeras pas sans notre accord. Compris ?

— Depuis quand diriges-tu le club ? marmonna Cameron. (Ébranlé par la fureur de John, il tenta de réaffirmer son autorité en poursuivant d'une voix plus forte.) Je ne me rappelle pas avoir voté pour toi.

— Vous me devez votre fortune, et cela fait de moi votre chef.

— Cette dispute ne nous mène nulle part, intervint Preston. Calmons-nous et essayons d'être raisonnables. Dallas nous rassurera peut-être.

— Parlons-en, justement, grogna Cameron. Pourquoi Monk refuse-t-il de s'adresser à nous ? Pourquoi faut-il toujours qu'il passe par Dallas ? On est quatre à le payer, alors j'estime que chacun devrait pouvoir le joindre à n'importe quel moment. Enfin merde, je ne connais même pas son numéro de portable.

— Je suis d'accord avec Cameron. Pourquoi ne peut-on pas le contacter directement ?

— Vous êtes tous les deux obnubilés par un détail sans importance, riposta John. C'est Dallas qui nous a présenté Monk, vous vous souvenez ? Notre tueur n'aime peut-être pas avoir affaire à nous quatre parce qu'il se méfie.

— Foutaises, lança Preston. Dallas s'amuse à le manipuler. Et c'est un stupide jeu de pouvoir, si vous voulez mon avis.

— Je me fous de savoir à qui il fait son rapport, du moment qu'il exécute nos ordres, trancha John, agacé.

Debout sur le pas de la porte, Dallas n'avait pas perdu un mot de leur conversation.

— Tu veux le numéro de Monk ? 22-31-699. Tu es content maintenant, Cameron ? Et toi, Preston ? Tu veux son adresse ? Même moi, je ne la connais pas, mais je pourrais le prendre en filature pour le découvrir... si tu y tiens aussi.

— J'espère que tu nous apportes de bonnes nouvelles, rétorqua Preston, ignorant ses sarcasmes.

— Si la question est : « Monk a-t-il récupéré le pli ? » la réponse est non.

— Il n'a toujours pas trouvé ces foutus papiers ? s'exclama Cameron, incrédule.

— Ils doivent être encore à l'hôpital, supposa Preston. C'est le seul endroit qu'il n'a pas pu fouiller de fond en comble.

— Alors renvoie-le là-bas, exigea Cameron.

— Je lui ai demandé de ne pas quitter Renard des yeux. Il n'a pas le don d'ubiquité, et d'ailleurs il a déjà fouillé son casier à l'hôpital. Tu n'as pas oublié ce que je vous ai dit, Cameron ? Une aide-soignante lui a même filé un coup de main aux urgences. Il ne peut pas débarquer comme ça et se mettre à ouvrir tous les tiroirs. Réfléchis un peu.

— Je déteste les suppositions, déclara John en faisant pivoter son fauteuil dans un sens, puis dans l'autre. Et je ne suis pas convaincu que Michelle Renard ait laissé le pli à l'hôpital. Tu crois vraiment que Monk a cherché partout ? Il s'est peut-être dépêché...

— Laisse tomber, le coupa Dallas. C'est un pro, et il connaît son boulot. Pourquoi l'aurait-il bâclé ? Il touchera un paquet de pognon dès qu'il aura l'enveloppe. Il a autant envie que nous de la retrouver.

— Je maudis ta femme, John, maugréa Preston. Tu vois où on en est à cause d'elle.

— Redescends sur terre, jeta Dallas. Tu n'as quand même pas oublié qu'on l'a tuée ?

Cameron posa les coudes sur ses genoux et enfouit le visage dans ses mains.

— John, espèce d'enfoiré, c'est toi qui nous as fourrés dans ce merdier.

— Ce qui est fait est fait, répliqua-t-il. Nous devons maintenant penser à l'avenir.

— Quel avenir ? cria Cameron. Si on ne récupère pas ces papiers, on est foutus !

17

Six messages attendaient Theo sur son portable. Il s'installa dans la bibliothèque de Michelle pendant qu'elle commençait à préparer le repas et prit quelques notes en les écoutant. Puis il appela Noah Clayborne et lui demanda de venir à Bowen.

— Le dîner est prêt ? J'ai faim, lança-t-il lorsqu'il entra dans la cuisine.

— Non, le dîner n'est pas prêt. Je ne tiens pas une pension. Vous allez mettre la main à la pâte.

Elle saisit un couteau et entreprit de couper du céleri et des carottes. Theo s'appuya contre l'évier pour l'observer.

— Waouh ! vous êtes douée.

— C'est ce que disent tous les hommes.

— On croirait un robot. Rapide, précis… impressionnant.

— Vous savez vraiment comment faire tourner la tête aux femmes.

Il attrapa une carotte et la fourra dans sa bouche.

— Par quoi voulez-vous que je commence ? Je meurs de faim.

— Le double cheeseburger ne vous a pas calé ?

— C'était juste un hors-d'œuvre.

— Je veux bien que vous allumiez le barbecue. Il y a des allumettes dans le tiroir sur votre droite.

— Et le barbecue se trouve dans le jardin ?

L'air soupçonneux, Theo se tourna vers la fenêtre et plissa les yeux pour tenter de percer l'obscurité derrière la véranda.

— Évidemment. Pourquoi ? Que se passe-t-il ?

— Est-ce que je dois me méfier d'une autre Lois ?

— Non, le rassura-t-elle. (Mais, comme l'affirmait son père dans ces cas-là, le diable s'empara d'elle et elle ne put s'empêcher de le taquiner.) Par contre, Elvis rôde peut-être dans le coin. Prenez le balai avec vous, au cas où.

Theo s'arrêta net.

— Elvis ?

Elle déchira une feuille de papier alu et empila les légumes au milieu.

— Notre célébrité locale. La dernière fois que quelqu'un a déclaré l'avoir vu, il a juré qu'il mesurait près de cinq mètres de long.

— Vous avez baptisé un alligator Elvis ? Ma parole, les gens ne sont pas nets par ici !

— On ne leur donne pas un nom à tous, se défendit-elle. Juste aux plus gros.

— Vous me racontez des histoires au sujet d'Elvis, hein ?

— Plus ou moins, répondit-elle avec un doux sourire.

— Je trouve plus ou moins cruel de tourmenter un homme qui a de toute évidence la phobie de ces animaux, Mike.

— Je préférerais que vous ne m'appeliez pas Mike.

— Et moi je préférerais que vous ne plaisantiez pas avec les alligators.

— D'accord. Marché conclu.

— Pourquoi je ne dois pas vous appeler Mike ? Les autres ont bien le droit, eux.

Michelle plia soigneusement les bords du papier alu.

— Je n'ai pas envie que vous ayez de moi l'image d'une... Mike.

— Pourquoi ?

— Ce n'est pas un prénom très féminin. Vous connaissez beaucoup d'hommes qui aimeraient avoir une relation avec une femme surnommée Mike ?

— Pardon ?

— Ne faites pas attention.

— Je ne veux pas « ne pas faire attention ». Êtes-vous en train de m'annoncer que vous désirez avoir une relation...

— Non, pas du tout, l'interrompit-elle. Ne m'appelez pas Mike, un point c'est tout. Maintenant, allez allumer le barbecue et arrêtez de me dévisager comme si vous pensiez que j'avais perdu la tête. Si vous avez peur, criez. J'accourrai aussitôt avec un balai et je vous sauverai.

— Les hommes ne crient pas et vous, Michelle, vous avez un sens de l'humour assez bizarre. (Il jeta un nouveau coup d'œil par la fenêtre.) Bon sang, les alligators sortent la nuit, n'est-ce pas ? C'est moi qui ai perdu la tête. Qu'est-ce que je fabrique dans ce… (il s'apprêtait à dire « trou perdu », mais se reprit à temps)… dans cette jungle ?

Michelle avait cependant deviné le fond de sa pensée – il le comprit à son regard.

— Je ne sais pas. À vous de me l'apprendre. Que fabriquez-vous ici ?

— Je suis venu pêcher, vous vous rappelez ? Je ne pensais pas devoir me frotter à des alligators.

— Pour le moment, aucun ne s'est approché de vous, lui fit-elle remarquer. Et vous n'êtes pas venu que pour pêcher.

— Gagné.

— Alors ?

Il haussa les épaules.

— Je recherche peut-être quelque chose, ça vous va ? répliqua-t-il, un peu agressif cette fois.

Elle se tourna vers l'évier.

— Dites-moi de quoi il s'agit. Je vous aiderai à le trouver.

Il sortit sans répondre. Michelle ne s'expliqua pas cette soudaine tension entre eux. Un instant ils se taquinaient et, celui d'après, Theo se montrait sérieux comme un pape. Pourtant, à première vue, il était du genre décontracté et ne se laissait pas facilement démonter. *Méfie-toi de l'eau qui dort*, songea-t-elle. Theo Buchanan ne se résumait certes pas à son physique d'Apollon.

Elle décida de penser à autre chose. S'il en avait envie, il lui confierait ses projets, mais elle n'allait pas le harceler comme une mégère.

La soirée était si chaude et agréable qu'ils dînèrent sur la table en fer forgé de la galerie. Leur conversation, superficielle et quelque peu tendue, n'empêcha cependant pas Theo de faire honneur au repas. Big Daddy et lui partageaient le même solide appétit et, lorsqu'il eut fini, il ne restait plus rien.

— Si je mangeais autant que vous, il me faudrait élargir mes portes, s'exclama Michelle.

Il s'adossa à sa chaise et ferma les yeux.

— On est si bien ici, à écouter le chant des grenouilles et des grillons.

Elle n'eut pas le cœur de lui gâcher la digestion en le mettant dans tous ses états, aussi se garda-t-elle de lui révéler que le chant en question était celui des alligators. Ayant grandi dans la région, elle n'y prêtait plus aucune attention. Son intuition lui soufflait toutefois que, en bon citadin, il en aurait la chair de poule.

Theo insista ensuite pour faire la vaisselle. Comme Michelle ne possédait pas de machine, il dut s'y atteler à la main. Elle rangea les condiments pendant qu'il lavait les couverts, puis saisit un torchon et commença à les essuyer.

— Pourquoi n'êtes-vous toujours pas mariée ? la questionna-t-il.

— Je n'en ai pas eu le temps.

— Vous fréquentez quelqu'un en ce moment ?

— Non.

Bien, songea-t-il. Il n'avait pas l'intention de s'éterniser à Bowen, mais tant qu'il serait là, il ne voulait avoir aucun rival dans les pattes. Ce qui faisait de lui une belle ordure…

— À quoi pensez-vous ? s'étonna-t-elle. On dirait que vous avez envie d'étrangler quelqu'un.

Je suis un salaud et un égoïste, voilà à quoi je pense.

— Je me demandais pourquoi vous ne traîniez pas une foule de soupirants derrière vous. Il suffit de vous regarder pour voir…

— Quoi ?

— Que vous avez ce qu'il faut où il faut.

— Quel compliment romantique ! s'insurgea-t-elle en roulant de gros yeux.

— Hé, je viens de Boston, vous savez ! On y apprend aux hommes à être directs. Il y a quelqu'un qui vous branche dans le coin ?

— Pourquoi cette question ?

— Simple curiosité.

— Je crois que Ben Nelson a des vues sur moi, mais je n'ai pas l'intention de l'encourager. Même s'il est gentil, il manque une étincelle entre nous. Vous me suivez ?

— Bien sûr. Ce n'est pas comme nous deux.

— Pardon ?

— Vous m'avez bien entendu. (Il lui tendit une assiette à essuyer, avant de remarquer des traces de liquide vaisselle dessus et de la lui reprendre pour la rincer.) Vous mourez d'envie de me sauter dessus depuis l'instant où j'ai mis les pieds dans le bar de votre père.

Il avait visé juste, mais elle n'allait certainement pas l'admettre.

— Vous sauter dessus ? Cela m'étonnerait.

— Je dis les choses telles qu'elles sont.

— Et comment en êtes-vous arrivé à cette conclusion ?

— Je l'ai lu dans vos yeux.

— Impossible.

— Pourquoi ?

— Vous étiez trop occupé à fixer mes jambes, répliqua-t-elle en souriant.

Il ne parut pas en éprouver le moindre remords.

— Vous avez de très jolies jambes.

— Je vous accorde qu'il existe une certaine attirance physique entre nous, mais rien que de tout à fait sain.

— Vais-je avoir droit à un cours sur les hormones ?

— Cela dépendra du temps que je resterai plantée là à attendre que vous en ayez fini avec ce bol. Vous n'avez pas l'habitude de faire la vaisselle, n'est-ce pas ?

— Où voulez-vous en venir ?

— Vous y mettez des heures.

— Je suis doux et patient dans tout ce que j'entreprends.

Ce ne fut pas tant sa réponse que la manière dont il la prononça qui fit battre son cœur. Se montrait-il aussi doux et patient au lit ? Mon Dieu, ne serait-ce pas formidable ?

— Vous avez été marié, je crois ? bafouilla-t-elle.

— Exact. Je n'ai pas été très doué, cependant.

— Votre femme est morte.

— Oui.

Michelle rangea un plat dans un meuble.

— C'est ce que m'a dit mon père. De quoi est-elle morte ?

— Pourquoi voulez-vous le savoir ? lui demanda-t-il en lui tendant un saladier.

— Je suis curieuse, reconnut-elle. Si vous trouvez que je me mêle de ce qui ne me regarde pas, je n'aborderai plus le sujet.

— Non, ça ne me dérange pas. Elle est morte au volant de sa voiture.

— Oh, Theo, je suis désolée. L'accident remonte à longtemps ?

— Ce n'était pas un accident, répondit-il d'une voix parfaitement neutre, comme s'il avait évoqué une fuite de robinet.

— Non ?

Il soupira.

— Non. Vous savez quoi ? C'est la première fois que je prononce ces mots à voix haute depuis ce jour-là, il y a quatre ans.

Elle sentit à son attitude qu'il souhaitait changer de sujet, mais elle décida de ne pas lui faire ce plaisir. Non qu'une curiosité morbide l'y poussât, mais s'il lui avait fallu quatre ans pour réussir à admettre la vérité, alors peut-être était-il temps qu'il livre tout ce qu'il avait sur le cœur.

— Suicide ?

— Oui et non. Je ne crois pas qu'elle ait voulu se tuer. Du moins pas de cette façon. Ma femme avait choisi une voie moins rapide.

— C'est-à-dire ?

— La drogue et l'alcool.

Sans un mot, elle attendit qu'il poursuive.

— Elle avait bu, avalé des pilules… je ne sais quoi d'autre encore. Un mélange mortel. Du moins d'après le rapport d'autopsie. Elle a perdu le contrôle de la voiture et l'a précipitée dans une baie après avoir défoncé la rambarde d'un pont. Un beau moyen d'en finir, vous ne trouvez pas ? Je doute qu'elle-même ait compris ce qui lui arrivait. En tout cas, je remercie le Ciel qu'il n'y ait eu personne avec elle.

Michelle prit sur elle de ne rien laisser paraître de ses émotions. Theo avait sa fierté. Elle ne doutait pas qu'il cesserait de se confier à elle si elle lui témoignait la moindre sympathie ou compassion. Et ça, elle tenait à l'éviter.

— Vos amis, votre famille… quelqu'un est au courant ?

— Non. Nick a deviné que quelque chose ne tournait pas rond, j'en suis presque sûr. Mais il n'en a jamais soufflé mot.

— Il attendait peut-être que vous lui en parliez.

— Oui, peut-être.

Michelle hésita à l'interroger plus avant. Elle s'appuya finalement contre l'évier, plia son torchon mouillé avec soin et reprit :

— Vous vous reprochez sa mort ?

Il haussa les épaules, comme si cette question était sans importance.

— J'ai fini par accepter ce qui s'est passé. Cela m'a en tout cas convaincu que je n'étais pas fait pour le mariage. Notre couple passait toujours après tout le reste. J'aurais dû me montrer plus attentif. Je travaillais tellement – parfois vingt heures par jour – que je n'ai rien remarqué d'anormal à la maison. Bon sang, je savais qu'elle buvait, mais je ne me suis pas rendu compte de l'ampleur du problème. C'est ce qui s'appelle « pratiquer la politique de l'autruche », je crois.

— Elle a choisi sa solution. Et, au risque de vous sembler cruelle, j'ajouterai que vous ne l'avez pas forcée à avaler des pilules ni à boire de l'alcool. Elle seule a pris cette décision.

— Le mariage est une association. Je n'ai pas tenu mes engagements. Elle était... fragile. Oui, fragile. Elle avait besoin d'aide et j'ai été trop aveugle pour m'en rendre compte. Ou peut-être n'ai-je pas *voulu* ouvrir les yeux.

— Je trouve positif que vous soyez enfin capable d'en parler. Vous allez peut-être réussir à évacuer tout ça maintenant.

— Évacuer quoi ?

— Votre colère, votre douleur. Votre sentiment de culpabilité.

— Ne jouez pas les psys avec moi, répliqua-t-il, avant de lui donner une spatule à ranger et de vider l'évier. Voilà, j'ai terminé. Vous avez d'autres questions ou bien pouvons-nous passer à autre chose ?

Elle aurait aimé savoir s'il avait aimé sa femme mais n'osa pas l'interroger là-dessus. Elle avait tiré de lui le maximum.

— D'accord, passons à autre chose. Le dîner est fini.

— Et ?

— Je vous avais demandé de patienter jusque-là. À présent, j'aimerais votre avis sur le saccage de mon dispensaire.

— Tout de suite, lui promit-il. Accordez-moi juste une minute.

Il quitta la cuisine et se dirigea vers les escaliers.

— Où allez-vous ?

— Chercher mon ordinateur portable pour le brancher dans la bibliothèque. Il faut que je jette un œil à mon courrier. (Il s'arrêta au sommet des marches et baissa les yeux vers elle.) Avec un peu de chance, j'aurai reçu quelques réponses. Alors on pourra discuter.

Michelle retourna dans la cuisine nettoyer les différents plans de travail. Puis elle éteignit la lumière et monta à l'étage.

161

— Je vais prendre une douche, annonça-t-elle à Theo sur le seuil de la chambre d'amis. La journée a été longue.

Penché sur le lit, il déverrouillait son attaché-case. Il avait déjà vidé son sac de voyage et posé ses vêtements soigneusement pliés sur la commode.

Un désordre indescriptible régnait dans la pièce. Des cartons s'empilaient devant les fenêtres ouvrant sur le jardin. Michelle n'avait pas fait la poussière ni passé l'aspirateur sur le tapis, et elle était presque sûre qu'il y avait des toiles d'araignées dans tous les coins.

— Je me sers de cette pièce comme débarras, s'excusa-t-elle. J'ai peur que ce vieux lit vous donne mal au dos.

— Vous croyez ?

— Vous êtes plus grand que lui, nota-t-elle. Et le matelas est défoncé.

— Ne vous inquiétez pas. J'arrive à dormir n'importe où.

— Je me sens quand même un peu gênée. Je devrais peut-être vous prêter mon lit. Il serait plus à votre taille.

— Vraiment ?

Il se redressa et lui jeta un regard dont le sens ne laissait place à aucun doute – elle avait regardé assez de vieux films et fréquenté assez d'hommes en quête d'une aventure pour le savoir. Mel Gibson lui-même n'aurait pu prendre un air si charmeur, et pourtant, Dieu seul savait combien elle en pinçait pour l'acteur.

— Arrêtez, lui ordonna-t-elle avant d'éclater de rire. Arrêtez tout de suite.

Il haussa un sourcil. Allons bon, Cary Grant maintenant.

— Arrêter quoi ? s'étonna-t-il d'un air innocent.

Que répondre à cela ? Cessez de me regarder comme si je venais juste de vous demander de vous déshabiller et de me faire l'amour avec passion ?

— Laissez tomber. Alors, la proposition vous tente ?

— Dormir dans votre lit ? Quelle invitation !

— Pardon ?

— Vous voulez partager votre lit ?

Et comment... À quand remontait sa dernière relation avec un homme ? Impossible de se le rappeler. Probablement parce que l'histoire s'était soldée par un désastre et qu'elle en avait rayé le souvenir de sa mémoire.

« Doux et patient ». Ô mon Dieu.

— Je ne crois pas que ce serait une bonne idée, articula-t-elle, la gorge serrée.

— Pourquoi donc ? s'enquit-il en faisant un pas vers elle.

Aurait-elle eu trente ans de plus, elle se serait crue en proie à une bouffée de chaleur. Son corps tout entier lui semblait en feu et elle peinait à respirer. Ses endorphines déchaînées lui procuraient une sensation de douce euphorie. S'il continuait à avancer, elle ne doutait pas de se retrouver en proie à une crise d'hyperventilation. Voilà qui serait d'un érotisme torride, songea-t-elle. Les hommes n'étaient pas les seuls à devoir prendre des douches froides pour calmer leur appétit sexuel. Elle-même éprouvait le besoin de plonger la tête la première dans son congélateur.

Elle lui en voulut de faire vagabonder ainsi son esprit. Après tout, c'était lui qui avait commencé.

Theo s'approcha lentement – de toute évidence pour lui laisser le temps de la réflexion. Les pieds cloués au sol, Michelle sentit son estomac se nouer.

— Cela compliquerait les choses.

— Pourquoi ?

— On passerait la nuit ensemble, et ensuite…

— On passerait une nuit inoubliable ensemble, la corrigea-t-il.

Des images s'imposèrent à elle et, à en juger par l'expression de Theo, elle comprit que les mêmes pensées l'habitaient. Elle acquiesça, essaya de déglutir, mais elle avait la gorge trop sèche. Son pouls s'emballait – il devait frôler les cent soixante pulsations par minute. Et par-dessus le marché, il devenait irrégulier. Génial, songea-t-elle, il suffit qu'un type canon flirte avec moi et me voilà atteinte de fibrillation ventriculaire. S'il s'approchait davantage, elle s'écroulerait certainement raide par terre. Une belle fin en perspective. Le rapport du médecin légiste attribuerait le décès à une crise cardiaque.

Theo s'arrêta à quelques centimètres d'elle. Il lui caressa doucement la joue, puis lui souleva le menton pour l'obliger à le regarder. L'hésitation le disputa en elle à l'embarras, jusqu'à ce qu'elle perçoive la lueur d'amusement dans ses yeux.

— Alors, à quoi pensez-vous ?

Comme s'il ne le savait pas.

— Que vous me rendez folle, Theo. Avant d'aller plus loin, il y a une chose que vous devez comprendre…

— Oui ? demanda-t-il, tandis que sa main redescendait vers son cou.

— Quoi ?

— D'après vous, je devrais comprendre quelque chose.

Il lui massait la nuque à présent. Michelle fut parcourue de frissons.

— Oui. Enfin, non. Je voulais… Oh…

Respire, songea-t-elle. *Prends une grande inspiration et essaie de localiser ton cerveau.*

— Très bien, reprit-elle, je préfère être franche. Les aventures sans lendemain, ce n'est pas mon truc. J'ai besoin d'entretenir une… relation solide avec un homme avant de coucher avec lui. Je n'envisage pas le sexe comme un simple passe-temps. (Elle se força à sourire dans l'espoir de détendre l'atmosphère.) Je suis un dinosaure.

— Vous ai-je dit que j'adorais les dinosaures ?

Il ne manquait plus que ça, soupira-t-elle en son for intérieur.

Les doigts de Theo jouaient avec ses cheveux.

— Ils sont si doux, murmura-t-il. Et ils ont la couleur du feu.

— J'ai hérité les cheveux et les taches de rousseur de ma mère, déclara-t-elle en se raccrochant à la première pensée rationnelle qui lui vint à l'esprit.

— Vous ai-je dit aussi que j'aimais les taches de rousseur ? À leur vue, je ne pense qu'à une chose : embrasser chacune d'elles.

— J'en ai partout.

— Aucun problème.

Une légère ivresse s'empara de nouveau de Michelle.

— Vous prenez vos rêves pour la réalité.

— C'est ce qu'on verra.

Décidément, il ne manquait pas d'air. Il devenait urgent qu'il corrige ce défaut, et elle comptait bien le lui signaler dès qu'elle aurait les idées plus claires. Pour l'instant, elle devait se concentrer afin de tenir debout. Cet homme l'excitait de la tête aux pieds rien qu'en l'effleurant.

Soudain consciente qu'elle mourait d'envie de lui arracher ses vêtements, elle recula et, les jambes en coton, repoussa doucement son bras. Elle parvint ensuite à faire demi-tour. Mais au dernier moment, alors qu'elle regagnait sa chambre, elle commit l'erreur de lever les yeux vers lui. Appuyé contre le chambranle de sa porte, il la regardait en souriant.

Elle n'allait tout de même pas lui montrer quel effet il produisait sur elle. Monsieur méritait une leçon. Il était hors de question qu'il parvienne à ses fins.

— Ne jouez pas avec moi ou vous le regretterez, l'avertit-elle. La salle de bains sera libre dès que j'aurai pris une douche froide.

Que n'avait-elle pas révélé en disant cela ? Trop tard, elle comprit qu'elle s'était trahie.

— Je prends une douche froide parce que j'ai chaud, ajouta-t-elle, avant de se rendre compte qu'elle s'enfonçait davantage.

— Michelle ? fit-il d'une voix traînante.

— Oui ?

— Je n'ai pas encore commencé à jouer avec vous.

Elle referma la porte et s'y adossa.

— Oh non, murmura-t-elle.

18

Michelle énumérait toutes les raisons pour lesquelles elle n'avait pas intérêt à se lancer – et ne se lancerait d'ailleurs pas – dans une aventure avec Theo. Elle était arrivée à la vingtième lorsqu'il frappa à la porte de la salle de bains.

— Je n'ai pas encore pris ma douche.

— Oui, je sais. Je me demandais juste si vous vouliez que je branche votre ordinateur.

— Vous l'avez trouvé ?

Elle ouvrit la porte à demi et passa la tête dans l'entrebâillement en maintenant les pans de son peignoir en coton bien croisés sur sa poitrine.

— Il aurait été difficile de ne pas le voir. J'ai trébuché sur l'un des cartons en posant mes vêtements sur le lave-linge. Alors, ça vous dit ?

— Que vous branchiez mon ordinateur ? Bien sûr.

Michelle lui ferma la porte au nez et reprit son énumération depuis le début. Parvenue à l'argument numéro vingt-trois – la nécessité de changer les draps –, elle comprit qu'elle perdait son sang-froid et revint à la première de ses raisons. Theo lui briserait le cœur.

Elle entra dans la baignoire, ouvrit à fond le robinet de la douche et grimaça sous le jet d'eau glaciale. Une fois la température réglée, elle se détendit.

Quelques instants plus tard cependant, alors qu'elle rinçait son shampooing, une rage folle l'habitait. Jouer avec elle. Et puis quoi encore ? On ne la manipulait pas si facilement, pensa-t-elle en démêlant ses cheveux et en commençant à les sécher.

Et puis, comme amant, il serait à coup sûr très exigeant…

— Assez, murmura-t-elle.

« Doux et patient ». Parviendrait-elle jamais à s'enlever ces mots de la tête ? Il lui semblait les entendre sans cesse, comme un refrain passé en boucle.

Elle se brossa les dents, appliqua un peu de crème hydratante sur son visage et contempla son reflet dans le miroir.

— Avoue-le. Tu as envie de faire l'amour avec lui.

Puis elle secoua la tête. Erreur : elle voulait s'envoyer en l'air avec lui. Et quel mal y avait-il à cela ? Absolument aucun. Elle fantasmait, voilà tout, et le fantasme était une fonction tout à fait normale du psychisme humain.

Passer à l'acte soulevait en revanche quelques problèmes. Raison numéro un… ce truc sur le cœur brisé…

— J'ai déjà donné, murmura-t-elle.

Oh non, elle n'aurait pas de liaison avec Theo Buchanan. Elle se garda bien par conséquent d'enfiler l'une des nuisettes qu'elle mettait en général pour dormir. À la place, elle sortit du fin fond de sa commode un pyjama en soie bleue qu'elle boutonna jusqu'au ras du cou, bien que le col mandarin lui irritât la peau. Elle saisit ensuite les chaussons assortis, avant de se raviser et d'opter pour une vieille paire de pantoufles en tissu éponge blanc. Elle brossa ses cheveux en arrière, ajouta une touche de gloss transparent sur ses lèvres, puis chercha dans sa penderie son épaisse robe de chambre en flanelle blanche, dont l'ourlet traînait par terre. Michelle la boutonna aussi de haut en bas, et fit un double nœud à la ceinture.

Elle observa alors le résultat dans la glace. Parfait. On aurait dit une nonne.

Theo se trouvait dans la bibliothèque, où il avait fini de déballer et d'installer l'ordinateur. Lorsque Michelle le rejoignit, il lisait quelque chose à l'écran. Il lui jeta un coup d'œil par-dessus la monture en écaille de ses lunettes, et se figea aussitôt. En un éclair, il nota une foule de détails – comment le bleu de son pyjama rappelait celui de ses yeux ; comment ses cheveux roux foncé, qui tombaient librement sur ses épaules, s'éclairaient de reflets dorés dans la douce lumière de la pièce ; comment, sans la moindre trace de maquillage, elle restait superbe.

Elle était prête à aller se coucher… à condition toutefois que ce fût dans l'Antarctique. Michelle avait beau être médecin, elle ne connaissait rien aux hommes. Tous ces vêtements... ils les faisaient rêver à ce qu'il y avait dessous.

L'imagination de Theo s'emballa, et il se représenta la jeune femme se dénudant peu à peu, puis se glissant sous les couvertures. Bon Dieu, n'y pense pas, se reprit-il. Pour l'amour du Ciel, ne pense pas à la peau douce et chaude qui se cache sous toutes ces épaisseurs.

Michelle s'approcha du bureau. Très déstabilisée par la manière dont Theo la fixait, elle joua avec le nœud de sa ceinture et demanda :

— Alors, qu'en dites-vous ? Theo ? ajouta-t-elle devant son absence de réaction immédiate.

Il lorgnait à présent ses pieds, un léger sourire aux lèvres.

— Que se passe-t-il ?

— Vous attendez une tempête de neige ce soir ?

Michelle porta la main à sa gorge.

— J'avais un peu froid.

Il éclata de rire.

— C'est la vérité, insista-t-elle. J'ai souvent froid quand l'air conditionné est en marche. J'ai baissé la température pour vous.

— Mouais...

À l'évidence, il ne la croyait pas. Elle se sentit ridicule.

— Jolis chaussons.

— Merci. Maintenant, si vous avez fini de vous moquer de moi, répondez à ma question. Que pensez-vous de mon ordinateur ?

— C'est une antiquité.

— Arrêtez de regarder mes pantoufles comme ça !

Exaspérée, elle s'appuya contre le bord du bureau et les ôta. Theo rit de nouveau en constatant qu'elle avait mis des chaussettes.

— Qu'y a-t-il de si drôle ?

— Je me demandais juste si vous portiez aussi des sous-vêtements chauds.

— Je n'en possède pas, répliqua-t-elle. Maintenant, répondez-moi. Mon ordinateur fonctionne-t-il, oui ou non ?

— Où l'avez-vous déniché ?

— Mon frère Remy me l'a donné. Il l'a acheté d'occasion la dernière fois qu'il est venu. Comme j'ai emménagé ici il y a quelques semaines seulement, je n'ai pas eu le temps de l'installer. John Paul voulait passer une dernière couche de vernis sur le parquet, et si vous connaissiez mon frère, vous sauriez qu'il fait les choses quand ça lui chante. Je me suis servie de cet ordinateur à l'hôpital. Je sais qu'il est dépassé, mais je compte en acheter un plus récent quand j'en aurai les moyens.

Theo plaça l'écran près de l'angle du bureau et positionna le clavier comme il supposait que Michelle le voudrait. Il s'adossa ensuite au fauteuil en cuir.

— Donc, la personne qui vous suit, quelle qu'elle soit... ce ne serait pas un type au cœur brisé que vous auriez plaqué ?

— Nous avons déjà abordé le sujet.

— On reprend depuis le début.

Elle ne protesta pas.

— Non, je ne suis sortie avec personne ici. De plus, je suis médecin. Je ne brise pas les cœurs, je...

— Oui, je sais. Vous les réparez.

— Non, je les adresse à un spécialiste.

Le portable de Theo, un bel appareil très coûteux, était posé de l'autre côté du bureau. Alors qu'elle l'examinait, un gros E rouge apparut à l'écran, suivi d'un bip.

— Vous avez reçu un e-mail.

Il se pencha, appuya sur une touche et découvrit le nom de son correspondant. Michelle eut le temps de le déchiffrer elle aussi avant qu'il ne l'efface et que l'écran ne redevienne noir.

Elle se demanda s'il attendait de lire son message plus tard parce qu'il le savait peu important ou parce qu'il ne souhaitait pas qu'elle en prenne connaissance.

— Qui est Noah ?

— Un ami.

— J'ai vu son nom, se justifia-t-elle sans raison. C'est avec lui que vous discutiez au téléphone tout à l'heure ?

— Oui, il m'a appelé. Il devait attendre devant son ordinateur parce que je lui ai envoyé un mail il y a à peine quelques minutes, pendant que vous preniez votre douche, et il me répond déjà.

— Si vous voulez y jeter un œil maintenant, je peux aller dans la pièce d'à côté.

— Non, ça ne me dérange pas que vous le lisiez. Mais vous n'y comprendrez rien.

— Trop technique ?

— Trop Noah, répliqua-t-il avant qu'elle ait eu le temps de s'insurger. Si vous le connaissiez, vous sauriez de quoi je parle. Ce type a un sens de l'humour assez tordu.

— À vous entendre, on dirait un compliment.

— C'en est un. Dans son boulot, être un peu tordu s'avère souvent utile.

Theo pressa un bouton et attendit. Michelle, penchée par-dessus son épaule, déchiffra le message, mais trouva celui-ci obscur et dénué de sens.

— Il utilise un langage codé ?

— Non, répondit-il d'un ton bourru.

Bon sang, il aurait aimé qu'elle recule. Sentir le parfum de son shampooing et la chaleur de son corps le rendait nerveux.

Il se raidit et s'imagina l'attirant sur ses genoux et l'embrassant à perdre haleine. Puis son imagination vagabonda et il songea à tout ce qu'il voulait lui faire d'autre. Il commencerait par ses pieds, remonterait peu à peu jusqu'à ce qu'il ait complètement déboutonné sa robe de chambre et...

— Qui est Mary Beth ?

— Pardon ?

— Noah écrit qu'il ne vous a jamais remercié de lui avoir prêté Mary Beth la dernière fois qu'il est passé à Boston. Vous vous échangez vos copines ?

— Mary Beth est un bateau. J'ai invité Noah à venir pêcher à Bowen. Depuis que je lui ai parlé du tournoi, il insiste pour que je l'inscrive. Il devient fou à Biloxi. On lui a imposé une formation là-bas et il a horreur de ça.

Theo se tourna de nouveau vers l'écran, ôta ses lunettes et les posa sur le bureau. Incapable de se concentrer, il devait faire appel à toute sa volonté pour ne pas prendre Michelle dans ses bras. Il ne comprenait pas ce qui lui arrivait. Elle représentait une complication dont il n'avait pas besoin. Elle n'était pas le genre de femme avec qui on a une aventure sans lendemain, et il ne comptait pas s'attarder à Bowen.

Il savait qu'il se comportait de manière absurde. Il était venu ici pour elle, et cependant...

Elle lui tapota l'épaule pour attirer son attention.

— Qui est Padre ?

— Le père Tom Madden. Il est comme un frère pour moi. Notre famille l'a adopté quand il est entré à l'école primaire. Nick et lui ont le même âge et s'entendent à merveille. Ils ont fréquenté l'université de Pennsylvanie ensemble. Nick va épouser la petite sœur de Tommy.

— Pourquoi Noah l'appelle-t-il Padre ?

— Parce que, et je cite Noah, « ça emmerde Tom ». C'est aussi simple que ça. Mais Tommy lui passe tout.

— Ah oui ?

— Noah a failli mourir en lui sauvant la vie. Il le rend dingue, mais ils sont devenus bons amis tous les deux. Avec Nick, ils vont pêcher ensemble de temps en temps.

Michelle hocha la tête, puis demanda :

— La dernière phrase… Que veut dire Noah lorsqu'il conclut : « Quant au reste, pas de problème » ?

— En clair, il a conscience que je ne suis pas dans mon élément ici, donc il va vérifier deux ou trois bricoles pour moi.

— Votre réponse est aussi ambiguë que son message.

Elle s'écarta du bureau et ouvrit les portes vitrées qui séparaient la bibliothèque du salon. Des magazines médicaux s'étalaient sur le canapé. Elle les ramassa, les empila sur un coin de table et s'assit en soupirant.

Elle souleva ensuite la masse de ses cheveux. Dieu qu'il faisait chaud. Et son épaisse robe de chambre n'arrangeait rien. Elle saisit l'un des journaux dans l'intention de s'éventer avec, mais le reposa quand elle comprit combien son geste serait révélateur.

Theo se renversa dans son fauteuil et l'observa par la porte entrebâillée.

— Tout va bien ? Vous êtes un peu rouge.

Décidément, rien ne lui échappait.

— Je suis juste fatiguée.

— À quelle heure vous êtes-vous levée ?

— Autour de quatre heures ce matin.

Theo acheva de taper quelque chose sur le clavier.

— Je vais laisser l'ordinateur allumé, déclara-t-il avant de se lever et de s'étirer à la manière d'un gros chat.

— Pourquoi l'avez-vous emporté ? l'interrogea Michelle. Vous comptez lire vos e-mails en même temps que vous pêcherez ?

— C'est comme mon téléphone. Je ne sors jamais sans. Vous voulez boire quelque chose ?

— Non merci, mais faites comme chez vous.

Theo se rendit dans la cuisine, sortit un coca light du frigo puis inspecta le garde-manger. Il y dénicha une boîte non entamée de biscuits diététiques pauvres en sodium qu'il rapatria dans le salon.

Là, il s'assit dans le grand fauteuil rembourré, laissa tomber ses chaussures et balança ses pieds sur l'ottomane, avant de poser sa boisson sur le dessous de verre en carton à côté de lui et de tendre à Michelle le paquet de gâteaux.

— Ça vous tente ?

— Je viens juste de me laver les dents. Vous n'êtes jamais rassasié ?

— Pas avec ce genre de trucs.

Il ouvrit la boîte et commença à mâchouiller les crackers.

— Plusieurs de mes amis passent des coups de fil à droite et à gauche et quelques-uns de mes stagiaires effectuent des recherches pour moi. Rien de bien compliqué. J'espère qu'ils me répondront ce soir et que tout sera prêt d'ici demain.

— Vous travaillez pour le ministère de la Justice pendant vos vacances ?

— Je travaille pour la sucrerie.

Michelle dressa l'oreille.

— Oh ? Vous pensez pouvoir aider Daryl et sa famille ?

— Je vais essayer. Vous connaissez bien les frères Carson ?

— Non, pas très, avoua-t-elle. Vous devriez en discuter avec mon père – lui les connaît depuis des années. Il sera en mesure de vous en dire plus. La ville n'est pas grande, il est facile de se renseigner. Tout le monde se tient au courant de ce que font les autres.

— Et pourtant, personne ne sait rien sur le saccage de votre dispensaire. J'y ai un peu réfléchi et je ne crois pas qu'il faille l'imputer à des gamins.

— À qui alors ?

— Les dégâts sont l'œuvre d'un seul homme. Je me trompe peut-être, mais ça m'étonnerait. On distinguait une logique.

— Je ne vous suis pas. Qu'entendez-vous par « logique » ?

— Un certain ordre apparaissait dans ce chaos. Le type est entré par la porte du fond…

— La fenêtre de la réception était brisée cependant.

— Il l'a fracassée de l'intérieur. Élémentaire : les éclats de verre le prouvent.

— Et à part ça ?

— Je suis procureur, pas inspecteur. Mais si des gamins cherchaient de la drogue, comme le pensent votre père et Ben Nelson, pourquoi auraient-ils laissé les salles de consultation presque intactes ?

— Les vitres et les serrures des armoires à pharmacie ont été cassées.

— Oui, mais les seringues et les carnets d'ordonnances, eux, n'ont pas bougé. Et puis il y a les dossiers médicaux. Pourquoi auraient-ils perdu leur temps à ouvrir toutes les boîtes où ils étaient rangés ?

— Ils ont peut-être jeté par terre tout ce qui leur tombait sous la main.

— Je ne crois pas à un banal acte de vandalisme. Quand on projette de saccager un endroit, on apporte son propre matériel.

— Par exemple ?

— Des bombes de peinture. Le type qui a tagué vos murs s'est servi dans votre réserve. J'en déduis qu'il n'avait pas prévu de tout mettre sens dessus dessous. Par contre, l'absence d'éraflure sur la serrure de la porte de derrière indique qu'il avait de bons outils et savait les utiliser.

— Un professionnel en somme ?

Theo ne répondit pas.

— Noah sera là demain. Si cela ne vous ennuie pas, j'aimerais que vous laissiez le dispensaire en l'état jusqu'à ce qu'il ait examiné les lieux.

— Pas plus d'une journée ?

— Non.

— D'accord, accepta-t-elle, en songeant que ses amies ne viendraient de toute façon pas l'aider avant le surlendemain et qu'elle pouvait attendre un peu. Que fait Noah dans la vie ?

— Il bosse pour le FBI, lâcha-t-il évasivement.

— Le FBI ? répéta-t-elle, alarmée. Vous pensez donc que…

— Ne tirez pas de conclusions trop hâtives, la coupa-t-il. Noah est un ami de la famille et je me suis dit que ce serait une bonne idée qu'il jette un œil au dispensaire. Juste pour avoir son avis. Et puis il est à Biloxi et il adore pêcher. Passer un jour ou deux à Bowen équivaudra pour lui à des vacances.

— J'apprécierai son aide… et la vôtre aussi, mais je me demande si on n'exagère pas l'importance d'un acte peut-être fortuit.

— Vous n'en êtes pas vraiment convaincue, n'est-ce pas ?

Michelle se massa les tempes.

— Non, reconnut-elle. Et je ne crois pas que Ben Nelson le soit lui non plus. Il a passé les locaux au peigne fin avec moi et nous avons remarqué tous les deux qu'il n'y avait pas d'empreintes de pas sous la fenêtre, à l'extérieur. Pourtant, le sol était encore détrempé – il avait beaucoup plu la nuit d'avant. Il aurait dû y avoir des traces.

— Alors pourquoi ne vouliez-vous pas admettre que j'avais raison ?

— Je cherchais juste la solution la plus simple et la plus logique, déclara-t-elle en haussant les épaules. Vous savez quelle a été ma première pensée en découvrant l'état de mon bureau ?

— Non.

— Que quelqu'un me déteste. Cela m'a terrifiée. Je me suis creusé les méninges pour essayer de deviner qui, mais franchement, je ne suis pas de retour à Bowen depuis assez longtemps pour m'être fait des ennemis. Donnez-moi quelques mois et je suis sûre en revanche que j'aurai une liste aussi longue que mon bras.

— J'en doute. Le type qui s'est introduit dans votre dispensaire était fou de rage. Enfin, Noah nous aidera à y voir plus clair.

Theo engloutit un autre biscuit. Sans fromage ni beurre de cacahuètes, ces crackers avaient pour lui une saveur de sciure de bois. Pourtant, il continuait à les avaler l'un après l'autre.

— Les hommes comme Noah arrêtent les criminels, et vous, vous les envoyez en prison.

— À peu de chose près, oui.

— Vous, au moins, vous n'avez pas à craindre qu'on vous tire dessus.

— Exact, acquiesça-t-il rapidement.

Il mentait, bien sûr. Sa fonction lui avait déjà valu d'essuyer des tirs, des coups, des morsures et des crachats. Sa tête avait même été mise à prix – à deux reprises. Sans compter les menaces quotidiennes qu'il avait reçues pendant l'affaire Leon.

— J'ai une autre théorie, avança Michelle.

174

— Je vous écoute, lança-t-il en plongeant la main au fond du paquet en quête d'un restant de sciure de bois.

— L'un des patients du Dr Robinson a essayé de voler son dossier.

— Pour quelle raison ?

— Aucune idée. S'il a une maladie contagieuse ou quelque chose qu'il préfère cacher à sa compagnie d'assurances ou à sa famille, il a pu vouloir le reprendre. Je sais que mon explication est tirée par les cheveux, mais c'est la seule qui me vienne à l'esprit.

— Robinson vous a-t-il laissé une liste de ses patients ?

— Oui. Elle se trouvait dans une enveloppe en papier kraft collée sur l'une des boîtes. Elle n'est pas très longue, vu qu'il n'est pas resté ici très longtemps. D'après les bruits qui courent, il aurait eu grand besoin de leçons de diplomatie. Il se montrait offensant à l'égard de ses patients.

— D'où leur nombre peu élevé.

— Oui.

— Quand Noah aura fini d'examiner votre dispensaire et qu'il nous aura dit ce qu'il en pense, il faudra que vous confrontiez vos dossiers avec cette liste pour voir s'il en manque un.

— À supposer qu'elle n'ait pas été détruite.

— Vous devriez aussi contacter Robinson et lui demander s'il avait des patients difficiles. Vous saurez l'interroger mieux que moi à ce sujet.

— Très bien. Et puis il possède probablement une copie de cette liste au cas où je ne retrouverais pas la mienne.

Il remarqua qu'elle se frottait la nuque.

— Vous avez mal à la tête ?

— Plus ou moins.

— Peut-être que je réussirais « plus ou moins » à y remédier si j'essayais.

Sur ces mots, Theo se leva, la rejoignit sur le canapé et, après avoir placé un coussin sur le sol entre ses pieds, lui enjoignit de s'asseoir dessus afin qu'il pût la masser.

L'offre était irrésistible. Michelle s'installa entre ses genoux et étendit les jambes. Il posa les mains sur ses épaules, mais recula aussitôt.

— Ôtez votre robe de chambre.

Elle obtempéra.

— Maintenant, enlevez le haut de votre pyjama.

— Brillante tentative !

Il eut un sourire canaille.

— Bon, d'accord. Mais défaites au moins les boutons du haut.

Michelle dut déboutonner les trois premiers pour élargir suffisamment le col. Trop tard, elle prit conscience de la folie à laquelle elle avait consenti en sentant les mains chaudes se poser sur sa peau nue. Dieu que c'était bon.

— Vous avez la peau douce.

Elle ferma les yeux et songea qu'elle aurait dû le sommer d'arrêter. Avait-elle perdu la raison ? Theo était la cause même de sa nervosité et, sous ses doigts, celle-ci empirait délicieusement. Oui, il fallait à tout prix qu'elle l'arrête. Elle tourna cependant la tête afin qu'il s'attarde sur la zone sensible de ses cervicales.

— Vous savez à quoi j'ai pensé la première fois que je vous ai vue ?

— Que j'étais follement séduisante ? le taquina-t-elle. À tel point que vous vous êtes senti obligé de vomir sur ma robe ?

— Vous ne me le pardonnerez jamais, pas vrai ?

— Il y a des chances.

— Je souffrais tellement que je ne me contrôlais plus, lui rappela-t-il. Et ce n'est pas à cela que je voulais en venir. Après l'opération, quand vous êtes passée m'examiner dans ma chambre et que vous m'avez parlé de Bowen, de votre dispensaire, des gens qui vivent ici... vous savez ce que je me suis dit ?

— Vivement qu'elle se taise et qu'elle me laisse dormir ?

Il lui tira les cheveux.

— Je suis sérieux. Cela concerne la véritable raison de ma venue ici.

Le ton de sa voix prouvait qu'il ne plaisantait pas.

— Je suis désolée, s'excusa Michelle. Qu'avez-vous pensé ?

— Que je vous enviais.

— Oh ?

— J'ai perçu en vous quelque chose que je possédais moi aussi à mes débuts mais que j'ai perdu en cours de route. Je ne m'en étais jamais soucié jusqu'à ce que je vous rencontre. Vous m'avez donné envie de retrouver ce quelque chose... si toutefois c'est possible.

— De quoi s'agit-il ?

— De votre passion.

— Ma passion pour mon métier ? s'étonna-t-elle, perplexe.

— La passion avec laquelle vous essayez de changer le monde.

Michelle demeura silencieuse un instant.

— Je n'essaie pas de changer le monde, Theo. J'espère seulement contribuer à en rendre une petite partie un peu plus belle. (Elle s'agenouilla et se tourna vers lui.) Vous ne croyez pas à l'utilité de votre travail ?

— Si, bien sûr, fit-il d'un air détaché. J'ai juste perdu mon enthousiasme, je suppose. J'ignore quel est mon problème. Les types que j'envoie en prison… ils se multiplient comme des rats. Chaque fois que j'en boucle un, il en surgit trois. Je trouve ça frustrant.

— À mon avis, vous êtes au bout du rouleau. Vous travaillez trop depuis la mort de votre femme. Vous ne vous accordez aucun moment de détente.

— Qu'en savez-vous ?

— Vous m'avez confié que vous adoriez bricoler, mais que vous n'en aviez plus le temps depuis quatre ans. En d'autres termes, depuis que votre femme s'est tuée. (Elle sentit qu'il s'apprêtait à l'interrompre, aussi se hâta-t-elle de poursuivre.) Et vous m'avez dit aussi que vous aimiez pêcher, sauf qu'à vous entendre, on aurait pu croire que cela remontait à une vie antérieure. Vous vous êtes assez puni, Theo. Soufflez un peu.

Il se retint de lui lancer qu'il n'était pas venu à Bowen suivre une psychothérapie et qu'elle ferait mieux de s'occuper de ses affaires. Elle avait touché une corde trop sensible… tout en lui assenant une vérité qu'il connaissait déjà. Il passait sa vie à courir pour ne pas avoir l'occasion de s'appesantir sur l'incapacité dont il avait fait preuve à sauver sa femme. Le remords le rongeait depuis long-temps. Il avait sapé son énergie, son enthousiasme, sa passion.

— Vous avez besoin de vous changer les idées et d'oublier vos soucis pendant quelques semaines.

— C'est un ordre du médecin ?

— Oui. Vous vous sentirez rajeuni. Je vous le promets.

Elle s'inquiétait pour lui – cela se lisait dans ses yeux. Theo la trouvait adorable, et là résidait tout le problème. Il commençait à s'attacher beaucoup plus à elle qu'il ne s'y était attendu.

— Et si vous décidez de retourner à Boston, vous ne serez plus le même homme.

— *Si* je retourne à Boston ?

— Je voulais dire, *quand* vous retournerez là-bas.

Pour l'heure, il se refusait à penser à Boston, à son travail, à son avenir ou à quoi que ce soit d'autre – ce qui ne lui ressemblait pas du tout. Alors que, du plus loin qu'il s'en souvînt, il avait toujours été très organisé, il n'éprouvait aucune envie de planifier les prochains jours. Il voulait suivre à la lettre les conseils de Michelle. Se changer les idées et oublier ses soucis.

— C'est drôle, remarqua-t-il.

— Quoi ?

— Vous… moi. On dirait que nos routes étaient destinées à se croiser.

Elle sourit.

— Vous êtes une contradiction vivante, Theo. Un avocat romantique. Qui aurait cru ça possible ?

Il décida de détendre l'atmosphère. Taquiner Michelle l'amusait d'autant plus qu'elle lui tendait souvent la perche et répondait du tac au tac. Il prenait plaisir à la plonger dans l'embarras. L'honorable docteur rougissait pour un rien.

— Vous savez quelle autre pensée m'a traversé l'esprit quand je vous ai vue ? lui demanda-t-il avec un sourire malicieux.

— Non. Quoi ? répliqua-t-elle, méfiante.

— Que vous étiez carrément sexy.

— Oh, soupira-t-elle.

— « Oh » quoi ?

Ô mon Dieu !

— C'est à cause de la tenue verte que je portais au bloc opératoire, je parie ? Elle fait fantasmer tout le monde.

— Votre joli petit masque cachait votre plus bel atout.

— Mes taches de rousseur ?

— Non, vos lèvres.

Ô mon Dieu ! De toute évidence, Theo maîtrisait parfaitement l'art de la séduction. Il parvenait à l'emplir de confusion et à la rendre fiévreuse en même temps.

Elle sourit.

— Vous n'avez pas encore vu mon plus bel atout.

Il haussa un sourcil avec cet air à la Cary Grant qu'elle adorait.

— Vraiment ? Alors là, vous éveillez ma curiosité. Et bien sûr, vous ne comptez pas me le dévoiler ?

— Non.

— Vous préférez que je passe la moitié de la nuit à m'interroger ?

Oh ! que oui ! Elle espérait bien le troubler un peu, tout comme lui la troublait chaque fois qu'il posait les yeux sur elle. À n'en pas douter, le sommeil la fuirait ce soir-là, alors pourquoi devrait-elle être la seule à ne pas dormir ? Œil pour œil…, songea Michelle, soudain très contente d'elle. Theo savait peut-être flirter, mais elle avait l'impression de se défendre plutôt bien, de son côté. Elle n'était pas si novice, après tout.

Ne jouez pas avec moi ou vous le regretterez.

— Vous essayez de m'allumer ? reprit-il.

Elle éclata de rire.

— Non.

— Si vous en êtes sûre…

— J'en suis sûre.

— Alors vous devriez peut-être refermer votre pyjama.

Michelle baissa les yeux et laissa échapper un gémissement. Sa veste en soie était ouverte de haut en bas – la faute à ces maudits boutons qui ne tenaient jamais – et recouvrait à peine ses seins. Mortifiée, elle s'empressa de la reboutonner.

— Pourquoi n'avez-vous rien dit ? s'emporta-t-elle lorsque, cramoisie, elle se tourna de nouveau vers Theo.

— Vous plaisantez ? Pourquoi aurais-je fait une chose pareille ? La vue était agréable. Et ne me regardez pas comme ça. Ce n'est pas moi qui ai ouvert votre veste. Je suis un spectateur innocent.

Elle s'assit sur ses talons et renfila sa robe de chambre.

— Je vais me coucher. Merci pour le massage. Je me sens mieux.

Theo se pencha alors, lui prit la tête entre les mains et l'embrassa. Michelle avait des lèvres douces et tièdes, avec un léger goût de menthe. Il l'amena patiemment à lui retourner son baiser, s'efforçant de ne pas la brusquer.

Son geste la laissa stupéfaite. Elle ne comprit ce qui se passait que lorsqu'elle sentit sa bouche sur la sienne. Elle n'offrit aucune résistance. Elle aurait dû, mais ne tenta même pas. Tandis que ses lèvres s'entrouvraient, il lui sembla que le sol se dérobait sous ses pieds. Elle était prête à se donner à lui, et tous deux en avaient conscience.

Il recula brusquement.

— Faites de beaux rêves.

— Quoi ?

— Bonne nuit.

— Oh ! Oui, je vais me coucher.

Une lueur amusée brilla dans les yeux de Theo. Il mesurait très bien l'effet qu'il produisait sur elle. Un peu plus, et elle se serait liquéfiée devant lui. Mon Dieu, qu'arriverait-il s'ils faisaient l'amour ? Toutes ses facultés mentales l'abandonneraient certainement.

Comment était-il parvenu à dompter si vite son désir ? Grâce à son expérience et à sa discipline, conclut-elle en se relevant et en sortant de la pièce. Des années et des années d'expérience et de discipline. Elle, en revanche, avait aussi peu de tenue qu'une lapine. Un simple baiser, et elle aurait été disposée à le laisser faire.

Elle se dégoûtait. Et pourquoi fallait-il qu'il embrasse aussi bien, par-dessus le marché ? Theo ne ferait qu'une bouchée d'elle si elle ne contrôlait pas mieux ses émotions. Elle n'était pourtant pas née de la dernière pluie. Elle avait déjà vécu une histoire sérieuse et, à l'époque, s'était imaginé épouser un jour son compagnon. Jamais cependant celui-ci ne l'avait embrassée ainsi ni ne lui avait donné le sentiment d'être aussi vivante et désirable.

Quel sombre crétin ! Michelle se prit les pieds dans l'ourlet de son peignoir en montant l'escalier. Dès qu'elle eut regagné sa chambre, elle le jeta sur une chaise puis se mit au lit. Cinq secondes plus tard, elle se relevait et descendait au rez-de-chaussée.

Theo était retourné s'asseoir au bureau et tapait quelque chose sur son portable.

— Écoutez-moi, vous, cria-t-elle presque.

— Oui ? fit-il, les mains figées au-dessus du clavier.

— Je tiens juste à ce que vous sachiez…

— Quoi ?

— Je suis une sacrée bonne chirurgienne. Pendant que vous accumuliez toute votre expérience… en sautant des filles à droite et à gauche, et j'emploie volontairement cette expression…

— Oui ? l'encouragea-t-il, cependant que l'ombre d'un sourire apparaissait sur ses lèvres.

Elle se frappa la poitrine.

— Moi, j'apprenais à me servir d'un scalpel. Je voulais que vous sachiez…

— Que je sache quoi ? demanda-t-il lorsqu'elle s'interrompit brutalement.

Michelle eut un blanc. Plusieurs secondes s'écoulèrent puis ses épaules s'affaissèrent.

— Je l'ignore.

Sans rien ajouter, elle sortit.

Aurait-elle pu se ridiculiser davantage ? J'en doute, songea-t-elle en se couchant. Elle se compara à un David qui, au moment d'affronter Goliath, se serait aperçu qu'il avait oublié son lance-pierres. Avec un grognement sourd, elle roula sur le ventre, tira l'oreiller sur sa tête et ferma les yeux.

Theo la rendait folle.

19

Monk détestait les filatures. Tapi dans l'ombre d'un saule pleureur, il surveillait la maison du Dr Renard et attendait d'être certain qu'elle soit couchée avant de regagner sa chambre d'hôtel s'accorder lui aussi quelques heures de sommeil. Mais d'abord, il lui faudrait écouter l'enregistrement de tous les appels téléphoniques de la jeune femme. Il se frotta la cuisse, comme pour se consoler d'avoir déchiré son plus beau pantalon de treillis en grimpant à un poteau télégraphique afin de mettre sa ligne sur écoute.

Tandis que les heures défilaient, il se remémora ses précédentes missions. Il aimait en passer en revue les moindres détails. Non par morbidité – il ne prenait aucun plaisir pervers à penser à ses victimes –, mais plutôt par désir, ensuite, de les analyser. Quelles erreurs avait-il commises ? En quoi pouvait-il s'améliorer ?

Il avait tiré des leçons de tous ses contrats. La femme dont il s'était occupé à Biloxi gardait un revolver chargé sous son oreiller. Si son mari était au courant, il avait omis de l'en informer. Il s'en était fallu de peu qu'elle ne lui règle son compte. Heureusement, il avait réussi à lui arracher son arme et s'en était servi pour la tuer au lieu de perdre de précieuses secondes à l'étouffer. Toujours prévoir l'imprévu. Telle avait été sa première leçon.

Il y avait eu ensuite l'adolescente de Métairie. Son travail cette nuit-là avait été loin de friser la perfection et, avec le recul, il estimait qu'il avait eu de la chance de ne pas s'être fait surprendre. Il avait beaucoup trop traîné, allant même jusqu'à attendre la fin d'un film à la télé au lieu de partir une fois son boulot accompli – chose d'autant plus remarquable qu'il ne regardait jamais la télévision d'ordinaire. Il se jugeait bien trop intelligent pour supporter les inepties diffusées par les chaînes dans le but de ramollir le cerveau déjà bien endommagé des buveurs de bière affalés sur leur canapé.

Ce film-là était différent cependant. Et très amusant. Il venait de commencer lorsque Monk était entré dans la chambre de la fille. Tous les détails de cette nuit étaient restés gravés dans sa mémoire. Les rayures blanches et roses et les petits boutons de fleur du papier peint, les animaux en peluche sur le lit, les rideaux roses ornés de fanfreluches. Il n'avait jamais tué quelqu'un d'aussi jeune mais ne s'en était pas formalisé outre mesure. Il se contentait, après tout, d'accomplir un travail. Un simple travail. Rien d'autre ne comptait pour lui que de s'en acquitter, et bien.

Le film, se rappelait-il, déversait une musique assourdissante. La fille était éveillée, elle semblait à moitié défoncée. Dans l'air flottait la douce odeur entêtante du joint qu'elle venait de fumer. Vêtue d'un court T-shirt bleu, appuyée contre les oreillers et la tête en bois de son lit rose à baldaquin, elle fixait l'écran d'un regard absent, un énorme sachet de chips sur ses genoux. Elle ne s'était même pas aperçue de sa présence. Il avait considéré l'assassinat de cette gamine au visage ravagé par l'acné et aux cheveux gras comme une faveur spéciale – en échange de vingt-cinq mille dollars – afin que le cher papa de la petite puisse toucher la prime de trois cent mille dollars prévue par la police d'assurance qu'il avait souscrite au nom de sa fille unique six mois auparavant. Le contrat comportait une clause prévoyant de doubler la somme si la cause du décès s'avérait accidentelle. Monk s'était donc donné beaucoup de mal pour maquiller son meurtre en malheureux accident afin de voir lui aussi sa prime multipliée par deux. Le père avait beaucoup apprécié son travail et, bien qu'il n'eût pas à se justifier – Monk ne se souciait que de son argent –, il lui avait avoué n'avoir pas d'autre solution pour se débarrasser des usuriers qui le harcelaient. Il ne faisait que ce qu'il avait à faire, en somme.

Ah, l'amour paternel ! Quoi de plus beau au monde ?

Pendant qu'il tuait l'adolescente, Monk avait prêté l'oreille au dialogue des acteurs. Deux minutes plus tard, il était incapable de détacher les yeux de l'écran. Il avait écarté les pieds du cadavre afin de s'asseoir sur le lit et regardé le film jusqu'à la fin du générique en avalant des chips.

Il venait de se lever et s'apprêtait à partir quand il avait entendu s'ouvrir la porte du garage. Quelques instants à peine lui avaient suffi pour s'éclipser mais à présent, au souvenir des risques inconsidérés qu'il avait pris, il ne doutait pas de l'avoir échappé belle. La leçon de cette expérience ? Toujours entrer et ressortir le plus vite possible.

Monk estimait avoir beaucoup progressé depuis ses premiers meurtres. Il avait ainsi supprimé Catherine sans aucun problème.

Il leva de nouveau les yeux vers la chambre du médecin. Elle veillait tard ce soir – bien plus qu'il ne l'avait prévu. Enfin, il est vrai qu'elle hébergeait un invité. Pendant sa filature, Monk avait repéré l'homme au milieu d'une foule d'adolescents criards et grossiers. Son visage et ses épaules ne lui étaient apparus qu'un bref instant tant les gamins se pressaient autour de lui en hurlant pour attirer son attention. Ils l'appelaient Coach.

Toujours prévoir l'imprévu. Monk avait appelé Dallas et, après lui avoir lu la plaque d'immatriculation de la voiture louée par le type, lui avait demandé de se renseigner à son sujet.

La lumière s'éteignit enfin dans la chambre du Dr Renard. Monk attendit encore une demi-heure afin de s'assurer qu'elle s'était bien mise au lit puis longea tranquillement le bas-côté de la route gravillonnée jusqu'à l'endroit où il avait caché sa voiture. Il retourna au motel de St Claire, écouta l'enregistrement des appels de la jeune femme et, déçu de ne rien apprendre d'intéressant, régla son réveil et se coucha.

20

Être porteur d'une lettre d'accréditation ministérielle et connaître des gens haut placés présentait de réels avantages. À dix heures le lendemain matin, Theo détenait tous les renseignements dont il avait besoin sur les frères Carson – renseignements qui le laissèrent écumant de colère à leur égard. Par ailleurs, grâce à des stagiaires zélés et un service de livraison efficace, il avait reçu tous les mandats et papiers nécessaires.

Son projet n'était pas des plus orthodoxes, au point qu'un tribunal en aurait certainement contesté la légalité, mais pour l'heure il ne s'en souciait guère. Il espérait en effet résoudre le problème de Daryl avant que les Carson ne réagissent. Selon ses sources, leurs deux avocats ne comptaient pas parmi les meilleurs du comté, loin de là. Lorsqu'ils se rendraient compte qu'on les avait manipulés, il serait trop tard.

Theo bénéficiait d'un autre atout dont il n'avait jamais usé jusqu'à présent. Parce qu'il appartenait au ministère de la Justice, il pouvait inspirer autant de peur aux escrocs amateurs que les agents du fisc.

En sifflotant, il prépara le petit déjeuner. Michelle entra dans la cuisine au moment où il posait les couverts sur la table.

Elle était belle à croquer. Avec son jean moulant bleu délavé qui mettait en valeur ses longues jambes et son T-shirt blanc coupé au-dessus du nombril, elle lui parut encore plus sexy que la veille, et il n'avait pas cru alors que cela fût possible. Décidément, elle le ravissait chaque jour davantage.

Il lui tendit un verre de jus de fruits.

— Ça vous dirait qu'on s'amuse un peu ?

Ces paroles n'étaient pas exactement les premières auxquelles elle s'était attendue.

— Comment ? s'enquit-elle avec prudence.

— Avec la sucrerie.

Incrédule, Michelle ne put que constater sa légère déception.

— Oh. Oui... oui, bien sûr. Je peux vous aider ?

— Oui, mais prenez d'abord votre petit déjeuner. Tout est prêt. J'aime bien cuisiner, ajouta-t-il d'un air enthousiaste, comme s'il venait de s'en apercevoir. Cela me détend.

Elle jeta un coup d'œil sur la table et éclata de rire.

— Ouvrir un paquet de céréales et sortir le lait du frigo, je n'appelle pas ça cuisiner.

— J'ai aussi fait du café, se vanta-t-il.

— Ce qui, en clair, signifie que vous avez pressé le bouton de la cafetière. J'avais tout préparé hier soir.

Theo lui avança une chaise. Le parfum de la jeune femme, qu'il respira au passage, lui donna envie de se rapprocher d'elle. Il recula cependant et s'appuya contre l'évier.

— Vous êtes très jolie ce matin.

Elle tira sur le bord de son T-shirt.

— Vous ne le trouvez pas trop ajusté ?

— À votre avis, pourquoi vous ai-je dit que vous étiez très jolie ?

— Chaque fois que je le mets, je finis par l'enlever et par enfiler autre chose. Il est à la mode, précisa-t-elle comme pour se défendre. C'est un cadeau de mon amie Mary Ann. D'après elle, je suis supposée montrer mon nombril.

Theo releva son T-shirt bleu marine.

— Si c'est à la mode, alors moi aussi je suis dans le coup.

— Je vais me changer, déclara-t-elle en détournant le regard de son ventre dur et plat.

Cet homme affichait une forme écœurante – un véritable miracle, étant donné son régime alimentaire.

— J'aime bien ce que vous portez, protesta-t-il.

— Je vais me changer, répéta-t-elle, avant de secouer la tête. J'ai du mal... à me sentir bien dans ma peau ces derniers temps.

— Je ne comprends pas.

— J'ai essayé durant des années de ne pas ressembler à une fille.

Il crut qu'elle plaisantait et se mit à rire.

186

— Je vous assure ! À la fac de médecine, je m'efforçais au maximum de faire oublier mon appartenance évidente au sexe féminin.

— Pourquoi donc ? demanda-t-il, surpris.

— Le directeur de l'un des départements était bourré de préjugés à l'encontre des femmes médecins et passait son temps à rendre la vie impossible à ses étudiantes. Quelle sale enflure. Quand il allait boire un coup avec ses copains et les garçons de ma promo, il veillait d'abord à ce que nous croulions sous les travaux de recherche et les exercices supplémentaires. Je m'en fichais, même si je n'appréciais guère de devoir franchir deux fois plus d'obstacles que les hommes. Se plaindre n'aurait rien arrangé. Nous n'avions qu'une seule échappatoire : abandonner nos études, ce qui était précisément le but de la manœuvre. (Michelle sourit soudain.) Un soir, on s'est soûlées au margarita, avec quelques-unes des filles, et on a tout compris.

— Qu'avez-vous compris ?

— Ce type avait peur de nous. Rappelez-vous que nous étions lessivées et éméchées.

— Et vous avez découvert la raison pour laquelle il avait peur de vous ?

— Notre intellect. Il connaissait la vérité.

— Quelle vérité ?

— Les femmes sont mille fois plus intelligentes que les hommes. (Elle poursuivit en riant.) La peur et l'insécurité expliquaient donc ses préjugés. Je me souviens que cette révélation nous a stupéfiées à l'époque. Nous délirions complètement, mais nous étions trop soûles pour nous en rendre compte ou pour nous en soucier. Aujourd'hui bien sûr, je sais que tout cela était absurde. Nous ne sommes ni plus ni moins compétentes que nos homologues masculins. Seulement, réussir à rire de la situation et à nous convaincre de notre supériorité nous a aidées à supporter les moments les plus durs.

— Vos années de spécialisation ont été aussi pénibles ?

— Non, la situation était complètement différente. Nous étions tous logés à la même enseigne vingt heures par jour, sept jours sur sept. Il importait peu que je sois une femme. L'essentiel consistait à savoir courir. C'était épuisant, reconnut-elle. J'ai appris à dormir un quart d'heure par-ci, par-là. Heureusement, j'ai eu un bon chirurgien pour tuteur. Il était infect, mais on s'entendait bien. Je portais des tenues de bloc opératoire à longueur de journée, alors la mode, dans tout ça…

— Mon médecin est une femme.

— Sans blague.

— Si. Elle m'a opéré de l'appendicite.

— Je ne suis pas votre médecin. Sinon, je vous imposerais un régime sans sel et sans graisses.

— Ai-je précisé que je n'aimais pas mon médecin et que je ne suivais jamais ses conseils ? Quant à vos habits, ils ne changent rien à rien, Michelle. Quoi que vous portiez, les hommes se retourneront toujours sur votre passage. J'espère seulement que les Carson ne resteront pas scotchés à leur fenêtre pour vous admirer pendant que je m'échinerai à les terroriser.

— Vous avez l'intention d'employer la manière forte ? Super !

— J'étais sûr que vous approuveriez.

— Mais pourquoi devraient-ils me regarder par la fenêtre ? Je ne pourrai pas entrer avec vous ?

— Désolé. Vous ne verrez pas les Carson trembler dans leur pantalon.

— Non ?

— Je ne veux pas que vous entendiez ce que je vais leur dire. On ne sait jamais. Vous pourriez être amenée à témoigner un jour contre moi.

— Que projetez-vous exactement ?

Theo prit le sucrier sur le plateau tournant de la cuisine et s'assit en face d'elle.

— Vous verrez bien. (Il se servit une énorme ration de corn flakes qu'il saupoudra de sucre.) Je préfère le blé soufflé ou Frosties, expliqua-t-il.

Michelle eut la nausée devant ce spectacle.

— J'ai un sac de deux kilos et demi de sucre dans le garde-manger. Qu'attendez-vous pour aller le chercher et piocher dedans ?

— Trésor, ce n'est pas poli de se montrer sarcastique au petit déjeuner. Vous voulez du café ?

— Je l'ai préparé pour vous. En général, je me contente d'un coca light le matin.

Il éclata de rire.

— Et vous osez critiquer mes habitudes alimentaires ?

Michelle sortit une canette du frigo, l'ouvrit et but une longue gorgée.

— J'ai rêvé ou quelqu'un a sonné à la porte tout à l'heure ?

— Non. Je me suis fait expédier des documents de La Nouvelle-Orléans. Je n'en reviens pas que le coursier ait trouvé votre maison. Mes indications étaient plutôt vagues.

— Vous avez des bureaux à La Nouvelle-Orléans ?

— Plusieurs de mes amis vivent là-bas. Après ma conversation avec Daryl, je les ai contactés et j'ai aussi passé quelques coups de fil à Boston. L'assurance contre les accidents du travail m'est aussi peu familière que le droit de la Louisiane, alors j'ai dû mettre mes relations à contribution.

— Il me semble que si un employé se blesse en exerçant sa profession, il a droit à des indemnités, non ?

— Il y a des exceptions.

— Par exemple ?

— S'il a lui-même provoqué l'accident, pour cause d'ivresse ou autre, on peut les lui refuser.

— Ou s'il s'est servi d'une machine en sachant qu'elle fonctionnait mal ?

— C'est l'argument qu'avanceront les Carson.

— Mais vous vous y êtes préparé.

— Oui.

— Pourquoi agissez-vous aussi vite ?

— Parce que je ne veux pas faire trop attendre Daryl. Je ne resterai pas longtemps ici et j'aimerais résoudre son problème avant mon départ. Je le lui ai promis.

Michelle baissa la tête et observa ses céréales qui s'imbibaient de lait. Elle savait depuis le début qu'il partirait. Elle le savait. Et c'était d'ailleurs la raison pour laquelle elle s'efforçait de ne pas s'attacher à lui. Son plan comportait cependant un léger hic. Même si elle répugnait à l'admettre, elle mourait d'envie de lui mettre le grappin dessus et de ne plus le lâcher.

L'idiot. Tout était de sa faute. S'il ne l'avait pas embrassée, elle ne se serait pas sentie aussi malheureuse à cet instant.

— Quelque chose ne va pas ? s'étonna-t-il.

— Non, pourquoi ?

— À voir votre tête... on dirait que vous rêvez de frapper quelqu'un.

— Je réfléchissais juste.

— À quoi ?

Elle repoussa les corn flakes auxquels elle n'avait pas touché, s'appuya contre le dossier de sa chaise et croisa les bras.

— Aux virus non spécifiques, répondit-elle avec une pointe d'agressivité dans la voix.

— C'est la dernière chose à laquelle j'aurais cru que vous pensiez. Les virus. Voyez-vous ça.

— Les virus non spécifiques, le corrigea-t-elle.

— Au temps pour moi. Expliquez-moi alors. Pourquoi eux ?

— Ils sont traîtres… et provoquent des ravages quand ils s'attaquent au corps humain. Vous êtes en pleine forme, tout va bien, et deux minutes après vous avez la gorge qui vous pique et des courbatures partout. Vos glandes enflent à tel point que vous avez du mal à avaler. Vous vous persuadez que votre état ne saurait empirer et puis soudain vous commencez à tousser. Avant même d'avoir eu le temps de dire ouf, vous vous retrouvez avec toutes sortes de complications secondaires.

Theo la regarda fixement durant plusieurs secondes.

— Et vous y pensiez parce que… ?

Parce que tu pars, imbécile.

— Je suis médecin, répliqua-t-elle en haussant les épaules. Il est normal que j'aie de telles préoccupations.

— Vous vous sentez bien ?

— Oui, mais qui sait ce qu'il en sera dans cinq minutes. Ils sont cruels, ces virus. Ils vous tombent dessus comme ça.

Michelle claqua des doigts en hochant la tête.

— Mais s'ils ne sont pas mortels, ils finissent par disparaître, n'est-ce pas ?

— Oh, pour ça, oui, ils disparaissent, acquiesça-t-elle sèchement.

Theo lui exprima le fond de sa pensée :

— Que vous arrive-t-il, à la fin ?

— J'ai l'impression de couver quelque chose.

— Vous m'avez dit à l'instant que vous alliez bien, objecta-t-il.

— Arrêtons de parler de ça. Les malades me collent le bourdon.

— Michelle ?

— Oui ?

— Vous êtes médecin. Je m'y perds là, ne passez-vous pas votre temps à soigner des malades ?

Elle comprit tout à coup combien son attitude était puérile et chercha une excuse à son moment d'égarement.

— Je ne suis pas du matin.

— Je croyais que les chirurgiens opéraient le plus souvent en tout début de matinée.

— Oui, mais mes patients sont déjà sous anesthésie. Ils se moquent de mon humeur. Vous avez bien dormi ? lui demanda-t-elle, changeant délibérément de sujet.

— Très bien. Et vous ?

— Moi aussi. J'ai apprécié de ne pas être réveillée en sursaut par le téléphone. Vous avez des nouvelles de votre ami Noah ?

— Non.

— Il faudra qu'il passe ici prendre la clé du dispensaire s'il veut inspecter les lieux. Nous allons devoir l'attendre.

— Noah n'aura pas besoin de clé.

— Comment entrera-t-il ?

— Il forcera la porte, mais ne vous inquiétez pas. Il ne brisera pas grand-chose. Il se flatte d'être rapide et discret.

— Vous vous êtes donné rendez-vous quelque part ?

— Non. Aucune importance, Noah me trouvera. Qu'avez-vous prévu aujourd'hui ?

— Comme vous ne voulez pas que je commence à réparer les dégâts avant l'arrivée de Noah, j'ai une journée de libre. Je vais contacter le Dr Robinson et l'interroger sur ses patients. À part ça, je n'ai pas d'autre obligation que celle de vous emmener de gré ou de force à l'entraînement de foot à quinze heures. Vous avez promis à M. Freeland de passer, et puisque – grosso modo – je suis le médecin de l'équipe, je dois être présente.

— Ils ont besoin d'un médecin pendant l'entraînement ? ironisa-t-il.

— Oh oui. Les garçons s'amochent beaucoup à force de se cogner la tête et de prendre des coups. À croire que leur casque et leurs protections ne servent à rien. J'ai soigné une épaule démise la semaine dernière et une mauvaise entorse du genou il y a deux jours. Ils sont désespérants, mais ne le répétez pas. Pour en revenir à M. Freeland, poursuivit-elle, avez-vous pris connaissance de la somme inscrite sur le papier qu'il vous a donné ? Avez-vous été dûment impressionné ?

— Oui, je l'ai regardée. Cependant, je ne peux pas vraiment dire que j'aie été impressionné.

— Amusé, alors ?

Theo acquiesça.

— Je gagne plus en une semaine que ce qu'il me propose de toucher à l'année.

— Le comté n'est pas très riche.

— Je comprends.

— Et à mon avis, il suppose que vous compléterez votre salaire en travaillant en plus comme avocat.

— Mouais.

— Vous mettrez votre costume pour aller à la sucrerie ?

— Ce que je porte ne convient pas ?

— Un jean ? Est-ce la tenue appropriée quand on veut intimider quelqu'un ?

— Peu importe la tenue, c'est l'attitude qui fait tout. Dans combien de temps pouvez-vous être prête ?

— Donnez-moi dix minutes.

Michelle empila la vaisselle du déjeuner dans l'évier et courut à l'étage changer de T-shirt pendant que Theo rassemblait ses papiers.

— On s'arrêtera d'abord à l'angle de la Deuxième Rue et de la rue Victor, la prévint-il lorsqu'il recula sa voiture dans l'allée. Je sais que c'est à St Claire, mais il faudra que vous m'indiquiez où exactement.

— Facile. C'est juste derrière le McDo.

— Parfait. Je pourrai aller me chercher des frites pour tenir jusqu'à midi.

— Vous devez avoir de l'huile dans les veines.

— Détrompez-vous. Je n'ai pas de cholestérol et mon sang contient tout ce qu'il faut de bon.

Elle s'exécuta et le guida dans les rues de la petite ville.

— Tournez à gauche, là. Quelle est la raison de ce détour ?

— Je cherche une clôture. Ah, voilà, nous y sommes. (Il s'engagea dans le parking adjacent à un magasin spécialisé dans les barrières, s'y gara puis descendit de voiture, sans toutefois couper le moteur.) J'ai déjà passé ma commande, il ne me reste plus qu'à payer. Je ne serai pas long.

Il ferma sa portière et enclencha ensuite le système de condamnation centralisée.

Michelle patienta, la climatisation poussée à fond. Il faisait chaud et humide à l'extérieur, et la météo avait annoncé un sérieux risque d'orage dans l'après-midi. Elle souleva ses cheveux, s'éventa le cou.

Elle ne s'était toujours pas réhabituée à la moiteur de Bowen. Ni à son rythme de vie. Elle qui courait tout le temps allait devoir réapprendre à souffler un peu.

Il fallut dix minutes à Theo pour tout régler. Bien qu'elle brûlât de savoir pourquoi il tenait à acquérir une barrière, Michelle décida de ne pas le questionner. Il la mettrait au courant s'il le voulait, et quand il le jugerait bon.

Sa curiosité l'emporta lorsqu'ils se garèrent devant la St Claire's Bank and Trust, soit quelques centaines de mètres plus loin seulement.

— Vous avez acheté une barrière ?

— Oui.

— Quel genre ?

— En fer forgé, répondit-il tout en farfouillant dans les chemises remplies de papiers qu'il avait placées à l'intérieur du boîtier de rangement entre les deux sièges avant.

Il en tira deux documents qui paraissaient officiels puis quitta le volant et vint lui ouvrir sa portière.

— Elle a dû vous coûter une fortune.

— Celle-là valait son prix.

— Et ?

— Et quoi ?

— Pourquoi l'avez-vous achetée ?

— Appelons ça un lot de consolation, parce que je n'ai pas l'intention de me procurer un plus gros revolver.

Il savait que sa réponse ne l'éclairait pas davantage. Michelle était déjà retournée à la voiture quand le petit John Patrick lui avait parlé de son anniversaire.

— Il y a des magasins qui vendent des clôtures à Boston.

— Oui, en effet.

Une idée effleura soudain Michelle.

— Cela a un rapport avec Lois ?

— Lois qui ?

Elle baissa les bras.

— Vous ne voulez rien me dire ?

— Exact. Je suis du genre borné et silencieux.

— Je déteste les types du genre borné et silencieux. Ils présentent tous le même profil – cardiaques à court terme.

— Trésor, il vous arrive d'oublier un peu la médecine ?

S'il savait. Depuis qu'elle l'avait rencontré, elle n'avait qu'une seule idée en tête : coucher avec lui. Mais elle n'allait certainement pas le lui avouer.

— Bien sûr, répondit-elle. Vous avez une idée de ce à quoi je pense en ce moment ?

— Vous voilà redevenue grincheuse ?

— Quand ai-je été grincheuse ? s'insurgea-t-elle en riant.

Theo ouvrit la porte de l'établissement bancaire, fit signe au vigile et recula pour laisser Michelle entrer la première. Sachant que son revolver déclencherait l'alarme, il montra sa carte professionnelle à l'employé puis attendit qu'il désactive le système. Son arme était cachée dans un étui fixé à la cheville qu'il s'était fait envoyer avec les papiers.

L'homme l'invita à passer.

— En quoi puis-je vous aider, inspecteur ?

Theo s'abstint de le détromper à son sujet.

— J'ai rendez-vous avec le directeur de la banque. Pourriez-vous m'indiquer où se trouve son bureau ?

— Oui, sans problème. M. Wallbash travaille au fond. On le voit d'ici, de l'autre côté de la paroi de verre.

— Merci.

Theo rattrapa Michelle et lui désigna un siège à proximité.

— Il vaut peut-être mieux que vous m'attendiez là. Je risque d'employer un gros mot dans cette pièce.

— Lequel ?

— « Audit », lui murmura-t-il à l'oreille.

— Excusez-moi, madame, intervint alors le garde en s'avançant vers elle. Vous ne seriez pas la fille de Big Daddy Jake, par hasard ?

— Bonne chance, souffla Michelle à Theo, avant de se tourner vers le vieil homme. Oui, en effet.

— Alors vous êtes médecin, pas vrai ?

Il se présenta et lui serra la main.

— J'ai entendu parler de ce qui est arrivé à votre dispensaire. Ma femme Alice et moi, on se disait justement que ce serait bien agréable d'avoir la fille de Jake pour s'occuper de nous. On a tous les deux besoin d'un bon docteur. Alice a des problèmes avec ses oignons et ses cors aux pieds. Elle ne peut plus mettre ses chaussures du dimanche tellement elle a mal, et moi, il faut que je soigne mon inflammation des articulations. Il y a des jours où je n'arrive plus à lever le bras droit. Quand comptez-vous donner vos premières consultations ?

— D'ici une semaine ou deux, j'espère.

— On attendra jusque-là. Ça fait un bail qu'on supporte la douleur, alors… Bosser ici à temps partiel me change les idées. Je remplace le vigile deux jours par semaine. Un travail de fonctionnaire, en quelque sorte, plaisanta-t-il. Bon sang, regardez-moi ça ! On dirait que M. Wallbash va nous faire une attaque. Il est rouge comme une tomate et tout en sueur. Il n'a pas l'air d'aimer ce que lui raconte l'inspecteur.

Michelle convint que Wallbash semblait effectivement au bord de la crise d'apoplexie. Après avoir parcouru les papiers posés sur son bureau, il jeta un regard furibond à son visiteur.

Theo tournait le dos à la jeune femme, de sorte qu'elle ne pouvait voir son visage. Lorsqu'il se pencha vers le banquier cependant, ses paroles, quelles qu'elles fussent, eurent un effet immédiat. Wallbash leva les mains en l'air comme face à un braqueur et hocha la tête avec vigueur.

Elle en supposa aussitôt la raison. Il avait dû prononcer le mot magique.

Theo ne s'attarda guère dans le bureau du directeur et ils n'échangèrent pas de poignée de main en prenant congé. Mais alors que Wallbash essuyait son front luisant de sueur, il s'arrêta sur le seuil pour lui lancer une dernière remarque qui, cette fois, rendit l'homme livide.

L'air féroce, Theo traversa le hall pour rejoindre Michelle. Voyant qu'elle l'observait, il lui adressa un clin d'œil puis la prit par la main et, après un signe de tête au garde, continua à avancer en la traînant derrière lui.

Elle attendit que tous deux soient de nouveau assis dans la voiture pour l'interroger.

— Alors ?

— Wallbash n'est pas ravi, mais il coopérera. Il a intérêt, ajouta-t-il d'une voix qui éveilla l'attention de Michelle.

— Et maintenant, quelle est la suite du programme ?

— Encore une halte et on pourra aller manger. Indiquez-moi le chemin jusqu'à la sucrerie.

Elle lui expliqua la route à suivre puis lui demanda ce qu'il avait dit à Wallbash.

— Il semblait à deux doigts de piquer une crise de nerfs.

— Les frères Carson réalisent toutes leurs opérations bancaires à la St Claire Bank and Trust. Ils figurent parmi les principaux clients de l'établissement, ce qui devrait vous mettre la puce à l'oreille quant au joli contrat que ces salauds ont passé ensemble. Wallbash s'entend très bien avec Gary Carson. Un chic type, selon lui.

— Et son frère ?

— Une tête brûlée. J'ai l'impression que Wallbash en a un peu peur. C'est Jim qui s'est rendu à l'hôpital pour virer Daryl. Lui et Gary jouent sur deux tableaux parce que cela leur permet d'obtenir chaque fois gain de cause.

— En somme, l'un est réglo et l'autre pas ?

— Je dirais plutôt que l'un est pourri et l'autre encore plus. Vous savez, je préfère de loin une tête brûlée à un sale petit escroc sournois et manipulateur. Si j'ai de la chance aujourd'hui, les deux frères seront à la sucrerie et je pourrai les voir à l'œuvre.

— Quel était le but de votre visite à la banque, alors ?

— J'ai fait geler leurs comptes.

Michelle éclata de rire.

— Ça ne peut pas être légal.

— Bien sûr que si. Wallbash détient tous les papiers signés en bonne et due forme. Il est obligé de nous filer un coup de main s'il ne veut pas s'attirer des emm…

Il s'interrompit à temps. Michelle compléta la phrase à sa place :

— Des ennuis ?

— Exactement.

— Pourquoi regardez-vous sans cesse votre montre ?

— Le timing est primordial. Je dois rencontrer Gary Carson à midi trente.

— Vous avez pris rendez-vous ?

— Oui.

— En précisant le but de votre visite ?

— Vous voulez rire ? Cela aurait gâché l'effet de surprise. J'ai expliqué à sa secrétaire que je voulais traiter avec lui.

— Tournez à gauche au prochain croisement, lui indiqua Michelle. Et suivez cette route sur quelques kilomètres. La sucrerie est en pleine campagne. Alors comme ça, Carson s'imagine qu'il a un nouveau client ?

— On ne peut rien vous cacher.

— Wallbash l'aura probablement appelé pour le prévenir.

— Il lui téléphonera à treize heures précises, pas une minute plus tôt. Sinon, j'envoie un bataillon de commissaires aux comptes mettre sa banque sens dessus dessous. Il attendra.

— Vous feriez vraiment ça ?

Il ne répondit pas. Michelle examina un instant son profil.

— Quand vous voulez quelque chose, reprit-elle, vous ne laissez rien ni personne se placer en travers de votre chemin, n'est-ce pas ?

— Effectivement. Souvenez-vous-en, au cas où.

— Vous gagnez toujours ?

— À votre avis ? répondit-il en la regardant.

Il avait changé de sujet avec finesse. Tous deux savaient qu'ils parlaient à présent de ses vues sur elle. Puis elle se rappela ce qu'il lui avait affirmé avant même d'avoir déballé ses affaires, la veille au soir. Il n'aurait pas à venir à elle. C'était elle qui viendrait à lui. Quand les poules auront des dents, songea Michelle en se tournant vers la vitre. Une autre pensée lui vint alors à l'esprit.

— Et les salaires ? Si vous gelez les comptes des Carson, comment les employés seront-ils payés ?

— Le tribunal nommera un administrateur judiciaire pour signer les chèques.

— Et si les frères ferment l'usine malgré tout ?

— Ils gagnent trop d'argent pour prendre ce risque et, de toute façon, je les en empêcherai.

— Vous en avez les moyens ?

— Absolument. S'ils ne se montrent pas conciliants, je m'arrangerai pour que les employés deviennent propriétaires de la sucrerie.

Theo apercevait l'usine au loin. Des cheminées reliées entre elles émergeaient de silos ronds nichés entre deux énormes bâtiments en béton.

L'endroit se révélait de plus en plus lugubre au fur et à mesure qu'ils s'en approchaient. Pourtant, en dépit de la façade grisâtre et des vitres sales, l'ensemble ne semblait pas en mauvais état. Theo se gara sur un parking gravillonné et scruta les alentours.

— Monsieur Buchanan ?

Il se retourna.

— Connelly ?

Un homme grand et mince vêtu d'un costume s'avança vers la voiture.

197

— Oui, monsieur.

— Tout est en ordre ?

— Affirmatif, répondit Connelly en soulevant son attaché-case. Je viens juste d'apprendre qu'il était fiché.

Theo se pencha vers la portière restée ouverte.

— Cela vous ennuie de patienter ici ? lança-t-il à Michelle.

— Non, mais j'accourrai si j'entends des coups de feu.

Theo lui présenta alors Connelly, puis ajouta à l'intention de ce dernier :

— Quand je m'en irai, ce sera à votre tour d'entrer en scène. Attendez dehors.

Il s'éloigna en laissant le moteur tourner. Michelle détacha sa ceinture de sécurité, recula son siège et alluma la radio. Une chanson de Willie Nelson passait à l'antenne. Elle l'interpréta comme un heureux présage. Theo ne rencontrerait peut-être aucun problème après tout.

Trois chansons et neuf publicités plus tard, il quittait le bâtiment, un large sourire aux lèvres, tandis que Connelly s'y engouffrait. Il courut s'installer au volant et, avant même d'avoir fermé sa portière, engagea la voiture sur la route. Michelle eut à peine le temps de boucler sa ceinture que, déjà, il accélérait.

— On s'enfuit à toutes jambes ?

— J'ai faim.

— Vous n'arrêtez pas de surveiller le rétroviseur, lui fit-elle remarquer en se retournant pour jeter un œil par la lunette arrière.

— Simple précaution. N'importe qui peut planquer un fusil sous son bureau.

— L'entretien s'est aussi bien déroulé ?

— En fait, oui. Gary Carson est un chouette type. Compréhensif et avenant au possible. Désireux de respecter la loi. Je ne saurais vous dire combien de fois il me l'a répété. Mais comme il fallait s'y attendre, il a nuancé ces belles paroles en laissant entendre qu'il devrait fermer l'usine parce que, je cite, « on a du mal à s'en sortir ».

— Comment avez-vous réagi ?

Il lui adressa un grand sourire.

— J'ai éclaté de rire.

— Vous avez fait preuve de tact, donc.

— Absolument.

— Vous vous amusez, n'est-ce pas ?

Il parut surpris par sa question.

— En effet, admit-il. Ça me réjouit d'aider Daryl. Beaucoup même.

— Parce que vous voyez le résultat de vos efforts.

— Oui. Enfin, il est vrai que son cas n'est pas compliqué. Je devrais avoir tout réglé avant la fin de la semaine.

— Vous pensez vraiment y arriver en quelques jours ?

— Sans problème. Sauf si les Carson ont des fonds planqués quelque part dont je n'aurais pas entendu parler et s'ils espèrent tenir bon grâce à eux. Enfin, même dans ce cas, cela n'a aucune importance. Ils ont enfreint tant de lois que je pourrais les envoyer tous les deux derrière les barreaux. L'inspection du Travail aurait de quoi s'en donner à cœur joie dans leur usine.

— Est-ce que la tête brûlée a essayé de vous étrangler ?

— Non.

— Vous semblez déçu, le taquina-t-elle.

— Je le suis. Je voulais faire plus ample connaissance avec eux. Jim Carson est en déplacement à La Nouvelle-Orléans pour la journée, mais il est censé rentrer ce soir vers dix-huit heures. Gary a dit qu'il préférait attendre le retour de son frère pour l'informer de la situation plutôt que de l'appeler sur son portable – probablement histoire de le mettre dans une rage folle avant de le lancer à mes trousses. Je parie que j'aurai des nouvelles de Jim moins de cinq minutes après que Gary l'aura mis au courant.

— Avez-vous par hasard mentionné devant Gary où vous comptiez passer la soirée ?

Theo sourit de nouveau.

— J'ai dû lâcher que je serais au Swan.

— Vous finirez peut-être par tuer quelqu'un, alors, soupira Michelle.

21

Si le nouveau stade de foot du lycée suscitait l'admiration, les joueurs, en revanche, n'offraient qu'un piètre spectacle. De l'avis de Theo, ils étaient même incroyablement mauvais.

Les garçons tenaient à lui montrer ce dont ils étaient capables. Certes. Ils avaient peut-être du talent, mais ils ne savaient pas en tirer avantage. Conrad Freeland devait s'époumoner pour couvrir leurs cris et il se servait si souvent de son sifflet que les gamins l'ignoraient la plupart du temps. L'entraînement avait des allures de chaos assourdissant.

Conrad réussit enfin à se faire obéir assez longtemps pour que la ligne de mêlée se mette en place. Les joueurs commencèrent alors à courir dans tous les sens sur la superbe pelouse, comme autant de poulets auxquels on aurait coupé la tête.

Theo et Michelle observaient la scène à ses côtés, depuis le milieu du terrain. Rayonnant de fierté, Conrad se tourna vers le jeune homme :

— Que pensez-vous de votre équipe ?

Theo préféra ne pas relever l'emploi du possessif – il n'était pas près de se revendiquer chef de cette meute hétérogène.

— Pourquoi ne pas leur demander d'effectuer quelques combinaisons tactiques ? proposa-t-il. Michelle et moi irons nous asseoir dans les tribunes pour les regarder. Mes derniers entraînements remontent à plusieurs années, mais je saurai peut-être vous donner quelques conseils.

Conrad sembla confus.

— Ils viennent d'en jouer une, expliqua-t-il en désignant le terrain du menton.

200

— Pardon ?

— Vous venez de les voir jouer.

— *Jouer ?* Il n'y a qu'une…

Theo retint un sourire afin de ne pas laisser croire au professeur qu'il tournait ses efforts en dérision.

Conrad tira nerveusement sur son col. Avec sa chemise blanche à manches longues dépourvue du moindre faux pli, sa cravate rayée et sa veste bleu marine, il paraissait davantage habillé pour un récital que pour un entraînement sportif. Les nuages étaient chargés de pluie et il faisait si lourd qu'il devait étouffer, songea Theo.

Michelle lui donna un coup de coude.

— Jolie démonstration, vous ne trouvez pas ?

Il resta muet.

— Cette combinaison est la seule qu'ils ont perfectionnée, l'informa Conrad. Nous l'appelons « le dard ».

— Je vois, commenta Theo, faute d'une meilleure remarque qui ne fût pas un mensonge évident.

— Ils sont doués, n'est-ce pas ?

Michelle cherchait de nouveau à attirer son attention. Il l'ignora et se tourna vers le professeur. Il ne voulait pas le vexer – à l'évidence, il avait travaillé dur pour tirer quelque chose de ces gamins indisciplinés –, mais il refusait de lui mentir. Aussi se contenta-t-il d'une réponse lapidaire :

— Intéressant.

— Il faut que vous compreniez ma position, reprit Conrad, d'un ton sérieux à présent. Et aussi comment l'équipe en est arrivée là. Elle n'existe que depuis l'année dernière et l'entraîneur, euh…, il a plié bagage au beau milieu de la saison. Évidemment, nous n'avons remporté aucun match. Les garçons ne connaissent rien à ce sport – et moi non plus d'ailleurs, avoua-t-il. Donnez-moi une flûte et je leur apprendrai à en jouer, mais ça… (il agita la main)… ce n'est pas dans mes cordes. Voilà pourquoi nous avons grand besoin de manuels d'entraînement. J'ai fait tout ce que je pouvais.

— J'en suis persuadé, le rassura Theo, qui se creusait la tête à la recherche d'une remarque positive à formuler.

— Je suis même allé jusqu'à effectuer des recherches sur mon ordinateur. Je peux vous retracer l'histoire du football, mais vous expliquer comment on y joue, c'est autre chose. Je ne comprends rien à tous ces schémas que j'ai trouvés sur Internet. Je n'y vois que des cercles et des flèches sans aucune signification.

Le professeur ôta le sifflet qui pendait à son cou et le tendit à Theo.

— Voyons comment vous vous débrouillez, Coach.

— Je ne suis pas…

Mais Conrad s'éloignait déjà à petites foulées en direction du distributeur d'eau fraîche.

— … entraîneur.

Michelle se pencha vers lui.

— Je vous avais prévenu qu'ils étaient désespérants, lui murmura-t-elle.

— En effet !

— Je vais m'asseoir dans les gradins non couverts en attendant que vous ayez terminé, conclut-elle en souriant.

D'accord, pensa-t-il. Un entraînement. Il parlerait aux garçons et leur promettrait d'envoyer quelques manuels à Freeland, et peut-être aussi deux ou trois vidéos, point final. Ensuite, il mettrait les voiles. Oui, voilà la tactique que *lui* avait choisie.

Il porta deux doigts à sa bouche, siffla pour attirer l'attention des adolescents et leur fit signe de s'approcher.

Tous accoururent, tels de gros poulains maladroits. L'un d'eux tomba, se releva, parcourut encore quelques mètres puis trébucha une nouvelle fois. Pourvu qu'il n'ambitionne pas de jouer *running back*, pria Theo. Les adolescents se massèrent autour de lui en le pressant de questions. Sans un mot, il leva une main et patienta. Le silence finit par s'installer.

D'une voix basse, il leur ordonna d'ôter leurs casques et de s'asseoir sur l'herbe devant lui. Ils s'exécutèrent aussitôt, donnant un instant à Theo l'impression que le sol tremblait sous ses pieds.

— Où est votre revolver, Coach ? cria alors Elliott Waterson.

Le vacarme reprit de plus belle.

Theo ne broncha pas. Il resta debout, les bras croisés, à attendre qu'ils se calment – ce qui ne tarda guère. Moins d'une minute plus tard, l'agitation était retombée.

— Elliott, déclara-t-il, en murmurant presque afin de les forcer à ne pas bouger et à tendre l'oreille pour écouter ce qu'il avait à dire, mon revolver est rangé dans un endroit sûr, mais je vous jure que le prochain qui m'interrompt recevra une bonne raclée. Compris ? Maintenant, voilà comment nous allons procéder.

Calée sur un siège peu confortable, Michelle assista à cette transformation, surprise de la facilité avec laquelle Theo imposait son autorité aux joueurs. Tous étaient assis, jambes pliées, leurs casques sur les genoux. Les yeux rivés sur lui, ils semblaient boire ses paroles. Conrad lui aussi paraissait impressionné. Il était revenu auprès de Theo et, de temps à autre, l'approuvait d'un hochement de tête.

— Excusez-moi, m'dame.

Michelle se retourna et découvrit un homme brun, grand et quelque peu enrobé, posté juste à l'entrée du tunnel menant aux vestiaires. Son visage lui était vaguement familier.

— Oui ?

L'inconnu s'avança dans sa direction. Il était vêtu d'un short kaki et d'une chemise à manches courtes assortie, avec le mot « Speedy » brodé sur la poche de poitrine. Un badge pendait également d'un clip accroché à celle-ci. L'homme portait un paquet sur lequel Michelle reconnut la mention « Speedy Messenger », mais il se tenait trop loin d'elle pour qu'elle pût déchiffrer son nom.

— Je cherche le Dr Michelle Renard. Sauriez-vous par hasard où elle est ?

— Je suis le Dr Renard.

Le visage du coursier s'illumina.

— Enfin ! J'ai ratissé toute la ville pour vous trouver.

Il coinça le paquet sous son bras et grimpa quatre à quatre les marches métalliques.

— Vous avez quelque chose pour moi ?

— Non, docteur. Ce que j'ai, c'est un problème, et j'espère que vous m'aiderez à le résoudre avant qu'Eddie soit viré.

— Pardon ?

Le type sourit.

— Eddie est nouveau dans la boîte, et il a fait une bourde monumentale. Oh, j'oubliais, je m'appelle Frank.

Il lui tendit une main moite et serra mollement la sienne.

— Quelle bourde a commise votre ami ?

— Il a livré des paquets aux mauvaises personnes, expliqua-t-il. Seulement, il a vraiment besoin de ce boulot, vous voyez. Sa femme est enceinte, et s'il est fichu à la porte pour faute professionnelle, il n'aura pas droit au chômage. Eddie n'a que dix-neuf ans. Je me sens responsable parce que c'est moi qui l'ai formé, alors je profite de ma journée de repos pour essayer de réparer sa bévue avant que le patron l'apprenne.

— C'est très gentil de votre part. En quoi puis-je vous aider ?

— Voilà, Eddie est passé prendre un colis lundi dans un cabinet juridique de La Nouvelle-Orléans. Il aurait dû remplir l'imprimé et le coller tout de suite dessus à la réception mais, au lieu de ça, il l'a déposé directement dans la camionnette de la société. L'ennui, c'est qu'il était déjà allé chercher un autre paquet aux laboratoires Belzer, et là non plus il n'avait pas respecté la procédure. Il a pré-féré remplir les deux fiches une fois assis dans la camionnette, et bien sûr il s'est emmêlé les pinceaux. Je m'en suis rendu compte quand la secrétaire d'un autre cabinet juridique a appelé pour se plaindre de n'avoir pas reçu le bon colis. Quand elle a ouvert le sien, elle y a trouvé tout un tas de bouquins sur un nouveau médi-cament que Belzer va bientôt commercialiser. Heureusement pour Eddie, c'est moi qui ai répondu au téléphone. Si la fille avait parlé au patron, je n'ose pas imaginer ce qui se serait passé. Speedy Messenger se vante de sa rapidité et de sa fiabilité, et je vous jure que c'est bien la première fois en trois ans qu'un pareil cafouillage se produit. Enfin, conclut-il en se dandinant, j'espérais que vous pourriez me rendre celui qu'on vous a remis par erreur pour que je puisse le rapporter aujourd'hui au cabinet juridique.

Michelle secoua la tête.

— J'aimerais vous aider, mais je ne me rappelle pas avoir reçu de pli spécial. Quand et où a-t-il été livré ? Vous le savez ?

— Eddie l'a apporté à l'hôpital.

Elle remarqua que ses mains tremblaient tandis qu'il tournait les pages de son carnet. Nerveux, il évitait de la regarder droit dans les yeux. Son comportement l'intrigua, jusqu'à ce qu'elle décide de l'attribuer à l'embarras dans lequel le mettait la faute de son collègue.

— Je suis déjà passé là-bas en espérant vous y trouver, et l'une des infirmières a eu la gentillesse de consulter le registre de la semaine. D'après elle, il y a eu un accident en fin d'après-midi ce jour-là et vous étiez aux urgences quand Eddie est arrivé – ce qui est pourtant totalement absurde, parce que vous avez signé le récépissé.

— Oh, oui, ça me revient. J'étais au service de chirurgie, plongée jusqu'au cou dans une tonne de paperasse dont je devais me débarrasser avant de partir. J'ai été effectivement avertie qu'un pli m'attendait aux urgences, mais je ne me rappelle pas l'avoir eu entre les mains.

— Et si je vous dis que vous avez signé le bordereau, ça vous rafraîchit la mémoire ?

— Je l'ai signé ?

Elle n'en conservait en tout cas pas le moindre souvenir.

— Oui, docteur, insista-t-il avec une pointe d'agacement dans la voix. Nous gardons toujours un double du reçu dans nos bureaux et nous envoyons l'original à l'expéditeur. Je vous assure, martela-t-il d'un ton angoissé qui trahissait néanmoins sa colère, que votre signature apparaît clairement.

— Vous énerver ne servira à rien, répliqua-t-elle. Si vous avez réussi à déchiffrer mon écriture, alors je suis certaine de ne rien avoir signé. Personne n'arrive à me lire. Mais je crois savoir ce qui s'est passé. La secrétaire des urgences a dû apposer mon nom sur le reçu. Cela se produit souvent.

Elle se concentra sur les événements survenus ce soir-là. Bien qu'épuisée d'avoir travaillé une bonne partie de la nuit précédente, elle avait décidé de ne pas quitter l'hôpital avant d'en avoir fini avec ses dossiers.

— Je suis descendue chercher le pli.

— Où ? lui demanda-t-il d'une voix pressante tout en jetant un bref coup d'œil à l'équipe de foot par-dessus son épaule. Au service des admissions ou aux urgences ?

— Aux urgences, répondit-elle. Et puis les ambulanciers sont arrivés. (Elle haussa les épaules.) Après, je suis retournée dans mon bureau afin de boucler deux dossiers restés en suspens.

— Donc, vous n'avez pas ouvert le paquet ? conclut-il en souriant, l'air soulagé.

— Non, en effet. Je m'en souviendrais sinon, surtout s'il s'agissait de documents juridiques.

— Eddie devait les porter à un autre cabinet d'avocats. Vous imaginez bien qu'ils attendent ces papiers avec impatience. Y a que des trucs confidentiels dedans. Dites-moi, je pourrais peut-être foncer tout de suite à l'hôpital et récupérer le paquet auprès de cette secrétaire, non ? Comment s'appelle-t-elle ?

— Elena Miller, mais elle ne vous remettra rien si je ne lui en donne pas d'abord l'autorisation.

— Cela vous ennuierait de la joindre maintenant ? Eddie a déjà retrouvé le pli qui vous était destiné et il est en route. J'aimerais beaucoup régler ce problème aujourd'hui. Tenez, voilà mon téléphone.

Il s'approcha, lui faisant respirer au passage le parfum de sa lotion après-rasage – laquelle, même s'il avait dû s'en asperger copieusement, ne masquait pas l'odeur de sa transpiration.

L'homme était si nerveux qu'il en devenait ridicule. Pas étonnant qu'il suât autant, songea Michelle. Il ne cessait de jeter de furtifs coups d'œil vers le terrain de foot, comme s'il craignait que l'un des joueurs lui envoie un ballon en pleine tête. Elle composa le numéro de l'hôpital et demanda à parler à Elena.

— Il les a hypnotisés, lança-t-elle à Frank en attendant qu'on lui passe la secrétaire.

— Hein ?

— L'entraîneur. Ces gamins lui obéissent au doigt et à l'œil. J'ai remarqué que vous les observiez.

— Oh, oui. Oui, en effet.

Elena Miller prit la communication dans la salle des urgences.

— Miller à l'appareil, annonça-t-elle d'un ton soucieux, comme à son habitude.

— Bonjour, Elena. C'est le Dr Renard. Vous êtes très occupée ?

— Je suis toujours très occupée, docteur, mais puisque je vous tiens, sachez que vous avez oublié de compléter vos dossiers médicaux. Vous en avez laissé deux. Sans parler du courrier. Votre boîte déborde de plis que vous n'avez même pas ouverts. Je parie que vous regrettez de m'avoir appelée maintenant. Enfin, que puis-je faire pour vous ?

— Si, je les ai terminés, riposta Michelle. Jusqu'au dernier. Si Murphy essaie de me coller un avertissement, dites-lui que j'aurai sa peau.

— Du calme, docteur. Murphy est en vacances lui aussi. Que puis-je pour vous ? répéta Elena.

Michelle lui expliqua la confusion survenue dans la livraison des paquets.

— Vous rappelez-vous avoir signé un reçu pour un pli qui a été apporté vers dix-sept heures lundi dernier ?

— Au moment où je vous parle, je ne sais même plus ce que j'ai mangé hier soir. Je me souviens que nous avons eu une journée infernale aux urgences lundi. Il y a eu une série d'accidents, dont un très grave sur l'autoroute. On s'est retrouvés avec une vingtaine de parents qui encombraient les couloirs pendant que les médecins s'occupaient de leurs enfants. Je ne me rappelle pas avoir signé quoi que ce soit, mais cela ne veut rien dire. En tout cas, si je l'ai fait, j'ai forcément collé un Post-it jaune sur votre casier pour vous prévenir. Pas à l'intérieur, parce que vous ne m'avez toujours pas indiqué la combinaison pour l'ouvrir.

— Désolée, s'excusa Michelle. J'oublie toujours. Vous avez une idée de l'endroit où peut se trouver ce paquet maintenant ?

— Je vais regarder. Il doit être sur mon bureau ou au-dessus de votre casier. Que voulez-vous que j'en fasse une fois que j'aurai mis la main dessus ?

— Donnez-le au coursier de chez Speedy Messenger. Il ne va pas tarder.

— Très bien. Je serai là jusqu'à six heures, mais pas une minute de plus. Il y a une soirée bridge à l'église ce soir, et je dois y être à six heures et demie pour aider à tout installer. C'est mon tour d'animer la soirée.

— Il passera avant, ne vous inquiétez pas. Merci, Elena.

Michelle éteignit le portable et le rendit à Frank. Au même moment, elle vit Theo se diriger vers eux. Le coursier l'aperçut lui aussi.

— Alors ? Elle l'a retrouvé ? lui demanda-t-il sans quitter Theo des yeux.

— Du calme. Eddie gardera sa place. Elena sera à l'hôpital jusqu'à dix-huit heures et elle vous rendra votre pli en échange du mien.

Il ne la remercia même pas. De fait, son départ fut pour le moins précipité. Il abaissa le bord de sa casquette et descendit les escaliers en courant, le visage tourné du côté opposé au terrain.

— Il n'y a pas de quoi ! lui cria-t-elle alors qu'il disparaissait dans le tunnel.

Il ne l'entendit pas. Soucieux de quitter les lieux avant que quelqu'un d'autre n'ait l'occasion de le voir de près, il s'enfuit aussi vite qu'il put, traversa les vestiaires, sortit et gagna le parking, où il s'affaissa hors d'haleine contre la portière de sa voiture. Courbé en deux, il essayait de reprendre son souffle et agrippait la poignée lorsqu'un bruit derrière lui le fit se retourner brusquement.

Il écarquilla les yeux.

— Qu'est-ce que tu fous là ? Tu m'espionnes ?

— C'est plutôt à moi de te demander ce que tu fous là, tu ne crois pas ?

— J'ai fait ce qu'il fallait, se défendit-il. Personne ne se bougeait. Et puis le toubib ne me reverra jamais. Le risque en valait la chandelle puisque j'ai appris où se trouvait le pli. Je pars tout de suite le chercher.

— On t'avait dit de ne pas intervenir. C'était pourtant clair. Maintenant, cette fille sait à quoi tu ressembles. Tu as vraiment merdé sur ce coup. Les autres ne vont guère apprécier.

22

Theo resta silencieux pendant tout le trajet du retour. La peau moite de sueur, Michelle et lui n'aspiraient qu'à prendre une douche avant d'aller dîner au Swan. Il lui avait proposé de l'emmener dans un endroit un peu plus chic, mais elle avait promis à son père de l'aider en cas d'affluence au bar. Celui-ci était souvent bondé le mercredi et, parce que le tournoi de pêche devait avoir lieu le samedi suivant, elle s'attendait qu'il y ait foule ce soir-là.

— Votre frère ne pourrait pas lui donner un coup de main ?

— John Paul ne s'est pas montré depuis une semaine.

— Il disparaît souvent ?

— Il est là quand mon père a besoin de lui.

— Et comment sait-il qu'on a besoin de lui ? Votre père l'appelle ?

Michelle sourit.

— John Paul n'a pas de téléphone. Et même s'il en avait un, il n'y répondrait pas. Il passe en général le vendredi matin, histoire de vérifier s'il y a quelque chose à faire. Il n'a jamais tenu le bar en semaine.

— Et si votre père avait des ennuis ? S'il tombait malade ?

— John Paul le sentirait.

— Il est devin ?

— Il le saurait, c'est tout.

— Il me paraît bizarre, votre frère.

— Vous vous trompez, lui assura-t-elle, soudain sur la défensive. Il est simplement différent.

— Et votre deuxième frère ?

— Remy ? Eh bien ?

— Il est différent lui aussi ?

— Pas d'après vos critères, non.

Tous deux se turent quelques instants, jusqu'à ce que Michelle rompe le silence en le voyant froncer les sourcils.

— À quoi pensez-vous ?

— À ce gosse qui n'arrêtait pas de tomber pendant l'entraînement.

— Oui ?

— Il portait les chaussures de son frère.

— Et vous réfléchissez au moyen de remédier à ça.

— On a besoin de matériel neuf. Conrad va demander à l'entraîneur de St Claire de laisser notre équipe se servir de leur salle de musculation. Aucun de ces gamins ne devrait mettre les pieds sur un terrain de foot à moins d'être en bonne condition physique. Vous me suivez ?

— Il faut qu'ils développent leur force et leur endurance.

— Tout à fait. Sinon, ils se blesseront.

— Vous avez dit « notre équipe ».

— Non, c'est faux.

— Si, je vous assure. Je vous ai très bien entendu.

Il changea de sujet.

— Que voulait ce coursier ? Je l'ai vu vous parler quand je suis allé prendre de l'eau au distributeur.

— Un paquet a été livré par erreur à l'hôpital. Je lui ai conseillé de s'adresser à la secrétaire du service des urgences. Elle réglera le problème.

Il hocha la tête puis enchaîna, de nouveau sur autre chose :

— À votre avis, combien d'argent empochera le vainqueur du tournoi ?

— Je ne sais pas combien de pêcheurs y participeront cette année. Voyons... deux personnes par bateau, cinquante dollars chacune... L'année dernière, il y a eu soixante-dix inscriptions.

— Donc, admettons qu'il y en ait quatre-vingts cette année, cela fait quatre mille dollars.

— C'est une grosse somme d'argent par ici.

— Avec quatre mille dollars, on aurait de quoi acheter des tas de chaussures.

— J'ai l'impression que vous avez une idée derrière la tête.

— En effet, et elle implique de remporter le tournoi.

— Sans blague, répliqua Michelle, amusée. Et mon père dans tout ça ?

— Quoi, votre père ? demanda-t-il en garant la voiture devant chez elle.

— La moitié des quatre mille dollars lui reviendra.

— Il en fera cadeau. Votre père est un tendre, ajouta-t-il. Enfin, comme je viens de vous le dire, ma grande idée suppose d'abord de gagner.

— Ça vous rend malade de ne pas pouvoir offrir simplement à l'équipe ce dont elle a besoin, n'est-ce pas ?

Elle avait deviné juste.

— Oui, reconnut-il. Mais j'ai compris qu'il ne valait mieux pas. Les parents m'en voudraient parce que je les aurais atteints dans leur fierté, n'est-ce pas ?

— Exact. Et puis, vous finirez sur la paille à force d'acheter des barrières hors de prix, des chaussures de foot, des protections, et que sais-je encore, à ces gamins.

— Aucun enfant ne devrait avoir peur de tomber nez à nez avec un alligator dans son jardin.

Parvenue à la porte d'entrée, Michelle se retourna, posa les mains sur ses épaules et l'embrassa.

— En quel honneur… ? lui demanda-t-il lorsqu'elle s'écarta avec nonchalance.

Elle le regarda et lui adressa un petit sourire.

— Pourquoi je vous ai embrassé ? Facile. Parce que je vous trouve adorable.

Il réagit comme si elle l'avait insulté.

— Il n'y a rien d'adorable chez moi.

— Vraiment ? Vous étiez inquiet à l'idée d'embarrasser ce garçon qui portait les chaussures de son frère, non ?

— Je n'ai jamais dit que j'étais inquiet.

— Vous l'étiez quand même, pas vrai ?

— Oui, mais…

— Vous êtes… adorable.

— Je gagne plein d'argent, Michelle, et ce n'est certainement pas parce que je suis adorable.

Theo s'avançait lentement vers elle à présent, et elle reculait un peu plus à chacun de ses pas.

211

— Je me moque de savoir combien vous gagnez. Vous avez berné tout le monde à Boston, n'est-ce pas ? On doit vous redouter comme la peste au tribunal.

— Je *suis* redouté comme la peste, et fier de l'être.

— Vous étiez si préoccupé au sujet de John Patrick que vous lui avez acheté une barrière. Vous savez ce que cela fait de vous ?

— Attention, la prévint-il.

— Quelqu'un d'adorable.

Il secoua la tête.

— Non, ma belle. Je connais la raison pour laquelle vous m'avez embrassé. Soyez franche.

Il l'enlaça au moment où elle franchissait le seuil de la bibliothèque. Elle éclata de rire tandis qu'il la serrait contre lui. Son torse lui fit l'effet d'un mur de brique. Un mur de brique chaud.

Il se pencha jusqu'à ce que ses lèvres effleurent presque les siennes.

— Vous voulez que je vous dise pourquoi vous m'avez embrassé ?

— Je brûle d'impatience.

— C'est simple. Vous avez envie de moi.

Il s'attendait à des protestations mais ne fut pas le moins du monde déçu lorsqu'elle répondit :

— On ne peut rien vous cacher.

— Et vous savez quoi d'autre ?

— Non. Quoi ? s'enquit-elle en s'inclinant en arrière pour le regarder.

— Vous rêvez de m'attirer dans vos filets.

Il la serra plus fort. Michelle passa alors les bras autour de sa taille et enfonça les pouces dans la ceinture de son jean.

— Je vous tiens déjà dans mes filets. Il faut vraiment que vous soigniez votre ego. J'ai remarqué que vous n'aviez aucune confiance en vous en présence des femmes. C'est triste, vraiment… mais…

— Mais quoi ? lui demanda-t-il en frottant sa joue contre la sienne dans l'attente de sa repartie.

— Vous êtes quand même adorable, murmura-t-elle avant de lui mordiller le lobe de l'oreille.

— Vous allez voir si je suis adorable, grogna-t-il.

Il s'empara de ses lèvres et l'embrassa avec ardeur. Son baiser, avide et brûlant, éveilla aussitôt tous les sens de la jeune femme.

Puis il se fit plus doux. L'expression « tout entière à sa merci » s'imposa à Michelle cependant qu'elle se serrait contre lui et le laissait chasser toute idée rationnelle de son esprit. Leur étreinte se prolongea, si sensuelle qu'elle n'avait de cesse de la raffermir encore.

Pour rien au monde elle n'aurait voulu qu'il s'arrête. Il lui caressait les bras, le dos, le cou, la plongeant dans un tel ravissement érotique que la seule pensée à laquelle elle parvenait à se raccrocher résonnait comme une incantation dans sa tête. *Ne t'arrête pas, non.*

— Non.

Elle prononça le mot à voix haute à l'instant où il s'écarta d'elle. Tous deux tremblaient.

— Non, quoi ? demanda-t-il d'un ton bourru.

Il avait le souffle court. Consciente d'être la raison de son trouble, Michelle éprouva une joie sans bornes, jusqu'à ce qu'elle constate qu'elle aussi peinait à respirer.

— Non, quoi ? répéta-t-il en se penchant pour l'embrasser une nouvelle fois – un léger baiser qui la laissa sur sa faim.

— Je ne sais pas.

— Nous avons perdu le contrôle de la situation.

Le front appuyé contre sa poitrine, Michelle acquiesça d'un signe de tête et, ce faisant, heurta son menton.

— Et parlant de contrôle…

— Oui ?

Il embrassa ses cheveux.

— Vous devriez peut-être reprendre celui de vos mains.

— Quoi ?

— Vos mains, lâcha-t-il d'une voix rauque.

— Ô mon Dieu ! s'étrangla-t-elle.

Il lui fallut près de cinq secondes pour les extraire de son jean. Cramoisie, elle fit demi-tour, sortit de la pièce et monta les escaliers, tandis que le rire de Theo retentissait derrière elle.

Elle attrapa sa robe de chambre, entra dans la salle de bains, se déshabilla. Une fois dans la baignoire, elle ouvrit à fond le robinet, puis manqua déchirer le rideau de douche en le tirant.

— Raison numéro un, marmonna-t-elle, il me brisera le cœur.

23

Le Swan était bondé lorsque Theo et Michelle se garèrent devant à sept heures moins le quart. Une foule de vieilles camionnettes et de pick-up rongés par la rouille arborant râteliers à fusils et autocollants divers remplissaient le parking. JE PRÉFÈRE LA PÊCHE semblait être le slogan dominant, mais celui qui attira l'attention de Theo comportait les mots ALLIGAT' SECOURS peints en lettres fluorescentes. Il s'approcha et distingua un dessin représentant un alligator avec un sparadrap, sans trop savoir toutefois quel sens lui attribuer.

Il remarqua également l'absence de véhicules neufs. S'il avait nourri le moindre doute quant à la pauvreté de cette région, le spectacle qu'il avait sous les yeux aurait suffi à le lever. Certains des pick-up semblaient sortir de la casse. Il avait cependant appris une chose depuis son arrivée à Bowen : les habitants du coin se débrouillaient avec ce qu'ils avaient.

— À quoi pensez-vous ? lui demanda-t-elle en contournant une camionnette grise cabossée.

— Aux difficultés que connaissent les gens pour joindre les deux bouts ici. Et au fait que je ne les ai jamais entendus se plaindre.

— Vous ne risquez pas. Ils sont trop fiers.

— Vous ai-je dit que vous étiez jolie ce soir ?

— Dans cette vieille tenue ?

La « vieille tenue » en question était une robe d'été courte à carreaux blancs et bleus et au col en V qu'elle avait hésité à mettre durant vingt minutes. Le même temps lui avait été nécessaire pour coiffer ses cheveux, qui tombaient à présent librement sur ses épaules en formant de légères boucles autour de son visage. Elle s'était donné un mal fou pour leur conférer cet aspect naturel. Puis elle avait appliqué un peu de blush sur ses joues et une touche de gloss sur ses lèvres, avant de s'apercevoir que son apparence commençait à l'obséder – elle avait enfilé et ôté trois fois sa robe. En prenant conscience que tous ces préparatifs ne visaient qu'à plaire à Theo, elle s'était arrêtée net.

— Quand quelqu'un vous fait un compliment, vous êtes censée le remercier. Vous êtes jolie ce soir, répéta-t-il, dans cette « vieille tenue ».

— Vous aimez vous moquer de moi, n'est-ce pas ?

— Je ne déteste pas, en effet.

Il avait menti en déclarant qu'elle était jolie, mais il ne parvenait pas à traduire ce qu'il avait ressenti en la voyant descendre les escaliers. Le mot « canon » lui était venu à l'esprit, ainsi que l'adjectif « renversante ». Un autre s'imposait encore plus à lui, qu'il n'osait cependant prononcer tant il le gênait. « Exquise ».

Un tel compliment la mettrait aux anges, songea-t-il. Mais que lui arrivait-il à la fin ? Voilà qu'il versait dans la poésie. Allez comprendre.

— C'est un péché de se moquer des gens.

Theo venait d'ouvrir la porte du bar à Michelle lorsqu'il lui bloqua le passage en marquant une halte pour lire un panneau accroché au mur.

— Pas étonnant qu'il y ait autant de monde. C'est une soirée « bière à volonté ».

— Elles le sont toutes, l'informa-t-elle. Du moment qu'on paie ses consommations et qu'on ne prend pas le volant en sortant. Les gens du coin connaissent le règlement.

— Ça sent bon. Allons manger quelque chose. La cuisine n'est pas trop épicée, au moins ?

— Nous sommes mercredi, donc vous avez le choix entre du poisson-chat accompagné de frites – ce que vos artères adoreront, j'en suis sûre…

— Ou bien ?

— Des frites accompagnées de poisson-chat.

— Va pour le deuxième plat.

Ils se dirigèrent vers le bar en zigzaguant entre les tables. Beaucoup de clients hélèrent Theo au passage pour lui serrer la main ou

215

lui donner une tape sur l'épaule. Tous, semblait-il, voulaient discuter football avec lui.

Michelle, elle, ne fut retenue que par un homme désireux de lui parler de ses hémorroïdes.

Son père se tenait au fond du bar, près de la réserve, aux côtés de Conrad Freeland et d'Artie Reeves. La mine contrariée, il approuvait d'un signe de tête tout ce que disait Conrad, et ne vit pas tout de suite sa fille s'approcher.

Armand, le cuisinier, s'affairait à ses fourneaux pendant que son frère Myron servait les clients.

— Big Daddy a embobiné Myron pour qu'il vienne l'aider, expliqua Michelle à Theo. Apparemment, je serai tranquille un petit moment.

— Votre père nous fait signe.

Lorsqu'ils le rejoignirent, Jake souleva la tablette rabattable qui fermait le comptoir et se précipita vers Michelle.

Elle remarqua qu'Artie et Conrad la fixaient d'un air désapprobateur.

— Theo, allez donc vous servir une bière et vous asseoir au bar. Il faut que j'aie une petite conversation avec Mike.

Le regard dont il la gratifia l'avertit qu'il avait quelque chose à lui reprocher. Elle le suivit dans la réserve.

— Qu'est-ce qui ne va pas ?

— Il compte partir, Mike, voilà ce qui ne va pas. Les gars et moi, on en a discuté et on a décidé qu'on ne peut pas l'accepter. Cette ville a besoin de Theo Buchanan. Tu en as conscience, tout de même. La plupart des gens qui sont là ce soir sont venus exprès pour lui parler.

— Ils veulent une assistance juridique gratuite ?

— Certains, oui, reconnut-il. Et puis il y a cette affaire avec la sucrerie et la saison de foot qui commence bientôt.

— Papa, qu'est-ce que tu attends de moi ? Theo vit à Boston. Il ne va pas s'amuser à faire l'aller-retour tous les jours.

— Bien sûr que non, répondit Jake, qui ne put réprimer un sourire devant l'absurdité de sa remarque.

— Alors quoi ?

— Nous pensons que tu pourrais l'amener à changer d'avis si tu y mettais du tien.

— Comment ?

216

Elle posa les poings sur ses hanches, exaspérée. Connaissant les raisonnements retors de son père, elle s'attendait que sa suggestion soit des plus farfelues. Elle s'arma donc de courage.

— Réserve-lui un accueil chaleureux.

— C'est-à-dire ?

— Conrad et moi, on a un bon plan, et Artie estime qu'il a des chances de marcher. Seulement, Theo a mentionné par hasard que tu préférais qu'il loge chez moi.

— C'est vrai.

— Tu appelles ça de l'hospitalité, Mike ?

Sans qu'elle sache comment, son père avait réussi à la mettre sur la défensive.

— Je suis aux petits soins pour lui maintenant. Je t'assure.

— Tu lui as cuisiné ton gombo ?

— Non, mais…

— Tant mieux, l'interrompit-il. La femme de Conrad passera en douce t'en apporter une casserole demain matin. Tu n'auras qu'à prétendre que c'est toi qui l'as préparé.

— Ce serait malhonnête, protesta-t-elle, avant de comprendre soudain le sous-entendu. Attends un peu, je croyais que tu aimais mon gombo.

Jake poursuivit sur sa lancée sans l'écouter :

— Et ton quatre-quarts au citron ? Tu ne lui as pas encore servi, au moins ?

— Non, rétorqua-t-elle en s'avançant vers lui. Je te préviens, papa. Si tu oses répéter « tant mieux », je ne t'inviterai plus jamais à dîner à la maison.

— Ma chérie, ce n'est pas le moment d'être susceptible. Nous avons une grave crise à résoudre, et à peine quelques jours pour le persuader de rester.

— Rien de ce que nous tenterons ne le fera changer d'avis.

— Avec une attitude pareille, ça ne risque pas. Joue le jeu et ne sois pas si négative.

Michelle éprouvait des remords à vouloir doucher l'enthousiasme de son père.

— C'est juste que…

Jake se mit à parler en même temps qu'elle :

— Marilyn vient de partir.

— La femme d'Artie ?

— Oui. C'est la reine du gâteau au chocolat. Elle rentre chez elle en préparer un. Tu devrais l'avoir dans ta cuisine demain midi.

Michelle était partagée entre l'irritation et l'amusement.

— Et Theo s'imaginera que je lui ai mitonné tous ces petits plats ? Quand exactement ? J'ai passé toute la journée avec lui et, demain matin, je suis censée me rendre au dispensaire pour commencer à ranger mes dossiers.

— Non, tu ne comprends rien. Marilyn ajoutera une jolie carte de bienvenue pour qu'il voie bien que les gens sont accueillants ici. De son côté, Karen Crawford est en train de vous apprêter une poitrine de bœuf fumée avec une salade de pommes de terre et elle aussi écrira un petit mot sympa. Et puis la femme de Daryl ne veut pas être en reste. Elle viendra avec un bocal de haricots verts de son jardin.

— Accompagné d'une carte de bienvenue, compléta Michelle en croisant les bras, l'air courroucé.

— Exact.

— Alors pourquoi devrais-je prétendre avoir préparé le gombo ?

— Parce que je ne veux pas qu'il te croie incapable de cuisiner.

— Je *sais* cuisiner.

— Tu l'as emmené au McDonald's, l'accusa-t-il.

L'image positive que Michelle avait des rapports humains dans une petite ville se ternit soudain. À l'évidence, quelqu'un avait cafardé. Les villes tentaculaires et impersonnelles ne lui parurent tout à coup plus aussi horribles.

— Il a insisté pour y aller, se justifia-t-elle. Il aime manger au McDo… et moi aussi d'ailleurs. Ils ont de bonnes salades.

— Nous essayons tous de nous montrer accueillants.

Michelle éclata de rire. Quand son père, Conrad et Artie unissaient leurs efforts, ils finissaient toujours par imaginer les plans les plus fumeux. Du moins celui-là ne les mènerait-il pas en prison.

— Et tu aimerais que moi aussi, je lui réserve un bon accueil.

— Voilà. Tu vois ce que je veux dire : veille à ce qu'il se sente chez lui ici, emmène-le visiter les coins touristiques…

— Lesquels ?

— Michelle, tu as l'intention de coopérer, oui ou non ? s'énerva-t-il.

Il ne l'appelait Michelle que lorsque sa patience était à bout. Malgré elle, elle se remit à rire, sachant pourtant qu'il lui en voudrait. Ils nageaient en plein ridicule.

— D'accord, acquiesça-t-elle. Puisque vous y tenez tellement tous les trois, je vous aiderai.

— Ce sont les employés de la sucrerie qui y tiennent, et aussi les joueurs de l'équipe de foot. Tu aurais dû entendre ce que Conrad nous a raconté sur l'entraînement d'aujourd'hui. Il paraît que les gamins sont emballés et prêts à se donner à fond. Et que Theo en sait bien plus long que lui sur le foot.

— N'importe qui en sait plus long sur le foot que Conrad.

— Theo a compris comment les mener. Il a gagné leur respect comme ça, fit-il en claquant des doigts. J'ai beaucoup de raisons pour vouloir qu'il reste, mais tu sais laquelle arrive en premier ?

— Non, papa. Laquelle ?

Michelle avait déjà décidé de quitter le bar s'il lui confiait qu'il espérait se débarrasser d'elle en la mariant à Theo.

— Il a acheté une barrière au fils de Daryl pour son anniversaire. On ne rencontre pas beaucoup d'hommes aussi attentionnés de nos jours. Pense à ce qu'elle a dû lui coûter.

— Je ferai un effort, mais ne rêve pas trop. Theo retournera chez lui et rien de ce que nous pourrons entreprendre n'y changera quoi que ce soit.

— Et voilà, tu recommences à être pessimiste. Il faut bien qu'on essaie, non ? Cette ville a besoin d'un avocat honnête et compétent, et Theo Buchanan en a pile poil le profil.

— Très bien. Que dirais-tu alors si je lui préparais mon estouffade ?

Jake parut épouvanté.

— Oh non, ma chérie, surtout pas. Sers-lui le gombo de Billie. Rappelle-toi que le chemin vers le cœur d'un homme passe par son estomac.

— Tu en raffoles, pourtant, de mon estouffade, non ? soupira Michelle, dépitée.

Il lui tapota l'épaule.

— Tu es ma fille et je t'aime. Je ne pouvais pas dire le contraire.

— Tu as une idée du temps que je mets chaque fois à cuisiner ce plat ? Une journée entière, ajouta-t-elle sans le laisser placer un mot. Tu aurais pu m'avouer plus tôt que tu ne le trouvais pas bon.

— Tu es si sensible et émotive qu'on ne voulait pas te vexer.

— Franchement, papa, tu aurais… Attends deux secondes. « On » ?

— Tes frères et moi. Eux aussi, ils t'adorent. Tu t'en sors bien avec des plats simples, et tes gâteaux sont toujours très légers, mais là, il faut qu'on épate Theo. Comme je viens de te le rappeler, le chemin vers le cœur d'un homme…

— Oui, je sais… passe par son estomac. Je n'ai jamais rien entendu d'aussi ridicule, d'ailleurs.

— Ah oui ? Et à ton avis, comment ta mère m'a-t-elle mis le grappin dessus ?

Quand allait-elle comprendre que, quoi qu'elle dise, elle n'aurait jamais le dernier mot avec son père ? Michelle s'avoua vaincue :

— Grâce à son fameux cake.

— Gagné.

— Sauf que je n'ai pas envie de mettre le grappin sur Theo de cette façon.

— Je m'en doute. C'est la ville qui en a envie.

— OK, je jouerai le jeu. Promis. Mais voyons d'abord si j'ai bien tout saisi. Vous aider signifie que je ne cuisinerai pas, que je mentirai au sujet du gombo et…, ah oui, que je serai gentille avec lui. Tu veux que je pose un chocolat sur son oreiller ce soir ?

Jake la prit dans ses bras et la serra fort contre lui.

— Inutile d'en faire trop. Allez, va t'asseoir maintenant. Je vous apporte à manger, à Theo et à toi.

Michelle n'eut pas une minute de répit durant les trois heures qui suivirent. Après qu'elle et Theo eurent dîné, elle mit un tablier et s'employa à nettoyer les tables et à servir les chopes de bière fraîche. Theo, lui, se retrouva coincé au bar entre deux hommes serrant des papiers dans leurs mains. Une file se forma derrière lui pendant que, derrière le comptoir, Jake effectuait les présentations.

Encore des demandes de conseils juridiques, supposa Michelle. Myron s'était éclipsé une heure auparavant. Comme son père déployait toute son énergie auprès de Theo, elle le remplaça au bar.

À vingt-deux heures trente la cuisine, dûment nettoyée, ferma officiellement. La foule était moins dense à présent, et il ne restait plus qu'une douzaine de personnes à l'intérieur du bar lorsque Michelle ôta son tablier et s'approcha du juke-box. Elle glissa dans la fente une pièce prise dans la caisse, appuya sur la touche B-12,

220

puis alla s'asseoir à une table qu'elle venait d'essuyer. Elle s'y accouda et posa le menton sur sa main.

Son regard revenait sans cesse sur Theo. Ce sombre imbécile avait l'air si sérieux et craquant dans son jean et son T-shirt gris. Pourquoi fallait-il qu'il soit aussi séduisant ? Et pourquoi ne parvenait-elle pas à lui trouver un défaut auquel elle aurait pu se raccrocher pour le chasser de son esprit ? Une seule idée l'obsédait : coucher avec lui. Devait-elle en conclure qu'elle était une fille facile ? Quel moment inoubliable ils passeraient, pourtant. *Arrête de fantasmer. Pense à autre chose.*

Elle se fit alors une autre réflexion, encore plus déprimante. Génial. Quand il s'en irait – parce qu'il s'en irait, bien sûr –, la ville entière lui jetterait la pierre. Les gens ne diraient rien, non, mais tous la jugeraient responsable. Elle ne se serait pas montrée assez accueillante.

Michelle se demanda comment ils réagiraient s'ils savaient jusqu'où elle rêvait de pousser l'hospitalité. *Reconnais-le, à la fin. Tu t'apitoies sur toi-même parce qu'il partira retrouver le raffinement de sa vie à Boston, alors que tu aimerais qu'il reste ici, à Bowen. Pour toujours.*

Nom d'un chien, comment en était-elle arrivée là ? Comment avait-elle pu être aussi stupide ? Énumérer toutes les raisons pour lesquelles elle ne devait pas tomber amoureuse de lui n'avait donc servi à rien ? Apparemment non. Sa trop grande naïveté l'avait empêchée d'en tenir compte. Elle avait pourtant la tête sur les épaules. Alors pourquoi diable n'avait-elle pas été capable de se protéger ? L'aimait-elle ? Et si oui, alors quoi ?

Non, impossible, décida-t-elle. L'amour ne pouvait naître aussi vite... n'est-ce pas ?

Absorbée dans ses pensées, Michelle ne vit pas Theo se diriger vers elle.

— On dirait que vous avez perdu votre meilleure amie. Venez, je vous invite à danser.

Va-t'en et laisse-moi pleurer sur mon sort.

— D'accord.

Theo sortit une pièce de sa poche, l'inséra dans le juke-box et lui offrit de choisir. Sans réfléchir, elle appuya sur A-1.

Les premières notes retentirent, mais Michelle ne comprit son erreur que lorsqu'il l'eut enlacée. La dernière chose dont elle avait besoin, étant donné sa tristesse et sa vulnérabilité, était de se retrouver au contact de son corps.

— Vous êtes raide comme un manche à balai. Détendez-vous, lui murmura-t-il.

— Je suis détendue.

Il l'obligea doucement à baisser la tête et resserra son étreinte. Oh, non. Quelle grossière erreur, vraiment. Trop tard maintenant, songea-t-elle en se blottissant contre lui et en enroulant les bras autour de son cou.

— J'adore cette chanson.

— J'ai l'impression de l'avoir déjà entendue. Ça m'étonne pourtant, je n'écoute pas de musique country d'habitude.

— Il s'agit de *Blue Eyes Cryin'In The Rain*[1], de Willie Nelson.

Parce qu'il pressait sa joue contre la sienne, Theo lui faisait perdre tous ses moyens.

— C'est une jolie chanson. Elle me plaît bien, commenta-t-il.

Elle essaya de se dégager, sans succès. Il refusait de la lâcher.

— C'est une chanson triste, poursuivit-elle, contrariée par l'agressivité perceptible dans sa voix. Elle raconte une vieille histoire.

Ils évoluaient lentement sur la piste, au rythme de la musique.

— Laquelle ? demanda Theo, avant d'embrasser la zone sensible juste sous son oreille.

Michelle fut parcourue d'un frisson. Il ne pouvait ignorer l'effet qu'il produisait sur elle, tout de même. Bon sang, il la tenait vraiment tout entière à sa merci.

— Celle d'une femme qui s'éprend d'un homme. Un jour, il la quitte, et elle...

— Laissez-moi deviner, la coupa-t-il tout en lui caressant le dos. Elle pleure sous la pluie ?

Elle sentit son amusement.

— Pourquoi l'a-t-il quittée ?

— Parce que c'était un abruti. (Trop tard, elle s'aperçut que ses paroles avaient devancé sa pensée.) Ce n'est qu'une chanson, se hâta-t-elle d'ajouter. J'avance une hypothèse, rien de plus. Peut-être que c'est elle qui l'a quitté après tout, et elle éprouve un tel soulagement à s'être débarrassée de lui qu'elle pleure sous la pluie.

---

1. « La fille aux yeux bleus qui pleure sous la pluie ». (*N.d.T.*)

— Mouais.

Elle se serra davantage contre lui et commença à lui masser doucement la nuque.

— Vous devriez arrêter.

— Vous n'aimez pas ? demanda-t-elle en même temps qu'elle lui passait les doigts dans les cheveux.

— Si, beaucoup. C'est pour ça que vous devez arrêter.

— Oh.

Ainsi, elle aussi pouvait le troubler. Cette merveilleuse découverte la rendit un peu plus téméraire.

— Alors vous ne voulez sûrement pas non plus que je fasse ça, chuchota-t-elle en embrassant la veine qui battait dans son cou.

— Michelle, je vous préviens. Je sais jouer à ce petit jeu, moi aussi.

— Quel jeu ? répliqua-t-elle d'un air innocent.

Elle l'embrassa de nouveau dans le cou et le chatouilla avec la pointe de sa langue. Une certaine hardiesse s'emparait d'elle. Son père se trouvait dans la cuisine et personne ne leur prêtait la moindre attention. Et puis, de par sa taille, Theo la protégeait des regards. Elle se colla encore plus contre lui.

— Si vous n'aimez pas…

Son défi ne resta pas ignoré.

— Vous êtes infernale, lui dit-il.

Elle soupira.

— Merci.

— Vous savez ce qui me plaît chez vous ?

— Quoi ? s'enquit-elle dans un souffle.

— Votre parfum. Chaque fois que je m'approche de vous, il me rend fou et je me mets à penser à toutes les choses que je rêve de vous faire.

Elle ferma les yeux. *Ne pose pas la question. Pour l'amour du Ciel, ne pose pas la question.*

— Quel genre de choses ?

Jusqu'à cet instant, elle avait cru comme une idiote tenir tête à un maître. C'était elle qui avait donné cette tournure érotique à la conversation et, à la façon dont il la serrait, elle ne doutait pas de l'avoir troublé.

Lorsqu'il commença à se confier à elle cependant, elle comprit qu'elle s'était lourdement trompée. D'une voix rauque, il lui murmura tous les fantasmes qu'il nourrissait à son égard. Elle en était bien sûr la star, et la moindre partie de son corps, y compris ses orteils, y jouait un rôle. Cet homme avait une imagination débordante et ne cherchait pas à s'en cacher. Michelle n'avait à s'en prendre qu'à elle-même. Elle avait posé la question, après tout. Mais quelle importance à présent ? Le temps qu'il finisse de lui décrire plusieurs de ses scénarios originaux, elle avait les oreilles bourdonnantes et les jambes en coton.

La chanson se termina. Theo l'embrassa sur la joue, se redressa et la lâcha.

— Merci pour la danse. Vous désirez une bière, ou quelque chose d'autre ? Vous êtes toute rouge.

Toute rouge ? Michelle se sentait comme dans une étuve. Elle le regarda droit dans les yeux et constata qu'il savait pertinemment dans quel état il l'avait mise.

— On étouffe un peu ici. Je crois que je vais sortir prendre un peu l'air, lui annonça-t-il comme si de rien n'était.

Elle le suivit des yeux. Il venait juste d'ouvrir la porte et de poser un pied dehors quand elle s'élança derrière lui.

— D'accord.

Elle le rattrapa à l'extérieur du bar, sous le clair de lune, et lui donna une tape entre les omoplates.

— D'accord, répéta-t-elle, d'une voix plus claire cette fois. Vous avez gagné.

Il se retourna.

— Pardon ?

De rage, elle lui martela la poitrine avec son index.

— Je vous dis que vous avez gagné.

— Très bien, répondit-il calmement. Et qu'est-ce que j'ai gagné ?

— Vous savez de quoi je parle, mais puisque nous sommes seuls tous les deux, pourquoi ne pas l'énoncer haut et fort ? Je fais allusion à ce jeu auquel nous jouons. Je m'incline. Je pensais sincèrement vous égaler mais, à l'évidence, j'ai eu tort. Je ne suis pas assez douée. D'accord ? Donc, c'est vous qui l'emportez.

— Et qu'est-ce que je remporte, au juste ?

— Une partie de jambes en l'air.

Il haussa un sourcil.

— Quoi ?

— Vous m'avez très bien entendue. Je vous propose une partie de jambes en l'air, Theo Buchanan. Oups, je voulais dire une *méga-*partie de jambes en l'air. Compris ?

Un sourire espiègle se dessina sur les lèvres de Theo, dont le regard sembla se perdre dans le vide. S'imaginait-il déjà lui faisant l'amour ou était-il incapable de se montrer attentif plus de quelques secondes ?

— Michelle...

— Vous ne m'écoutez pas, n'est-ce pas ? Je veux coucher avec vous. Avec l'option débauche totale, précisa-t-elle. Vous savez de quoi je parle. Du sexe, du vrai, celui qui vous fait grimper aux rideaux et hurler de plaisir. Comme dans la chanson *All Night Long*. Ce sera nous. Toute la nuit. Fixez l'heure et l'endroit et je serai là.

Elle l'avait apparemment rendu muet. En soi, ce devait être une première. Elle ne se défendait peut-être pas si mal que ça après tout. Et tandis que Theo continuait à la fixer avec un sourire en coin, Michelle éprouva soudain l'orgueilleuse assurance d'un coq sur le point de chanter.

Elle croisa les bras.

— Alors ? Que dites-vous de ça ?

Il fit un pas vers elle.

— Michelle, j'aimerais vous présenter un vieil ami à moi, Noah Clayborne. Noah, voici Michelle Renard.

Il bluffait. À coup sûr, il bluffait. Elle secoua légèrement la tête. Il acquiesça. Non, ce n'était pas possible.

— Ô mon Dieu, murmura-t-elle, avant de fermer les yeux.

Elle ne voulait pas se retourner. Elle n'avait qu'une envie, disparaître sous terre. Depuis combien de temps était-il là ? Les joues en feu, elle déglutit, puis se força à faire face au nouveau venu.

Il était bien là. Grand, blond, des yeux d'un bleu incroyable et un sourire à tomber à la renverse.

— Ravie de vous rencontrer, articula-t-elle péniblement, la voix aussi enrouée que si elle avait souffert d'une laryngite.

Jusqu'à cet instant, elle n'avait pas imaginé que la situation pût être pire. Erreur. Son père se tenait sur le pas de la porte, à quelques mètres derrière Noah – donc assez près pour avoir tout entendu. Enfin, peut-être pas. Avec un peu de chance, il venait

225

juste de sortir du bar. Michelle prit son courage à deux mains et lui jeta un coup d'œil. Il semblait pétrifié.

Elle opta vite pour un plan très simple. Elle agirait comme si rien ne s'était passé.

— Vous venez d'arriver ? s'enquit-elle avec nonchalance.

— Oui, répondit Noah, qui se tourna ensuite vers Theo. Dis-moi, est-ce que toutes les jolies filles de Bowen sont aussi accueillantes ?

La porte claqua derrière Jake tandis qu'il se précipitait vers sa fille, l'air mortifié à présent.

— Quand je t'ai demandé d'être gentille avec lui, je pensais que tu comprenais ce que j'entendais par là. Il y a gentille et gentille, et je t'ai appris à différencier les deux.

— Papa, Theo flirtait avec moi et je suis juste entrée dans son jeu.

— Je ne jouais pas, intervint Theo.

Presque au même instant, Michelle lui écrasa le pied.

— Si, rétorqua-t-elle. Je te jure, papa, je ne faisais que… le taquiner.

— Nous en rediscuterons plus tard, jeune fille, se contenta de répondre Jake en pivotant sur ses talons pour retourner dans le bar.

Noah ajouta alors son grain de sel :

— Theo flirtait ? Vous plaisantez, n'est-ce pas ?

— Non, je vous assure.

— Nous parlons bien du gars qui se tient derrière vous ? Theo Buchanan ?

— Oui.

— J'ai du mal à le croire. Je ne pense pas qu'il ait la moindre idée de la manière dont il faut s'y prendre.

— Oh, il se débrouille très bien. Vraiment, insista-t-elle.

— Ah oui ? Ça doit venir de vous, alors. Je racontais justement à Jake que c'est la première fois en plus de cinq ans que je vois Theo porter autre chose qu'un costume et une cravate. C'est un bourreau de travail depuis que je le connais. À croire que vous réveillez le *débauché* qui est en lui, conclut-il en insistant sur le mot.

Michelle recula d'un pas et se heurta à Theo. Même si elle n'envisageait pas de fuir, elle n'apprécia pas de voir qu'il lui bloquait le passage.

— Pouvons-nous changer de sujet, s'il vous plaît ? demanda-t-elle.

Noah eut pitié d'elle.

— Bien sûr. Theo m'a expliqué que vous étiez médecin.

— Oui, en effet.

Ouf, elle se retrouvait sur son terrain. Noah avait peut-être un souci d'ordre médical au sujet duquel il souhaitait lui demander conseil. Elle l'espérait de tout cœur.

— Quelle est votre spécialité ?

— La chirurgie, répondit Theo.

— Vous n'êtes pas un peu jeune pour jouer avec des couteaux ? ironisa Noah.

— C'est elle qui m'a opéré.

Noah haussa les épaules, avant d'enchaîner :

— Venez danser avec moi. On se trouvera une chouette chanson de Willie Nelson et on fera connaissance.

Il lui passa un bras autour des épaules et l'accompagna à l'intérieur. Contrarié, Theo observa la familiarité avec laquelle il se comportait à l'égard de Michelle. Son ami était un tombeur patenté et le voir user de son charme auprès de la jeune femme lui déplaisait au plus haut point.

En attendant, la dernière remarque de Noah n'avait pas échappé à Michelle.

— Vous aimez Willie Nelson ?

— Oui. Comme tout le monde.

— Votre ami a bon goût, lança-t-elle à Theo.

— Je peux vous poser une question ? reprit alors Noah.

Elle lui était si reconnaissante de l'avoir aidée à surmonter son embarras qu'elle s'empressa d'acquiescer :

— Tout ce que vous voudrez.

— Je me demandais…

— Oui ?

— Pour en revenir au sexe, existe-t-il une option autre que la débauche totale ?

24

Cameron avait bien conscience d'avoir foiré son coup sur toute la ligne, mais il se refusait à l'admettre. Adossé au mur lambrissé de la bibliothèque de John, tête baissée, il essuyait les invectives de ses trois acolytes.

— À ton avis, il faudra combien de temps à cette fille pour se rappeler qu'elle t'a croisé à l'enterrement de Catherine ? cracha Preston.

Il bondit hors de son fauteuil et, tapant du poing dans la paume de sa main, se mit à aller et venir dans la pièce.

— Elle ne se souviendra de rien, marmonna Cameron. Je ne me suis pas approché d'elle ce jour-là. Et puis j'en avais marre d'attendre. Le risque en valait la peine.

— Écoutez-moi ce crétin ! explosa Dallas. Comment pouvait-il en valoir la peine ? Tu n'as pas récupéré le pli et, à cause de toi, tout le monde le cherche maintenant. T'as fait le con, Cameron. Tu picoles trop. L'alcool t'a ramolli le cerveau !

Preston s'arrêta devant lui.

— Tu nous as tous mis en danger ! cria-t-il.

— Je t'emmerde, rétorqua Cameron.

— Du calme, ordonna John. Dallas, appelle Monk. Il faut que tu lui lises ce rapport.

Assis dans son quatre-quatre, Monk attendait que le Dr Renard et son compagnon sortent du Swan. Il s'était garé entre deux camionnettes, au fond du parking. Dans la rangée devant lui se trouvaient quatre autres voitures. Malgré l'air lourd et humide, il n'avait pas branché l'air conditionné, préférant baisser les vitres.

Les moustiques l'assaillaient de toutes parts, et pourtant, comparée aux heures qu'il avait passées debout dans des broussailles à épier la maison de la chirurgienne, avec des insectes qui lui grimpaient le long des jambes, sa situation était des plus confortables.

Il songea à joindre Dallas pour l'informer de l'évolution de la situation, mais alors qu'il venait de décider de patienter jusqu'à son retour au motel, son portable se mit à vibrer.

— Oui ?

— Buchanan est procureur fédéral.

Monk sursauta.

— Répète ?

— Ce fils de pute travaille pour le ministère de la Justice.

Toujours prévoir l'imprévu. Monk prit une profonde inspiration et attendit que Dallas finisse de lui lire son rapport. Dans quel plan foireux le club l'avait-il entraîné ? Des voix lui parvenaient en arrière-fond.

— Où es-tu ? lui demanda-t-il.

— Chez John. Nous y sommes tous.

— Qui est-ce qui crie comme ça ?

— Preston.

Il entendit une autre voix. Cameron, pensa-t-il. L'écœurement le gagna. Ils se comportaient tous comme des rats prêts à se battre pour un bout de viande. S'il n'y avait pas eu autant d'argent en jeu, il les aurait plantés là depuis longtemps. Cameron était déjà devenu un dangereux électron libre pour le groupe et, à en juger par la dispute dont il captait les échos, il sentait que les autres ne tarderaient pas à s'entredéchirer.

— Je n'arrive pas à croire que tu n'aies pas enquêté tout de suite sur lui, s'énerva-t-il. Tu as perdu un temps précieux.

— Tu m'avais dit qu'il était entraîneur… Non, tu as raison. Je ne m'excuserai pas et je ne te reprocherai rien non plus. J'aurais dû me renseigner beaucoup plus tôt.

Ces paroles apaisèrent quelque peu Monk.

— Quand peux-tu lui régler son compte ? l'interrogea Dallas.

— Laisse-moi réfléchir. Je n'aime pas être bousculé. Ces choses-là exigent du temps, de la préparation, et je refuse de foncer tête baissée. On commet toujours des erreurs dans ces cas-là. Mais si tes infos sont exactes…

— Elles le sont.

— Alors il n'est peut-être à Bowen que pour la fille. Les hommes perdent parfois la tête pour...

— Une paire de fesses ? Tu crois qu'après le discours qu'il a prononcé à La Nouvelle-Orléans, il a fait tout ce chemin pour se taper une nana ?

— Tu ne l'as pas vue, rétorqua Monk. Elle est... tout à fait ravissante. Très belle, même.

— D'accord. Donc, d'après toi, ce procureur n'est là que pour ses beaux yeux, c'est ça ? Tout se tient, bien sûr ! Elle l'opère, lui sauve la vie, il tombe amoureux d'elle, et comme il doit retourner à La Nouvelle-Orléans de toute façon, il se dit qu'il pourrait tout aussi bien passer par Bowen pour la sauter.

Monk pinça les lèvres en signe de désapprobation devant la vulgarité de Dallas.

— Tu as changé d'avis, alors ?

— Ne quitte pas, lui demanda Dallas. John veut ajouter quelque chose.

Monk attendit patiemment. Il entendit Preston s'opposer aux autres et, désabusé, dut se rappeler une fois de plus tout l'argent qu'il avait à gagner dans cette affaire.

— Il faut descendre la fille avant qu'elle se rappelle avoir vu Cameron, reprit Dallas. Buchanan a reçu des menaces de mort et John pense qu'on pourrait faire croire à un coup monté contre lui.

— Et les gens penseront vraiment qu'elle se trouvait par hasard avec lui à ce moment-là et qu'elle y est restée elle aussi ?

— Voilà. On débarque à Bowen demain. Ne la lâche pas d'une semelle jusqu'à ce que je te téléphone. Et continue de chercher le pli.

— Bien sûr, répondit-il d'une voix suave. Ah, Dallas, juste pour que tu sois au courant : je jetterai un œil sur ces fichiers avant de te les remettre.

— Tu as toujours peur que ton nom y figure ? Rassure-toi. Je les ai lus deux fois. Quand tout sera fini, tu auras les moyens de te la couler douce jusqu'à la fin de tes jours. Tu le sais, Monk, n'est-ce pas ?

— Oui. Je suis simplement curieux de découvrir combien d'argent dort sur ce compte. Si la somme est aussi importante que je l'imagine, j'estime que je serai en droit de réclamer un pourcentage. Appelons ça une prime d'intéressement aux bénéfices de l'entreprise, si tu préfères. Comme c'est moi qui prends tous les risques…

Dallas réagit aux exigences de cette ordure en lui raccrochant au nez.

25

Theo n'était pas jaloux, non. La jalousie, c'était bon pour les ados, et il avait dépassé ce stade depuis longtemps. Pourtant, il sentait croître son irritation. Michelle riait et semblait passer un bon moment sur la piste de danse en compagnie de Noah. Assis au bar, il prenait des notes pendant qu'un homme lui exposait son problème. Le type avait acheté une voiture d'occasion bénéficiant d'une garantie de trente jours. Après avoir payé cash, il avait pris le volant et quitté la concession. Quelques rues plus loin cependant, le silencieux lâchait et le radiateur explosait. N'étant propriétaire du véhicule que depuis une demi-heure, il l'avait remorqué et exigé de récupérer son argent. Le vendeur lui avait alors opposé que la garantie satisfait ou remboursé ne couvrait que les pneus et le moteur, puis lui avait suggéré de lire les lignes imprimées en tout petit sur le contrat la prochaine fois qu'il achèterait une voiture.

Le rire de Michelle résonna de nouveau, attirant l'attention de Theo. Il adorait sa voix et, au vu du sourire de Noah, il supposa qu'elle le charmait tout autant.

Il se retourna vers l'homme assis à côté de lui et essaya de se concentrer. Lorsqu'il glissa un énième regard furtif en direction du couple, Noah avait relevé son T-shirt et montrait à Michelle l'horrible cicatrice qui lui barrait la poitrine.

— Ça suffit, grommela-t-il.

Il laissa tomber son stylo sur le comptoir et les rejoignit pour mettre un terme à leur danse.

— Tu essaies d'impressionner Michelle avec tes blessures ?

— Je l'ai déjà épatée avec mon humour et mon charme.

— Vous avez eu une sacrée chance, remarqua-t-elle. Cette balle aurait pu vous tuer.

— En effet, acquiesça-t-il. Dieu veillait sur moi, je suppose. Je me trouvais dans une église quand j'ai été touché.

— Vous avez rendu le prêtre fou de rage en vous endormant pendant son sermon ? s'enquit-elle, persuadée qu'il plaisantait.

— Plus ou moins.

— Il faut que vous racontiez cette histoire à mon père, il va l'adorer. Où est-il ?

— Dans la cuisine, répondit Theo. Il nous prépare des sandwiches.

— Vous ne pouvez pas avoir encore faim après ce que vous avez avalé.

— C'est lui qui me l'a proposé en précisant que, de toute façon, il en ferait un pour lui et un autre pour Noah.

Michelle contourna le bar et se dirigea vers la cuisine avec l'intention d'aider son père. Ce faisant, elle entendit Noah s'adresser à Theo :

— J'oubliais, tu devrais examiner les inscriptions pour le tournoi de pêche de samedi. La feuille est punaisée au mur, là-bas.

— Pourquoi ?

— Tu as été rayé de la liste.

— Impossible.

Theo refusa de le croire… jusqu'à ce qu'il eût la preuve sous les yeux. Son nom avait été barré et remplacé par celui de Noah.

Michelle se hâta de rejoindre son père. Il lui tendit une assiette en carton sur laquelle il avait disposé un double club-sandwich à la dinde noyé dans de la mayonnaise et des frites dégoulinantes de graisse. Lui-même prit une assiette identique et alla la poser sur le comptoir.

— Si Theo reste encore quelques semaines ici, il sera bon pour un pontage coronarien. Ta gentillesse le tuera.

— La dinde n'est pas mauvaise pour la santé. C'est toi qui me l'as dit.

— Mais une tonne de mayonnaise, si. Et ces frites baignent dans l'huile !

— Elles ne seraient pas bonnes autrement, rétorqua Jake avant de lui tourner le dos. Voilà votre casse-croûte, les gars. Au cas où vous seriez inquiet, Theo, je ne l'ai pas relevé avec ma sauce à gombo.

233

Les deux hommes regardaient la liste des inscrits. Michelle donna un petit coup de coude à son père.

— Tu as pris Noah comme partenaire à la place de Theo pour le tournoi ?

Jake arbora un air penaud.

— Ma puce, il le fallait.

— Pourquoi ? s'exclama-t-elle, incrédule. Tu trouves ça sympa, toi, de faire une promesse et de ne pas la tenir ?

— Je me suis montré pragmatique.

— C'est-à-dire ?

Elle retourna avec lui dans la cuisine.

— Enveloppe-moi mon sandwich, Mike. Je l'emporterai à la maison.

— Tu ne réponds pas à ma question, fit-elle en sortant le papier d'aluminium.

Jake s'appuya contre la table de travail et croisa les bras.

— De la façon dont je vois les choses, nous avons une meilleure chance de gagner si nous sommes quatre à concourir pour le prix au lieu de deux. Noah voulait te convaincre de t'associer avec lui, mais il m'est venu à l'idée que Theo n'apprécierait peut-être pas, alors j'ai demandé à Noah d'être mon coéquipier. Comme ça, Theo et toi pourrez passer la journée ensemble. Tu devrais être contente qu'on pense à toi.

Dieu qu'il pouvait être exaspérant, songea Michelle.

— En d'autres termes, cela signifie que tu crois Noah meilleur que Theo ?

— Noah m'a affirmé lui-même qu'il avait beaucoup plus pêché que lui ces quatre dernières années. Mais ce n'est pas pour cette raison que je l'ai préféré à Theo, s'empressa-t-il d'ajouter en voyant l'air têtu de sa fille. Inutile de te mettre en pétard. Remercie-moi plutôt d'avoir payé ton inscription.

— Je n'ai pas envie de pêcher samedi. J'ai des tas d'autres choses à faire.

— Tu pourrais remporter le prix. Tout le monde sait bien que tu es plus adroite que moi avec une canne à pêche.

Elle refusa d'avaler ce mensonge.

— N'exagère pas, s'il te plaît. Tu n'essaierais pas de jouer les entremetteurs par hasard ? Voilà pourquoi tu veux que je fasse équipe avec Theo ?

— Après la manière dont tu lui as parlé, je n'ai pas besoin de jouer les entremetteurs. Tu te débrouilles très bien toute seule.

— Papa, je plaisantais…

Il poursuivit comme s'il ne l'avait pas entendue.

— Noah, par contre, essaie peut-être de vous rapprocher. Il m'a dit qu'il n'avait jamais vu Theo se comporter comme il le fait avec toi.

Cette remarque éveilla l'attention de Michelle. Son père appuya ses dernières paroles d'un hochement de tête, puis alla se chercher du lait au frigo. Il s'en versa un verre et but une longue gorgée.

— Comment se comporte-t-il ? demanda-t-elle.

— D'après Noah, il sourit beaucoup. J'ai l'impression que cela ne lui arrive pas souvent.

— Il est en vacances, c'est normal. Tu as mal à l'estomac ? Tu ne bois du lait que lorsque tu as une indigestion.

— Mon estomac va bien, répliqua-t-il avec impatience, avant de revenir à leur sujet de conversation. Puisque tu as toujours réponse à tout en ce qui concerne Theo, explique-moi pourquoi il ne te quitte jamais des yeux. Noah s'en est rendu compte, et moi aussi depuis qu'il me l'a signalé. (Il continua sans lui laisser le temps de riposter.) Tu savais que Noah travaille pour le FBI ? Il porte une arme, la même que Theo. Je l'ai vue accrochée à sa ceinture. Crois-moi, Theo est entouré d'amis très influents.

— Et toi, tu connais des tas de gens à qui des amis influents seraient très utiles.

Jake termina son lait et posa le verre dans l'évier. Lorsqu'il se retourna, Michelle remarqua ses traits tirés dans la lumière crue.

— Pourquoi tu ne rentres pas maintenant ? Je fermerai le bar avec Theo.

— Je peux très bien m'en occuper.

— Je sais, mais les prochains jours s'annoncent chargés. Les gens passeront s'inscrire et manger, et il y a toujours foule ici le jeudi et le vendredi. Rentre chez toi, papa. Va te reposer.

— Toi aussi, tu as besoin de sommeil. Il faut que tu commences à ranger tes papiers au dispensaire.

— J'aurai de l'aide.

— Très bien alors, j'y vais. C'est vrai que je suis fatigué. Tu n'auras qu'à fermer à une heure au lieu de deux. (Il se pencha pour l'embrasser sur la joue.) À demain.

Il ouvrit la porte de service, puis se ravisa.

— Oh, j'ai oublié de te dire que Ben Nelson a essayé de te joindre aujourd'hui. Il n'a rien découvert et ne tient pas de suspect mais il continue à rester vigilant au cas où on s'en prendrait encore à toi. Enfin, je te le demande, est-ce qu'on sort des choses pareilles à un père ? À cause de lui, je me suis fait un sang d'encre. Et puis je me suis rappelé que Theo dormait chez toi. N'oublie pas de bien t'enfermer ce soir. (Il rouvrit la porte et s'avança dans le clair de lune.) Je trouve ça rassurant, conclut-il.

— Quoi ?

— De savoir qu'il est avec toi.

Michelle l'approuva. C'était rassurant, en effet. Elle verrouilla la porte derrière lui, éteignit la lampe et retourna dans le bar. Theo et Noah avaient apporté leurs assiettes à l'une des tables et avaient attaqué leurs sandwiches.

L'un des clients réclama une nouvelle bière.

— Vous conduisez, Paulie ? l'interrogea Michelle, qui avait remarqué ses yeux troubles.

— Connie doit passer me chercher après son boulot à l'usine. Elle est mon chauffeur ce soir.

— Alors d'accord, répondit-elle.

Elle lui servit une autre chope de bière puis, constatant la chaleur qui régnait à l'intérieur du Swan, augmenta la vitesse de rotation du ventilateur fixé au plafond. Il restait encore cinq clients. Elle s'assura qu'ils ne manquaient de rien puis remplit deux verres d'eau glacée qu'elle porta à Noah et Theo.

Ce dernier tira une chaise.

— Asseyez-vous avec nous.

Elle tendit son verre à Noah, prit place entre lui et Theo, et posa le verre de ce dernier à côté de son assiette.

— J'espère que vous ne m'en voudrez pas, mais j'ai renvoyé Big Daddy chez lui. Je devrai donc assurer la fermeture.

— Je trouve ça mignon que vous l'appeliez Big Daddy, jeta Noah. C'est typique du Sud ?

— Non, des Renard.

L'agent du FBI venait juste d'engloutir ses dernières frites et de les faire passer avec une grande gorgée de bière lorsque Michelle lui demanda s'il souhaitait qu'elle l'accompagne au dispensaire pour constater les dégâts.

— J'y suis déjà allé. Theo a raison, c'est l'œuvre d'une seule personne, pas d'une bande de gamins. Le type a vraiment pété les plombs. Vous avez vu le bureau ? La serrure a été détruite. Il s'est acharné dessus.

— Michelle suppose que l'un des malades du Dr Robinson a tenté de récupérer son dossier.

— Il n'aurait pas pu en faire simplement la demande ?

— Si, mais il n'aurait obtenu qu'une copie. J'aurais gardé l'original dans mon bureau, expliqua-t-elle.

— Je doute qu'il s'agisse d'un patient. Les dossiers médicaux sont confidentiels. Tout le monde sait ça. Les informations qui y figurent restent secrètes. Et pourquoi le gars serait-il allé jusqu'à saccager un centre de soins ? S'il tenait tant à mettre la main sur son dossier, il lui suffisait de forcer la porte d'entrée et de se servir. Non, je ne trouve pas cette thèse très crédible. Qu'en dit Robinson ? Il avait des patients chi… difficiles ?

— Il ne m'a pas encore rappelée. Je réessaierai demain. Il vient de déménager à Phoenix et il est sûrement plongé dans ses cartons.

— Vous devriez donner son numéro à Noah et le laisser s'entretenir avec lui, suggéra Theo. Les gens ont tendance à se montrer beaucoup plus attentifs quand ils ont affaire au FBI. Et puis, même dans mes plus mauvais jours, je n'arrive pas à être aussi revêche que lui. Il maîtrise mieux l'art de la coercition.

— Tu parles, ricana Noah. J'ai vu Theo faire pleurer des mecs majeurs et vaccinés. C'était assez drôle d'ailleurs… observer un tueur, qui plus est chef d'une organisation mafieuse, pleurnicher comme un bébé.

— Il exagère, intervint Theo.

— Pas du tout. Enfin, il est vrai que la plupart des gens ignorent complètement en quoi consiste le travail des procureurs fédéraux. Et, à bien y réfléchir, je ne suis pas sûr de le savoir non plus. Quand vous ne faites pas pleurer des criminels, qu'est-ce que vous fichez de vos journées, Theo ?

— Pas grand-chose, riposta-t-il sèchement. On boit beaucoup…

— Le contraire m'aurait étonné.

— Et on se creuse la tête pour trouver de quoi vous occuper, tes collègues et toi.

— Je l'aurais parié. (Noah se tourna vers Michelle.) Ces glandeurs refilent tout le sale boulot aux braves agents du FBI.

Theo sourit.

— On appelle ça déléguer des responsabilités. Le but est que les petits sous-fifres ne se sentent pas tenus à l'écart.

Les piques commencèrent à fuser, dont certaines particulièrement caustiques et hilarantes. Amusée, Michelle se cala sur sa chaise et se détendit, jusqu'à ce qu'ils abordent de nouveau le sujet du dispensaire.

— Je refuse de m'inquiéter plus longtemps, les interrompit-elle. J'ai déjà accordé trop d'importance à cette affaire.

— Comment cela ? s'enquit Noah.

— J'ai eu si peur en découvrant l'état de mon dispensaire que je me suis imaginé qu'on me suivait. Vous avez déjà eu cette impression ? J'ai du mal à l'expliquer.

— À votre place, j'en tiendrais compte.

— Mais personne ne me suivait, insista-t-elle. Je l'aurais vu… non ?

— Pas si le type est doué.

— La ville n'est pas grande. Les étrangers ne passent pas inaperçus.

— Ah oui ? Prenons un homme au volant d'une camionnette avec le logo d'une société de télécommunication sur le côté. Il ne passerait pas inaperçu ? Et tous les gens venus ici pour le tournoi ? À partir du moment où ils portent une tenue appropriée et une canne à pêche, vous ne pensez pas qu'ils se fondent dans le paysage ?

Michelle se leva.

— Je comprends votre point de vue et j'apprécie que vous ayez pris le temps de vous rendre au dispensaire, mais je suis persuadée qu'il ne s'agissait que d'un acte isolé.

— Et sur quoi s'appuie cette belle conviction ? ironisa Theo. Sur le simple désir qu'il en soit ainsi ?

Elle ignora son sarcasme.

— Nous sommes à Bowen. Si quelqu'un avait quelque chose à me reprocher, il viendrait me trouver. Et d'ailleurs, à bien y réfléchir, je ne me suis mise à trembler pour un rien qu'après avoir découvert mes locaux saccagés. J'ai réagi de manière excessive. Et je vous rappelle, se hâta-t-elle d'ajouter pour empêcher Theo de lui couper la parole, que rien d'autre ne s'est produit depuis. Vous cherchez un complot là où il n'y en a pas. (Elle se tourna vers Noah.) Merci quand même d'avoir fait le déplacement.

— Je vous en prie. En toute honnêteté, j'ai aidé Theo pour que lui me rende service à son tour. Il a accepté de repartir avec moi à Biloxi et de prononcer un discours à ma place. J'aurais traversé tout le pays pour m'épargner cette corvée. Ma formation n'est pas terminée, mais au moins, je n'aurai rien à préparer.

— Quand devez-vous rentrer ?

— Lundi.

— Oh, fit-elle en se détournant avant qu'ils puissent constater sa déception.

Noah la regarda s'éloigner.

— Bon sang, Theo, cette fille-là a un je-ne-sais-quoi de plus que les autres. Si on avait pu rester un peu plus longtemps ici, tu aurais eu de la concurrence. J'ai toujours eu un faible pour les rousses.

— Tu as un faible pour tout ce qui porte une jupe.

— Faux. Tu te souviens de l'affaire Donovan ? Patty était toujours en jupe et pourtant ça ne m'a jamais fait ni chaud ni froid.

— C'était un travesti. Il n'excitait personne.

— Il avait de belles jambes, rétorqua Noah d'une voix traînante. Je lui reconnais au moins ça. Maintenant, dis-moi, qu'est-ce qu'il y a entre Michelle et toi ?

— Rien.

— Quel dommage.

— Tu ne m'as toujours pas indiqué le thème du discours que je dois rédiger, enchaîna Theo, dans l'espoir d'amener son ami à changer de sujet.

— Comment gérer sa colère.

Theo éclata de rire.

— C'est une blague de ton chef ?

— Gagné. Tu connais Morganstern. Il a un sens de l'humour un peu spécial. Il m'a imposé cette formation pour me punir.

— Te punir de quoi ?

— Il vaut mieux que tu ne le saches pas. (Noah se tut un instant.) Morganstern aurait besoin d'un homme comme toi.

— Ah, voilà donc ce qui se tramait. Pete t'a demandé de m'en toucher un mot ?

Noah haussa les épaules.

— Il a dû laisser entendre…

— Dis-lui que je ne suis pas intéressé.

— Il aime ta manière de raisonner.

— Je ne suis pas intéressé, répéta Theo.

— Tu es heureux là où tu es ?

Theo secoua la tête.

— C'est fini, répondit-il. J'en ai ma claque. Je retournerai au bureau régler quelques détails et je leur filerai ma démission.

— Tu rigoles ? s'exclama Noah, abasourdi.

— Non, pas du tout. Il est temps… il est grand temps, corrigea-t-il.

— Et qu'est-ce que tu prévois de faire ?

— J'ai deux ou trois projets en tête.

— L'un d'eux n'aurait pas les cheveux roux par hasard ?

N'obtenant pas de réponse, Noah s'apprêtait à le presser de questions quand un homme s'approcha de leur table et demanda à Theo s'il pouvait lui exposer un souci d'ordre juridique.

— Bien sûr, accepta-t-il. Installons-nous au bar.

Il se leva, roula les épaules pour détendre ses muscles et alla se servir une bière derrière le comptoir.

— En quoi puis-je vous aider ?

Cinq minutes plus tard, Theo mourait d'envie de lui écraser son poing sur la figure. Noah comprit que quelque chose clochait et le rejoignit au bar.

— Ce n'est pas Jake qui vous a conseillé de vous adresser à moi, n'est-ce pas ? l'entendit-il déclarer au jeune homme.

— Non, mais on m'a dit que vous conseilliez les gens qui avaient un problème juridique.

— Quel est le vôtre ? s'enquit Noah.

Il ouvrit une bouteille de bière dont il jeta la capsule dans la poubelle avant de venir se placer à côté de Theo.

— Voici Cory, l'informa celui-ci. Il a deux enfants. Un garçon et une fille.

Noah dévisagea le type. Avec sa mine peu avenante, ses longs cheveux blonds et sales qui lui tombaient dans les yeux, et ses dents tachées et jaunies, il ressemblait davantage à un ado crasseux qu'à un père de famille.

— Quel âge avez-vous ? lui demanda Noah.

— J'aurai vingt-deux ans le mois prochain.

— Et vous avez déjà deux enfants ?

— Oui. J'ai divorcé d'Emily il y a six mois parce que j'avais rencontré une autre fille avec qui je voulais vivre. Elle s'appelle

Nora, et on compte se marier, tous les deux. Je vais de l'avant maintenant, mais Emily pense que je devrais continuer à payer l'éducation des enfants. Je ne trouve pas ça juste, moi.

— Donc, vous aimeriez que je vous trouve un moyen de ne plus rien lui verser ?

— Voilà, c'est ça. Vous comprenez, ce sont ses gamins maintenant. Ils habitent avec elle, et comme je vous l'ai dit, j'ai envie d'aller de l'avant.

Le visage de Theo se crispa. Debout sur le seuil de la cuisine, une carafe vide à la main, Michelle avait surpris toute la conversation. À voir le dos raidi de son invité, elle devinait sa colère.

— Cory a envie d'aller de l'avant, répéta Theo à Noah d'un ton toujours posé et aimable.

— Et toi, tu es prêt à ce qu'il y aille ? demanda l'agent du FBI en posant sa bière sur le comptoir.

— Et comment !

— Tu permets ? ajouta Noah, le sourire aux lèvres.

— Occupe-toi de la porte.

Michelle s'avança puis s'arrêta net, surprise par la vitesse de réaction de Theo. En un clin d'œil, celui-ci fit le tour du bar, attrapa Cory par la peau du cou et le fond de son pantalon et le traîna à travers la salle. Pendant ce temps, Noah courut lui ouvrir la porte. Il s'écarta ensuite afin que son ami puisse flanquer le garçon dehors.

— Voilà ce que j'appelle aller de l'avant, se moqua-t-il. Quel sale petit con.

— Je suis bien d'accord avec toi.

— Tu sais quoi ? Je m'étonne qu'une face de rat pareille ait réussi à attirer deux filles dans son lit.

Theo éclata de rire.

— Tous les goûts sont dans la nature, paraît-il.

Tous deux se dirigeaient vers le comptoir quand la porte se rouvrit soudain et livra passage à trois nouveaux venus. Le dernier évoquait un videur a qui on aurait asséné un coup de trop sur le crâne. Très grand – il mesurait au moins un mètre quatre-vingt-dix –, il avait de toute évidence déjà eu le nez cassé plusieurs fois. L'homme portait une batte de base-ball qui achevait de lui donner l'air d'une brute dangereuse.

— Lequel de vous deux est Theo Buchanan ?

Noah, qui avait déjà fait volte-face, ne quittait pas la batte des yeux. Michelle le vit glisser la main dans son dos et ouvrir l'étui contenant son revolver.

Le bar se vida aussitôt. Même Paulie, pourtant peu réputé pour sa rapidité, mit moins de cinq secondes à sortir.

— Michelle, allez dans la cuisine et fermez la porte, ordonna Theo avant de se retourner. Je suis Theo Buchanan. Lequel d'entre vous est Jim Carson ?

— Moi, répondit le plus petit des trois hommes.

— J'espérais bien que vous passeriez.

— Vous vous prenez pour qui au juste ? fulmina Carson.

— Je viens de vous dire qui j'étais. Vous êtes sourd ?

— On joue les petits malins, hein ? Vous croyez que vous pouvez bloquer mes comptes et m'empêcher de retirer le moindre dollar ? Vous croyez ça ?

— La preuve en est que je l'ai fait, objecta calmement Theo.

Jim Carson ressemblait à son frère – petit, trapu, les yeux un peu trop rapprochés et la tête toute ronde. À la différence de Gary cependant, il ne souriait guère. Et tandis que le premier exsudait une fausse sincérité, Jim, lui, n'était que vulgarité. Il s'avança encore d'un pas, l'air menaçant, et abreuva Theo d'une bordée d'injures toutes plus ordurières les unes que les autres.

— Vous regretterez d'avoir fourré votre nez dans mes affaires, conclut-il. Gary et moi, on a décidé de fermer l'usine. La ville va vous lyncher.

— Je me préoccuperais plutôt de sauver ma peau si j'étais vous. Depuis combien de temps faites-vous avaler à vos employés que la sucrerie est au bord de la faillite ? Imaginez combien ils seraient... déçus s'ils apprenaient le montant de vos bénéfices annuels et des sommes que vous avez détournées.

— La valeur de nos actifs est confidentielle ! hurla Jim. Vous la connaissez peut-être, mais vous n'êtes qu'un étranger venu foutre la merde. Personne ne gobera vos histoires de toute façon. Personne.

— Les gens ont tendance à croire ce qui est écrit dans les journaux, n'est-ce pas ?

— Qu'est-ce que ça veut dire ?

— J'ai rédigé un joli petit article qui paraîtra dimanche. Bien sûr, je tiens à ce qu'il soit le plus précis possible, ajouta Theo. Je me propose donc de vous le faxer demain afin que vous puissiez vérifier les informations qui y figurent. Personnellement, je le trouve très réussi. J'ai épluché au cent près tous vos comptes de ces cinq dernières années.

— Impossible, vous n'avez pas le droit ! cria Jim.

Theo jeta un coup d'œil à Noah.

— Tu sais quoi ? J'aurais dû ajouter leurs déclarations de revenus pendant cette même période. Enfin, il n'est peut-être pas trop tard.

— Ça suffit, Buchanan, menaça Carson. Je ne vous laisserai pas m'emmerder plus longtemps.

Sous l'effet de la colère, son front ruisselait de sueur. L'homme était hors de lui et enrageait visiblement de voir que Theo n'en avait cure.

— Je viens à peine de commencer, Jim. Quand j'en aurai terminé avec vous et votre frère, vos employés seront propriétaires de la sucrerie. Cela ne saurait tarder. Et vous finirez sur la paille. Je vous le garantis.

— Si tu posais cette batte de base-ball à présent ? lança Noah au grand escogriffe au nez écrabouillé.

— Putain, pas question. Je la lâcherai pas avant de m'en être servi. Pas vrai, monsieur Carson ?

— Tout à fait, Joyeux.

— Joyeux ? répéta Theo, amusé.

— Nous vivons dans un drôle de monde, renchérit Noah.

— Je dois briser les jambes à Buchanan avec cette batte, prévint le colosse, et j'ai bien l'intention de le faire. T'auras ton compte toi aussi, jeta-t-il à Noah. Alors arrête de te foutre de moi, parce que tu vas le regretter.

Sourd à ses menaces, Noah surveillait du coin de l'œil le troisième homme. Presque aussi grand que son comparse mais plus mince, plus sec, il se distinguait par ses grandes oreilles en feuilles de chou. Tous deux avaient l'allure de sombres malfrats, pourtant, de l'avis de Noah, Feuilles de Chou était le plus dangereux. Il portait certainement une arme. Oh oui, à coup sûr, ce serait lui qui leur donnerait du fil à retordre. Jimmy Carson avait dû l'emmener pour disposer d'un atout surprise au cas où Joyeux ne remplirait pas sa mission.

Celui-ci frappait le bout de sa batte sur la paume de sa main. Le bruit agaça Noah.

— Pose cette batte, lui ordonna-t-il de nouveau.

— Pas avant d'avoir cassé quelques os.

Noah se mit soudain à sourire, comme s'il venait de gagner à la loterie.

— Hé, Theo, tu sais quoi ?

— Non, dis-moi.

— Je qualifierais ces remarques de menaces. Tu n'es pas d'accord avec moi ? Tu dois en avoir une petite idée, toi, vu que tu travailles pour le ministère de la Justice alors que moi, je ne suis qu'un simple agent du FBI. Il s'agissait bien de menaces, n'est-ce pas ?

Theo comprit où il voulait en venir. Il informait les trois hommes de leur identité afin qu'aucun ne puisse prétendre qu'il n'était pas au courant lorsqu'on les enverrait derrière les barreaux.

— Ma foi, oui, il me semble.

— Écoutez-moi, espèce de petit péteux, gronda Jim en agitant son doigt boudiné devant le visage de Noah. Mettez-moi des bâtons dans les roues et je m'occuperai de vous aussi avec plaisir.

Noah ne lui prêta aucune attention.

— On devrait peut-être en laisser un nous frapper, suggéra-t-il à Theo. Ce sera plus convaincant devant un tribunal.

— Je n'ai pas besoin d'être blessé pour obtenir leur condamnation. Mais si tu tiens à tout prix à prendre quelques coups…

— Non, pas spécialement. Je voulais juste…

— Vous jouez à quoi, là ? s'impatienta Carson, qui s'avança encore et tapa Noah sur l'épaule. Je vais vous faire passer l'envie de rire, sale fils de…

Il ne termina pas sa phrase. Noah réagit avec une telle rapidité qu'il n'eut même pas le temps de ciller – ce qui, de toute façon, lui aurait été impossible. Carson lâcha un cri, puis se figea et, d'un œil grand ouvert, loucha vers le canon du revolver confortablement niché contre son autre œil.

— Qu'alliez-vous dire au sujet de ma mère ?

— Rien… rien du tout, bégaya-t-il.

Joyeux balaya l'air devant lui avec sa batte tandis que Feuilles de Chou pivotait sur un pied et portait la main à l'intérieur de son blouson.

Le bruit d'un fusil qu'on arme retentit alors dans le bar, captant l'attention de tous.

Noah maintint son glock pressé contre la tête de Carson et jeta un coup d'œil derrière lui. Appuyée contre le comptoir, Michelle braquait une carabine en direction de Feuilles de Chou. Theo se dirigea vers lui et prit l'arme accrochée à sa ceinture. Puis il se tourna vers Michelle.

— Je vous avais demandé de rester dans la cuisine.

— Oui, j'avais entendu.

Feuilles de Chou tenta de récupérer son bien.

— J'ai un permis. Rendez-le-moi.

— Et puis quoi encore ?

L'homme plongea alors en avant. Theo lui fit face et, de deux doigts repliés, le frappa juste au-dessous de la pomme d'Adam. Feuilles de Chou recula en titubant. Au moment où il lui tournait le dos, Theo lui administra sur la nuque un coup qui l'envoya rouler à terre, inanimé.

— Je ne supporte pas les imbéciles.

— Moi non plus, répliqua Noah. Jim, je vais être obligé de vous descendre si vous n'ordonnez pas à Joyeux de lâcher très vite cette batte.

— Obéis, Joyeux.

— Mais, monsieur Carson, vous m'avez dit…

— Oublie ce que je t'ai dit. Lâche cette batte.

Dans le même temps, Carson tenta de s'écarter du revolver pointé sur lui. En vain cependant, puisque Noah avançait à mesure qu'il reculait.

— S'il vous plaît, rangez ça. Je ne voudrais pas que vous me fassiez sauter la cervelle par accident.

— À supposer que vous en ayez une, ce dont je doute. Qu'est-ce qui vous a pris de débarquer ici avec vos hommes de main ? Vous êtes trop arrogant pour vous préoccuper des témoins ? Ou trop stupide ?

— J'ai perdu la tête… Je n'ai pas réfléchi… Je voulais juste…

Il s'arrêta de bégayer dès l'instant où Noah rabaissa son glock. Rattrapant alors le temps perdu, il se mit aussitôt à cligner furieusement des yeux.

— Harry est mort ? Si jamais vous l'avez tué…

— Il respire encore, l'interrompit Noah. Ne m'oblige pas à me répéter, Joyeux. Jette cette batte.

Avec une mine qui contredisait son prénom, Joyeux la lança de toutes ses forces contre la table à côté de lui. À défaut de casser une jambe à quelqu'un, il avait décidé de briser au moins un meuble, dans l'espoir que Jim Carson le paierait quand même. La batte rebondit toutefois sur l'angle de la table et revint heurter son pied. Poussant un cri de douleur, il se mit à sautiller comme s'il jouait à la marelle.

Theo tendit le revolver de Harry à Noah et se frotta les articulations des doigts.

— Installe-le sur cette chaise, ajouta-t-il avant de se diriger vers le bar. Michelle, qu'est-ce que vous fabriquez avec un fusil à canon scié ? Posez-moi ça avant de blesser quelqu'un. (Il s'approcha et nota les modifications apportées à l'arme.) Où l'avez-vous trouvé ?

— Il appartient à mon père.

— Très bien, poursuivit-il en gardant son calme. Où votre père l'a-t-il trouvé alors ?

Parce qu'il se comportait soudain comme un procureur, il donna à Michelle le sentiment d'avoir agi en criminelle.

— Il ne s'en est jamais servi. Il l'agite de temps en temps quand il sent qu'une bagarre risque d'éclater dans le bar.

— Répondez à ma question.

— John Paul le lui a offert pour qu'il ait un moyen de se protéger. Il nous a appris à tous les deux comment le manier.

— Vous n'avez pas le droit de garder ça. C'est illégal.

— Je vais le ranger.

— Non, vous allez le remettre à Noah et le laisser s'en débarrasser. (Il lui reprit le fusil.) Ce truc dégommerait un rhinocéros à cent mètres.

— Ou un alligator.

— Ah oui ? Il y a eu beaucoup de rixes d'alligators au bar ces derniers temps ?

— Non, bien sûr que non, mais…

— Vous savez combien d'années cette arme pourrait valoir à votre père ?

Michelle croisa les bras.

— À Bowen, nous suivons nos propres règles.

— Aux dernières nouvelles, Bowen faisait toujours partie des États-Unis, ce qui signifie que la loi s'applique ici aussi. Où votre frère s'est-il procuré ce fusil ?

— N'essayez pas de lui attirer des ennuis, Theo. C'est un gentil garçon, doux et sensible. Je ne vous laisserai pas…

Theo n'était pas d'humeur à écouter ce panégyrique.

— Répondez-moi.

— Je n'en sais rien. A priori, il l'a fabriqué lui-même. Si vous le lui confisquez, il en donnera un autre à mon père et voilà tout.

La paupière de Theo tressauta. Michelle perçut sa contrariété mais à cet instant précis, elle s'en moquait bien. Comment Big Daddy était-il censé réagir quand une dispute dégénérait au Swan ? Devait-il se tordre les mains de désespoir pendant que les clients mettaient son bar à sac ? Et puis, il n'aurait jamais tiré sur qui que ce soit. Le simple cliquetis du fusil suffisait toujours à calmer les esprits.

— Les choses se passent comme ça, ici.

— Votre père et votre frère enfreignent la loi.

— Le fusil m'appartient, affirma-t-elle alors. C'est moi qui l'ai bricolé et qui l'ai rangé sous le comptoir. Big Daddy n'en connaît même pas l'existence. Allez-y maintenant. Arrêtez-moi.

— Ce n'est pas gentil de mentir à un représentant du ministère de la Justice.

— Je m'en souviendrai.

— Où votre frère a-t-il appris à monter des armes comme celle-là ?

— Il n'aime pas en parler, mais il a raconté un jour à mon père qu'il avait fait partie d'une section spéciale des marines.

— Spéciale ? Sans blague.

— Le moment est mal venu pour discuter de ma famille, et puis, tout ça ne vous regarde pas.

— Oh, que si !

— Pourquoi ?

Theo s'avança jusqu'à l'acculer au comptoir et se pencha vers elle.

— Ne me poussez pas à bout, murmura-t-il.

Il lui fallut cinq bonnes secondes pour comprendre qu'il ne l'emporterait pas. Michelle n'était pas du genre à se laisser intimider, du moins pas par lui. Elle tint bon et le fixa droit dans les yeux. Bien qu'il répugnât à l'admettre, Theo savait qu'il n'aurait pas d'autre choix que de céder – une première en ce qui le concernait, et pas des plus plaisantes.

— Dois-je appeler la police ? reprit Michelle.

— Je ne vais pas vous mettre en état d'arrestation.

— Je ne parlais pas de moi mais de ces trois charlots, répliqua-t-elle, exaspérée. Vous ne voulez pas que la police vienne les embarquer ?

— Hein ? Oh… si, mais attendez un peu. J'aimerais d'abord négocier avec eux.

Noah avait rangé son revolver et surveillait Jim Carson. Attrapant une chaise, Theo s'assit face à ce dernier…

— Vous avez un téléphone ?

— Qu'est-ce que ça peut vous faire ? rétorqua-t-il, de nouveau agressif.

— Appelez votre frère et dites-lui de venir ici.

— Je n'ai pas d'ordres à recevoir de vous.

— Erreur. Vous vous êtes vraiment mis dans de beaux draps. Vous avez menacé un agent du FBI et il peut vous en coûter une peine d'emprisonnement.

— Allez raconter ça à mes avocats, fanfaronna Carson, qui avait cependant pâli. Ils s'arrangeront pour que j'y échappe.

— Je ne connais pas beaucoup d'avocats qui acceptent de travailler à l'œil. Ils ne lèveront pas le petit doigt pour vous aider dès lors qu'ils apprendront que vous n'avez pas un sou pour les payer.

Vaincu, Jim sortit son portable et composa le numéro de son frère.

— Il ne viendra pas, lança-t-il à Theo. Gary n'aime pas les situations désagréables.

— Dommage. Précisez-lui qu'il a dix minutes pour se pointer ici. Sinon, j'enverrai la police le chercher et l'embarquer avec vous. Soit vous acceptez de négocier maintenant, soit vous vous retrouvez dans une cellule où vous aurez le temps de réfléchir pendant quelques mois. Croyez-moi, Jim, j'ai le bras assez long pour que vous moisissiez un moment derrière les barreaux.

Gary décrocha à cet instant.

— Il faut que tu te ramènes tout de suite au Swan, l'avertit Jim d'une voix tremblante. Ne discute pas. Magne-toi, c'est tout. Je t'expliquerai quand tu seras là.

Quelques secondes s'écoulèrent, pendant lesquelles il écouta son frère.

— Putain, non, reprit-il. Ça ne s'est pas passé comme prévu. Buchanan et son copain bossent pour le FBI et ils menacent de nous mettre à l'ombre tous les deux. (Il se tut de nouveau quelques instants.) Pas de bol ? cria-t-il soudain. Pour toi, le FBI c'est « pas de bol » ? Arrête de jacasser et rejoins-moi ici. (Refermant son téléphone, il jeta un regard furieux à Theo.) Il arrive.

Noah repéra une voiture de police qui se garait dans le parking.

— Les flics sont là, dit-il à Theo.

Michelle saisit le fusil et le replaça sous le comptoir.

— Je n'avais pas encore appelé Ben.

Harry était toujours inconscient mais il respirait. Assis à l'une des tables, les épaules voûtées, Joyeux se tenait la tête entre les mains.

Noah sortit et réapparut quelques minutes plus tard en compagnie de Ben Nelson. Il lui avait apparemment expliqué la situation car c'est à peine si le policier accorda un regard à Harry. Toute son attention était tournée vers Michelle, et son sourire ne s'adressait qu'à elle.

— Tout va bien ? lui demanda-t-il, l'air soucieux.

— Oui, Ben. Qui vous a prévenu ? Paulie ?

— Non, personne. Je passais juste vous voir.

Ces paroles n'enchantèrent pas Theo qui, bien qu'il lui bloquât le passage, ne bougea pas d'un pouce lorsque Ben se dirigea vers le bar. Michelle fit les présentations, sans que cela fût nécessaire. Theo savait déjà à qui il avait affaire. À un type qui désirait Michelle.

Il n'avait jamais prêté grande attention au physique des autres hommes et ignorait complètement si les femmes auraient considéré Ben Nelson comme beau garçon. L'agent avait le sourire facile, mais à part ça il ne lui trouva rien de particulier. Il donnait l'impression d'un chouette type aussi. Aucune importance cependant. Theo ne remarqua que la manière dont il souriait à Michelle et se prit d'une aversion immédiate pour lui. Il dut se forcer à ne pas paraître hostile lorsqu'il lui serra la main et l'informa qu'il contrôlait tout.

Noah observait la scène avec amusement. Les deux hommes se dressaient sur leurs ergots comme deux coqs près de s'affronter. Il devina vite pourquoi.

— J'ai cru comprendre que vous dormiez chez Michelle, déclara Ben, l'air grave à présent.

— En effet.

— Combien de temps pensez-vous rester ici, monsieur Buchanan ?

— Je ne sais pas encore. Pourquoi cette question, monsieur Nelson ?

— Nous avons plusieurs motels très confortables à St Claire.

— Vraiment ?

— Theo s'en va lundi, annonça Michelle. N'est-ce pas ? ajouta-t-elle avec une pointe de défi dans la voix.

— Peut-être.

Cette réponse évasive l'agaça.

— Il doit prononcer un discours à Biloxi, reprit-elle, sans comprendre pourquoi elle éprouvait le besoin de le préciser. Il partira donc lundi matin.

— Peut-être, répéta Theo.

Ces deux mots eurent le même effet sur elle que le bruit de la roulette chez le dentiste. Elle se hérissa et, craignant de laisser échapper des paroles qu'elle regretterait par la suite s'il réitérait cette réponse, battit précipitamment en retraite. Elle saisit une carafe vide, s'excusa et se dirigea vers la cuisine.

Pendant que Theo expliquait à Ben qui étaient Harry et Joyeux, Noah lut leurs droits à ces derniers et leur passa les menottes du chef de la police.

— Et Jim Carson ? s'enquit Nelson. Vous comptez engager des poursuites contre lui ?

Theo sentit que Jim ne perdait pas une miette de leur conversation.

— Bien sûr. Mais je veux qu'il reste là jusqu'à l'arrivée de son frère. Je leur parlerai à tous les deux. S'ils ne coopèrent pas...

Il laissa délibérément la fin de sa phrase en suspens.

— Je vais coopérer, s'écria Jim.

Ben était animé de meilleurs sentiments que Theo. Celui-ci s'aperçut qu'il s'était comporté comme un amant jaloux lorsque son rival lui serra la main avant de partir. Il lui fallait se ressaisir.

— Merci pour votre aide, lui lança-t-il alors que Nelson escortait Joyeux vers la sortie.

Noah avait déjà secoué Harry pour le ranimer et l'avait traîné jusque dans la voiture de police.

Theo coula ensuite un regard vers la cuisine. Voyant que Michelle s'affairait près de l'évier, il tira une chaise et s'assit dessus à califourchon en attendant Gary Carson.

De son côté, la jeune femme avait décidé de s'occuper afin de ne plus penser à Theo. Après avoir rempli l'évier en inox d'eau chaude savonneuse, elle enfila des gants en caoutchouc et entreprit de tout nettoyer, alors même que son père s'en était déjà chargé.

Au moment d'enlever ses gants, elle remarqua une tache de graisse sur la hotte aspirante en cuivre. Elle passa alors une demi-heure à démonter toute l'installation afin d'en récurer le moindre centimètre carré. La remonter lui prit deux fois plus de temps car elle ne cessa d'aller et venir entre la cuisine et le bar, au cas où un client aurait souhaité quelque chose.

Au cours d'un de ses passages, elle vit entrer Gary Carson, flanqué de ses avocats.

Elle retourna à la cuisine et frotta encore de-ci de-là. Puis elle lava ses gants – si ce n'était pas de la compulsion, alors comment qualifier son comportement ? se demanda-t-elle –, avant de prendre conscience qu'elle était plus énervée que fatiguée à présent. Elle avait besoin d'une bonne intervention chirurgicale, songea-t-elle. Quand elle opérait, plus rien ne comptait à ses yeux. Elle réussissait à faire abstraction des propos échangés autour d'elle, des blagues éculées, des rires – de tout, sauf de Willie Nelson, parce qu'il l'apaisait. Elle restait seule avec lui, comme à l'intérieur d'une bulle, jusqu'à ce qu'elle ait posé le dernier point de suture. À ce moment-là seulement, le monde autour d'elle reprenait ses droits.

— Ressaisis-toi, murmura-t-elle.

— Vous disiez ?

Noah se tenait dans l'embrasure de la porte. Il s'avança et posa trois verres sur la table.

— Rien, répondit-elle. Quelle heure est-il ?

— Une heure passée. Vous avez l'air épuisé.

Tout en se séchant les mains, elle souffla sur une mèche de cheveux qui lui tombait sur les yeux pour la repousser.

— Non, ça va. À votre avis, Theo en a encore pour longtemps ?

— Je ne pense pas. Vous voulez que je vous ramène chez vous ? Il peut s'occuper de la fermeture.

Elle refusa d'un signe de tête.

— Je vais l'attendre.

Noah s'apprêtait à quitter la pièce lorsqu'il se retourna.

— Michelle ?

— Oui ?

— Lundi est encore loin.

26

Dès qu'il fut de retour au motel, Monk appela La Nouvelle-Orléans.

— Que se passe-t-il ? répondit Dallas, qu'il venait de tirer de son sommeil.

— On n'est pas au bout de nos surprises.

— Qu'est-ce que ça signifie ?

— Il y a un agent du FBI avec Buchanan.

— Oh merde. Donne-moi son nom.

— Je ne le connais pas encore. Des gars ont juste parlé de lui en sortant du bar.

— Tu sais ce qu'il fout là ?

— Non, mais il me semble que leur conversation tournait autour de la pêche.

— Ne le lâche pas, le pressa Dallas avec appréhension. Je te recontacterai plus tard.

— Oh, au fait, ajouta Monk. J'ai appris autre chose qui nous sera peut-être utile.

— J'espère pour toi que ce sont de bonnes nouvelles.

Monk lui rapporta la venue des frères Carson et de leurs deux sbires.

— J'ai entendu l'un d'eux expliquer au flic qu'il n'avait pas eu l'intention de tuer Buchanan. Il voulait seulement le blesser. En arrangeant un peu les choses, on devrait pouvoir se servir des Carson comme boucs émissaires si nécessaire.

— Oui. Merci.

— De rien, répondit-il d'un ton sarcastique.

Monk raccrocha, régla son réveil et ferma les yeux. Il s'endormit en pensant à tout l'argent qui l'attendait.

27

Pour la première fois de sa vie, Michelle n'arrivait pas à dormir, et la faute en incombait entièrement à Theo Buchanan. Tout, y compris la dette nationale, devenait sa faute dès lors qu'il occupait ses pensées au point de la rendre insomniaque.

Elle se tourna et se retourna, tapota ses oreillers, et continua à se retourner. Son lit semblait avoir été dévasté par un ouragan. Dans l'espoir de chasser ses idées lubriques, elle changea les draps, puis prit une longue douche brûlante. Sans résultat. Elle descendit alors au rez-de-chaussée se préparer une tasse de lait chaud, mais le liquide infâme lui souleva l'estomac, si bien qu'elle se demanda comment on pouvait le boire réchauffé alors qu'il était tellement meilleur froid.

Pas un bruit ne lui était parvenu de la chambre de Theo depuis qu'il avait fermé sa porte. Il dormait probablement d'un sommeil de plomb peuplé de doux rêves. L'imbécile.

Michelle remonta à l'étage en silence afin de ne pas le déranger, se brossa de nouveau les dents, et finit par ouvrir l'une des fenêtres de sa chambre pour écouter le bruit de l'orage qui se rapprochait.

Elle enfila une nuisette en soie rose – la verte en coton lui grattait les épaules –, avant de se glisser entre les draps en jurant de ne plus se relever. Sa chemise était roulée autour de ses hanches. Elle l'ajusta, lissa le tissu, puis remonta les fines bretelles de façon qu'elles ne tombent plus sur ses bras. Là, parfait. Les doigts croisés sur le ventre, elle ferma les yeux et prit de profondes inspirations, jusqu'à ce que la tête lui tourne.

Le drap formait un pli sous sa cheville. *N'y pense pas*, se morigéna-t-elle. *Il est temps de dormir. Relax, bon sang.*

Un quart d'heure plus tard, le sommeil la fuyait toujours. Elle avait chaud, les draps lui semblaient imprégnés de la moiteur de l'air, et elle se sentait fatiguée à en pleurer.

En désespoir de cause, elle entreprit de compter les moutons, mais s'arrêta lorsqu'elle s'aperçut qu'elle se dépêchait pour achever de les dénombrer tous. Compter les moutons revenait à mâcher du chewing-gum – ce qu'elle ne faisait jamais parce que, dans son désir inconscient d'en finir, elle se mettait à mastiquer de plus en plus vite, ce qui ôtait bien sûr tout intérêt à la chose.

Seigneur, quelles pensées absurdes pouvaient traverser l'esprit d'une personne privée de ses chères facultés intellectuelles ! Elle aurait dû se spécialiser en psychiatrie, conclut-elle. Peut-être alors aurait-elle compris ce qui la rendait si dingue.

La télévision. Bonne idée, elle allait allumer la télévision. Les chaînes ne diffusaient jamais de bons programmes nocturnes. Elle tomberait sûrement sur un présentateur occupé à vendre un produit quelconque. Une émission de téléachat, voilà exactement ce qu'il lui fallait. La regarder serait plus efficace qu'un somnifère.

Elle rejeta le drap, prit le plaid qui recouvrait l'extrémité de son lit et le traîna derrière elle. Sa porte grinça lorsqu'elle l'ouvrit. Pourquoi n'y avait-elle pas prêté attention plus tôt ? Elle posa le plaid sur un fauteuil, sortit dans le couloir, s'agenouilla et la referma doucement. Le bruit semblait venir du gond inférieur. Elle se pencha donc un peu plus près, l'oreille tendue, tout en poussant la porte d'avant en arrière.

Oui, c'était bien celui-là. Jugeant cependant préférable de vérifier aussi celui du haut, elle se releva, saisit la poignée et, dressée sur la pointe des pieds, continua à faire osciller le battant. Aucun doute possible, le gond supérieur grinçait un peu lui aussi. Où avait-elle bien pu ranger son tube de graisse lubrifiante ? Elle réglerait le problème en moins de deux si elle se rappelait où elle l'avait vu pour la dernière fois. Une petite minute… le garage. Le tube se trouvait là. Elle l'avait posé sur l'étagère dans le garage.

— Vous avez du mal à dormir ?

De frayeur, elle sursauta, tira la porte par inadvertance et s'y cogna la tête.

— Aïe ! s'écria-t-elle, avant de lâcher la poignée et de tâter son crâne pour s'assurer qu'il ne saignait pas.

Puis elle se retourna. À cet instant, aucun mot n'aurait pu sortir de sa bouche, même si sa vie en avait dépendu. Appuyé nonchalamment contre le chambranle de sa porte, les bras croisés sur son torse nu et un pied passé par-dessus l'autre, Theo l'observait. Avec ses cheveux en bataille et ses joues mal rasées, il donnait l'impression d'avoir tout juste été tiré d'un profond sommeil. Il avait enfilé un jean, sans prendre la peine de remonter la fermeture éclair.

Il était tout simplement irrésistible.

Michelle baissa les yeux sur l'étroite ouverture de son pantalon, jusqu'à ce qu'elle prît conscience de son indiscrétion. Elle se força alors à détourner le regard et se concentra sur son torse mais, là encore, s'aperçut de son erreur. Pour finir, elle fixa ses pieds. Il avait des pieds magnifiques.

Bon sang, elle avait vraiment besoin d'aide. Dire que ses pieds l'excitaient à présent. Une thérapie s'imposait. Une sérieuse thérapie même, pour comprendre comment un homme pouvait à ce point lui faire perdre la tête.

Certes, il ne s'agissait pas de n'importe quel homme. Depuis le début, elle savait combien cette attirance était dangereuse. Tout ça à cause de cette fichue barrière, raisonna-t-elle. S'il ne l'avait pas achetée au petit John Patrick, elle aurait été en mesure de lui résister. Trop tard maintenant. Elle laissa échapper un faible grognement. Theo avait beau être un sombre crétin, elle était tombée amoureuse de lui.

Il était beau à... Stop. La gorge sèche, elle le regarda en face. Elle rêvait qu'il la prenne dans ses bras, l'embrasse avec passion et la porte jusqu'à sa chambre. Elle voulait qu'il la déshabille et caresse tout son corps. Peut-être le renverserait-elle sur le lit pour lui ôter son jean et le caresser partout lui aussi. Elle voulait...

— Michelle, qu'est-ce que vous fabriquez ? Il est deux heures et demie du matin.

Theo venait d'interrompre brutalement le cours de ses pensées.

— Votre porte ne grince pas, répondit-elle.

— Pardon ?

Elle haussa les épaules et rejeta une mèche de cheveux en arrière.

— Je ne vous ai pas entendu parce que votre porte n'a pas fait de bruit quand vous l'avez ouverte. Vous êtes là depuis longtemps ?

— Assez pour avoir pu vous observer jouer avec la vôtre.

— Elle grince.

— Oui, je sais.

— Je suis désolée, Theo. Je ne voulais pas vous déranger, mais puisque vous êtes réveillé…

— Oui ?

— Ça vous dirait de jouer aux cartes ?

Il la dévisagea, surpris. Puis un petit sourire amusé se dessina sur ses lèvres, et Michelle sentit une légère ivresse s'emparer d'elle.

— Non, je n'en ai pas envie. Et vous ?

— Moi non plus.

— Alors pourquoi cette question ?

Son regard perçant la rendait follement nerveuse, mais cette sensation n'était pas pour lui déplaire, tant elle lui rappelait ce qu'elle avait ressenti la veille, juste avant qu'il l'embrasse. Cela ne présageait donc rien de bon parce qu'elle avait souhaité que son baiser ne prenne jamais fin, et… Oh, comment donner un sens à tout ça ? À coup sûr, elle perdait la raison. Elle se demanda si elle pourrait fixer à l'avenir les rendez-vous de ses patients depuis le service psychiatrique.

— Arrêtez de me regarder comme ça, s'il vous plaît, le supplia-t-elle en recroquevillant ses orteils sur le tapis.

Son estomac lui semblait effectuer une série de sauts périlleux.

— De vous regarder comment ?

— Je ne sais pas, marmonna-t-elle. Je n'arrive pas à dormir. Vous voulez bien m'aider à tuer le temps jusqu'à ce que j'aie sommeil ?

— Vous avez une idée précise en tête ?

— À part les cartes ?

— Oui.

— Je pourrais vous préparer un sandwich.

— Non, merci.

— Des crêpes ? Ça vous tente ?

Sur une échelle de un à dix, sa nervosité dépassait neuf. Avait-il la moindre idée du désir qu'elle éprouvait pour lui ? *N'y pense pas. Occupe-toi l'esprit.*

— Je les réussis très bien, ajouta-t-elle.

— Je n'ai pas faim.

— Comment ça, vous n'avez pas faim ? Vous avez toujours faim d'habitude.

— Pas ce soir.

Je perds pied, là. Aide-moi un peu. Elle se mordit la lèvre en cherchant désespérément une autre idée.

— La télé ! s'exclama-t-elle soudain, comme si elle venait de donner la bonne réponse à la dernière question de *Qui veut gagner des millions ?* et de recevoir le chèque des mains de l'animateur.

— Quoi ?

— Si on regardait la télévision ?

— Non.

Michelle eut le sentiment qu'il lui arrachait une bouée de sauvetage. Elle soupira.

— Alors à vous de trouver.

— Quelque chose qu'on pourrait faire ensemble ? Jusqu'à ce que vous ayez sommeil ?

— Oui.

— J'ai envie d'aller au lit.

Elle n'essaya pas de cacher sa déception. Il ne lui restait probablement plus qu'à compter de nouveau ces sales moutons.

— D'accord. Bonne nuit, alors.

Theo ne retourna pas dans sa chambre, cependant. Il se redressa avec l'agilité d'un gros chat paresseux et repu et abolit en deux pas la distance qui les séparait. Ses pieds touchèrent ceux de Michelle lorsqu'il tendit le bras par-dessus son épaule pour lui ouvrir la porte. Il se dégageait de lui une légère odeur d'after-shave, mêlée à celle de son savon, qui enflamma les sens de la jeune femme. De toute façon, dans son état, un éternuement aurait suffi à éveiller son désir.

Theo lui prit doucement la main. Elle aurait pu se dégager si elle l'avait voulu, mais ne le fit pas. Au contraire, elle le serra fort.

Il l'entraîna dans sa chambre, puis l'immobilisa contre la porte qu'il avait refermée en appuyant ses bras de chaque côté de son visage et en plaquant ses cuisses contre les siennes.

La fraîcheur du bois dans son dos contrastait avec la peau brûlante de Theo sur son ventre.

Il enfouit son visage dans ses cheveux.

— Vous sentez tellement bon, murmura-t-il.

— Je croyais que vous vouliez dormir.

Il l'embrassa dans le cou.

— Je n'ai jamais dit ça.

— Si… si.

— Non, la corrigea-t-il.

Il embrassa cette fois la zone merveilleusement sensible sous son oreille, avant de lui mordiller le lobe.

— Non ? demanda-t-elle, le souffle court, comme en proie au vertige.

— J'ai dit que je voulais aller au lit. Et vous avez répondu… (il lui prit la tête entre les mains et plongea son regard dans le sien durant quelques longues secondes)… « d'accord ».

Cette fois, elle le savait, elle était fichue. Theo l'embrassa avec une ardeur qui lui révéla combien il la désirait. Les lèvres de Michelle s'entrouvrirent et un frisson de plaisir la parcourut de la tête aux pieds lorsqu'il insinua la langue dans sa bouche. Passant les bras autour de sa taille, elle se mit à effleurer ses muscles durs du bout des doigts, en même temps qu'elle frottait ses hanches contre lui. Elle le sentit frémir.

Leur baiser se prolongea jusqu'à ce qu'elle s'agrippe à lui, tremblante de désir. La faiblesse qu'elle éprouvait l'effrayait ; jamais elle n'avait été emportée par une telle passion auparavant ni connu cette envie folle de s'accrocher à un homme et de ne plus jamais le lâcher. Elle l'aimait de toutes les fibres de son être.

Tous deux haletaient lorsqu'il releva la tête. À la vue des larmes dans ses yeux, il se figea aussitôt.

— Michelle, vous voulez que j'arrête ?

— Je mourrai si jamais vous faites ça, protesta-t-elle avec un signe de dénégation énergique.

— Alors pas question, répliqua-t-il d'une voix bourrue.

Elle tira sur son jean en essayant sans succès de le descendre sur ses hanches.

— Doucement, trésor. Nous avons toute la nuit devant nous.

Là était bien le problème. Elle voulait plus d'une nuit avec lui. Elle le voulait pour toujours, même si elle avait conscience de réclamer l'impossible. Elle décida donc de prendre ce qu'il lui offrait et de chérir les moments qu'ils passeraient ensemble. Elle l'aimerait comme aucune autre – de tout son cœur, de toute son âme. Et une fois parti, il ne réussirait jamais à l'oublier.

Ils s'embrassèrent de nouveau longuement, avec une fougue qui attisa davantage encore leur désir. Puis Theo relâcha son étreinte, recula et ôta son jean. Le cœur de Michelle fit un bond dans sa poitrine à la vue de son corps nu, superbe, parfaitement proportionné. Et en pleine érection.

Dans le clair de lune, la peau de Theo se parait de reflets dorés. Michelle s'apprêtait à abaisser les bretelles de sa nuisette quand il l'en empêcha.

— Attends.

Lentement, il la lui enleva et la laissa tomber par terre.

— J'ai tellement fantasmé sur toi, murmura-t-il. Tu es encore plus belle que je l'avais imaginé. Et te serrer contre moi, ça aussi, c'est encore mieux.

— Décris-moi ton fantasme et je te décrirai le mien.

— Non, je préfère te montrer.

Son torse velu la chatouillait. Elle en éprouvait un tel plaisir qu'elle se frotta contre lui et se plaça de façon à chevaucher son sexe dressé. Il lui paraissait si bon, si normal d'être tenue ainsi.

— Dans l'un de mes fantasmes, je fais ça.

Il la souleva dans ses bras et la porta jusqu'au lit, où il s'allongea aussitôt sur elle, après lui avoir écarté les jambes. Il l'embrassa alors, encore et encore, sans rien précipiter, jusqu'à ce qu'elle se presse de nouveau contre lui.

Puis il roula sur le côté et sa main effleura son ventre.

— Et ensuite ça.

Ses doigts tracèrent des cercles autour de son nombril, avant de s'aventurer plus bas.

— Non, murmura Michelle, pantelante.

— Tu n'aimes pas ?

— Au contraire… mais si tu t'arrêtes, je vais…

Elle ne put continuer. Ses derniers lambeaux de raison l'abandonnèrent tandis qu'il la caressait, la titillait, l'excitait. Il inclina la tête et embrassa la douce vallée entre ses seins.

— Dans mon rêve favori, tu adores ça.

Sa bouche se posa sur chacun de ses mamelons, qu'il caressa du bout de la langue, tant et tant qu'elle se cambra de plaisir et lui enfonça ses ongles dans les épaules. Elle tenta à plusieurs reprises de le repousser pour lui infliger à son tour la même délicieuse torture, mais il refusa de bouger.

Dans son fantasme, lui expliqua-t-il, elle jouissait avant lui. De ses lèvres, il étouffa toute protestation et, lentement, continua à la dévorer de baisers, embrassant son ventre, taquinant son nombril, avant de plonger plus bas encore, entre ses cuisses.

Un feu ardent la consumait. Sa jouissance fut si intense qu'elle gémit en s'abandonnant sans réserve.

Theo l'émerveillait par sa douceur, son attention. Puis il recommença à la tourmenter et attisa une nouvelle fois son désir. Il s'interrompit cependant juste comme elle parvenait au bord de l'extase.

— Attends, je reviens tout de suite.

— Non, ne t'arrête pas...

— Il faut que je te protège, lui expliqua-t-il en l'embrassant.

Il sortit. Michelle ferma les yeux. Elle se sentait comme brûlante de fièvre et pourtant, privée de la chaleur de son corps, elle frissonna. Au moment où elle tendait le bras pour remonter les couvertures, Theo la rejoignit sur le lit et s'allongea sur elle. Son absence lui semblait avoir duré une éternité.

— Alors, où en étais-je ?

Elle s'étonna d'un tel calme et d'une telle maîtrise de soi. Puis elle remarqua la sueur qui perlait à son front. Le regard embrumé par la passion, il serrait les dents. Elle comprit à cet instant l'effort qu'il avait dû fournir rien que pour elle.

Ses mains s'attardèrent de nouveau entre ses jambes. Elle tenta cette fois de résister jusqu'à ce qu'il perde tout contrôle, mais il était plus fort qu'elle. Il avait cessé d'être doux – ce qui ne la dérangeait pas, bien au contraire. Parcourue par une vague de plaisir, elle enroula ses bras autour de lui alors qu'il lui écartait les jambes et soulevait ses hanches pour la pénétrer.

Theo laissa retomber sa tête sur l'épaule de la jeune femme. Les yeux fermés, comme en signe de reddition, il grogna de contentement.

— Je peux faire durer le plaisir, articula-t-il en la forçant à rester immobile... si tu... m'aides.

Elle lui sourit. Si adorable qu'il fût, elle n'entendait pas lui obéir.

— Non... Oh, s'il te plaît, attends un peu...

Michelle s'arc-bouta de nouveau contre lui, avec une vigueur accrue cette fois, pour l'accueillir plus profondément en elle. Il ne put se retenir plus longtemps – le besoin devenait irrépressible. Il donna un premier coup de reins, puis un autre, un autre, et encore un autre.

Theo voulut lui dire combien il la trouvait belle et merveilleuse mais n'y parvint pas tant il était submergé de plaisir. Michelle l'empêchait de ralentir le rythme et il ne l'en aimait que davantage. Serré entre ses bras, il s'enfonça une dernière fois en elle en laissant échapper un formidable cri de jouissance.

Il eut le sentiment de mourir, puis de renaître à la vie. Jamais il n'avait connu un tel orgasme auparavant. Bien que s'abandonner complètement ne fût pas dans ses habitudes, il n'avait pu faire autrement avec Michelle.

Il leur fallut de longues minutes à tous deux pour recouvrer leurs esprits. Il avait beau savoir qu'il l'écrasait, il ne trouvait pas la force de se détacher d'elle. De son côté, elle ne cessait de le caresser, séduite par la douceur de sa peau. Theo était tout en muscles et, pourtant, il s'était montré si délicat avec elle. Elle promena lentement ses doigts de haut en bas le long de sa colonne vertébrale.

Son cœur cognait dans sa poitrine comme s'il avait voulu en sortir. Elle rit devant l'absurdité de cette pensée.

Theo sourit en l'entendant. Il s'appuya sur ses coudes et leva la tête pour la regarder dans les yeux.

— Qu'y a-t-il de si drôle ?

— Faire l'amour avec toi me tuera. J'imagine déjà les gros titres : « Une chirurgienne rend l'âme durant ses ébats ».

— Ce n'est pas drôle, répliqua-t-il en fronçant les sourcils.

Elle lui passa les bras autour du cou et l'embrassa.

— Si, ça l'est.

— Il faut que tu restes en forme parce que nous devons remettre ça encore neuf cent quatre-vingt-dix-neuf fois et je ne veux pas que tu t'écroules avant qu'on ait terminé.

— Terminé quoi ?

Une étincelle pétilla dans le regard de Theo. Elle s'amusa par avance de sa réponse.

— De réaliser tous mes fantasmes.

Elle éclata de rire.

— Un millier ?

— Oh oui. Au moins.

— Vous avez une imagination débordante, monsieur Buchanan. Il existe des thérapies adaptées pour les gens comme vous. On appelle ça des cures de désintoxication sexuelle.

— Tu étais la seule thérapie dont j'avais besoin, répliqua-t-il.

— Ravie d'avoir pu t'être utile.

— Et toi, Michelle ? Tu n'as pas de fantasmes ?

— Si, mais les miens ne sont pas aussi originaux. En fait, c'est toujours le même qui revient.

Il enfouit sa tête dans le creux de son cou.

— Dis-moi lequel.

— C'est une sorte de variation de ce qui vient de se passer, répondit-elle doucement. Seulement, dans mon rêve…

Il releva la tête.

— Eh bien ?

— Je te prends dans mes bras et je te jette sur le lit.

Il rit à son tour.

— Je pèse au moins cent kilos de plus que toi, exagéra-t-il.

— Nous autres, chirurgiens, développons une puissance musculaire impressionnante à force de sectionner des côtes et de scier des os, le taquina-t-elle.

— Très bien, je n'ai rien contre. Si tu veux me soulever…

Il s'interrompit lorsqu'elle secoua la tête.

— J'attraperais un lumbago, expliqua-t-elle. Je t'ai juste raconté ça afin que tu saches…

— Quoi ?

— Que ce ne sera pas toujours toi qui mèneras le jeu.

— En d'autres termes ?

— À mon tour de te faire perdre la tête.

— On verra. (Il déposa un rapide baiser sur ses lèvres, puis se leva et la prit dans ses bras.) Je n'en peux plus ! annonça-t-il.

— Déjà ?

Michelle lui passa la main dans les cheveux en essayant d'y remettre un peu d'ordre.

— Tu m'as mal compris, mais si tu insistes…

— Où va-t-on ?

— Je n'en peux plus de cette chaleur. Allons prendre une douche.

Elle éprouvait un tel bien-être à présent qu'elle aurait accepté n'importe quoi.

— Je te savonnerai le dos et tu savonneras le mien.

— Non, je te frotterai le ventre et tu…

Elle lui posa un doigt sur la bouche.

— Je n'ai pas besoin d'un dessin.

Dix minutes plus tard, ils avaient fini de se laver. Bien que devenue froide, l'eau n'avait en rien apaisé leur fièvre. Comme possédée par un démon espiègle, Michelle se haussa sur la pointe des pieds et lui murmura son fantasme à l'oreille. Elle n'omit aucun détail, si bien que, quand elle eut terminé, Theo s'étonna de tenir encore d'aplomb sur ses jambes.

Elle le repoussa ensuite contre le mur carrelé et, lentement, entreprit d'embraser ses sens en se baissant peu à peu pour dévorer tout son corps de baisers humides et brûlants.

Il n'eut pas la force de la porter jusque dans sa chambre. Ils se séchèrent tant bien que mal sans relâcher leur étreinte puis, épuisés, s'affalèrent sur le lit. Theo roula sur le dos tandis qu'elle s'appuyait sur un coude pour effleurer du doigt la petite cicatrice laissée par son appendicite.

Elle pencha la tête et l'embrassa doucement. Les yeux fermés, il sourit.

— Tu fais ça à tous tes patients ?

— Embrasser leur cicatrice ?

— Mm-mm.

— Absolument. J'y suis obligée.

— Et pourquoi donc ? demanda-t-il en bâillant.

— C'est un des engagements compris dans mon serment. Guérir et embrasser les blessures.

Elle tira le drap à elle et s'allongea. Alors qu'elle sombrait dans un profond sommeil, Theo la secoua.

— Michelle ?

— Hmm ?

— J'ai trouvé ton plus bel atout.

— Qu'est-ce que c'est ? s'enquit-elle d'une voix endormie.

Il baissa le drap et posa la main sur sa poitrine. Si elle n'avait pas été si fatiguée, elle lui aurait demandé de lui expliquer pourquoi les hommes étaient si obsédés par cet attribut féminin, mais elle prit soudain conscience de l'endroit qu'il avait choisi et des larmes lui montèrent aux yeux. Comment ne pas aimer cet homme ?

Il avait posé la main sur son cœur.

28

Michelle ne se réveilla qu'à dix heures et quart le lendemain matin. Après s'être étirée, elle roula sur le ventre, serra contre elle l'oreiller de Theo et referma les yeux en pensant à la nuit qu'ils avaient passée ensemble. Tandis que son esprit vagabondait, les brumes du sommeil se dissipèrent et la réalité se rappela à elle. Il était dix heures et quart et elle aurait dû rejoindre ses amies au dispensaire à huit heures. Mary Ann allait l'étrangler. L'attendait-elle dans sa voiture ? Non, voyons. Elle serait venue la chercher chez elle.

Vingt minutes plus tard, vêtue d'un short kaki et d'un chemisier bleu sans manches, Michelle était prête à partir. Elle enfila une paire de socquettes et une basket, descendit en hâte les escaliers, puis s'arrêta dans la buanderie afin de chausser sa deuxième basket en prenant appui contre le lave-linge.

Elle se mit ensuite en quête de Theo et finit par le trouver dans la bibliothèque, où il avait pris place dans son fauteuil en cuir pour téléphoner. Perché à ses côtés sur le bord du bureau, Noah sourit lorsqu'elle entra dans la pièce.

— Bonjour.

— Bonjour, répondit-elle.

Elle s'assit sur le canapé et se pencha pour nouer ses lacets. Du coin de l'œil, elle vit Theo raccrocher, mais elle éprouvait quelque difficulté à le regarder en face, tant le souvenir de ce qu'ils avaient vécu durant la nuit était encore vivace dans son esprit.

Sa gêne s'expliquait sûrement par la présence de Noah, pensa-t-elle.

— Bien dormi ? s'enquit Theo.

— Oui, sauf que je devrais être partie depuis belle lurette.

Elle ne parvenait pas à dénouer un nœud dans ses lacets et savait que cela était dû à sa nervosité. *Respire*, se dit-elle. *Tu es une adulte, alors agis en conséquence.*

— Mary Ann…, commença-t-elle.

— … est déjà là-bas. Noah leur a ouvert, à elle et son amie. Elles sont passées voir si tu étais chez toi vers huit heures et demie.

Michelle réussit enfin à démêler le nœud et laça vite sa basket. Elle n'entendit pas Theo s'approcher mais, soudain, constata qu'il se tenait devant elle. Son lacet gauche étant défait, elle se pencha sans même réfléchir et le lui attacha avant de se relever.

Theo n'entendait pas la laisser l'ignorer une minute de plus. Il lui passa la main sous le menton pour l'obliger à le regarder, puis baissa la tête et l'embrassa. Avoir Noah pour témoin ne paraissait pas le déranger. Il prit son temps et, sans trop d'effort, l'amena à lui retourner son baiser.

Noah se redressa en silence et quitta la pièce.

— Envie d'un câlin ? murmura Theo en l'enlaçant.

— Nous en avons déjà fait plusieurs cette nuit, il me semble.

— Rien ne nous empêche de recommencer. Et puis on s'est juste échauffés. (Elle essaya de se dégager, mais il resserra son étreinte.) Michelle, tu n'es pas embarrassée par ce qui s'est passé cette nuit, n'est-ce pas ?

Elle leva aussitôt la tête et vit combien il avait l'air inquiet.

— Je suis médecin, Theo. Rien ne peut m'embarrasser.

Sur ces mots, elle l'embrassa avec fougue. Sa langue joua avec la sienne, tant et si bien que, lorsqu'elle recula, elle remarqua avec plaisir qu'il la dévorait de nouveau des yeux avec une envie évidente de la déshabiller.

— J'ai du travail, lui rappela-t-elle en s'arrachant à ses bras.

— En fait, pas du tout. Mary Ann m'a assuré qu'elle et Cindy – je crois que c'est le prénom de ton autre amie – rangeraient tes dossiers bien plus vite si tu ne t'en mêlais pas. Je suis censé t'occuper.

— Elle n'a pas osé…

— Si. Elle a dit que tu pinaillais trop et que tu critiquais toujours tout. Je cite ses propres termes. Ton père a appelé pour te prévenir que John Paul a sorti tes meubles. Il va réparer ce qu'il pourra.

— Il n'a pas pu porter mon bureau ni mon canapé à lui tout seul.

— Un certain Artie l'a aidé. Alors comme ça, rien ne peut t'embarrasser ?

— Rien, mentit-elle.

— Alors pourquoi avais-tu l'air gêné quand je t'ai embrassée ?

Michelle se dirigea vers la cuisine, Theo sur ses talons.

— Je pensais à Noah. Je ne voulais pas le mettre mal à l'aise.

Theo trouva cette idée hilarante. Noah l'entendit rire et glissa la tête dans l'entrebâillement de la porte.

— Qu'y a-t-il de si drôle ?

— Rien, répondit Michelle en passant devant lui.

Elle ouvrit le frigo pour y chercher un coca light et marqua un temps d'arrêt. Les clayettes, presque vides la veille au soir, débordaient à présent de nourriture et de boissons. Elle dénicha une canette tout au fond et ferma la porte. Puis elle la rouvrit pour vérifier qu'elle n'avait pas rêvé. À la vue des plaquettes de beurre non allégé, elle devina qui avait regarni le frigo.

— Noah n'a aucune idée de ce qu'être embarrassé veut dire. Pas vrai ? lança Theo à son ami.

— Embarrassé à quel propos ?

— Le sexe. Tu sais ce que c'est, je crois ?

— Bien sûr. J'ai lu un bouquin sur le sujet un jour. J'envisage même de passer à la pratique un de ces quatre.

Tous deux prenaient un malin plaisir à la taquiner. Michelle s'installa à table et, à cet instant seulement, remarqua l'énorme génoise au chocolat qui trônait sur le plan de travail de la cuisine. Noah attrapa un torchon et alla soulever le couvercle d'une grosse marmite qui mijotait sur le feu. L'odeur épicée du gombo se répandit dans la pièce.

— Quand avez-vous eu le temps de cuisiner ça ? s'étonna-t-il. Ça sent rudement bon.

Impossible de se rappeler les consignes de son père. Devait-elle prétendre avoir préparé le gâteau ou le gombo ? Noah lui demanda ensuite si elle voulait une tranche de pain maison. La miche était posée sur du papier sulfurisé, près de l'évier.

— Il y a une carte avec le gombo ?

— Je n'en ai pas vu, répondit-il.

— Alors c'est moi qui l'ai fait, mentit-elle en souriant.

Theo sortit le lait du frigo et l'apporta sur la table.

— Tu as été très occupée cette nuit. Et le gâteau, on te le doit aussi ?

— Il y a une carte à côté ?

Michelle se sentait à présent très stupide.

— Aucune.

— Alors je suppose que oui.

— Et le pain ?

— Pas de carte non plus ? hasarda-t-elle en essayant de garder son sérieux.

— Non.

— J'adore préparer du pain en pleine nuit, c'est tout.

Theo posa devant elle une boîte de Frosties, une autre de corn flakes aux raisins secs ainsi que des barres de céréales. Assuré ainsi qu'elle avait le choix, il alla lui chercher une cuiller.

— Donc, la dame qui s'est faufilée par la porte de derrière avec le pain ne racontait pas de bobards quand elle a affirmé que tu l'avais fait chez elle cette nuit et que tu l'avais oublié en partant ?

Michelle ne se souciait plus guère de paraître ridicule à présent. Où étaient passées toutes ces stupides cartes ? Son père avait-il changé de stratégie sans penser à l'en avertir ? Qu'était-elle supposée répondre à présent ? Si elle avouait la vérité, il en conclurait qu'elle refusait de défendre la cause sacrée : retenir Theo à Bowen.

— Exact, répliqua-t-elle, décidée à ce que son père ne puisse l'accuser de ne pas coopérer. Juste après que tu t'es endormi, je suis descendue au rez-de-chaussée, j'ai cuisiné le gombo et le gâteau. Ensuite, je suis partie en voiture chez…

Elle s'interrompit soudain. Theo n'avait pas mentionné le nom de la femme venue déposer le pain, et elle ne se rappelait plus à qui Big Daddy avait assigné cette tâche.

— … chez une amie, improvisa-t-elle rapidement, et là, j'ai préparé quelques miches.

— N'oublie pas les courses à l'épicerie.

— Pardon ? Ah oui, je me suis arrêtée à l'épicerie en passant.

Theo s'installa à califourchon sur la chaise en face d'elle.

— C'est ta version des faits, alors ? s'enquit-il, les bras appuyés sur le dossier.

Un sourire se dessina sur les lèvres de Michelle.

— À moins que vous trouviez quelques cartes de bienvenue. Dans ce cas-là, elle changera.

— Remercie Jake de ma part.

— Le remercier pour quoi ? s'enquit-elle d'un air innocent.

— Hé, Mike, vous voulez du gombo ? lui demanda Noah en même temps qu'il farfouillait dans ses tiroirs à la recherche d'une louche.

— Au petit déjeuner ? Je préfère m'en tenir à une barre de céréales.

— Et toi, Theo ?

— Et comment ! Tu sais ce qui se marie très bien avec le gombo ? Les chips.

— Désolée, intervint Michelle, je n'en ai pas. De toute façon, ce n'est pas bon pour vous. Trop de sodium.

— Il y en a autant dans le gombo, rétorqua Noah.

— Et je te rappelle que tu as des chips, renchérit Theo. Deux énormes paquets, et de la meilleure qualité. Pas ces trucs sans matière grasse qui donnent l'impression de mâcher du carton. Tu as déjà oublié que tu les as achetées à l'épicerie hier ?

— On dirait bien.

— Vous savez ce qui accompagne très bien le gombo et les chips ? poursuivit Noah.

— Quoi donc ? demanda Theo.

— Une bonne bière fraîche.

— Excellente idée.

Theo se leva et se dirigea vers le frigo. Michelle secoua la tête.

— Du gombo, des chips et une bière à dix heures et demie du matin ?

— Il est onze heures et on est debout depuis longtemps. Ne fais pas cette tête, trésor. Laisse-toi corrompre et mange avec nous.

— Elle ne jure que par la diététique ? s'enquit Noah.

— J'en ai bien peur. Elle suit à la lettre le credo : « Si quelque chose a bon goût, crache-le. »

— Quand vous subirez vos quadruples pontages coronariens, on en reparlera, leur lança Michelle.

Noah changea alors de sujet :

— J'ai parlé au Dr Robinson, l'informa-t-il.

Il avait déniché une louche et servait le gombo dans deux bols. Theo, quant à lui, avait déjà attrapé l'un des paquets de chips, qu'il s'employait à ouvrir.

— Et ?

Noah plaça les bols sur la table, sortit deux cuillers puis s'assit.

— Seuls deux hommes lui ont causé de sérieux problèmes et je me renseigne à leur sujet. L'un d'eux est un vieux du nom de George Everett. Vous le connaissez, Mike ?

— Non.

— Everett a refusé de payer ses consultations sous prétexte que Robinson ne l'avait pas guéri de ses maux d'estomac. Il buvait trop, et ça aussi il le lui a reproché en lui expliquant qu'il ne se soûlerait pas tous les soirs s'il ne souffrait pas autant. Pour finir, Robinson s'est adressé à une société de recouvrement, ce qu'Everett n'a pas du tout apprécié. Il a vu rouge et l'a menacé au téléphone.

— Et le deuxième homme ? demanda Theo.

— Il a prétendu s'appeler John Thompson, mais je doute que ce soit son vrai nom. Il n'a consulté Robinson qu'une fois, un jour ou deux seulement avant que celui-ci ferme son cabinet et envoie ses dossiers à Mike. Thompson est un toxicomane de La Nouvelle-Orléans. À mon avis, il a fait tout le chemin jusqu'à Bowen dans l'espoir que les toubibs du coin se montreraient plus laxistes. Il a déclaré à Robinson qu'il ressentait une douleur terrible dans le dos et qu'il lui fallait une ordonnance pour des analgésiques. Il voulait des produits fortement dosés qu'il semblait bien connaître. Quand le médecin a refusé, il a pété les plombs et l'a menacé.

— Est-ce que Robinson a signalé l'incident à la police ?

Noah but une gorgée de bière avant de répondre.

— Il aurait dû, mais ne s'en est pas donné la peine, vu qu'il quittait Bowen. Il préférait s'épargner ce genre de corvée. Enfin, d'après ce qu'il m'a raconté.

— Je parie que Thompson a tenté sa chance auprès des autres praticiens de St Claire, fit Michelle.

— J'ai eu la même idée, alors j'ai mené ma petite enquête. J'adore tirer les médecins du lit tôt le matin, précisa Noah avec un large sourire. En tout cas, si Thompson est allé les voir, il s'est servi d'un autre nom. Aucun d'eux ne se souvient de lui.

— En d'autres termes, on aboutit à une impasse, conclut Theo.

— Je pense qu'il est temps pour vous deux de clore ce dossier, décréta Michelle. Arrêtez de vous inquiéter. Je vais nettoyer mon dispensaire, faire installer des serrures plus solides sur les portes et les fenêtres et passer à autre chose. Je vous suggère de suivre mon exemple.

Comme aucun d'eux ne protestait, elle les supposa trop bornés pour admettre qu'elle avait raison.

— Il va pleuvoir, enchaîna Theo avant de goûter au gombo.

— Le soleil brille pourtant, objecta Noah.

— Peut-être, mais j'ai mal au genou. Donc il va pleuvoir. Et mon épaule me lance aussi.

Son ami éclata de rire.

— Vous faites vraiment la paire tous les deux. Un hypocondriaque et un médecin. J'imagine mal un couple mieux assorti.

— Je ne suis pas médecin, commenta sèchement Theo.

Noah ignora cette fine plaisanterie.

— Mike, vous êtes déjà allée à Boston ?

— Non, jamais.

— Vous aimerez cette ville.

Michelle réfléchit quelques instants à sa remarque.

— J'en suis persuadée, si j'ai l'occasion de m'y rendre un jour pour un congrès médical ou pour y passer des vacances.

Le regard de Noah se posa tour à tour sur Theo et sur la jeune femme. Elle lui avait paru sur la défensive mais il lut de la tristesse dans ses yeux. Elle baissait les bras avant même que leur histoire ait commencé, en conclut-il. La réaction de Theo lui sembla tout aussi intéressante. Son corps s'était crispé.

— C'est donc une aventure sans lendemain ?

— Plus ou moins, répondit Michelle.

— Fiche-nous la paix, Noah.

Il acquiesça d'un signe de tête et changea de sujet :

— Dites-moi, le tournoi sera maintenu s'il pleut samedi ?

— La pêche est meilleure quand il pleut, affirma Michelle.

— Qui a décrété ça ?

— John Paul.

— Est-ce que je ferai un jour la connaissance de ton frère ? demanda Theo.

— J'en doute. Tu pars lundi, rappelle-toi.

Michelle ne cessait de remuer le couteau dans la plaie. Il ne s'était pourtant pas joué d'elle. Depuis le début, elle savait qu'il quitterait Bowen. Alors pourquoi se sentait-elle aussi accablée ?

— Tu verras son frère au Swan vendredi, jeta Noah. Jake m'a dit qu'il y officiait en tant que barman et videur le week-end.

— Mon père sait qu'il ne se montrera pas cette fois. À l'heure qu'il est, John Paul doit avoir appris pour qui vous travaillez tous les deux. Il se tiendra à l'écart.

— Il ne serait pas recherché par la police par hasard ?

— Non. Bien sûr que non.

— Alors qu'est-ce qu'il a contre le FBI ? l'interrogea Theo.

— Tu n'as qu'à lui poser la question.

— Pour cela, il faudrait d'abord que je le rencontre.

— Mon frère est quelqu'un de très réservé, repartit-elle, sur la défensive. Quand il le décidera, il saura où vous trouver. Et vous ne le verrez pas venir. Maintenant, si vous voulez bien m'excuser, j'ai du travail.

Elle se leva, jeta sa canette vide dans la poubelle et commença à rassembler la vaisselle sale, aussitôt aidée par Theo. Il remplissait l'évier quand la sonnette de la porte d'entrée retentit. Noah alla ouvrir.

Michelle mit les bols dans l'eau. Elle se tournait vers la table lorsque Theo l'attrapa par la taille, se pencha et l'embrassa dans le cou.

— Qu'est-ce qui ne va pas ?

Elle n'était pas assez mondaine pour lui jouer la comédie ou inventer un bon mensonge, aussi lui avoua-t-elle simplement la vérité.

— Tu me compliques la vie.

Il l'obligea à lui faire face. Elle recula, mais il la suivit jusqu'à la plaquer contre l'évier.

— Tu ne regrettes pas…

— Non, murmura-t-elle. C'était merveilleux. (Incapable de le regarder droit dans les yeux, elle fixa son menton afin de mieux se concentrer sur ce qu'elle voulait lui dire.) Nous sommes des adultes normalement constitués, avec des pulsions saines, et bien sûr…

— Des adultes normalement constitués ? Des pulsions saines ?

— Ne te moque pas de moi. Ces pulsions…

— Oui, je me souviens d'elles.

— Nous ne pouvons pas continuer à céder à ces…

— Pulsions ? avança-t-il lorsqu'elle se tut.

Michelle sourit en dépit de sa frustration.

— Ça t'amuse.

— En effet.

Elle le repoussa.

— Je n'ai pas envie que tu me brises le cœur, Theo. Va jouer avec les filles de la ville.

— Les filles de la ville ? s'esclaffa-t-il.

— Tu veux bien être sérieux ? J'essaie de t'expliquer que nous n'avons pas d'avenir ensemble et que tu ferais mieux de me laisser tranquille.

Il posa les mains de chaque côté de son visage et l'embrassa passionnément. Quand il se redressa, il vit des larmes briller dans ses yeux.

— Tu ne vas pas pleurer ?

— Non, répondit-elle avec force.

— Ah bon, parce que j'aurais juré que si il y a à peine deux secondes.

— Je ne t'imaginais pas aussi insensible. J'essaie de te dire d'arrêter...

Theo secoua lentement la tête en signe de refus.

— Non ? s'exclama-t-elle, incrédule. Pourquoi ?

Sa bouche effleura la sienne en un léger baiser.

— Tu es une fille intelligente. À toi de deviner.

Noah les interrompit en surgissant à cet instant. Il avait une grosse boîte FedEx coincée sous le bras et portait une énorme casserole couverte de papier d'aluminium.

— Theo, attrape cette boîte, tu veux ? Je l'ai trouvée appuyée contre la porte quand j'ai ouvert. Une dame attendait derrière avec du poulet frit cajun. Elle me l'a donné et a décampé avant que j'aie le temps de la remercier. On aurait dit une boule de nerfs.

— Elle s'est présentée ?

— Molly Beaumont, répondit-il en se débarrassant de son fardeau sur la table et en commençant à ôter le papier d'alu. Mmm, ça sent bon.

— Y avait-il une carte pour Theo avec le poulet ?

— Non. Elle a précisé que vous l'aviez cuisiné, mais que la casserole lui appartenait et qu'elle voulait la récupérer.

Theo s'était rassis pour ouvrir le colis. Noah prit une cuisse de poulet et mordit dedans à belles dents avant de lui envoyer un coup de coude.

— Tu sais ce qu'elle a ajouté ?

— Quoi ?

— « Saluez le coach Buchanan de ma part. » T'entends ça, Theo ? Elle t'a appelé Coach.

— Oui, je suis au courant. Tout le monde m'appelle comme ça à Bowen.

— Vraiment ? Je serais curieux de savoir pourquoi.

Theo ne lui prêtait aucune attention. Il finit d'ouvrir le paquet et laissa échapper un sifflement.

— Nick a trouvé ce que je lui avais demandé, dit-il. Mes manuels de sport.

Il en prit un qu'il se mit à feuilleter.

— Des manuels sur le foot ? s'enquit Noah, la bouche pleine.

— Je t'expliquerai plus tard. Michelle, tu n'as qu'à partir avec Noah. Il passera la journée avec toi.

— Il ne va tout de même pas perdre son après-midi…

— Il t'accompagnera, trancha Theo.

— Pendant que vos amies et vous rangerez les dossiers, je commencerai à nettoyer le bureau, proposa Noah. Si j'ai le temps, je passerai une couche de peinture sur les murs.

— J'en serais ravie, mais…

— Ne discute pas, la coupa Theo.

— D'accord, obtempéra-t-elle. J'apprécie votre aide, Noah.

Elle se tourna ensuite vers Theo et l'interrogea sur son programme de la journée.

— J'ai rendez-vous avec les Carson et leur avocat à une heure. Il faut que j'en finisse rapidement avec eux parce que j'ai promis à Conrad de me pointer à l'entraînement à trois heures. Si vous avez besoin de faire une pause, Noah et toi, passez nous voir.

— Le principal du lycée a proposé à Theo de l'embaucher, expliqua Michelle à Noah avec un sourire. Il n'a pas encore signé.

— C'est une blague, n'est-ce pas ?

— Je crois que Theo veut négocier un meilleur salaire.

Persuadé que tous deux le menaient en bateau, Noah attendit le fin mot de l'histoire.

— OK, acquiesça-t-il enfin. On fera un saut au stade. Quand se termine l'entraînement ? Je me suis engagé à filer un coup de main au bar aujourd'hui et il faut que je sois là-bas à cinq heures.

— Tu n'avais pas rendez-vous avec Mary Ann ce soir ? lui rappela Theo.

— Avec Mary Ann ? s'étonna Michelle.

Noah haussa les épaules.

— Elle m'a proposé de la rejoindre quelque part après que le mari de son amie sera venu la chercher au dispensaire. Je lui ai dit de passer au Swan et si je ne suis pas trop débordé…

— Elle vous a demandé de sortir avec elle ? l'interrompit-elle, très surprise.

— Oui. Pourquoi ? C'est si difficile à croire ? Je suis un chouette type.

— Je ne prétendais pas le contraire. C'est juste qu'elle est… et vous êtes… Enfin, vous êtes…

Son embarras amusait beaucoup Noah.

— Je suis très quoi ?

Le mot « expérimenté » lui vint à l'esprit, en même temps qu'une douzaine d'autres. Noah était le genre d'homme qui croquait des femmes comme Mary Ann au petit déjeuner. Michelle songea soudain qu'elle se trompait peut-être sur son compte.

— Vous êtes…

— Oui ?

— Ta copine a flashé sur lui, intervint Theo.

— Exact, fit Noah.

— C'est incroyable ! lâcha-t-elle, exaspérée. Parce que Mary Ann s'est montrée amicale avec lui, tu en déduis aussitôt qu'elle a flashé sur lui ?

Theo sourit.

— Je ne tire aucune conclusion hâtive, je t'assure. Mary Ann m'a déclaré elle-même, je la cite : « Hé, Theo, je flashe complètement sur Noah. Il est marié ? »

Noah approuva d'un signe de tête.

— Voilà à peu près comment ça s'est passé.

Le plus triste était qu'il n'inventait probablement rien, Mary Ann ayant la fâcheuse habitude d'exprimer tout ce qu'elle pensait. Michelle ne put s'empêcher de rire.

— Nous devons aller au dispensaire, reprit-elle.

— Juste une minute, la pria Noah en tournant les pages d'un manuel. Theo, jette un œil à la page cinquante-trois. Tu te souviens…

— Theodore, ôte-lui ce livre des mains et fais-le bouger tout de suite !

Appeler Theo par son vrai prénom s'avéra très efficace. Il s'empara du manuel et se leva aussitôt, ce qui ne manqua pas d'impressionner Noah.

— On dirait un sergent instructeur, remarqua celui-ci en observant Michelle qui tapait du pied avec impatience sur le seuil.

— Quand la situation l'exige, elle n'est vraiment pas commode, répliqua Theo comme s'il s'agissait d'un compliment.

— C'est une qualité indéniable.

— Elle ne se laisse pas marcher sur les pieds et ne cède jamais. J'aime ça. Et devine ce qu'elle sait faire d'autre ? Les légumes, ajouta-t-il en traversant le salon pour gagner la porte d'entrée.

— Tu as bien prononcé le mot « légumes » ? demanda Noah, certain d'avoir mal entendu.

— Oui. Il faudrait que tu la voies en couper. Tu n'en reviendrais pas. On pourrait mettre ça en musique.

Noah suivit Theo à l'extérieur.

— Qu'est-ce que ça veut dire ?

— Elle est si… précise.

Noah éclata de rire.

— Eh bien !

— Quoi ?

— Tu l'as vraiment dans la peau.

29

Noah et Michelle n'eurent pas le temps de se rendre à l'entraînement – il y avait tout simplement trop à faire au dispensaire. La
jeune femme fut épatée par ses amies. Ces dernières ramassèrent les
dossiers et les rangèrent par ordre alphabétique dans des boîtes
afin qu'elle n'ait plus qu'à les placer dans les tiroirs lorsque les
nouveaux meubles arriveraient. Theo la ramena ensuite chez elle
pendant que Noah retournait à son motel prendre une douche et se
changer avant de filer au Swan.

Michelle éprouvait des remords à l'idée qu'aucun des deux
hommes n'était allé pêcher. Elle en fit la remarque à Theo, qui lui
répondit de ne pas s'inquiéter. Il passerait le samedi suivant dans
un bateau du lever jusqu'au coucher du soleil et, de toute façon, la
perspective d'une telle journée lui procurait presque autant de
plaisir que la pêche elle-même. Il énuméra rapidement tout ce qu'il
leur faudrait emporter dans la glacière. Comme les scouts, il tenait
à bien se préparer, et rien n'aurait pu lui arriver de pire que de se
retrouver à court de sandwiches et de bière.

Theo se gara devant la maison de Michelle. Tous deux sortaient
à peine de la voiture lorsque Elena Miller les rejoignit dans sa
petite berline et klaxonna pour attirer leur attention.

— Docteur Mike, la héla-t-elle en faisant le tour de son véhicule.
Vous voulez bien demander à votre jeune ami de porter ce carton ?

— Qu'y a-t-il dedans ?

— Vous n'avez pas eu mon message ? Je vous ai appelée de
l'hôpital et j'ai laissé un mot sur votre répondeur.

— Comme vous le voyez, je rentre à l'instant, Elena.

— J'en ai assez de vous et de tous ces médecins qui mettent mes urgences dans un désordre pas possible ! Cette boîte est remplie de lettres qui traînaient partout, l'informa-t-elle en s'aidant des deux mains pour atteindre le siège arrière de sa voiture. J'ai commencé par vous, et lundi prochain je m'attaquerai au bazar du Dr Landusky.

Michelle présenta la secrétaire furibonde à Theo et lui expliqua que celle-ci s'efforçait d'apporter un peu d'ordre aux urgences.

— Pourquoi vous ne faites pas expédier vos revues à votre dispensaire, docteur ? Cela m'aiderait beaucoup si vous emportiez votre courrier chez vous tous les soirs. Est-ce trop demander ?

— Non, bien sûr, répondit Michelle, comme une écolière prise en faute. (Theo ayant débarrassé Elena de son fardeau, elle découvrit alors la pile de magazines que renfermait celui-ci.) Pourquoi n'avez-vous pas laissé ces revues dans la salle de repos des médecins ?

Elena claqua la portière arrière de sa voiture et retourna s'installer au volant.

— Parce que je viens juste de finir de la ranger, répliqua-t-elle. Vous autres médecins…

Elle effectua sa marche arrière sans terminer sa phrase.

— J'essaierai de faire un effort, lui lança Michelle.

Apaisée, la secrétaire agita la main en signe d'au revoir avant d'accélérer.

— Elena me rappelle quelqu'un, remarqua Theo en portant le carton dans la bibliothèque.

Lorsqu'il l'eut posé sur le bureau, Michelle le poussa légèrement afin d'en inspecter le contenu. Il y avait là plusieurs magazines, des colis provenant de deux sociétés pharmaceutiques et un tas de plis sans intérêt.

Aucune de ces enveloppes ne réclamait son attention immédiate, aussi les remit-elle à l'intérieur de la boîte.

— Qui ?

— L'acteur Gene Wilder.

— Sa permanente est ratée, c'est tout, s'amusa-t-elle.

— Au fait, où est ta glacière ?

— Dans le garage. Mais elle a besoin d'être nettoyée, l'avertit-elle en se dirigeant vers l'escalier.

— Prends ta douche la première pendant que je lui donne un coup de jet. Je me laverai après toi. Et n'utilise pas toute l'eau chaude !

Il n'était chez elle que depuis quelques jours et déjà il essayait de lui dicter sa conduite. Michelle secoua la tête en riant. C'était agréable, pensa-t-elle. L'avoir chez elle était vraiment très, très agréable.

30

Le sourd fracas du tonnerre tira Theo de son sommeil. Le bruit lui donna l'impression qu'une explosion s'était produite dans la chambre et, de fait, le lit trembla un peu. Une obscurité totale régnait à l'extérieur mais, lorsqu'il tourna la tête, il vit des éclairs zébrer le ciel.

Tandis que l'orage se déchaînait, il tenta sans succès de se rendormir : la chaleur était étouffante. Il avait beau entendre le ronronnement de l'air conditionné, celui-ci fonctionnait inutilement, la fenêtre entrouverte laissant l'air frais s'échapper au-dehors.

Michelle dormait à poings fermés, lovée contre lui, une main posée sur son ventre. Il la fit rouler doucement sur le dos, baisa son front et sourit lorsqu'elle voulut reprendre sa place. Un instant, il songea à la réveiller pour refaire l'amour – un instant seulement, car son regard se porta ensuite sur le cadran du radio-réveil, l'amenant aussitôt à changer d'avis. Les chiffres verts lumineux indiquaient trois heures du matin. La réveiller était hors de question. Elle avait besoin de repos, et lui aussi. Bien qu'ils se fussent couchés à dix heures, ils ne s'étaient pas assoupis avant minuit.

S'il voulait participer au tournoi, il lui faudrait d'abord se débarrasser des derniers problèmes en suspens. Il devait rencontrer de nouveau les Carson et leurs avocats afin de régler les détails de cette affaire et, quand il aurait fini, il donnerait un coup de main au dispensaire.

Michelle n'avait pas eu l'intention de passer toute sa journée du samedi à pêcher jusqu'à ce que Theo l'informe du pari que Noah et lui avaient engagé. Celui qui attraperait le plus de poissons verserait mille dollars au perdant.

Elle avait d'abord été horrifiée – comment pouvait-on parier autant d'argent alors que cette somme aurait pu être employée à bien meilleur escient ? Cependant, après que Theo l'eut assurée qu'il ne reculerait pas, elle avait décidé de suivre le mouvement, bien décidée qu'il gagne. Elle s'était vantée de posséder une stratégie secrète et lui avait expliqué que son père emmènerait Noah dans son coin préféré, au fond des marécages, près de la cabane de John Paul. Seulement voilà, elle connaissait un autre endroit, de l'autre côté du bayou, où les poissons étaient si nombreux et si peu farouches qu'ils sauteraient presque d'eux-mêmes dans le bateau.

Lorsqu'il s'était étonné qu'elle n'en ait jamais parlé à son père, elle avait avancé qu'elle préférait ne pas le voir s'aventurer seul là-bas, la zone étant isolée et abritant quelques prédateurs – ce qu'il avait traduit par des alligators. À défaut de le détromper ou de confirmer ses soupçons, elle avait détourné son attention en l'embrassant et en se déshabillant lentement, avant de le prendre par la main pour l'attirer vers le lit. Cette diversion avait marché à merveille.

Jusqu'à cet instant.

Il aurait peut-être intérêt à se munir du fusil à canon scié du Swan... Theo se rappela soudain qu'il voulait fermer la fenêtre à cause de la chaleur. Il se redressa, bâilla bruyamment et balança ses jambes sur le côté du lit. Ses pieds se prirent dans le drap lorsqu'il se leva. Il trébucha et heurta du genou le bouton rond en cuivre du tiroir la table de nuit, juste à l'endroit ô combien sensible sous la rotule où, il en était persuadé, convergeaient tous les nerfs de son corps. La douleur se réverbéra dans toute sa jambe, lui brûlant comme de l'acide. Il laissa échapper un juron et se rassit sur le lit en se frottant le genou.

— Theo, tout va bien ? murmura Michelle d'une voix endormie.

— Oui, ça va. Je me suis cogné contre la table de nuit. Tu as oublié de fermer la fenêtre.

— J'y vais, dit-elle en rejetant le drap.

Il la repoussa doucement.

— Rendors-toi. Je m'en occupe.

Michelle ne discuta pas. Tout en se massant la jambe, il écouta son souffle lent et régulier. Comment parvenait-elle à s'endormir aussi vite ? Puis il songea qu'il l'avait peut-être épuisée à force de lui faire l'amour, et cette pensée le réconforta. Avec un sourire ironique, il s'avoua aussi qu'elle trahissait son arrogance.

Il se leva et boita jusqu'à la fenêtre. Au moment où il l'abaissait, un éclair dans le ciel lui révéla un homme qui traversait la route en courant vers la maison.

Bon sang, mais qu'est-ce que... ? L'avait-il réellement vu ou seulement imaginé ? Le tonnerre gronda et, à la faveur d'un second éclair, il aperçut de nouveau l'intrus, tapi cette fois près du sycomore.

Theo, qui avait aussi distingué son revolver, reculait déjà quand le coup partit. Il se retourna et plongea aussitôt en avant pour se protéger, cependant que la balle fracassait la vitre en mille morceaux. Une vive douleur lui déchira le haut du bras et l'idée le traversa qu'il avait peut-être été touché. Il fonça cependant vers le lit, attrapa Michelle qui s'était redressée en sursaut et roula par terre en la serrant contre lui, en empêchant de son mieux sa tête de heurter le sol. Son bras le lança de nouveau lorsqu'il la lâcha pour vite se relever. Dans sa hâte, il renversa la lampe de chevet.

— Theo, qu'est-ce qui...

— Baisse-toi, lui ordonna-t-il. Et n'allume surtout pas.

Elle essaya de comprendre la cause de ce remue-ménage.

— La foudre est tombée sur la maison ?

— C'était un coup de feu. Quelqu'un m'a tiré dessus.

Theo ne perdit pas de temps. S'il avait laissé Michelle s'approcher de la fenêtre, elle aurait pu être tuée. Une chance qu'il ait eu les yeux fixés sur la route quand un éclair l'avait illuminée.

— Appelle la police et habille-toi, lui jeta-t-il en se précipitant vers sa chambre. Il faut qu'on sorte d'ici.

Michelle avait déjà saisi le téléphone. Elle le posa près d'elle et composa le 911, avant de coller le combiné à son oreille et de s'apercevoir que la ligne avait été coupée. Sans paniquer, elle raccrocha, prit ses vêtements sur la commode, puis courut dans le couloir.

— La ligne est coupée, cria-t-elle. Theo, que se passe-t-il ?

— Habille-toi, répéta-t-il. Vite !

Son revolver à la main, il était plaqué contre le mur près de la fenêtre. Cette fois, il ne comptait pas offrir une cible facile à ce salaud. Il écarta les rideaux du canon de son arme et scruta l'obscurité. Un deuxième coup de feu retentit à l'instant où le ciel s'éclaircit et où la pluie commença à tomber. Theo aperçut un flash rouge lorsque la balle sortit du canon. Il s'écarta et resta immobile, attentif au moindre bruit, priant pour qu'un nouvel éclair lui permette de voir si d'autres tireurs les guettaient à l'extérieur.

Le type était-il seul ? Bon Dieu, il l'espérait. S'il pouvait lui tirer dessus ne serait-ce qu'une fois, il réussirait peut-être à le neutraliser. Il n'avait jamais tué personne, ni même fait usage de son arme en dehors d'une salle de tir, mais il savait qu'il n'éprouverait aucun scrupule à le liquider.

Cinq secondes s'écoulèrent, suivies de cinq autres. Un éclair déchira enfin le ciel et, durant un bref instant, il fit aussi clair qu'en plein jour.

— Merde, marmonna-t-il en apercevant une deuxième silhouette traverser la route.

Michelle s'habillait dans la salle de bains à la lueur de la veilleuse du couloir. Celle-ci s'éteignit alors qu'elle enfilait ses baskets. L'ampoule était trop récente pour avoir grillé. Elle retourna dans sa chambre et constata que le cadran de son radio-réveil n'affichait plus l'heure. Soit la foudre avait endommagé une ligne haute tension, soit quelqu'un avait coupé le courant. Elle opta pour la solution la moins rassurante.

L'obscurité était telle à présent qu'elle ne distinguait plus rien. L'armoire à linge se trouvait juste à côté de la chambre d'amis. Elle chercha la poignée à tâtons, ouvrit et tendit le bras vers le rayon supérieur pour y prendre sa lampe torche. Ce faisant, elle renversa une boîte de pansements et une bouteille d'alcool, laquelle lui atterrit durement sur le pied. Elle s'en débarrassa en la jetant dans l'armoire, mit ensuite la main sur sa lampe et referma la porte pour ne pas se cogner dedans.

— On n'a plus d'électricité ni de téléphone, lança-t-elle à Theo après avoir glissé sur l'un des pansements qui jonchaient le sol. Que se passe-t-il ?

— Il y a deux hommes devant la maison. L'un est accroupi près de l'arbre et ne bouge pas. File-moi mon portable. Il faut qu'on demande de l'aide.

Les rideaux étant ouverts, elle n'alluma pas sa lampe, de peur qu'on l'aperçoive de l'extérieur. Elle chercha donc le téléphone à l'aveuglette sur la commode avec une nervosité croissante.

— Où est-il ?

Elle entendit alors le bruit d'un moteur au loin et courut à la fenêtre donnant sur le bayou. Le phare d'un bateau se rapprochait du ponton. Impossible toutefois de déterminer combien d'hommes se trouvaient à bord – elle ne distinguait rien d'autre que ce signal lumineux qui, au fur et à mesure qu'il s'intensifiait, lui paraissait doué d'une vie propre.

Theo avait déjà mis son jean et ses chaussures et, sans quitter la fenêtre des yeux, enfilait à présent un T-shirt noir. Lorsqu'il passa la manche, la douleur de son bras se rappela à lui. Le sang avait rendu sa peau humide et poisseuse au toucher. Il palpa la blessure mais constata avec soulagement qu'elle était due à un éclat de verre, non à une balle. Il s'essuya donc les mains sur son jean puis délogea l'éclat, non sans éprouver au passage l'impression qu'on le brûlait au fer chauffé à blanc.

— Il y a un bateau qui arrive près du ponton, l'informa Michelle. Il apporte du renfort aux deux autres types, je suppose ?

Elle eut aussitôt conscience du ridicule de sa question. Bien sûr qu'il s'agissait de complices. Qui parmi ses amis s'amuserait à lui rendre visite en pleine nuit sous une pluie diluvienne ?

— Que veulent-ils ? murmura-t-elle.

— On leur demandera plus tard. Où est mon téléphone ? s'enquit-il en attachant le holster à son jean.

Il y glissa son revolver et ferma l'étui. Son plan de fuite était déjà prêt : ils sortiraient par la fenêtre, se laisseraient tomber sur le toit de la véranda et, de là, sauteraient à terre. Avec un peu de chance, ils pourraient rejoindre sa voiture.

— Il n'est pas sur la commode, répondit-elle.

— Ah, merde ! lâcha-t-il en se rappelant soudain qu'il l'avait posé sur le bureau, au rez-de-chaussée. Je l'ai branché sur son chargeur, à côté du tien.

— J'y vais.

— Pas question. L'escalier fait face à la porte. Si l'un de ces types est posté là, il te repérera. Reste près de la fenêtre et essaie de voir combien ils sont à bord du bateau. Il est déjà amarré ? l'interrogea-t-il en même temps qu'il fermait la porte de la chambre et poussait devant la lourde commode, dans l'espoir de les ralentir.

— Un homme vient de descendre sur le quai avec une torche électrique. Il se dirige vers le jardin… non, il contourne la maison. Je n'arrive pas à voir s'il y en a un deuxième.

— Ouvre la fenêtre, lui ordonna Theo en fourrant ses clés de voiture dans sa poche. On va s'enfuir par là. Laisse-moi y aller le premier, comme ça je t'aiderai à te réceptionner.

Il enjamba le rebord, passa de l'autre côté et s'efforça de faire le moins de bruit possible lorsqu'il atterrit sur le toit pentu de la véranda. La pluie avait rendu les bardeaux glissants, si bien qu'il s'en fallut de peu qu'il ne perde l'équilibre. Jambes écartées, il leva ensuite les bras et attendit que Michelle saute à son tour, tout en priant pour qu'un éclair ne les trahisse pas. Si d'autres hommes se trouvaient dans la cour ou sur le bateau, ils ne manqueraient pas alors de les apercevoir et de donner l'alerte.

À l'instant où il tendait les bras vers Michelle, un bruit de verre brisé retentit, en provenance semblait-il de la porte d'entrée arrière de la maison. Il fut immédiatement suivi d'une série de coups de feu assourdissants au niveau de l'entrée principale. Ces salauds agissaient avec méthode. Ils forçaient les deux issues en même temps, dans le but évident de les piéger tous les deux à l'intérieur.

Michelle les entendit renverser des objets sur leur passage. Combien étaient-ils ? Elle coinça la lampe torche dans sa ceinture et enjamba le rebord de la fenêtre.

— Vite ! la pressa Theo à voix basse.

Elle hésita un instant, cherchant à rassembler ses esprits. Des pas lourds résonnèrent alors dans l'escalier. Elle sauta.

Theo l'attrapa par la taille. Elle dérapa, mais il la soutint fermement jusqu'à ce qu'elle retrouve son équilibre. Sans s'éloigner de lui, elle se mit à avancer à quatre pattes. Il pleuvait à torrents à présent, au point qu'elle distinguait à peine ses mains. Parvenue au bord du toit, elle pesa un peu sur la gouttière en espérant pouvoir s'y accrocher lorsqu'elle basculerait ses jambes dans le vide. Le chéneau tenait mal cependant, et Michelle savait qu'il ferait un boucan de tous les diables s'il cédait. Ce pan de la maison était en revanche bordé de grands massifs de lilas. Une main sur les yeux, elle se laissa tomber au milieu.

Dans sa précipitation à s'écarter, elle heurta de plein fouet une grosse branche qui lui entailla la joue et dut se mordre les lèvres pour ne pas crier.

— Où va-t-on ? demanda-t-elle à Theo.

— À l'avant de la maison. Attends-moi ici.

Il dégaina son arme, progressa lentement jusqu'à l'angle du mur, puis se baissa et risqua un œil de l'autre côté. Le capot de sa voiture était levé, signe qu'ils avaient saboté le moteur. Il scruta alors le marécage derrière la route, jaugeant la distance qui les en séparait. La perspective de se retrouver piégés et pourchassés au milieu d'une végétation dense ne l'enchantait guère, mais s'ils réussissaient à la traverser sans être vus, Michelle et lui pourraient atteindre le carrefour situé au-delà.

Une voiture était garée un peu plus loin au bord de la route. Theo ne l'aurait pas remarquée si son feu de stop ne s'était soudain allumé. Son occupant avait dû appuyer sur la pédale de frein. Une seconde plus tard, la lueur s'éteignit.

Il retourna auprès de Michelle.

— Il faut qu'on essaie de rejoindre ton bateau. C'est le seul moyen de nous en tirer.

— Allons-y.

Ils se firent repérer près du ponton. Surpris par un faisceau lumineux braqué sur lui depuis la fenêtre de la chambre, Theo poussa Michelle à terre avant de se retourner et de tirer. Il n'aurait su dire s'il avait touché quelqu'un ou non, mais l'obscurité retomba et des cris retentirent.

— Donne-moi ta lampe, souffla-t-il.

Lorsqu'elle l'eut extirpée de sa ceinture, Theo la saisit, la tendit le plus loin possible afin qu'elle ne trahisse pas leur position exacte puis, obligeant de nouveau Michelle à se baisser, s'efforça de la protéger.

— Ne bouge pas, lui murmura-t-il en allumant.

La torche éclaira l'un des inconnus, qui courait dans leur direction. Michelle le distingua nettement et, choquée, réprima une exclamation de surprise. Elle l'avait tout de suite reconnu.

Theo pressa deux fois la détente avant d'éteindre. Des balles sifflèrent non loin d'eux, les contraignant à rester plaqués au sol. Il orienta la lampe vers l'autre bateau, ralluma et découvrit un homme qui les attendait là, accroupi, l'œil collé à la lunette d'un gros fusil. Theo envoya une balle dans le moteur puis refit feu au moment où l'homme plongeait par-dessus bord.

Il éteignit vite la lampe, tira Michelle sur ses pieds et hurla : « On fonce ! » tandis que les balles se mettaient à pleuvoir autour d'eux, ricochant sur le sycomore et le ponton. Michelle glissa, se rattrapa de justesse à la bite d'amarrage et s'employa désespérément à détacher le bout qui retenait à quai le bateau de leurs assaillants. Theo avait déjà libéré le sien et faisait démarrer le moteur.

Ayant enfin réussi à dénouer le lien, Michelle poussa l'embarcation le plus loin possible pendant que Theo lui criait de se dépêcher. Elle le rejoignit d'un bond et s'écroula contre lui lorsqu'il accéléra pour échapper aux tirs de leurs adversaires.

Theo se pencha sur Michelle afin de lui servir de bouclier et, courbé en deux, prit la direction du nord en appuyant à fond sur le levier de vitesse. La pointe du bateau sortit de l'eau, retomba, avant de faire une soudaine embardée en avant. Une balle frôla de si près son oreille qu'il en sentit presque la chaleur.

Il jeta un bref coup d'œil par-dessus son épaule : deux hommes équipés de lampes électriques traversaient le jardin en courant. L'un d'eux plongea dans l'eau. Estimant que Michelle et lui disposaient d'environ trente secondes d'avance, Theo s'assit sur le banc et aida la jeune femme à se relever. Elle constata alors qu'ils s'éloignaient de la civilisation.

— Il faut que tu fasses demi-tour, lui dit-elle.

— Non, il est trop tard maintenant, ils vont nous poursuivre. Allume ta lampe.

Michelle s'installa entre ses genoux et dirigea le faisceau lumineux en face d'elle. La torche les sauva d'un désastre. Cinq secondes de plus et ils se seraient écrasés contre un tronc d'arbre mort qui affleurait à la surface de l'eau à cet endroit. Theo vira brutalement à gauche puis redressa la barre.

— Heureusement que tu as pris ta lampe, lui souffla-t-il.

— Il y a un virage serré droit devant. Ralentis et tourne à droite. Sinon on finira dans un cul-de-sac.

Agrippée à son genou pour ne pas perdre l'équilibre, elle se leva et se retourna.

— Je n'aperçois aucune lumière pour le moment, dit-elle, envahie par un soulagement si intense qu'il en était presque douloureux. Ils ne nous suivront peut-être pas. Va savoir s'ils n'abandonneront pas la partie, maintenant qu'on s'est échappés.

Lorsqu'elle reprit sa place, Theo la serra contre lui.

— Ça m'étonnerait. À mon avis, les hostilités ne font que commencer. Ils sont armés jusqu'aux dents, et de quelle manière !

Tu as vu la portée de leurs fusils ? Ils sont venus chasser, alors ils ne céderont pas si facilement. On a intérêt à dénicher vite un téléphone et à demander du secours. Indique-moi le chemin le plus rapide pour regagner la ville.

— Le bayou décrit un énorme huit, lui expliqua-t-elle. Si tu étais parti vers le sud, on aurait longé une grande courbe qui nous aurait menés en vue du Swan. Il faut qu'on revienne en arrière.

— On tombera sur eux si on s'y risque.

— Je sais, lâcha-t-elle d'une voix rauque, comme enrouée, bien qu'elle n'eût pas crié. Il y a au moins une vingtaine de criques par ici qui forment une série de méandres. Certaines sont sans issue, le prévint-elle. Et d'autres nous feront tourner en rond. Si ces types les connaissent, ils pourront nous devancer et nous barrer la route.

— Alors ralentissons. Si jamais ils nous rattrapent, on se cachera dans l'une d'elles jusqu'au lever du jour. (Une nouvelle bifurcation se profila devant eux.) De quel côté ?

— Je n'en suis pas sûre. Tout paraît différent la nuit. Je crois que ce bras de la rivière ramène à son point de départ.

— D'accord, on prend à gauche, décida-t-il, joignant le geste à la parole.

— Theo, je peux me tromper.

Alors qu'ils contournaient à vive allure un autre tronc d'arbre, Michelle entendit le bruit d'un moteur qui se rapprochait.

Theo lui aussi l'avait entendu. Il repéra un passage étroit, ralentit et y engagea le bateau. Des branches couvertes de mousse tombaient presque dans l'eau, il dut les écarter pour progresser. Lorsqu'ils eurent passé un deuxième coude et qu'il découvrit combien la voie se rétrécissait, il coupa le moteur.

Michelle éteignit sa lampe. Serrés l'un contre l'autre, tous deux dirigèrent leurs regards vers l'endroit d'où provenait le bruit. Il faisait aussi noir qu'à l'intérieur d'un cercueil. L'averse s'était calmée, cédant la place à une petite bruine.

Le marécage grouillait de vie. Quelque chose plongea dans l'eau derrière Theo. Aussitôt, les grenouilles cessèrent de coasser et les criquets se turent. Il perçut un mouvement. Quoi, bon sang ? Leur bateau buta alors sur un obstacle. Il pensa à un énième tronc d'arbre, sans en être certain cependant. L'embarcation recula un peu sous le choc, puis s'immobilisa.

Michelle tendit le bras derrière lui, poussa une manette et lui demanda à voix basse de l'aider à soulever le moteur.

— S'il faut qu'on avance un peu plus loin, l'hélice risque de s'enliser dans la vase. L'eau n'est pas profonde dans certains coins. Les voilà, chuchota-t-elle.

Ils aperçurent le projecteur d'un bateau qui balayait les alentours en décrivant de grands arcs de cercle, tel le fanal d'un phare.

Il ne les débusqua pas. Consciente qu'ils venaient d'échapper à un nouveau danger, Michelle respira profondément et s'accorda une minute pour remercier le Ciel. Ils n'étaient pas encore tirés d'affaire, mais Theo avait eu raison d'affirmer qu'ils pourraient se terrer là jusqu'à l'aube, puis aller chercher de l'aide. Ils verraient bientôt la fin de ce cauchemar.

Leurs ennemis avaient continué leur chemin et le grondement de leur moteur s'estompait à présent. Michelle estima qu'ils ne feraient pas demi-tour pour explorer plus à fond le marécage avant plusieurs minutes.

Pendant ce temps, Theo réfléchissait à toute vitesse. S'agissait-il de tueurs professionnels ? Si oui, qui les avait envoyés ? La mafia l'avait-elle suivi jusqu'en Louisiane ? Ces hommes étaient-ils là pour se venger du rôle qu'il avait joué dans la condamnation de bon nombre de leurs chefs ? Avait-il mis la vie de Michelle en péril ?

Celle-ci entendit soudain une brindille craquer au-dessus de sa tête. À peine eut-elle levé les yeux vers les branches qu'elle sentit un poids s'écraser sur son pied gauche. Au prix d'un énorme effort de volonté, elle réussit à ne pas crier. La bête, quelle qu'elle fût, rampait maintenant le long de sa jambe. Elle se raidit et serra fermement la lampe posée sur ses genoux, le doigt sur le bouton.

— Theo, prends une rame, murmura-t-elle en s'efforçant de ne pas bouger d'un pouce. Quand j'allumerai, il faudra que tu vires cette bestiole du bateau. D'accord ?

Il ne comprit pas. Quelle bestiole ? De quoi parlait-elle ? Il obéit sans discuter cependant et, positionné comme un joueur de base-ball, attendit son signal.

— Quand tu veux.

Elle alluma. Theo eut un haut-le-cœur et manqua lâcher la rame à la vue du monstrueux serpent noir dont la langue fourchue effectuait un va-et-vient incessant, comme s'il anticipait un plaisir prochain. Sa tête plate triangulaire appuyée sur le genou de Michelle, il semblait la regarder fixement.

Le temps se suspendit lorsque, d'un coup bien balancé, Theo envoya l'animal dans l'eau. Il sauta sur ses pieds et se rua vers la jeune femme.

— Putain, rugit-il. Putain de merde !

Michelle se précipita à quatre pattes, le cœur battant. Elle braqua sa lampe sur le serpent et l'observa fendre la surface de l'eau jusqu'à ce qu'il eût regagné la rive boueuse et ses buissons. Puis elle inspecta l'eau, se pencha et récupéra la rame que Theo avait lâchée. Elle se rejeta en arrière en la laissant tomber sur le plancher du bateau.

— C'était moins une.

Theo lui donnait de grandes claques sur les jambes.

— Il t'a mordue ? lui demanda-t-il avec angoisse.

— Non, il a probablement eu plus peur que nous.

— Qu'est-ce que c'était que ce truc ?

— Un mocassin d'eau.

— Put... Ils sont venimeux ?

— Oui, reconnut-elle, avant de lui prendre la main. Arrête de me frapper !

— Je voulais juste m'assurer qu'il n'y avait pas d'autres...

Il s'interrompit, comprenant qu'il réagissait de manière irrationnelle.

— Pas d'autres serpents en train de grimper sur mon pantalon ? Il n'y en a pas. Crois-moi, je le saurais. Essaie de te calmer.

— Nom de Dieu, comment es-tu arrivée à garder ton sang-froid ? Il était sur ta jambe !

Elle lui caressa la joue.

— Tu m'en as débarrassée, non ?

— Oui, mais...

— Respire.

Elle n'était pas aussi calme qu'elle le paraissait. Quand il la serra dans ses bras, Theo la sentit trembler.

— Tu sais quoi ? enchaîna-t-il.

— Laisse-moi deviner. Tu détestes les serpents.

— À quoi l'as-tu vu ?

Elle sourit en s'écartant de lui.

— C'est mon petit doigt qui me l'a dit.

— Vite, fichons le camp d'ici.

Lorsque Theo plongea sa main dans l'eau pour voir s'il était possible de pousser le bateau en prenant appui sur la rive, il eut l'impression que la vase lui aspirait les doigts.

Michelle lui attrapa le bras et le tira en arrière.

— Évite de faire ça par ici.

Il n'eut pas à lui en demander la raison. Des frissons lui parcoururent l'échine à l'idée qu'un alligator puisse soudain l'attaquer. Il se rabattit sur la rame pour manœuvrer l'embarcation.

— Tu crois que par là ce serait un raccourci ?

— J'ai toujours vécu ici et je connais bien le bayou, mais dans le noir je ne suis sûre de rien. Il me semble que ce passage aboutit à une impasse d'ici environ quatre cents mètres. On risque de se retrouver piégés en avançant, et je n'ai pas envie de marcher dans le marécage. C'est dangereux – du moins la nuit. Mieux vaut revenir en arrière.

— Très bien.

— Quand nous ressortirons d'ici, il serait préférable de ramer. S'ils sont dans les parages, ils ne nous entendront pas.

Michelle ramassa l'autre rame et aida Theo à effectuer un demi-tour.

— Mais si un autre de ces fichus serpents nous tombe dessus, je ne réponds plus de moi.

Theo changea de place avec elle et manœuvra jusqu'à l'entrée de l'anse où ils s'étaient réfugiés. Il s'arrêta puis jeta un regard derrière lui.

— Qu'en penses-tu ? On peut retourner chez toi ? Si j'arrivais à récupérer mon téléphone…

— On est allés trop loin en aval pour rebrousser chemin, le coupa-t-elle. Ne tentons pas le diable.

— D'accord. On va rejoindre la rive en face de nous et la longer en espérant trouver un ponton à proximité.

Theo ne distinguait rien à plus de quelques mètres mais il savait que le moment aurait été mal choisi pour allumer leur lampe. Michelle enjamba le banc et s'approcha du moteur. La main sur la cordelette, elle se tint prête à démarrer en cas de problème. Le moindre détail devenait tout à coup une source d'inquiétude. À quand remontait le dernier plein du réservoir ? Impossible de s'en souvenir. Et qu'adviendrait-il s'ils se faisaient surprendre ?

Leur bateau fendait l'eau à présent, propulsé par les coups de rames experts de Theo.

Michelle discerna les rayons d'un projecteur qui explorait les alentours.

— Ils nous cherchent dans les chenaux, souffla-t-elle.

Sans s'arrêter, Theo lança un coup d'œil derrière lui. Le faisceau lumineux zigzaguait à la surface de l'eau, mais le bateau ne bougeait pas. Il se trouvait à environ deux cents mètres d'eux.

— Ils ne nous ont pas encore vus.

— Tu veux que je mette le moteur en marche ?

— Non, surtout pas. Attends un peu. On arrivera peut-être à leur échapper.

Une minute plus tard, le projecteur se braqua dans leur direction. Sans attendre l'injonction de Theo, Michelle tira fort sur la corde – en vain. Theo laissa tomber les rames et la plaqua au sol sans ménagement, tandis qu'une balle sifflait au-dessus de sa tête. Renouvelant sa tentative, Michelle ne put retenir une exclamation lorsque le moteur, après quelques toussotements, se décida enfin à démarrer.

Theo sortit son revolver de son étui et lui cria de rester baissée juste au moment où une autre balle frappait l'eau tout près d'eux. Accoudé au banc de nage, il riposta.

Leurs poursuivants se rapprochaient à vive allure. Il visa le projecteur, le manqua, mais espéra avoir au moins blessé quelqu'un quand il entendit un juron. Il pressa de nouveau la détente et, cette fois, atteignit sa cible. Son tir brisa le projecteur, ce qui leur donnait cinq ou dix secondes maximum avant que l'un des hommes ne braque sur eux une lampe torche.

Incapable d'estimer la distance qui les séparait encore de la rive, Michelle essaya pendant ce temps d'atteindre la manette des gaz afin de réduire leur vitesse – trop tard cependant. Le bateau fit une embardée hors de l'eau, s'enfonça dans les buissons épineux et, deux rebonds plus tard, acheva sa course contre un arbre. Projeté vers l'avant, Theo atterrit sur son côté gauche et heurta du genou la coque en aluminium. Son bras, dont l'entaille le lançait encore, rencontra la bordure métallique, laquelle lui écorcha la peau. Il en ressentit une douleur cuisante jusque dans le coude.

Michelle se cogna quant à elle le front contre le banc. Elle poussa un cri en levant les bras pour se protéger.

Sans attendre, Theo sauta à terre, rengaina son arme et tira Michelle à lui. Étourdie par l'accident, elle secouait la tête comme pour essayer de se clarifier les idées tout en cherchant sa lampe électrique.

— Dépêche-toi, lui cria-t-il par-dessus le grondement de plus en plus proche de l'autre moteur.

Il la souleva à l'instant où elle allait atteindre sa lampe, mais elle dégagea son bras pour la saisir. Son cœur battait à grands coups et son crâne lui semblait avoir été fendu en deux. La douleur l'aveuglait presque lorsqu'elle se mit à avancer d'un pas incertain.

Theo lui passa un bras autour de la taille, l'attira contre lui et, la portant à demi, plongea dans la végétation. Il ignorait vers où ils se dirigeaient. Totalement désorienté, il fonça parmi les ronces qu'il écarta de son bras droit. Le bruit du moteur lui parvenait toujours au loin et il tenait à éloigner Michelle le plus possible avant que leurs poursuivants n'accostent eux aussi.

Tous deux se frayèrent tant bien que mal un chemin à travers les broussailles et le sous-bois humides. À deux reprises, ils marquèrent une halte pour tendre l'oreille, à l'affût de signes qui leur auraient indiqué s'ils étaient suivis. Ils débouchèrent enfin du bayou et, en trébuchant, parvinrent à découvert.

Incertaine quant à l'endroit où ils avaient atterri, Michelle s'arrêta le temps de reprendre son souffle.

— À ton avis, je tente le coup ? demanda-t-elle à Theo, le pouce posé sur l'interrupteur de sa lampe. Je ne pense pas qu'ils apercevront la lumière si je n'allume qu'une seconde.

— Vas-y.

Elle pressa le bouton et soupira de soulagement.

— Je crois savoir où nous sommes, murmura-t-elle en éteignant. Il nous reste environ un kilomètre et demi jusqu'au Swan.

Ils se trouvaient au bord d'un chemin de terre qui, aux yeux de Theo, ne se différenciait pas de tous ceux qu'il avait déjà sillonnés au volant de sa voiture.

— Tu en es sûre ?

— Oui.

Il lui prit la main et se mit à courir. S'ils réussissaient à passer le virage devant eux avant que leurs ennemis ne sortent du bayou, ils seraient hors de danger. Theo se retourna plusieurs fois, guettant le moindre rayon lumineux. Seuls leur souffle court et le bruit de leurs pas troublaient le silence.

Michelle ralluma à point nommé pour leur éviter de dévier de la route à l'endroit où elle s'incurvait. Elle trébucha mais, sans ralentir, Theo la rattrapa et l'aida à rester d'aplomb. Il jeta un nouveau coup d'œil derrière lui, distingua un rai de lumière sur la route et accéléra.

Il était certain qu'ils ne les avaient pas vus.

— Ça va maintenant, lui assura Michelle d'une voix haletante. Je peux courir.

Il la lâcha, puis lui reprit la main et poursuivit sa course en se dirigeant vers une lueur qui scintillait au loin comme une étoile.

Le ventre de Michelle lui paraissait cisaillé par un point de côté, son crâne près d'exploser. Lorsqu'ils parvinrent à un croisement, elle se plia en deux, les mains sur les genoux.

— Le Swan est plus loin sur la gauche, articula-t-elle, essoufflée. On pourra appeler la police de là-bas.

Theo se rappelait avoir déjà emprunté ce chemin boueux et couvert de gravier. Tout en avançant, il ne cessait d'examiner les broussailles de part et d'autre, à la recherche d'une cachette où plonger en cas de besoin.

— Ça va toujours ? s'enquit-il.

— Oui.

Michelle pleura presque de soulagement quand elle vit se profiler la masse sombre du Swan. Son sentiment d'euphorie fut cependant de courte durée : une seconde plus tard à peine, des pneus crissèrent au niveau du virage derrière eux.

Tout se déroula trop vite ensuite pour lui laisser le temps de réagir. À peine eut-elle tourné la tête afin de localiser les phares du véhicule que Theo l'entraînait avec lui dans le fossé, où elle atterrit durement sur le dos. Il se tapit aussitôt à côté d'elle et sortit son revolver sans quitter la route des yeux. Tous deux étaient masqués par des buissons.

En grimaçant, Michelle tâta avec précaution l'hématome sur son front. Les pensées se bousculaient dans son esprit. Puis elle se souvint de ce qu'elle voulait dire à Theo.

Elle prononça son nom, mais il lui posa la main sur la bouche

— Chut, murmura-t-il à son oreille.

La voiture s'arrêta à leur hauteur. Une série de craquements se firent entendre dans les broussailles, non loin d'eux. Michelle dut lutter contre une furieuse envie de fuir. Elle ne s'aperçut qu'elle retenait sa respiration que lorsque ses poumons commencèrent à lui brûler. La main agrippée au genou de Theo, elle souffla lentement, calmement. L'homme fouilla encore un moment les buissons puis regagna la voiture, en marmonnant, le gravier crissant sous ses pieds.

L'air humide incommodait Michelle. Ses yeux se mirent soudain à lui picoter. Elle avait envie d'éternuer. *S'il vous plaît, mon Dieu, pas maintenant. Je ne dois pas faire de bruit... pas encore.* Elle respira par la bouche, se pinça le nez, et, les joues striées de larmes, releva son T-shirt pour couvrir le bas du visage.

Une portière claqua et le véhicule s'éloigna. Refusant toutefois de prendre le moindre risque, Theo garda l'oreille tendue. Combien étaient-ils ? Il était sûr que quatre hommes avaient essayé de leur tendre cette embuscade. Il en avait compté deux devant chez Michelle, auxquels s'ajoutaient les deux autres arrivés en bateau. De toute évidence, ces types avaient eu l'intention de les piéger à l'intérieur de la maison. Il se jura d'avoir leur peau à tous une fois que Michelle et lui seraient sortis sains et saufs de cette traque.

Il changea de position afin de soulager ses genoux de son poids puis, passant le bras autour de Michelle, se baissa et chuchota :

— Ils nous cherchent au Swan. On va rester ici jusqu'à ce qu'ils aient fichu le camp. Tu tiens le coup ?

Elle fit signe que oui. Dès qu'il se fut retourné pour se concentrer de nouveau sur la route, elle posa la joue contre son dos et ferma les yeux. Son cœur battait moins vite maintenant. Elle décida de profiter de ce répit passager au cas où ils auraient encore à courir. Qui étaient ces hommes, et pourquoi en avaient-ils après eux ?

Elle changea d'appui sur ses jambes régulièrement. Il lui semblait être assise dans du compost. L'odeur des feuilles mouillées et pourries infestait l'air. Il devait y avoir un animal mort à proximité, songea-t-elle, prise de nausées en reconnaissant une puanteur de chairs en décomposition.

Il avait cessé de pleuvoir. C'était plutôt bon signe, non ? Seigneur, depuis combien de temps attendaient-ils ? Il lui semblait qu'une heure s'était écoulée depuis qu'ils avaient plongé dans les fourrés. Enfin, il est vrai que le temps s'était pour ainsi dire arrêté dès l'instant où le premier coup de feu avait été tiré.

Michelle entendit le bruit du moteur avant même d'apercevoir la lumière des phares à travers les branches. La voiture surgit en trombe et les dépassa sans ralentir.

Theo se hasarda à tendre le cou pour voir de quel côté elle se dirigeait. Le véhicule ralentit au niveau du croisement, avant de poursuivre tout droit – ce qui signifiait que leurs assaillants n'avaient pas encore renoncé à les trouver et voulaient inspecter un autre chemin. Malgré ses efforts, il ne parvint pas à déchiffrer la plaque minéralogique.

— Ils seront bientôt obligés d'abandonner, lui souffla Michelle. Il ne va pas tarder à faire jour ; ils ne peuvent risquer d'être surpris par des pêcheurs matinaux. Tu ne penses pas ?

— Peut-être, concéda-t-il. (Il se leva, se préparant à supporter la douleur qui surgirait dans son genou, et l'aida à se mettre debout.) Allons-y. Reste près du bas-côté et n'allume pas la lampe.

— Très bien. Mais si tu les entends, ne me jette pas une deuxième fois dans le fossé. Préviens-moi juste. Je vais avoir le dos couvert de bleus.

— Un bleu vaut mieux qu'une balle, répliqua-t-il sans éprouver le moindre remords.

Michelle éternua alors. Dieu, que cela faisait du bien.

— Je sais, répondit-elle.

— Tu peux courir ?

— Et toi ? lui demanda-t-elle après avoir remarqué qu'il évitait de s'appuyer sur une jambe.

— Sans problème. Je suis un peu raide, c'est tout. Allez, c'est parti.

Seule une ampoule diffusait sa clarté depuis un poteau près de l'entrée du parking. Theo préféra rester prudent. Il poussa Michelle dans les buissons et contourna le Swan par l'arrière. Rien ne bougeait à l'intérieur. La porte de service était métallique, aussi revint-il sur ses pas jusqu'à l'une des fenêtres de la façade avant. Il examina le sol et ramassa une grosse pierre irrégulière.

— Je suis obligé de passer par la fenêtre, lança-t-il à Michelle.

— Qu'est-ce que tu fabriques ?

— Je vais briser la vitre.

295

— Non, l'arrêta-t-elle. Je sais où mon père cache le double de sa clé.

Abandonnant sa pierre, Theo s'approcha de la porte pendant que Michelle allumait sa torche et tendait le bras pour attraper la clé posée sur le rebord de la fenêtre.

— Tu parles d'une cachette, ironisa-t-il.

— Ne sois pas sarcastique. Seul un idiot oserait s'introduire par effraction dans le bar.

— Et pourquoi ça ?

— John Paul se lancerait à ses trousses et tout le monde le sait. Mon père pourrait laisser les portes ouvertes s'il le voulait.

Michelle dut s'y reprendre à deux fois pour insérer la clé dans la serrure tant ses mains tremblaient. Le contrecoup, pensa-t-elle. Son corps réagissait à la terreur qu'ils avaient éprouvée.

Theo entra le premier, scruta l'obscurité et, tout en maintenant Michelle derrière lui, lui souffla de fermer la porte à clé. Le bruit du pêne glissant dans la gâche retentit en même temps que le réfrigérateur se mettait à bourdonner et à vibrer. Le téléphone, se rappela-t-il, se trouvait dans la pièce principale, au bout du bar, juste à côté de la réserve. Il crut entendre un bruit, peut-être le grincement d'une lame du plancher.

— Ne bouge pas, ordonna-t-il à voix basse.

Il sortit son revolver et s'avança prudemment. La lumière qui émanait du parking jetait une ombre grise sur les tables et le sol. Cependant, les coins de la pièce restaient plongés dans le noir. Theo se faufila derrière le comptoir. Ses yeux, à présent habitués à la pénombre, étaient fixés sur la porte entrouverte de la réserve. L'endroit constituait une planque parfaite. Ces types avaient-ils laissé l'un des leurs ici ? L'idée lui parut absurde, mais il n'en continua pas moins à surveiller la porte en progressant pas à pas.

Parvenu au milieu du comptoir, il s'arrêta et tendit le bras vers le fusil de Jake. Avec ça, il ne pourrait manquer sa cible, songea-t-il alors que sa main atteignait la crosse. Il souleva l'arme de son support et la tira à lui avec précaution.

Theo s'écartait du bar lorsqu'il sentit un infime souffle d'air sur sa nuque. Il sut sans se retourner ni même entendre le moindre bruit que quelqu'un s'approchait de lui par-derrière – et s'approchait vite.

31

— Michelle, cours ! cria-t-il.

Laissant tomber le fusil sur le comptoir, il pivota sur ses talons, avec à la main son glock armé, prêt à tirer.

L'obscurité l'empêcha de distinguer les traits de l'homme. Une silhouette massive lui assena un coup sec sur le poignet, sans réussir à lui faire lâcher prise cependant, avant de lui attraper le bras et de le lui tordre d'une main tandis que l'autre amorçait un coup de poing en direction de son menton.

Theo se baissa, mais pas assez rapidement. Sa tête fut projetée en arrière et une douleur fulgurante lui traversa la mâchoire. Mettant toute la force qui lui restait dans son poing gauche, il frappa l'homme à l'estomac. À cet instant, il comprit qu'il était dans de beaux draps : sa main lui semblait avoir cogné un mur en béton, au point qu'il crut se l'être cassée.

D'où sortait ce connard ? S'en était-il déjà pris à Michelle ? Fou de rage, Theo se jeta de nouveau sur lui mais, vif comme l'éclair, son agresseur lui envoya son pied dans le genou.

Michelle alluma les néons.

— John Paul, non ! s'exclama-t-elle. Lâche-le !

Les deux adversaires étaient maintenant engagés dans une lutte au corps à corps, chacun usant de toute son énergie pour briser le dos de l'autre. Quand il entendit sa sœur crier, John Paul s'arrêta net. Theo, en revanche, non. Il tenta une nouvelle fois de le frapper dans l'espoir de lui démolir le portrait – en vain, car John Paul bloqua son coup sans plus d'effort qu'il ne lui en aurait fallu pour écraser un vulgaire moustique. Au passage, son bras heurta une bouteille de whisky, laquelle alla tanguer contre les autres bouteilles alignées sur l'étagère murale derrière le bar.

Les deux hommes reculèrent d'un pas en même temps en se jaugeant du regard. Michelle s'interposa entre eux et, après avoir jeté un bref coup d'œil à leur mine furibonde, décida que Theo était le plus hors de lui. Elle posa la main sur son torse, lui intima de prendre une profonde inspiration et ne bougea pas jusqu'à ce qu'il eût retrouvé son calme et fait ce qu'elle lui demandait.

Theo examina froidement John Paul de la tête aux pieds. L'homme avait tout l'air d'un sauvage. Vêtu d'un short kaki, de bottes et d'un T-shirt, il était assez musclé pour rappeler le joyeux Géant vert des boîtes de maïs. Sauf qu'il n'y avait rien de joyeux en lui, à en juger par le couteau de chasseur glissé dans la doublure de sa botte et son regard d'acier dans lequel se lisaient sa fureur et son désir de lui broyer tous les os. Non, décidément, il ne ressemblait en rien au sympathique Géant vert. Mauvaise comparaison, trancha Theo, encore essoufflé par leur lutte et la peur qu'il avait éprouvée à l'idée que Michelle ait pu être blessée. Son frère avait un physique à jouer dans des films d'épouvante. Ses cheveux avaient presque la longueur adéquate et ses cicatrices – l'une sur la joue, l'autre sur la cuisse – incitaient Theo à penser qu'il était en présence d'un sévère cas de régression.

— Theo, j'aimerais te présenter mon frère John Paul, déclara Michelle, qui, estimant qu'elle pouvait le lâcher sans danger à présent, se tourna vers ce dernier. John Paul, voici…

— Je sais qui il est, la coupa-t-il.

Theo écarquilla les yeux.

— Tu sais qui je suis ?

— Oui.

John Paul n'avait jamais reculé devant un combat de toute sa vie, aussi s'avança-t-il immédiatement lorsque Theo fit un pas vers lui. Michelle se retrouva coincée entre les deux hommes.

— Dans ce cas, pourquoi m'avoir agressé ? gronda Theo.

— Oui, pourquoi ? exigea de savoir Michelle, la tête penchée en arrière afin de pouvoir regarder son frère dans les yeux. Ce n'était pas très poli, John Paul.

Sa sœur avait toujours eu le mot pour rire. John Paul dut prendre sur lui afin de ne pas se départir de son air menaçant. Pas très poli. Ma foi, oui, c'était bien possible.

Il croisa les bras.

— Je ne voulais pas qu'il pique le fusil, expliqua-t-il à Michelle. Il est peut-être du genre à s'effrayer d'un rien et à flinguer quelqu'un, voire à se tirer une balle dans le pied.

Theo bouillait toujours de rage.

— Tu as essayé de me bousiller le genou, non ? l'accusa-t-il en s'avançant un peu plus vers lui.

— Il faut toujours viser le point faible de son adversaire, se justifia John Paul avec un sourire. Tu évitais de t'appuyer sur une jambe, alors je me suis dit…

— Tu savais que j'étais un ami de ta sœur, mais ça ne t'a pas empêché de vouloir me casser la rotule !

— Je ne comptais pas la casser. Je voulais juste t'envoyer au tapis.

— Tu aurais pu le blesser, intervint Michelle.

— Michelle, je n'ai pas besoin de ton aide pour me défendre, marmonna Theo.

Atteint dans sa fierté, il n'avait pas l'intention de se laisser malmener une minute de plus par ce Mad Max.

— Si j'avais voulu le blesser, je ne me serais pas gêné, crâna John Paul. J'aurais pu le tuer, aussi, si je ne m'étais pas retenu.

— Tu parles, gronda Theo en replaçant son revolver dans le holster.

— J'aurais pu te briser le cou, mais j'ai résisté à l'envie.

C'est à cet instant, alors que Michelle se tournait vers Theo pour lui demander de ne plus provoquer son frère, qu'elle remarqua le sang sur son bras. Elle alluma la lumière du bar et, s'approchant de lui, aperçut la profonde entaille.

— Quand est-ce arrivé ? Il va te falloir des points de suture. (Sans lui laisser le temps de répondre, elle fit volte-face et se dirigea vers son frère, dont elle martela la poitrine du doigt.) C'est toi qui l'as blessé ? Qu'est-ce qui t'a pris ?

Theo sourit. Il aurait pu mettre fin à sa tirade en haussant la voix et en lui expliquant que John Paul n'était en rien responsable de sa blessure, mais il prenait un réel plaisir à voir la gêne de celui-ci. John Paul reculait à mesure que sa sœur l'abreuvait de reproches. Son expression, constata Theo avec une satisfaction mêlée de suffisance, valait le détour. Il semblait complètement désemparé.

Quand elle eut fini son réquisitoire, il parut quelque peu contrit. Pas des masses, mais un peu quand même.

Dans la lumière crue, Theo discerna une légère ressemblance entre le frère et la sœur – mêmes pommettes saillantes et mêmes yeux bleus. La comparaison s'arrêtait là cependant. Michelle était belle et montrait une nature douce et aimante. John Paul, pas le moins du monde.

Theo éprouva le désir puéril de continuer à haïr cet homme, tout en sachant que cela lui serait impossible car il devinait bien à son regard que John Paul aimait Michelle. Il se comportait probablement comme n'importe quel grand frère prêt à tout pour protéger sa sœur.

Son intention magnanime de lui accorder un répit s'évanouit toutefois rapidement lorsque John Paul lui décocha un regard furieux et l'attaqua de nouveau :

— Mike a l'air d'avoir été roulée par terre. Qu'est-ce que tu as fabriqué ?

— Tu vas devoir avouer à Big Daddy que tu as cassé sa meilleure bouteille de whisky, l'interrompit sa sœur afin de détourner son attention. Nettoie tout ça pendant que j'appelle Ben.

Elle écarta Theo, se dirigea vers le téléphone et, après avoir composé le numéro du poste de police, pria l'opérateur de la mettre en relation avec le domicile de Ben Nelson.

Theo demanda à John Paul d'éteindre la lumière – ce qu'il fit, à sa grande surprise – puis lui expliqua ce qui s'était passé. John Paul resta de marbre.

— Tu penses qu'ils vont redébarquer ici ? lâcha-t-il lorsque Theo eut terminé son récit. C'est pour ça que tu ne veux pas laisser les lampes allumées ?

— Ils ne reviendront probablement pas, mais je refuse de prendre des risques. Ils pourraient nous piéger ici.

— Impossible, rétorqua John Paul. De toute façon, je les entendrais arriver.

— Ah oui ? Même s'ils s'approchaient sans bruit ?

— Oui.

— Tu te prends pour Superman ?

— Presque, affirma John Paul avec un large sourire. J'adorerais les voir mettre les pieds ici. Ça me donnerait l'occasion d'en descendre quelques-uns.

— Il n'y a rien de plus amusant qu'une tuerie, commenta Theo avec sarcasme, mais pas si ta sœur y est mêlée.

— Ouais, je sais.

Theo commençait à ressentir les effets de leur lutte. Sa mâchoire et son bras le lançaient. Ouvrant la glacière, il en sortit deux bouteilles de bière au goulot allongé et, malgré son désir d'en fracasser une sur la tête de John Paul, songea qu'il ne ferait que gâcher de la bonne marchandise et se contenta donc de lui en tendre une.

Aucun remerciement ne vint récompenser son geste, ce qui ne l'étonna pas. Il ôta la capsule, but une longue gorgée et surprit alors la conversation de Michelle avec Ben.

— Dis-lui de nous retrouver chez toi, lui lança-t-il.

Elle pria Ben de ne pas quitter et lui répondit qu'ils devaient d'abord se rendre à l'hôpital.

— Non, décréta-t-il d'un ton ferme, considérant que son bras ne figurait pas parmi leurs priorités. On va d'abord chez toi.

— Ce que tu peux être entêté, murmura-t-elle.

Elle céda néanmoins. Pendant ce temps, soucieux de soulager son genou, Theo s'approcha de l'une des tables, prit place sur une chaise et en tira une autre afin de poser le pied dessus.

John Paul le suivit et resta debout à ses côtés, le dominant de toute sa hauteur.

— Assieds-toi, lui ordonna Theo.

L'autre fit le tour de la table et s'exécuta, mais entreprit ensuite de lui soutirer plus de détails, de sorte que Theo, après avoir avalé une nouvelle gorgée de bière, dut lui raconter derechef ce qui s'était passé du début jusqu'à la fin. Il ne précisa toutefois pas qu'il s'était trouvé dans le lit de Michelle. Quelque chose lui disait que son frère ne serait pas ravi de l'apprendre.

John Paul s'attarda justement sur ce point.

— Comment se fait-il que toi, tu ailles fermer la fenêtre de sa chambre ?

— Elle était ouverte.

— Theo ? l'interpella Michelle. Tu sais de quelle marque était la voiture ?

— Une Toyota grise… un modèle récent.

— Ils ont sûrement filé depuis longtemps maintenant, observa John Paul.

Theo acquiesça, les yeux rivés sur Michelle. John Paul attendit patiemment qu'il se tourne de nouveau vers lui afin de l'informer qu'il allait devoir lui casser la figure. Il avait très bien compris que Theo avait couché avec Mike. Peu lui importait qu'elle soit libre de sortir avec qui elle voulait et que cela ne le regardât en rien. Elle était sa petite sœur, et ce type, décida-t-il, avait profité d'elle.

— Ma sœur est une excellente chirurgienne, grogna-t-il.

— Je sais.

— Elle a consacré presque toute sa vie à ses études.

— Où veux-tu en venir ?

— Elle n'a guère eu de formation en ce qui concerne les hommes… elle ne se doute pas que certains sont de gros enfoirés.

— Elle est adulte.

— Elle est naïve.

— Qui est naïve ? s'enquit Michelle en les rejoignant.

— Aucune importance, répondit John Paul, dont le regard menaçant ne quittait pas Theo.

Il s'aperçut qu'il en voulait aussi à Michelle, qui non seulement s'était rendue sciemment vulnérable en sortant avec un étranger, mais avait en plus trouvé le moyen de choisir un agent fédéral – acte quasi impardonnable.

— Mike, il faudra qu'on discute, tous les deux.

Elle ignora la colère perceptible dans sa voix.

— Ben s'habille et nous retrouve à la maison dans dix minutes environ. Il va envoyer quelques voitures de patrouille à la recherche de la Toyota. Je lui ai dit qu'il y avait trois ou quatre hommes selon moi, peut-être plus.

— Au moins quatre, affirma Theo.

— Tu as une idée de l'endroit où Big Daddy range le Tylénol ? demanda-t-elle à John Paul.

— Au-dessus de l'évier, dans la cuisine. Tu veux que j'y aille ?

— Non, ne te dérange pas. Theo, on devrait te conduire directement à l'hôpital, déclara-t-elle en s'éloignant.

— Les points de suture peuvent attendre.

Michelle réapparut avec un flacon de Tylénol, deux verres d'eau et deux sachets de légumes congelés qu'elle avait coincés sous son bras. Elle souleva ces derniers après avoir posé le reste sur la table.

— Petits pois ou carottes ?

— Carottes, répondit Theo en dévissant le bouchon de sécurité du flacon.

Michelle malaxa le sachet afin de séparer les morceaux à l'intérieur puis l'appliqua sur le genou de Theo.

— Ça va mieux ?

— Oui, merci.

Elle pressa alors le paquet de petits pois en haut de son front. Theo lâcha aussitôt le Tylénol et l'attira contre lui.

— Tu t'es blessée ? Attends, laisse-moi regarder.

Son air inquiet donna presque envie de pleurer à Michelle. Elle prit une profonde inspiration.

— Ce n'est rien, le rassura-t-elle. Juste une petite bosse. Vraiment, il n'y a pas de quoi...

— Ch-chut, la coupa-t-il en écartant doucement sa main et en l'obligeant à baisser la tête pour examiner son hématome dans la faible lumière.

Plus John Paul les observait, plus il était gagné par le cafard. À la douceur dont Theo faisait preuve envers sa sœur, celui-ci tenait de toute évidence à elle, et il était trop tard pour y remédier. Un agent fédéral. Comment avait-elle pu tomber amoureuse d'un agent fédéral ?

— Putain, marmonna-t-il.

Michelle et Theo l'ignorèrent.

— Tu ne t'es pas coupée.

— Je t'avais dit que ce n'était pas grave.

— Mais tu as une sacrée bosse.

— Ne t'inquiète pas.

Theo repoussa délicatement les cheveux qui lui tombaient sur le visage. John Paul éprouvait un sentiment de dégoût de plus en plus insupportable.

— Mike, descends de ses genoux et assieds-toi sur une chaise.

— Je crois que ton frère ne m'apprécie guère, constata Theo avec un sourire. (Et, parce qu'il savait que John Paul les fixait d'un regard noir, il l'embrassa sur le front.) Quand t'es-tu fait ça ? Au moment où le serpent t'est dégringolé dessus ?

Elle se leva et s'installa sur la chaise à côté de lui.

— Quel serpent ? demanda John Paul.

— Un mocassin d'eau est tombé d'un arbre, expliqua-t-elle.

Theo ouvrit le flacon de Tylénol et versa deux cachets dans la paume tendue de Michelle.

— Il faut qu'on aille à l'hôpital récupérer ce paquet, lança-t-elle soudain.

— De quoi parles-tu ? Quel paquet ?

Michelle décida qu'il valait mieux commencer par le début. Elle s'accouda sur la table et appliqua de nouveau le sachet de petits pois contre son front

— J'ai reconnu l'un d'entre eux.

— Et c'est maintenant que tu me l'apprends !

Theo se redressa brusquement, envoyant voler le sachet de carottes. John Paul le rattrapa, puis se pencha et le plaqua sans ménagement sur son genou.

Michelle grimaça car le cri indigné poussé par Theo ne soulageait en rien son mal de tête.

— L'homme qui courait vers nous pendant qu'on essayait d'atteindre le bateau… c'est lui que j'ai reconnu. Tu as braqué la lampe sur lui, tu te rappelles ? C'était le coursier de la société Speedy Messenger. Il m'a abordée pendant que je te regardais entraîner l'équipe de foot, assise sur les gradins du stade…

— Je l'ai vu de loin, mais je n'ai pas distingué ses traits. Il portait une casquette. Tu parles bien du type sur lequel j'ai tiré ?

— Oui.

— Tu l'as tué ? demanda John Paul.

Theo réfléchissait à toute vitesse.

— Non, répondit-il avec impatience. Je l'ai raté. Michelle, je ne comprends toujours pas pourquoi tu as attendu aussi longtemps pour m'annoncer ça.

— Et quand voulais-tu que je le fasse ? Pendant qu'ils nous mitraillaient et nous pourchassaient ? Ou pendant que nous étions cachés dans le marais et que tu ne voulais pas que je prononce le moindre mot ?

— Tu es sûre qu'il s'agit du même homme ?

— Oui. Et le plus bizarre, c'est qu'en discutant avec lui au stade, j'avais eu l'impression qu'il ne m'était pas inconnu. Sur le coup, je me suis dit que je l'avais probablement croisé à l'hôpital. On reçoit sans arrêt des plis là-bas.

— Tu en as identifié un autre ? Le type dans le bateau par exemple ?

— Je n'ai pas vu son visage. Il a sauté dans l'eau quand tu lui as tiré dessus.

— Et lui, tu l'as tué ? le questionna de nouveau John Paul.

— Non, je l'ai manqué.

— À quoi bon porter un revolver si tu n'es pas fichu de t'en servir ? s'exclama-t-il, incrédule.

— Je sais m'en servir, se défendit sèchement Theo. Je serais même ravi de te faire une petite démonstration.

— Il l'a peut-être touché, avança Michelle d'un ton optimiste.

Elle prit aussitôt conscience de l'ironie de ses paroles. Sa vocation consistait à sauver des vies humaines, non à les détruire. Être prise pour cible par des tueurs avait à l'évidence chamboulé ses valeurs morales.

— Bien sûr, bien sûr, grommela John Paul avec écœurement. À quelle distance se trouvait-il ?

— Les balles pleuvaient des deux côtés, le coupa-t-elle. Et Theo essayait de me protéger et de riposter en même temps.

John Paul l'ignora.

— Pourquoi tu portes une arme ?

— Parce qu'on m'en a donné l'ordre. Je reçois beaucoup de menaces de mort.

— Je vois ça.

— Ça suffit, tous les deux ! s'énerva Michelle. On est dans le pétrin, là. Theo, je crois comprendre ce qui se passe. Le ou les auteurs du saccage de mon dispensaire voulaient mettre la main sur un paquet. Le coursier qui est venu au stade m'a expliqué qu'un autre employé de Speedy Messenger m'avait livré un mauvais pli et qu'il essayait de le retrouver. J'ai joint la secrétaire des urgences pour lui demander de le rechercher et de le lui donner. Ensuite, j'ai dit au type de se rendre à l'hôpital, mais je n'ai pas vérifié s'il l'avait récupéré. Tu te rappelles qu'Elena est passée déposer mon courrier ? Je parie que les hommes qui sont venus chez moi cette nuit pensaient le dénicher là. Mais je n'ai rien remarqué de spécial dans le carton quand j'ai examiné son contenu. Je suppose qu'ils n'ont pas trouvé le pli à l'hôpital et qu'ils en ont déduit qu'elle me l'avait apporté ici hier soir.

— Ils n'avaient qu'un seul moyen de savoir qu'Elena apporterait quelque chose chez toi…, commença John Paul.

— Mettre sa ligne téléphonique sur écoute, compléta Theo. Bon Dieu, pourquoi n'ai-je pas vérifié ça ?

— Je me charge de vous rapporter ce paquet, proposa John Paul.

— Tu vois à quoi il peut ressembler ?

— Évidemment, répliqua-t-il, offensé.

Theo réfléchit un instant.

— Quand tu l'auras, ne l'ouvre pas.

— Pourquoi ? s'étonna Michelle.

— Il vaut mieux qu'ils ne nous sachent pas au courant de son importance. On aura peut-être besoin de leur fournir de fausses informations.

— Mike, répète-moi exactement ce que ce type t'a dit, demanda John Paul d'une voix qui, nota Theo, avait un peu perdu de son agressivité.

— D'après lui, le service de livraison s'était emmêlé les pédales. Frank – c'est comme ça qu'il s'est présenté – m'a expliqué qu'un autre coursier du nom d'Eddie avait commis une bévue en inversant deux étiquettes. Quel que soit le paquet que j'ai reçu par erreur, c'est apparemment celui qui les intéresse.

Theo secoua la tête.

— Et tu es certaine qu'il s'agit d'une erreur ? Parce que... (sans attendre que la lumière se fasse jour en elle, il poursuivit)... il ne faut rien tenir pour vrai tant qu'on n'en a pas la preuve. Attendons d'avoir ouvert ce pli et découvert ce qu'il contient avant de conclure qu'il ne t'était pas destiné.

Michelle opina.

— Tu crois que l'homme qui nous a tiré dessus mentait ?

— Bon sang, Mike, sers-toi de ta tête ! grogna John Paul.

— Ma tête me fait mal, répliqua-t-elle, avant de soupirer, contrariée d'avoir mis si longtemps à ouvrir les yeux. Bien sûr qu'il mentait.

— Pas forcément, reprit Theo.

— Mais tu viens de...

— Il disait peut-être la vérité, enchaîna-t-il en souriant. Le paquet a pu être livré à la mauvaise adresse. Quand nous l'aurons trouvé, nous le saurons. En attendant...

— Je comprends, lâcha-t-elle avec lassitude.

— Tu m'as confié que tu avais l'impression d'être suivie, tu te souviens ? Tu ne te trompais sûrement pas. Ce type est très doué. Je ne l'ai pas repéré et pourtant j'ouvrais l'œil.

— Ils surveillaient peut-être aussi la maison, suggéra Michelle.

— Qu'est-ce que tu déduis de tout ça ? lança John Paul à Theo.

— Pas grand-chose, reconnut-il. Quand on aura le pli, on y verra plus clair.

— Tu rentres à la maison avec moi, Mike. Je te protégerai.

— Tu sous-entends que je n'en suis pas capable ? s'énerva Theo.

— Quand je tire, c'est pour tuer. Je ne rate jamais ma cible.

Constatant que Theo était de nouveau à deux doigts d'assommer son frère, Michelle coupa court à leur affrontement.

— Excusez-moi, messieurs, mais je suis assez grande pour prendre soin de moi. John Paul, je pars à l'hôpital avec Theo.

— Mike…

— Inutile de discuter.

— Elle ne risque rien avec moi, déclara Theo, surpris que John Paul ne protestât pas. Noah est à La Nouvelle-Orléans, ajouta-t-il en se massant les tempes. Je vais lui demander d'y rester et de me rendre deux ou trois services avant de revenir à Bowen.

— Noah est…, commença Michelle.

— Je sais qui c'est, cracha son frère avec dédain. Un agent du FBI.

— En attendant, continua Theo comme si aucun des deux n'avait interrompu le cours de ses pensées, tu veilleras sur ton père, John Paul.

Michelle lâcha le sachet de petits pois sur la table.

— Tu penses qu'ils s'en prendront à lui ?

— Je pare juste à toutes les éventualités qui me viennent à l'esprit jusqu'à ce que j'aie le temps de réfléchir à la meilleure marche à suivre. (Theo finit sa bière et posa la bouteille sur la table.) Assez traîné maintenant.

— John Paul, ça t'ennuierait de jeter un œil au pick-up ? demanda Michelle. Big Daddy ne l'a pas conduit depuis plus d'une semaine. D'après lui, le démarreur a des ratés, et il n'a pas eu le temps de s'en occuper.

— Pas de problème.

L'épuisement gagnait peu à peu Michelle. Elle se redressa lentement.

— Alors allons-y.

Theo lui tendit le sachet de carottes afin qu'elle le remît dans le congélateur. Dans le même temps, il se leva et vérifia l'état de son genou en pesant dessus avec précaution. La glace l'avait soulagé. Sa jambe ne se déroba pas sous lui et la douleur avait presque disparu.

Michelle posa de nouveau le sac de petits pois sur son front et se dirigea vers la cuisine.

— On passera d'abord chez toi, répéta Theo.

— Parce que Ben nous y attendra ? Je peux l'appeler…

— Non. J'aimerais récupérer mon téléphone et reprendre des balles…

Theo devina la remarque de John Paul avant même que celui-ci eût ouvert la bouche.

— … je n'en ai presque plus.

— C'est du gâchis, si tu veux mon avis.

John Paul avait épuisé la patience de Michelle.

— Ne le descends pas, Theo. Je sais que tu en meurs d'envie parce qu'il peut se montrer casse-pieds. Mais je l'aime, alors épargne-le.

Theo lui adressa un clin d'œil.

— Je n'ai pas peur de lui, se moqua John Paul.

— Tu devrais, pourtant, rétorqua sa sœur.

— Pourquoi ? S'il tire, il me ratera.

32

Pendant que Michelle discutait avec Ben près de la voiture, Theo entra dans la maison. Il laissa ses chaussures boueuses près de la porte afin de ne pas salir puis courut à l'étage, se déshabilla et prit une petite douche. À son grand soulagement, il ne se découvrit ni tiques ni sangsues. Dix minutes plus tard, il ressortait avec à la main son téléphone, celui de Michelle et son chargeur. Il avait déjà mis de nouvelles balles dans son revolver et glissé des munitions supplémentaires dans sa poche.

— Prête ? lança-t-il à Michelle.

— John Paul a fait démarrer ta voiture, l'informa-t-elle en montant. Les clés sont dessus.

— Où est-il ?

Elle lui désigna du menton le côté de la maison. Son frère courait vers le pick-up qu'il avait garé au bord de la route.

Theo l'intercepta et lui tendit le téléphone de Michelle ainsi que le chargeur.

— C'est pas la peine, dit John Paul en fixant l'appareil d'un air écœuré.

— Je veux pouvoir te joindre au cas où. Prends-le.

— Je n'ai pas…

Theo n'était pas d'humeur à discuter.

— Qu'est-ce qu'on est censés faire, Michelle et moi, si jamais on a besoin de toi ? Prier le Ciel ?

John Paul céda. Il saisit l'appareil et se dirigea vers le pick-up.

— Prends soin de Big Daddy, lui cria Michelle. Veille à ce qu'il ne lui arrive rien. Et sois prudent toi aussi, tu n'es pas invincible.

Theo s'était installé au volant de sa voiture et s'apprêtait à fermer la portière lorsque Ben courut vers lui.

— Je crois qu'on a un peu de chance, pour changer.

— Que se passe-t-il ?

— Je viens de recevoir un message. Une inspectrice de La Nouvelle-Orléans souhaite me parler et elle affirme que c'est urgent.

— Vous savez ce qu'elle veut ? La police de La Nouvelle-Orléans ne peut pas être déjà au courant des événements de cette nuit. Il est trop tôt.

— Je retourne au poste pour en savoir plus, mais j'ai le sentiment qu'il y a un rapport entre elle et tout ça, fit-il en désignant la maison de Michelle. Elle détient peut-être des infos qui nous seront utiles.

— Appelez-moi dès que vous aurez appris quelque chose, conclut Theo.

Il ne leur fallut pas longtemps pour se rendre à l'hôpital. Là, Michelle le conduisit le long du couloir menant à la salle des urgences. Elle ne s'était pas donné la peine de s'examiner dans une glace et ne s'aperçut qu'elle aurait dû prendre le temps de se laver qu'en remarquant les regards du personnel. Et par-dessus le marché, elle dégageait probablement une odeur pestilentielle, songea-t-elle. Megan, la jeune infirmière fraîchement diplômée qui travaillait aux urgences, la dévisagea bouche bée.

— On dirait que vous êtes tombée dans une benne à ordures, lâcha-t-elle. Bon sang, mais que vous est-il arrivé ?

— Je suis tombée dans une benne à ordures.

L'une des collègues de Megan, Frances, les observait depuis le bureau des infirmières. Bien que jeune elle aussi, on l'avait affublée du surnom de « Mamie » tant son comportement était semblable à celui d'une vieille dame craintive. Michelle l'informa qu'elle avait besoin du matériel nécessaire pour effectuer des points de suture.

Frances se leva et contourna en hâte le bureau, dans un couinement de chaussures en caoutchouc.

— Reste ici, Theo. Je vais prendre une douche dans la salle de repos des médecins.

— Je t'accompagne. On sera au calme là-bas ?

— Oui.

— Parfait. Il faut que j'appelle Noah.

Megan les suivit du regard, l'air sidéré, tandis qu'ils passaient devant elle. Michelle remarqua que toute son attention était cette fois concentrée sur Theo.

Elle le guida jusque dans la spacieuse salle réservée aux médecins. Des casiers, adossés à un mur, faisaient face à un canapé et une table basse. S'y ajoutaient quelques fauteuils inclinables, un bureau et, tout près de la porte, une petite table avec une fontaine à café et des tasses en plastique. Un frigo placé dans un angle de la pièce complétait l'ensemble.

Un étroit passage menait à deux portes. Pendant que Michelle sortait des vêtements propres de son casier, Theo les ouvrit afin de voir ce qui se cachait derrière. Chacune d'elles ouvrait sur une salle de bains entièrement équipée.

— Bel aménagement, commenta-t-il lorsque Michelle le croisa en s'y dirigeant.

Il sortit ensuite du frigo une bouteille d'eau minérale et s'assit au bureau afin de composer le numéro de portable de Noah. Un instant plus tard, il écoutait la voix de ce dernier lui demandant de laisser un message. Il avait sa petite idée quant à l'endroit où se trouvait son ami, mais il devrait attendre pour le contacter que Michelle ait fini de se doucher.

Son deuxième coup de fil fut pour la standardiste de l'hôpital, à qui il demanda d'appeler Elena Miller. Il perçut un bruit de feuilles que l'on tourne, avant d'être informé que la secrétaire n'avait pas encore pris son service. L'employée refusa de lui communiquer le numéro de son domicile mais accepta finalement de le composer elle-même et de le mettre en relation. Elena décrocha à la deuxième sonnerie. Une fois qu'il lui eut rappelé qui il était, Theo la pria de lui décrire le coursier venu chercher le pli à l'hôpital le mercredi et de lui répéter tout ce qu'il avait dit.

Elena n'attendait que cette occasion pour s'épancher sur le malotru.

— Il a eu le toupet de s'énerver après moi, s'insurgea-t-elle.

Theo griffonna quelques notes sur un calepin qui traînait là et lui posa plusieurs autres questions. Lorsqu'il eut terminé, il raccrocha puis, après avoir déniché un annuaire dans le tiroir inférieur du bureau, chercha à La Nouvelle-Orléans le numéro de la société Speedy Messenger. Trois interlocuteurs plus tard, il avait en ligne le chef du personnel. L'air exténué, celui-ci refusa de coopérer jusqu'à ce que Theo le menaçât d'envoyer quelques policiers pour obtenir le renseignement qu'il désirait. L'homme se montra aussitôt tout à fait disposé à l'aider et lui expliqua que les livraisons étaient enregistrées dans un fichier informatique. Il tapa le nom de Michelle et lui lut l'endroit et le jour où le pli avait été déposé.

— Je veux le nom de l'expéditeur.

— Benchley, Tarrance et Paulson. Le reçu a été signé à l'hôpital St Claire à dix-sept heures quinze selon mon fichier. Vous souhaitez que je vous fasse parvenir une copie ?

— Ce ne sera pas nécessaire.

Michelle sortit ragaillardie de sa douche. Elle devait avoir une mine affreuse, pensa-t-elle, mais elle se sentait bien, ce qui, pour l'heure, était la seule chose dont elle se souciait. Elle s'habilla et se peigna – non sans grimacer lorsqu'elle donna par mégarde un coup de peigne sur son front douloureux. Elle coinça quelques mèches derrière ses oreilles et, ayant décidé de laisser ses cheveux sécher à l'air, s'approcha de Theo en serrant le cordon de son pantalon.

— Tu as parlé à Noah ?

— Pas encore. En revanche, j'ai eu le chef du personnel de Speedy Messenger au téléphone. Devine quoi ?

— Il n'a aucun employé nommé Frank ou Eddie ? Et dire que j'ai été assez stupide pour tout gober.

— Frank ou Eddie n'existent pas, en effet. De là à te croire stupide, cependant… Tu n'avais aucune raison de te méfier de ce type.

— Theo, je l'ai déjà vu quelque part. J'ai supposé que c'était à l'hôpital, mais ce n'est visiblement pas le cas. Alors où ?

— Ça te reviendra. Essaie de ne pas trop te creuser la tête et au moment où tu t'y attendras le moins, tu t'en souviendras. Tu sais ce que j'ai appris d'autre ?

Michelle traversa la pièce, s'assit sur le canapé et se pencha pour lacer ses chaussures.

— Non.

— Le paquet provenait de chez Benchley, Tarrance et Paulson.

— Il m'était adressé ?

— Oui. J'ai appelé le cabinet, mais personne n'accepte de me fournir de renseignement par téléphone. J'enverrai donc Noah là-bas. Oh, et j'ai aussi contacté Elena Miller. Elle était furieuse.

— Elena est toujours furieuse. De quoi s'est-elle plainte ?

— Que le coursier était désagréable.

— On le savait déjà.

— Lorsqu'elle n'a pas réussi à retrouver le paquet, il s'est mis à crier et l'a même menacée. Elle était si outrée qu'elle voulait appeler son employeur pour protester. Et puis elle a été prise par son travail et a oublié.

Michelle s'avança vers le bureau.

— Que se passe-t-il ? s'étonna-t-elle devant la manière dont il la fixait.

— Je n'avais pas remarqué à quel point tu avais l'air fatigué.

— Je vais bien.

— Je m'inquiète pour toi. On jurerait que tu es sur le point de t'écrouler.

— Je vais bien, insista-t-elle.

Sa mine pâle et tendue contredisait ses paroles. Il fallait qu'elle s'accorde quelques minutes pour récupérer, pensa-t-il. Ses nerfs ne lui permettraient pas de tenir encore longtemps.

— Approche.

— Theo, il faut qu'on se dépêche. Je dois recoudre ta blessure et retrouver ce paquet.

— Les points de suture et le paquet peuvent attendre quelques minutes de plus. Respire à fond et essaie de te détendre. Tu veux boire quelque chose ? Un coca ?

— Non, merci.

— Viens là.

— Je suis là.

— Plus près.

Michelle fit un pas.

— Theo…

— Plus près.

Impossible de lui résister. Elle savait pourtant qu'elle ne devait pas entrer dans son jeu – tous deux avaient bien trop de choses à régler. Elle croisa les bras et lui jeta un regard sévère.

— Ce n'est pas le moment de s'amuser.

Il l'assit sur ses genoux.

— Qu'est-ce qui te fait croire que je veux m'amuser ? s'enquit-il en glissant la main derrière sa nuque pour l'attirer lentement vers lui.

— Je ne sais pas… j'ai juste l'impression que tu risques de m'embrasser.

— L'idée ne m'a même pas effleuré. On ne peut pas se le permettre, chérie. On a trop à faire.

Parce qu'il lui mordillait le cou, elle ferma les yeux et inclina la tête afin qu'il puisse atteindre le lobe de son oreille.

— J'ai dû mal interpréter les signaux alors.

— Il faut croire, oui.

À peine avait-il prononcé ces mots qu'il s'empara de sa bouche pour lui donner un long baiser brûlant. Sa langue s'insinua lentement, langoureusement, entre ses lèvres, ce qui eut sur elle un effet des plus dévastateurs. Il la tourmenta et l'excita tant qu'elle finit par s'agripper à lui, tremblante, en une supplique muette.

Theo n'avait eu qu'un bref baiser en tête, mais au contact de ses lèvres la tentation fut tout simplement trop forte. Alors même qu'il était conscient d'avoir intérêt à s'arrêter s'il ne voulait pas perdre le contrôle de la situation, il prolongea son étreinte jusqu'à ce qu'elle se détache de lui.

— On ne peut pas faire ça, articula-t-elle d'une voix haletante, comme étourdie, avant d'appuyer son front contre le sien. On ne peut pas. Ça suffit, Theo.

— D'accord, grommela-t-il en tentant de calmer les battements de son cœur.

Elle déposa un baiser sur son front, puis descendit vers l'arête de son nez.

— Nous sommes dans un hôpital, bon sang.

Elle s'attarda ensuite sur ses lèvres. Et juste au moment où il prenait le dessus, elle s'écarta et murmura :

— Je travaille ici. Je ne peux pas passer mon temps à embrasser les gens.

Ce qui ne l'empêcha pas de recommencer. Sentant qu'il ne se dominerait bientôt plus, Theo s'arracha à elle et la souleva de ses genoux.

Michelle s'appuya contre le bureau, de peur que ses jambes refusent de la soutenir. Theo embrassait vraiment comme un dieu. Abattue, elle s'aperçut qu'elle aimait tout en lui. Son calme, sa façon de prendre les choses en main… son assurance. Il semblait si bien dans sa peau, si sûr de lui. Quand il avait peur, il ne le cachait pas, contrairement à John Paul. Sa confiance en lui était telle qu'il se moquait de l'opinion des autres.

Plus que toute autre, cette qualité suscitait son admiration.

Elle inspira profondément et, poussant la porte battante du plat de la main, sortit dans le couloir pour se diriger vers la salle des urgences. Theo lui emboîta le pas.

— Tu as la démarche la plus sexy que je connaisse, lui dit-il.

— Tu n'as pas lu l'écriteau ?

— Quel écriteau ?

— Il est interdit de flirter à l'hôpital.

Il capitula et redevint sérieux.

— OK. Commençons par chercher le pli dans la salle des urgences. J'ai remarqué tout à l'heure que le service était calme, ça ne saurait mieux tomber. Je vais demander à quelques employés de nous prêter main-forte.

— Je recoudrai ta plaie d'abord.

— Non, Michelle, je veux…

— Theo, le sermonna-t-elle en se tournant vers lui, ici, c'est moi qui commande. Accepte-le.

La douche lui avait redonné un peu d'énergie, mais elle se doutait que cela ne durerait pas longtemps et que le manque de sommeil ne tarderait pas à se faire sentir. Pour cette raison, elle tenait à s'acquitter de sa tâche la plus importante. Theo passait en premier, qu'il le veuille ou non.

Michelle se sentait également détendue et de nouveau sûre d'elle. Elle ne craignait rien à l'hôpital. Ici, Theo et elle pouvaient relâcher leur vigilance. Personne ne leur tirerait dessus – il y avait trop de monde. Ce serait d'ailleurs une bonne idée s'ils dormaient là, pensa-t-elle. Elle s'apprêtait à le suggérer à Theo lorsqu'il détourna son attention.

— Ralentis. À qui dois-je m'adresser pour qu'on nous file un coup de main ?

— Les gens ont du travail.

— Il s'agit d'une priorité.

— Appelle l'administrateur. Il est là à huit heures d'habitude, donc il ne devrait pas tarder. Mais il ne lèvera pas le petit doigt pour toi. Il déteste tout ce qui perturbe son train-train quotidien.

— Dommage, parce qu'il n'aura pas le choix. Tu cours presque, Michelle. Ralentis un peu, répéta-t-il.

— C'est toi qui traînes les pieds. Tu as peur de deux ou trois points de suture ? (Cette hypothèse lui arracha un sourire.) Tu trembles à l'idée que je te fasse mal ?

— Non, je n'aime pas les aiguilles, c'est tout.

— Moi non plus. Je m'évanouis chaque fois que j'en vois une.

— Ce n'est pas drôle, Michelle.

Elle jugea que si et éclata de rire. Frances, l'infirmière au regard perpétuellement désapprobateur, se tenait près des alcôves réservées aux examens. Elle ferma le rideau.

— Tout est prêt, docteur.

Michelle désigna à Theo la table dont Frances relevait le dossier. Il s'y assit, les yeux rivés à présent sur la jeune femme qui enfilait une paire de gants stériles. L'infirmière le déconcerta lorsqu'elle s'avança vers lui avec des ciseaux et tira sur son T-shirt. Il remonta aussitôt sa manche jusqu'à l'épaule, puis, pendant qu'elle nettoyait la zone autour de l'entaille avec un désinfectant à l'odeur âcre, saisit son téléphone et commença à composer un numéro.

— Il est interdit d'utiliser un portable à l'intérieur de l'hôpital, le rabroua-t-elle en essayant de le lui arracher des mains.

Il se retint de lui lancer un « bas les pattes », éteignit l'appareil et le posa sur la table d'examen à côté de lui.

— Apportez-m'en un dont je puisse me servir.

Il avait dû s'exprimer avec hostilité. Si incroyable que cela parût, Frances parvint à froncer les sourcils davantage encore.

— Il est nerveux celui-là, n'est-ce pas, docteur ?

Michelle s'affairait dans un coin, le dos tourné à Theo. Il devina cependant à sa voix qu'elle souriait lorsqu'elle répondit :

— Il a besoin d'un petit somme.

— J'ai besoin d'un téléphone, répliqua-t-il.

Frances finit de nettoyer la plaie et sortit – sûrement pour aller lui chercher ce qu'il avait réclamé, supposa Theo. Michelle s'approcha alors de lui, une main derrière le dos. Il n'apprécia pas d'être traité comme un gamin de dix ans à la vue duquel il fallait cacher une seringue.

— Dépêche-toi, lâcha-t-il, exaspéré. On n'a pas que ça à faire.

Il ne cilla pas lorsqu'elle lui injecta la lidocaïne.

— Tu ne devrais plus rien sentir d'ici une minute. Tu veux t'allonger ?

— Est-ce que cela te faciliterait la tâche ou te permettrait d'aller plus vite ?

— Non.

— Alors ce n'est pas la peine. Vas-y, commence.

Frances, revenue avec une tablette et des papiers, entendit manifestement Theo ordonner à Michelle de se mettre au travail.

— Jeune homme, vous ne devriez pas bousculer le docteur. C'est comme ça que les gens commettent des erreurs.

Jeune homme ? Bon sang, il était sûrement plus âgé qu'elle.

— Où est mon téléphone ?

— Détends-toi, Theo, lui enjoignit Michelle en faisant signe à Frances de rapprocher le plateau. Il n'est pas question que je me dépêche. (Elle sourit.) Quelqu'un m'a dit un jour que lorsqu'on voulait faire quelque chose proprement…

— Oui ?

— Il fallait se montrer doux et patient. C'est le seul moyen.

Malgré son irritabilité, il ne put s'empêcher de sourire. Il eut envie de l'embrasser, mais se douta que l'infirmière sortie tout droit de *X-Files* essaierait probablement de le mettre K-O s'il s'y risquait.

— Frances, vous êtes mariée ?

— Oui, pourquoi ?

— Je me disais que Michelle devrait vous présenter son frère, John Paul. Vous avez beaucoup de points communs tous les deux.

— Docteur, l'admission de ce patient n'a pas été enregistrée, remarqua sèchement Frances.

— Où est mon téléphone ?

— Il remplira les formulaires lorsque j'aurai terminé, déclara Michelle.

— Ce n'est pas la procédure légale.

— Je vais compter jusqu'à cinq. Si je n'ai pas un téléphone avant d'avoir fini, je me lève de cette table…, menaça Theo.

— Frances, s'il vous plaît, allez lui chercher un téléphone.

— Il y en a un au mur.

— Mais il ne peut pas l'atteindre, n'est-ce pas ? s'énerva Michelle.

— Très bien, docteur.

Frances délégua cette tâche à Megan. Penchée sur le bureau des infirmières, celle-ci flirtait avec un aide-soignant.

317

L'appareil était un vieux modèle. Megan le tendit à Theo après avoir branché le cordon à la prise murale.

— Composez le 9 pour sortir.

Michelle avait achevé de nettoyer la blessure et était prête à commencer les points de suture.

— Arrête de t'agiter. Tu essaies encore de joindre Noah ?

— Je veux d'abord parler à l'administrateur et obtenir de l'aide. S'il faut dévaster cet hôpital pour retrouver ce paquet, je n'hésiterai pas.

— C'est à moi de m'en occuper... mais tu pourrais me seconder avec quelqu'un d'autre. Si tout le monde s'y met, je ne saurai pas quels endroits auront été inspectés ou non. Laisse-moi vérifier aux urgences et au service de chirurgie avant d'appeler des renforts.

— Pourquoi seulement ces deux zones ?

— Parce que le courrier que j'oublie ici est en général envoyé à l'étage du bloc opératoire. Tous les chirurgiens y ont un petit bureau et c'est là que notre courrier est déposé.

— Elle a raison, intervint Megan. J'y monte beaucoup de plis – au moins deux fois par jour. J'essaie de me rendre utile, expliqua-t-elle. Il faut dire qu'il y a là-haut un technicien très mignon dont j'aimerais bien attirer l'attention. Je vous aiderai, docteur Mike. Il ne se passe pas grand-chose aux urgences, et Frances n'aura qu'à m'appeler si elle a besoin de moi.

— Merci, Megan.

— Je vous en prie. Que dois-je faire ?

— Trouver un pli livré par Speedy Messenger.

— Oh, on en reçoit beaucoup.

— Chérie, tu as bientôt fini ? demanda Theo.

— Waouh ! il vient de vous appeler chérie ! susurra la jeune infirmière.

— Megan, vous me masquez la lumière.

— Désolée, docteur. (Elle recula et observa tour à tour Michelle et Theo.) Alors, qu'est-ce qui se passe ? les interrogea-t-elle à voix basse.

— Allez donc fouiller les bureaux et les meubles de rangement à cet étage pendant que Michelle termine ça, lui ordonna Theo.

— Oui, monsieur.

— Soyez minutieuse, lui lança Michelle sans lever les yeux. (Elle attendit ensuite que Megan ait refermé le rideau.) Tu n'aurais pas dû m'appeler « chérie ».

— J'ai ébranlé ton autorité ?

— Non, c'est juste que…

— Quoi ?

— Megan est une gentille fille, mais elle ne sait pas tenir sa langue. J'ose à peine imaginer les bruits qui circuleront demain. Le personnel me verra déjà en épouse soumise et enceinte.

Theo pencha la tête.

— Enceinte… l'image me plaît bien.

— Seigneur, Theo ! lui reprocha-t-elle en roulant de gros yeux.

Il sourit.

— Une femme capable de ne pas broncher alors qu'un serpent rampe sur sa jambe peut bien supporter deux ou trois ragots. Tu es plus dure que tu n'en as l'air.

Michelle se concentra sur son travail.

— Encore un point et j'aurai fini. De quand date ton dernier rappel contre le tétanos ?

— Hier, répondit-il sans hésiter.

— Alors comme ça, tu n'aimes pas les piqûres ? Tant pis, tu n'échapperas pas à celle-là.

Il tendit le bras pour lui effleurer la joue.

— Tu deviens nerveuse quand je te taquine et les compliments te mettent mal à l'aise. Tu ne sais pas comment y réagir, hein ?

— Ça y est ! annonça-t-elle. Te voilà rafistolé. Ne bouge pas, s'empressa-t-elle d'ajouter lorsqu'il fit mine de se lever. J'ai terminé, mais pas toi.

— Qu'est-ce que ça veut dire ?

— Il te faut encore un pansement et une piqûre.

— J'ai eu droit à combien de points de suture ?

— Six.

Le rideau s'écarta alors que Michelle retirait ses gants.

— Docteur, la prévint Megan, il y a une inspectrice de La Nouvelle-Orléans qui souhaite vous parler, à vous et à votre petit ami.

— C'est un patient, la corrigea sèchement Michelle.

Trop tard, elle comprit qu'elle aurait dû se taire. Elle s'était mise sur la défensive, ce qui, bien sûr, ne contribua qu'à exacerber l'imagination débordante de l'infirmière.

Celle-ci ouvrit le rideau.

— Voici l'inspectrice Harris.

Une grande femme à la beauté frappante, au visage ovale et aux yeux perçants entra alors. Elle était habillée d'un pantalon noir, de chaussures noires confortables et d'un chemisier bleu pâle. Michelle nota les petites rides au coin de ses yeux et de sa bouche, ainsi que le badge et le revolver accrochés à sa ceinture lorsqu'elle se dirigea vers Theo pour lui serrer la main.

Harris ne perdit pas de temps en bavardages.

— Je veux savoir exactement ce qui s'est passé cette nuit. Nelson me l'a déjà raconté, mais votre version des faits m'intéresse.

— Où est Ben ? demanda Michelle.

— Il est retourné chez vous pour finir de ratisser les lieux, répondit Harris en lui jetant un bref coup d'œil. J'emporterai tout ce qu'il ramassera à notre labo de La Nouvelle-Orléans.

Theo examina l'inspectrice pendant qu'elle s'adressait à Michelle. Sèche et cassante, elle ressemblait à une foule d'autres officiers de police de sa connaissance. Une certaine lassitude se lisait en elle, comme si elle avait été épuisée presque toute sa vie.

— Vous travaillez depuis longtemps dans la police ?

— Depuis quatre ans à la Crime, répliqua-t-elle avec impatience. Et j'ai fait partie pendant trois ans de la brigade des mœurs avant d'être mutée.

Ah, la brigade des mœurs. Cela expliquait tout.

— Qu'est-ce qui vous amène à Bowen ?

— Si vous n'y voyez pas d'inconvénient, c'est moi qui poserai les questions.

— Bien sûr. Dès que vous aurez répondu à la mienne.

Ses lèvres se retroussèrent en une ébauche de ce que Theo supposa être un sourire.

— Si Nelson ne m'avait pas déjà avertie, j'aurais parié que vous étiez avocat.

Sans un mot, il se contenta d'attendre. Harris essaya de lui faire baisser les yeux et de l'intimider, mais échoua sur les deux tableaux.

— J'ai eu un tuyau…, se résigna-t-elle à avouer avec un soupir. Un tuyau sûr selon lequel un tueur que je traque depuis trois ans préparait un coup ici. J'ai appris qu'il se trouvait à Bowen pour remplir un contrat et cette fois, nom de Dieu, je jure que je le coincerai.

— De qui s'agit-il ?

— D'un fantôme. Enfin, c'est comme ça que le surnomment certains gars de mon service parce qu'il s'évapore dans la nature chaque fois que je m'approche de lui. D'après mon indic, il utilise le nom de Monk ces temps-ci. Je pense qu'il est coupable de deux meurtres commis à La Nouvelle-Orléans cette année. Il ne fait presque aucun doute qu'il a tué une adolescente à Métairie, et on soupçonne le père de la fille d'avoir commandité le coup pour empocher sa prime d'assurance-vie. L'ennui, c'est qu'on n'a aucune preuve.

— Comment savez-vous que Monk est le meurtrier ?

— Grâce à sa carte de visite. Comme toujours. Mon indic le côtoie et connaît ses habitudes. Il m'a expliqué que Monk laissait toujours une longue rose rouge sur les lieux du crime pour prouver qu'il s'était bien acquitté de son travail. Il maquille ses meurtres en accidents ou en suicides et dans toutes les affaires dont je me suis occupée, le décès profitait à un tiers.

— Un père a fait assassiner sa fille pour toucher de l'argent ? s'étrangla Michelle.

Elle se frotta les bras comme pour réprimer un frisson. Qu'un homme puisse se rendre coupable d'un acte aussi horrible dépassait l'entendement. Elle se sentit prise de nausées. La pauvre enfant.

— Il n'y avait pas de rose dans la chambre de la gamine, poursuivit Harris. En revanche, on a trouvé un pétale pas encore flétri à moitié dissimulé sous la commode. Et au cours d'une autre enquête, l'équipe scientifique a découvert une épine enfoncée dans un couvre-lit. Monk agit le plus souvent la nuit, quand ses proies sont endormies.

— Qui était la victime du deuxième meurtre que vous évoquiez tout à l'heure ? s'enquit Theo.

— Un riche vieillard qui n'avait plus pour famille qu'un petit-fils toxicomane.

— D'après ce que vous m'avez dit sur cet homme, il ne semble pas du genre à travailler en équipe. Ce serait plutôt un solitaire.

— Jusqu'à présent, oui, mais j'ai le pressentiment qu'il comptait parmi les hommes qui s'en sont pris à vous cette nuit.

— S'il est impliqué dans cette histoire, les interrompit Michelle, alors il doit rechercher le paquet. Il contient peut-être un élément qui l'incriminera, lui ou la personne qui l'a engagé.

— Quel paquet ? demanda Harris d'un ton brusque, comme prête à assommer Michelle pour lui avoir dissimulé des informations.

Celle-ci lui exposa la situation. Lorsqu'elle eut fini, l'inspectrice ne put masquer son enthousiasme.

— Vous dites que vous êtes en mesure d'en identifier un ? Vous avez distingué son visage et vous êtes certaine qu'il s'agit de l'homme qui vous a abordée au stade ?

— Oui.

— Bon sang, quelle chance si c'était Monk. Personne ne sait à quoi il ressemble, mais maintenant, avec une description…

— J'aimerais parler à votre indic, déclara Theo.

— Vous croyez que j'ai son numéro ? fit Harris en refusant d'un signe de tête. Ça ne marche pas comme ça. Il m'appelle quand il en a envie, et toujours d'une cabine téléphonique. Même quand nous localisons ses appels, les voitures de patrouille n'arrivent jamais à temps. Il est aussi insaisissable qu'une ombre.

— D'accord. Et votre dossier sur Monk ?

— Eh bien ?

— Je veux le consulter.

Elle l'ignora.

— Il faut qu'on retrouve ce paquet, lança-t-elle à Michelle. Vous n'avez aucune idée de ce qu'il contient ?

— Non.

— J'arrêterai Monk, je le jure sur la tombe de ma mère. Il est si près que je le sens presque déjà.

— Je veux voir son dossier, répéta Theo, d'un ton indiquant cette fois qu'il ne s'agissait plus d'une requête mais d'un ordre.

Harris lui décocha un regard glacial, sans lui répondre.

— Nous vous assisterons du mieux que nous pourrons, inspecteur, s'interposa hâtivement Michelle.

— Le meilleur moyen pour cela consiste à ne pas me mettre de bâtons dans les roues, riposta Harris sans quitter Theo des yeux. C'est moi qui dirige cette enquête. Compris ? (N'obtenant aucune réaction, elle s'éclaircit la gorge avec nervosité.) Je vais faire installer des barrages dans la région et resserrer peu à peu le filet. Emmenez le docteur chez elle et restez là-bas. Si vous entendez ou apercevez quoi que ce soit de suspect, appelez-moi.

Elle sortit deux cartes de sa poche, tendit l'une à Theo et l'autre à Michelle.

— Vous pouvez me joindre à n'importe quel moment sur mon portable.

Nul besoin d'un diplôme de droit pour comprendre qu'elle ne comptait pas coopérer. Devant son refus de jouer cartes sur table, Theo ne se donna pas la peine de lui communiquer les renseignements qu'il avait déjà glanés.

— Je n'en démordrai pas, la menaça-t-il, décidé à ne tolérer aucune opposition de sa part. Je veux avoir accès à son dossier et savoir aussi ce que renferme ce paquet.

— Vous pourrez voir ce qu'il y a à l'intérieur. Et si cela n'a aucun rapport avec Monk, vous serez libre de mener toutes les investigations qu'il vous plaira.

— Sinon ? demanda Michelle.

— Je prendrai les choses en main. C'est mon enquête et je ne permettrai pas aux fédéraux de tout foutre en l'air. J'ai passé trois longues années à courir après Monk et je me suis trop investie dans cette histoire pour laisser le FBI s'en mêler. Ça, pas question.

Son mépris était palpable. Une rivalité bien enracinée opposait le FBI et les autorités locales du pays – ce qui, de l'avis de Theo, représentait une fichue plaie. Il ne se sentait pas d'humeur à se montrer diplomate ou à ruser.

— Vous craignez que le FBI ne vous dessaisisse de l'enquête ? l'interrogea Michelle.

— Évidemment ! Trois ans…, répéta Harris. Je finirai par épingler Monk et, ce jour-là, ne comptez pas sur moi pour vous le servir sur un plateau.

— Hé ! rétorqua Theo. Je travaille pour le ministère de la Justice. Je me fiche du sort que vous lui réservez, sauf s'il se trouvait parmi les tireurs qui ont essayé de nous tuer, Michelle et moi. Dans ce cas, il faudra qu'on s'entende tous les deux.

— Le chef de la police m'a dit que vous étiez venu en vacances ici pour pêcher. Alors ne changez rien à vos projets et ne vous mêlez pas de mon travail.

— Écoutez, je conçois que vous teniez à le coincer, mais…

— Quoi ? demanda-t-elle avant qu'il eût achevé sa phrase.

— Je suis dans le coup, que cela vous plaise ou non. Vous vous imaginez que je vais rester assis à patienter bien sagement ? Je me suis peut-être mal exprimé. Cet homme a tenté de nous tuer.

— Je ne vous laisserai pas fiche cette enquête en l'air, fulmina Harris.

Theo n'avait aucune envie de s'embarquer dans une dispute violente.

— Combien de fois faudra-t-il que je le répète pour que vous compreniez ? martela-t-il en s'efforçant d'adopter un ton égal. Rien ne m'arrêtera.

— Et vous croyez…

— Moi, par contre, je peux vous stopper, et vous le savez bien. Il me suffit d'un appel et la question est réglée.

Il ne bluffait pas. Theo avait assez d'influence pour écarter un obstacle. Harris, non. C'était aussi simple que ça.

L'inspectrice opta pour la prudence.

— Très bien, nous partagerons nos informations. Je vous enverrai des copies de tout ce que je détiens au sujet de Monk dès mon retour au poste. Et vous serez autorisé à jeter un œil au contenu du paquet.

— À supposer qu'on le retrouve, la coupa Michelle.

— Il le faut, jeta sèchement Harris. À présent, c'est à mon tour de poser une condition.

— Laquelle ?

— Donnez-moi quarante-huit heures avant d'intervenir ou d'appeler vos troupes. Je vous assure que Monk sera derrière les barreaux d'ici là. Et si les hommes qui vous ont pourchassés, vous et le docteur, s'avèrent être ses complices, je les arrêterai eux aussi.

— Vous êtes bien sûre de vous. Qu'est-ce que vous me cachez ? Vous savez où se terre Monk ?

— Quarante-huit heures, insista-t-elle.

Il n'accorda pas même une seconde de réflexion à sa requête.

— Non.

— Vingt-quatre, alors. Cela me semble raisonnable.

Sous l'effet de la colère, son cou avait viré au rouge, mais Theo se moquait bien de lui compliquer la vie.

— Non.

— Qu'est-ce que vous voulez, à la fin ? Accordez-moi un délai. Mes hommes sont sur le point de le boucler, et nous y travaillons tous depuis trop longtemps pour vous abandonner l'affaire à ce stade. Laissez-nous le coffrer. Trois longues années…

— Oui, je sais. Trois ans. D'accord, je vous donne douze heures, pas une minute de plus. Si vous ne l'avez pas interpellé d'ici là, je prendrai le relais.

Harris consulta sa montre.

— Il est presque neuf heures. Plus douze… oui, ça ira. Conduisez le docteur chez elle et ne bougez pas jusqu'à neuf heures ce soir. (Elle se tourna vers Michelle.) Au travail. Par où commence-t-on ?

Michelle vit Frances lui adresser un signe. L'infirmière agita le téléphone qu'elle tenait à la main.

— Le pli est soit ici, soit au service de chirurgie. Vous voulez bien m'excuser ? J'ai un appel à prendre. (Sans attendre sa permission, elle courut vers le bureau des infirmières.) Megan, lança-t-elle, accompagnez donc l'inspectrice à l'étage et fouillez partout. Je vous rejoins dans un instant. Frances, occupez-vous du pansement de M. Buchanan et faites-lui un rappel contre le tétanos.

Puis elle souleva le combiné et s'écarta afin de laisser passer Megan.

— Par ici, inspectrice, fit celle-ci en guidant Harris vers l'ascenseur.

Michelle ne fut pas retenue longtemps.

— Le Dr Landusky a appris que j'étais à l'hôpital et m'a demandé d'aller vérifier l'état d'un de ses patients, dit-elle à Theo en revenant près de lui. Est-ce que la douleur se réveille ? Je peux te donner quelque chose.

— Non, je me sens bien.

— N'oubliez pas de remplir les formulaires, docteur, lui rappela Frances avant de partir.

Theo surveillait l'ascenseur. Dès que les portes se furent refermées, il prit son portable et demanda à Michelle le numéro de son amie Mary Ann.

Elle le lui récita rapidement.

— Pourquoi veux-tu lui parler ?

— Je ne veux pas lui parler.

Mary Ann décrocha à la troisième sonnerie. Elle semblait avoir été tirée de son sommeil.

— Passez-moi Noah, la pria Theo sans perdre de temps.

— Il est retourné à La Nouvelle-Orléans avec elle ? s'exclama-t-elle, stupéfaite.

Elle obtint la réponse à sa question une seconde plus tard lorsque Theo déclara :

— Sors de son lit et va dans la pièce à côté pour qu'on puisse discuter.

Noah bâilla bruyamment au bout du fil.

— J'espère que tu as une bonne nouvelle à m'annoncer.

— Oh oui, lui promit Theo.

— Bon, très bien. Attends une minute.

Michelle entendit son nom résonner dans le haut-parleur et retourna répondre à un nouvel appel. Une infirmière voulait qu'elle contrôle une feuille de température avant d'administrer ses médicaments à un malade. Elle reposa le combiné à l'instant où Theo mettait fin à sa conversation.

— Quand tu auras vérifié, conclut-il, reviens ici. Merci, Noah.

— Qu'est-ce que tu fais ? s'étonna-t-elle dès qu'il eut raccroché. Tu as promis à l'inspectrice de lui laisser douze heures avant d'entreprendre quoi que ce soit.

— En effet.

— Tu as bien dit douze heures ?

— Oui, reconnut-il. Tu sais par conséquent ce que cela signifie.

— Quoi ?

— J'ai menti.

33

Elles fouillaient la mauvaise pièce. Michelle passa devant son bureau et trouva l'inspectrice Harris en compagnie de Megan dans celui du Dr Landusky.

— Vous avez déjà regardé le mien ? demanda-t-elle à Megan.

— J'étais persuadée que vous travailliez ici.

Assise par terre, l'infirmière inspectait une pile de chemises.

— Non, à côté.

— Oh, je suis désolée, docteur Mike. Pendant tout ce temps, je vous ai crue désordonnée parce que je pensais que c'était votre bureau. Chaque fois que je montais à cet étage, vous étiez installée là à dicter ou à rédiger les fiches d'observation des malades.

— Je me suis servie du box du Dr Landusky pour la simple raison que les infirmières et les secrétaires y déposaient ses dossiers et que je me suis occupée de ses patients pendant ses vacances.

— Mais du coup, j'ai toujours laissé dans cette pièce le courrier qui vous concernait.

— Autant continuer alors, les interrompit l'inspectrice. Le pli a pu être apporté ici par erreur.

Comme Harris fourrageait parmi les affaires traînant sur le bureau, Michelle s'agenouilla et commença à éplucher une pile de papiers adossée au mur.

— Je ne sais pas comment Landusky arrive à supporter un tel fouillis.

— Il est toujours en retard dans son travail, renchérit spontanément Megan.

— Ça vous dérangerait de vous concentrer un peu ? les rabroua Harris, telle une institutrice confrontée à deux élèves indisciplinées.

— Je suis tout à fait capable de bavarder et de m'activer en même temps, lui assura Megan.

— Ouvrez l'œil, lui intima l'inspectrice.

— Ce ne serait pas ça, par hasard ? demanda l'infirmière quelques instants plus tard en tendant une petite enveloppe jaune à Michelle.

— Non, répondit celle-ci. Il faut qu'il y ait une étiquette Speedy Messenger collée dessus.

— Et ça ?

Elle passa un nouveau pli à Michelle. Harris tourna la tête et attendit sa réaction.

Il s'agissait cette fois d'une enveloppe matelassée en papier kraft de format standard. Michelle lut le nom d'un cabinet juridique dans le coin supérieur, juste au-dessus de l'étiquette Speedy. Elle retint son souffle.

— Je crois bien que oui, dit-elle en la remettant à Harris.

Celle-ci réagit comme si on venait de lui confier un colis piégé : elle soupesa l'enveloppe avec précaution, puis la retourna lentement. Elle ne se pressa pas davantage pour tirer sur l'étroite bande de papier qui la scellait. À l'intérieur se trouvait un deuxième pli, qu'elle décacheta avec un coupe-papier.

Tout en le tenant par un coin, elle balaya le bureau du regard.

— Cela fera l'affaire, déclara-t-elle à la vue d'une grosse pince à papier sur l'une des étagères. Je ne tiens pas à toucher les documents à l'intérieur et à effacer d'éventuelles empreintes.

— Je peux aller vous chercher des gants, proposa Megan.

— Merci, répondit Harris avec un sourire, mais ceci devrait marcher.

Michelle s'adossa au mur, accroupie, une pile de chemises cartonnées sur les genoux. Elle observa l'inspectrice, qui se servit de la pince pour attraper une feuille et l'extraire à demi.

Megan renversa alors un tas de journaux et de dossiers médicaux en se redressant. Michelle l'aida à tout rempiler dans un angle de la pièce.

— Eh bien ? demanda-t-elle ensuite.

Harris semblait déçue.

— C'est une sorte d'audit ou de document comptable. Il n'y a pas de nom inscrit sur cette page, juste des initiales à côté de ce qui semble être des transactions. Plus des tonnes et des tonnes de chiffres.

— Et les autres feuilles ?

— Il doit y en avoir une douzaine, peut-être plus, mais certaines sont agrafées. Essayer de les détacher serait trop risqué, conclut-elle en secouant la tête. (Elle remit lentement le tout dans l'enveloppe.) Il faut que je file porter ça au labo. Une fois qu'ils auront examiné ces papiers, je ferai appel à un expert pour en comprendre la signification.

Parce qu'elle n'était pas plus avancée, Michelle éprouva une énorme déception. Elle se débarrassa de ses chemises et se releva tandis que Harris se dirigeait vers l'ascenseur.

— Merci pour votre aide, lui lança l'inspectrice. Je vous tiendrai au courant.

— Vous aviez promis à Theo de lui laisser voir le contenu du paquet, lui rappela Michelle.

Harris entra dans la cabine et appuya sur le bouton. Au moment où la porte se refermait, elle sourit.

— Dans douze heures, lui rappela-t-elle. Pas avant.

Les poings sur les hanches, Michelle la fixa d'un air désapprobateur jusqu'à ce qu'elle eût disparu. Megan la rejoignit.

— Qu'espériez-vous trouver dans cette enveloppe ?

— Des réponses.

— Quand les choses se tasseront, vous m'expliquerez la raison de tout ce remue-ménage ?

— Bien sûr. À supposer que je la découvre moi-même un jour, je serai ravie de vous mettre au courant.

— Votre petit ami est avocat, il saura probablement ce que désignent ces chiffres. Vous vous doutez bien qu'il ne la laissera pas s'envoler sans y avoir jeté un coup d'œil. Je vais descendre aux urgences par l'escalier – je ne raterais le spectacle pour rien au monde !

Michelle avait encore un patient à examiner.

— Prévenez-le que je n'en ai plus que pour une minute, lança-t-elle à Megan avant de se diriger vers l'unité de soins coronariens.

Harris ne voulait pas prendre le risque de croiser Theo. Elle abandonna l'ascenseur au premier étage, emprunta les escaliers jusqu'au rez-de-chaussée, puis suivit les panneaux indiquant la sortie et se glissa dehors par une porte latérale sans être vue de personne. Elle avait contourné l'hôpital et courait vers le parking, l'enveloppe serrée contre sa poitrine, lorsqu'elle entendit des pneus crisser derrière elle. L'inspectrice fit volte-face juste au moment où la Toyota grise fonçait sur elle.

34

Harris ne répondait pas, ce qui rendait Theo furieux. Il essaya à deux reprises de la joindre, mais tomba chaque fois sur sa boîte vocale. Ses messages allèrent droit au but : il voulait le pli, et tout de suite. Il appela également son poste de police pour qu'on lui laisse un mot de sa part. À l'instant où il raccrochait, Michelle sortit de l'ascenseur. Bien que Megan lui eût déjà tout raconté, il l'obligea à lui retracer les faits une seconde fois.

— Mais tu n'as pas pu étudier les papiers ? l'interrogea-t-il alors qu'il la suivait dans la salle de repos des médecins.

— Non, elle préférait que je n'y touche pas, répondit-elle en reprenant ses affaires. Elle craignait que j'efface des empreintes.

— Tu parles, cracha-t-il. Elle s'est foutue de toi. Elle est déterminée à me tenir en dehors de son enquête.

— Pendant douze heures, tout du moins.

Michelle avait fourré ses vêtements et ses chaussures dans un sac en plastique et attendait à présent près de la porte. Theo prit son téléphone.

— Assez plaisanté maintenant, marmonna-t-il.

— Theo ?

Il leva enfin les yeux vers elle.

— Oui ?

— Je suis fatiguée. Il faut que je dorme un peu, et toi aussi. On peut rentrer, s'il te plaît ?

— Bon, d'accord.

— Accorde-lui douze heures, insista-t-elle en bâillant. Tu l'as promis. Je sais qu'elle n'a pas envie de coopérer avec toi et que cela t'énerve, mais je crois que tu devrais la lâcher un peu. Trois années de travail sont en jeu pour elle.

— Il y en aurait quinze que je m'en ficherais tout autant. Je refuse de céder.

Theo écumait de rage. Lorsqu'ils parvinrent à la voiture, il menaçait de faire retirer son badge à Harris. Michelle le laissa donner libre cours à sa colère sans l'interrompre.

— Tu te sens mieux ? lui demanda-t-elle lorsqu'il eut fini.

— Oui. (Il lui tendit son téléphone.) Appelle ton père et dis-lui qu'on arrive.

— On peut s'arrêter chez moi d'abord ? Il me faut des vêtements de rechange.

— Bien sûr.

Pendant qu'elle composait le numéro, il passa un virage et entra dans Bowen. À présent qu'il connaissait mieux les parages, il ne lui paraissait plus aussi difficile de s'orienter, même s'il persistait à penser que quelques panneaux indicateurs n'auraient pas été superflus.

Personne ne décrocha chez Big Daddy. Comme son père refusait d'utiliser un répondeur, Michelle ne put laisser de message. Elle se rappela alors que John Paul avait son portable et essaya de le joindre.

— Ouais ?

— C'est comme ça qu'on répond au téléphone ? le gronda-t-elle.

— Oh, c'est toi. Ça va ?

— Oui. Je rentre à la maison avec Theo. Où est papa ?

— Juste à côté de moi. On se dirige vers chez toi. Il vient d'apprendre à quoi vous avez échappé cette nuit et il tient à constater de ses propres yeux que tu vas bien.

— Dis-lui que oui.

— C'est déjà fait mais il veut quand même s'en assurer.

Il coupa brusquement la communication sans lui donner le temps de parler à son père. Michelle éteignit le téléphone et le rendit à Theo.

John Paul et Jake arrivèrent juste derrière eux. Après avoir apaisé les craintes du second, Michelle empaqueta quelques vêtements et des affaires de toilette. Tous ressortirent ensuite. John Paul proposa à sa sœur et à Theo d'abandonner la voiture de location dans la cour et de repartir avec lui et Jake, de sorte que, si quelqu'un s'aventurait là, il apercevrait le véhicule et en déduirait que tous deux se trouvaient à l'intérieur. Theo ne se sentait pas d'humeur à discuter.

Le pick-up avait grand besoin de nouveaux amortisseurs. Assise sur les genoux de Theo, près de la vitre, Michelle était obligée de baisser la tête chaque fois que son frère passait sur une bosse.

— Vous devez être crevés, commenta Jake au moment où ils atteignaient une intersection. Dire que ces fumiers vous ont pourchassés et tiré dessus pendant la moitié de la nuit !

Big Daddy possédait une maison très étendue. De face, elle ressemblait à un simple pavillon construit sur une dalle de béton. Lorsque John Paul avança le pick-up à l'arrière cependant, Theo découvrit l'existence d'un étage dont les fenêtres avaient vue sur l'eau. Une autre chambre, de toute évidence ajoutée plus tard, faisait saillie du même côté. Comme Michelle, Jake disposait d'une grande véranda qui dominait le bayou.

Trois bateaux de petite taille étaient amarrés au ponton.

Hostile à l'air conditionné, Jake n'avait équipé que deux ou trois pièces de climatiseurs – tous éteints. Le vieux bois dur des planchers était usé et les lames gauchies dans le salon. Des tapis ovales tressés recouvraient le sol çà et là. Chose étonnante, il ne faisait pas lourd à l'intérieur. Les pales du ventilateur installé au plafond apportaient un souffle d'air tout en émettant un petit bruit sec à chaque rotation.

Les rayons de soleil qui se déversaient par les fenêtres jetaient sur les vieux meubles une lumière éclatante. Theo prit le sac de Michelle et lui emboîta le pas le long d'un grand couloir au bout duquel, dans l'embrasure d'une porte, il aperçut le lit double de Jake. Michelle ouvrit la chambre située à gauche et entra.

La pièce, meublée de deux lits simples séparés par une table de nuit, donnait sur l'avant de la maison. Il y régnait une chaleur étouffante, mais, heureusement, elle était équipée d'un climatiseur. Michelle le régla à fond, ôta ses chaussures et s'assit sur le bord du premier lit, recouvert d'un édredon bleu et blanc. Le deuxième en arborait un à bandes rouges et jaunes, Big Daddy ne se souciant guère de coordonner les couleurs. Après avoir enlevé ses socquettes, elle s'affaissa sur l'oreiller et s'endormit en un clin d'œil.

Theo referma doucement la porte derrière lui puis retourna dans le salon.

Une heure plus tard, le rire tonitruant de Jake tira Michelle de son sommeil. Elle se leva aussitôt et se dirigea vers la salle de bains. Theo la rejoignit à cet instant.

— On t'a réveillée ?

Elle fit signe que non et recula afin de lui céder le passage, mais il la suivit jusqu'à la presser contre le mur. Là, il l'embrassa.

— Voilà comment bien démarrer une journée. En donnant un baiser à une jolie femme, déclara-t-il avant de relâcher son étreinte.

Michelle s'examina dans la glace et fut horrifiée. Il était temps de sortir le maquillage et d'adopter un comportement plus féminin, décida-t-elle. Theo avait bien dit « jolie » ? Il avait manifestement besoin de porter plus souvent ses lunettes.

Une demi-heure plus tard, elle avait retrouvé meilleure allure. À son grand regret, elle n'avait pas emporté de jupe, de sorte qu'elle eut simplement le choix entre un short bleu marine et un jean. En raison de la chaleur, elle opta pour le premier. Quant au haut, la question ne se posait même pas. Elle n'avait pris qu'un chemisier jaune pâle un peu trop moulant.

Pieds nus, elle traversa le couloir et posa sa trousse de maquillage sur la commode de la chambre. Theo arriva au même moment pour chercher ses lunettes. Engagé dans une conversation téléphonique, il ne lui jeta d'abord qu'un bref coup d'œil, mais son regard s'attarda ensuite sur ses jambes et Michelle l'entendit demander à son interlocuteur de répéter sa phrase.

— Je l'ai. Oui, son père a reçu la lettre recommandée il y a une heure environ. Michelle n'est pas au courant, non. Je vais laisser Jake la prévenir.

— Qui était-ce ? demanda-t-elle lorsqu'il eut raccroché.

— Ben. Il attend encore le rapport d'enquête.

— Qu'est-ce que mon père est censé m'apprendre ?

— Une bonne nouvelle, lui promit-il.

— J'ai rêvé ou il y avait du monde ici tout à l'heure ? Il m'a semblé que la porte s'ouvrait et se refermait, et qu'il y avait des tas de voix bizarres aussi.

— Quelques amis de ton père sont venus lui apporter les plats qu'ils avaient déposés chez toi. Quatre tartes nous attendent dans la cuisine, ajouta-t-il avec un large sourire.

— Mais aucune carte, n'est-ce pas ?

— Mike, il faut que je te parle, cria Jake.

— J'arrive !

Tous deux regagnèrent le salon.

— Oh, oh, il nous fait une petite déprime, murmura-t-elle à la vue de l'album de photos ouvert sur la table.

— Il m'a plutôt l'air content.

— Erreur, il ne sort l'album de famille que quand il a le cafard.

John Paul était affalé sur le canapé, les mains croisées sur la poitrine et les yeux fermés. Jake, quant à lui, avait pris place à la grande table ronde en chêne de la cuisine, laquelle prolongeait le salon.

— Tu ne regrettes pas de ne pas avoir assisté à son enterrement maintenant ? demandait-il à son fils.

— Non, rétorqua celui-ci, sans même ouvrir un œil.

— Tu devrais. Ta cousine n'était pas la fille grincheuse que tu croyais.

— Je n'ai jamais dit qu'elle était grincheuse. J'ai dit…

— Je me rappelle très bien les mots que tu as employés, le coupa vivement Jake. Mais je refuse que tu le répètes devant les gens. Et puis je suis sûr que tu éprouves des remords aujourd'hui.

John Paul n'émit aucun commentaire – à moins qu'un grognement ne fût assimilable à une réponse.

— Ta cousine se souciait de sa famille finalement. Mike, viens t'asseoir ici. J'ai une nouvelle importante à t'annoncer. Theo, asseyez-vous aussi. J'aimerais vous montrer quelques photos.

Theo tira une chaise pour Michelle, puis s'installa à côté d'elle. Jake prit alors la main de sa fille et la regarda droit dans les yeux.

— Prépare-toi à un choc, ma chérie. Tu ne vas pas en revenir.

— Qui est mort ?

— Personne, répondit-il d'un air surpris. Il s'agit de ta cousine Catherine Bodine.

— Celle qui est morte, intervint John Paul.

— Évidemment qu'il s'agit de celle-là. Vous n'aviez qu'une cousine et elle était du côté de votre mère.

— Eh bien ? s'enquit Michelle.

— Elle nous a légué de l'argent. Une jolie somme, même, insista-t-il en haussant les sourcils.

— Oh, papa, il y a forcément une erreur, s'exclama-t-elle, incrédule. Catherine nous aurait laissé de l'argent ? C'est impossible.

— Puisque je te le dis ! Je reconnais que c'est dur à croire – je t'avais prévenue que tu aurais un choc –, et pourtant je n'invente rien.

— Pourquoi aurait-elle fait ça ? Elle nous détestait.

— Ne parle pas comme ça, la réprimanda-t-il. (Il sortit son mouchoir de sa poche afin de s'essuyer les yeux.) Ta cousine était une femme merveilleuse.

— C'est ce qui s'appelle réécrire l'histoire, grommela John Paul.

Toujours sceptique, Michelle secoua la tête.

— Il doit y avoir un malentendu.

— Non, ma chérie, pas du tout. Tu n'es pas curieuse de savoir de combien nous allons hériter ?

— Si, bien sûr.

Elle se demandait en réalité quel tour Catherine leur avait joué. D'après ce que lui avaient raconté ses frères, cette femme pouvait se montrer mauvaise.

— Ta chère cousine nous a fait cadeau de cent mille dollars chacun.

Michelle en resta bouche bée.

— Cent...

— Cent mille dollars, compléta son père. Je viens de prévenir Remy par téléphone. Je voulais qu'il sache combien Catherine avait été généreuse, et il a réagi exactement comme ton frère et toi. J'ai élevé trois enfants cyniques.

Michelle éprouvait quelque difficulté à assimiler la nouvelle.

— Catherine Bodine... nous a laissé... cent...

— Tu bégaies, sœurette, se moqua John Paul.

— Tais-toi, lui ordonna Jake, avant de poursuivre d'une voix plus douce. Tu vois, ma chérie ? Catherine ne nous détestait pas. Elle n'avait pas vraiment besoin de nous, voilà tout. Elle était... différente et on lui rappelait une dure période de sa vie.

Michelle s'aperçut soudain que Theo ignorait de qui ils parlaient.

— Ma cousine avait sept ou huit ans quand sa mère a épousé un homme très riche du nom de Bodine. Ils ont déménagé à La Nouvelle-Orléans et ont coupé les ponts avec nous. Je ne l'ai jamais rencontrée, ni même eue au téléphone. Je n'arrive pas à croire qu'elle nous ait légué quoi que ce soit.

— La mère de Catherine était la sœur de ma femme, expliqua Jake. Elle s'appelait June, mais on la surnommait tous Junie. Elle n'était pas mariée quand elle s'est retrouvée enceinte – un vrai scandale à l'époque. Si les gens ont fini par oublier avec le temps, son père ne lui a jamais pardonné. Il l'a flanquée dehors. Comme Ellie et moi, on venait juste de se marier, Junie a emménagé avec nous, et elle est restée après la naissance du bébé. On vivait un peu à l'étroit, mais on s'en sortait, ajouta-t-il. Et puis un jour, elle a rencontré ce type, elle l'a épousé et est partie avec lui. Elle est morte quand Catherine avait onze ans. Je n'allais quand même pas laisser cette enfant oublier qu'elle avait une famille qui l'aimait à Bowen, alors j'ai mis un point d'honneur à l'appeler au moins une fois par mois et à lui rendre visite. Comme elle n'avait jamais grand-chose à raconter, je lui parlais surtout de mes trois enfants, histoire qu'elle connaisse ses cousins. Catherine a été très impressionnée quand elle a appris que Mike allait devenir médecin. Elle était fière de toi, ma chérie. Simplement, elle ne l'a jamais avoué.

— Elle ne t'a même pas invité à son mariage, protesta Michelle. Ne prétends pas que tu n'as pas été vexé.

— Non, c'est faux. De toute façon, il ne s'agissait que d'une petite cérémonie civile. Elle me l'a expliqué elle-même.

Les coudes sur la table, Michelle enroulait une mèche de cheveux autour de son doigt d'un air absent, tout en réfléchissant à cette manne inespérée. Cet argent représentait un don du Ciel. Elle aurait plus qu'assez pour réparer les dégâts infligés à son dispensaire et engager une infirmière.

Son père sourit en l'observant.

— Et voilà que tu recommences à tortiller tes cheveux. (Il se tourna vers Theo.) Quand elle était petite, elle les enroulait autour de ses doigts et suçait son pouce jusqu'à ce qu'elle s'endorme. Je ne me souviens plus du nombre de fois où Remy et moi avons dû les démêler.

Michelle s'arrêta aussitôt et croisa les mains.

— Je me sens coupable, déclara-t-elle, parce que je n'arrive pas à trouver la moindre qualité à Catherine alors que j'ai déjà une idée de la manière dont je vais dépenser une partie de son argent.

Son père poussa le gros album à la couverture quadrillée de carreaux rouges et noirs vers Theo. Celui-ci l'ouvrit et commença à regarder les photos tandis que Jake lui indiquait qui était qui.

Michelle en profita pour aller se chercher un coca light et lui en rapporter un. Lorsqu'elle revint, Theo avait chaussé ses lunettes, ce qui lui donnait l'air très sérieux. Elle lui toucha l'épaule.

— Tu as faim ?

— Oui, répondit-il en tournant une nouvelle page.

— Papa, Theo n'a aucune envie de regarder nos photos de famille.

— Si, si, je t'assure.

Elle se pencha par-dessus son épaule, posa sa canette sur un des sous de verre, à côté de la sienne, puis se redressa.

— John Paul, prépare-nous quelque chose à manger, à Theo et à moi.

— Tu rêves ! ricana-t-il.

Elle s'approcha du canapé et s'assit sur son ventre. Devinant ce qu'elle mijotait, il se raidit.

— Je dors, lança-t-il. Fiche-moi la paix.

Elle ignora ses protestations et lui tira les cheveux en s'appuyant contre les coussins.

— Tu arrives à croire que Catherine nous ait légué autant d'argent ?

— Non.

— C'est hallucinant.

— Mmm.

— Ouvre les yeux.

Il soupira bruyamment, puis obtempéra.

— Quoi ?

— Tu vois un truc sympa à dire à son sujet ?

— Bien sûr. Elle était égoïste, obsessionnelle, compulsive, gloutonne…

Michelle le pinça.

— Quelque chose de gentil.

— Elle est morte. C'est plutôt gentil, ça.

— Tu devrais avoir honte. Tu as faim ?

— Non.

— Si, tu as faim. Tu as toujours faim. Viens m'aider.

Il l'attrapa par le bras au moment où elle se relevait.

— Quand est-ce que Theo s'en va ?

Posée brutalement, la question la prit au dépourvu.

— Lundi, murmura-t-elle. Il part lundi matin avec son ami Noah.

Même elle perçut la tristesse dans sa voix. Elle n'essaya pas de le prendre à la légère ni de prétendre qu'elle s'en moquait parce qu'elle ne pouvait tromper son frère. John Paul la connaissait mieux que quiconque, il avait toujours su lire en elle à livre ouvert. Michelle ne lui mentait jamais.

— Tu es stupide.

— Je sais.

— Tu n'aurais pas dû accepter de devenir aussi vulnérable.

— Je sais, répéta-t-elle.

— Alors, pourquoi tu ne t'es pas protégée ? C'est un étranger.

— Je ne m'attendais pas… Que veux-tu que je te dise ? C'est arrivé, voilà tout.

— Alors ?

— Alors quoi ?

— Tu vas t'effondrer quand il te quittera ?

— Non. Non, affirma-t-elle une deuxième fois avec plus de force.

— Mouais.

Theo ne leur prêtait aucune attention. Il venait de tourner une nouvelle page de l'album et examinait la photo jaunie d'une belle jeune femme posant au pied d'un arbre, un bouquet de marguerites à la main. Elle portait une longue robe en organza de couleur claire, ceinte par un ruban qui pendait à la taille. Ses cheveux courts et bouclés encadraient un visage angélique. Malgré le noir et blanc de la photo, Theo la supposa rousse aux yeux bleus. Aurait-elle eu des habits et une coupe de cheveux plus modernes, il aurait cru se trouver devant un portrait de Michelle.

— C'est mon Ellie, l'informa Jake. Elle est jolie, n'est-ce pas ?

— Oui, en effet.

— Quand je contemple mes trois enfants, je vois un peu d'elle dans chacun d'eux. Remy a hérité de son rire, John Paul de son amour du grand air et Michelle de sa générosité.

Theo approuva d'un signe de tête. John Paul suivait Michelle dans la cuisine, mais en entendant son père évoquer sa mère, il s'arrêta pour jeter un coup d'œil par-dessus l'épaule de Theo. Il s'éloigna lorsque celui-ci passa à la page suivante. Apparaissait alors une photo de John Paul et de Remy enfants, en compagnie d'une petite fille. Les deux garçons, un grand sourire méchant aux lèvres, semblaient s'être roulés dans la boue et en être tout heureux. La fillette, accoutrée d'une robe trop petite pour elle, affichait une mine renfrognée.

— C'est Catherine, poursuivit Jake. Elle voulait toujours être en robe, quelle que soit l'occasion. Celle-là figurait parmi ses préférées parce qu'elle avait de la dentelle. Je me souviens qu'elle harcelait sans arrêt sa maman pour qu'elle lui retouche telle ou telle couture. Catherine avait bon appétit.

Theo continua à feuilleter l'album. La mère de Catherine avait dû envoyer des photos après son départ car il estima à au moins une vingtaine le nombre de clichés de sa fille. Sur chacun, l'enfant portait une robe, de meilleure qualité cependant. L'un d'eux montrait Catherine au pied d'un sapin de Noël avec deux poupées identiques dans les bras. Sur un autre, un peu plus loin, on la voyait vêtue d'une robe différente, avec cette fois deux ours en peluche.

Jake éclata de rire devant cette photo.

— Il fallait toujours qu'elle possède tout en double, expliqua-t-il. Quand elles deviennent riches après avoir souffert de la pauvreté, certaines personnes – jeunes ou vieilles – ne se contentent jamais du nécessaire. Vous me suivez ?

— Oui, répondit Theo. On a observé le même phénomène après la crise de 1929 : ceux qui l'ont connue n'ont pas arrêté ensuite de constituer des réserves en prévision de la suivante.

— Voilà. Eh bien Catherine était comme ça. La crise de 1929 se résumait pour elle à une leçon d'histoire, mais elle se comportait comme si elle l'avait vécue. Elle craignait toujours de manquer de quelque chose, je suppose, alors, quand un jouet lui plaisait, elle obligeait sa maman à lui en acheter un deuxième identique au cas où il arriverait quelque chose au premier. Pareil pour les vêtements. À partir du moment où elle a eu de l'argent à dépenser, Junie a veillé à ce que sa fille ait les plus belles affaires qui soient. Elle cédait à tous ses caprices. Ellie pensait qu'elle la gâtait parce qu'elle culpabilisait de ne pas avoir été mariée à la naissance de Catherine.

» Je croyais que ce besoin de tout acheter en double passerait à la petite en grandissant, mais non, pas du tout. En fait, il a plutôt empiré. Catherine s'est mise à agir très, très bizarrement. Elle a même été jusqu'à installer une deuxième ligne téléphonique chez elle. Quand je lui ai demandé pourquoi, elle m'a dit que c'était au cas où la première tomberait en panne. Elle ne voulait pas avoir à attendre qu'elle soit réparée.

Michelle les interrompit en les rejoignant à la table.

— John Paul réchauffe un peu de gombo, annonça-t-elle.

Theo parcourait l'album dans un sens et dans l'autre. Il observa la photo sur laquelle Catherine portait une robe de seconde main trop petite pour elle puis revint à celle où, habillée cette fois comme une princesse, elle serrait deux poupées identiques contre elle.

— Le pauvre petit bout de chou a commencé à prendre du poids après son mariage, commenta Jake.

— Comment le sais-tu ? s'étonna Michelle. Elle ne t'a jamais autorisé à venir lui rendre visite.

— Sa gouvernante s'est confiée à moi. Rosa Vincetti et moi, on discutait de temps en temps quand c'était elle qui répondait au téléphone. Une vraie perle, cette femme. Très timide, mais gentille comme tout. Elle m'a donné une recette de pâtes faites maison que je n'ai pas encore testée malheureusement. Elle s'inquiétait de voir Catherine grossir parce qu'elle avait peur que son cœur finisse par lâcher.

— Catherine était…

— Zarbi, cria John Paul de la cuisine.

— Et toi, tu ne l'es pas ? riposta Michelle.

— Tu rigoles ? Je suis normal, comparé à elle.

— Papa, comment as-tu appris que nous héritions de cet argent ? reprit-elle.

— Tu ne me crois toujours pas ?

— Je n'ai pas dit ça.

— Mais tu n'es pas convaincue, hein ? fit-il en repoussant sa chaise et en se levant. J'ai une lettre recommandée qui le prouve. Elle est arrivée il y a une heure.

Jake se dirigea vers le plan de travail de la cuisine, souleva le couvercle du pot à biscuits en forme d'éléphant dans lequel il conservait tous ses papiers importants et en sortit une enveloppe.

Michelle, qui s'était assise entre-temps à côté de Theo, se plongea dans la contemplation de ses souvenirs d'enfance. Sa mère apparaissait à un moment avec un nourrisson sur les genoux. Elle effleura son visage du bout du doigt.

— C'est Remy quand il était bébé.

Deux pages plus loin, Theo s'amusa de photos de Michelle. Quelque chose pendait ou pointait de travers sur chacune d'elles. Ses cheveux, sa jupe, sa langue.

— Quelle adorable enfant j'étais, n'est-ce pas ?

— Et comment !

Jake agita l'enveloppe devant sa fille.

— Voilà ta preuve, docteur Je-sais-tout.

Michelle se contenta de secouer la tête en souriant.

— Mon père m'a affublée de toute une série de jolis surnoms.

Theo riait encore lorsqu'il jeta un coup d'œil sur la lettre et aperçut le nom du cabinet juridique dans le coin supérieur gauche.

— C'est ça ! souffla-t-il, avant de taper du poing sur la table. Mais oui, c'est ça !

— Quoi ?

— Le lien. Il s'agit du même cabinet juridique. Nom de… (Il se tourna et prit l'enveloppe des mains de Jake.) Vous permettez ?

— Oui, je vous en prie.

— Mais tu ne nous as pas expliqué…, commença Michelle.

Theo posa sa main sur la sienne.

— Juste une minute, d'accord ? Où sont mes lunettes ?

— Sur ton nez.

— Oh, exact. Bon sang, tout s'éclaire.

Jake et Michelle le dévisagèrent tandis qu'il parcourait la lettre. Lorsqu'il eut fini, il repoussa sa chaise et se leva.

— Il faut que j'aille à La Nouvelle-Orléans.

Michelle se saisit de la feuille et la lut rapidement. Suivant les instructions laissées par Catherine, son avocat, Phillip Benchley, informait par la présente chacun des bénéficiaires de la somme totale à laquelle s'élevait la fortune de la défunte et du montant de chacun de ses legs. Quatre cent mille dollars revenaient à la famille Renard – répartis également entre Jake et ses trois enfants. Rosa Maria Vincetti recevrait cent cinquante mille dollars en récompense de ses années de bons et loyaux services. John Russell, le mari de Catherine, toucherait quant à lui cent dollars, et le reste de la succession irait au refuge pour oiseaux d'Epston.

— Son mari n'hérite que de cent dollars ?

— Ils n'ont peut-être pas été très heureux ensemble, commenta son père.

342

— Sans blague ! ironisa John Paul depuis le seuil de la cuisine.

— Rosa détestait John, ajouta Jake. Enfin, je trouve ça gentil de la part de Catherine de n'avoir pas oublié sa gouvernante. Rosa s'occupait bien d'elle.

— John a dû signer un contrat de mariage qui permettait à sa femme de garder le contrôle de sa fortune, avança Michelle.

— Il essaiera quand même de le contester, intervint Theo. Quelle profession exerce-t-il ?

— Il travaille comme avocat pour une grande banque à La Nouvelle-Orléans, répondit Jake. Je n'ai jamais échangé le moindre mot avec lui, ce qui est bien regrettable à mon avis. Mike et moi, on n'a même pas eu l'occasion de lui présenter nos condoléances à l'enterrement, tu te souviens, ma puce ?

— Oui, tu as raison. Mais c'était de ma faute. Il fallait que je retourne à l'hôpital et tu as été obligé de me ramener.

Le portable de Theo sonna à cet instant, interrompant leur conversation. Noah était au bout du fil.

— Où es-tu ? lui demanda Theo.

— J'arrive à l'instant à St Claire.

— Rejoins-moi chez Jake. Tu connais le chemin ?

— Oui, j'y serai dans dix minutes.

— Qu'est-ce que tu as trouvé ? poursuivit Theo.

Il traversa la cuisine en direction de la véranda et ferma la porte derrière lui. Peut-être voulait-il discuter avec Noah sans être dérangé, supposa Michelle. Elle décida pendant ce temps de mettre la table. Appuyé contre le plan de travail, John Paul lui décocha un regard noir.

— Qu'est-ce qu'il y a ? lança-t-elle en ouvrant un tiroir pour en sortir les sets de table.

— Tu vas laisser un autre type du FBI entrer dans cette maison ?

— Gagné. Ne commence pas à râler, John Paul, tu vas m'énerver. Tu as intérêt à te montrer aimable avec Noah.

— Ah oui ?

— C'est tout vu. Papa ? John Paul...

Elle n'eut pas à finir sa phrase. Son frère prit un air exaspéré, puis sourit.

— Toujours aussi rapporteuse, hein, petite peste ?

Elle sourit en retour.

— Ça marche encore, non ? Merci, John Paul.

— Je ne t'ai pas promis…

— Ce n'est pas la peine. Tâche plutôt de te rappeler les règles du savoir-vivre.

Elle retourna à la table, sur laquelle elle disposa les sets, puis, fatiguée, s'assit et appuya la tête contre ses mains. Incapable de détacher son esprit des cent mille dollars, elle éprouvait un sentiment de culpabilité grandissant. Pourquoi une femme aussi mesquine serait-elle soudain devenue aussi généreuse ? Et qu'avait-elle bien pu lui envoyer d'autre de si intéressant aux yeux de la police et des hommes prêts à tuer pour se l'approprier ?

Près d'elle, son père feuilletait de nouveau l'album.

— Pauvre Catherine, soupira-t-elle. Elle n'avait pas beaucoup d'amis. Peu de gens se sont déplacés à ses funérailles et à part sa gouvernante, personne n'a versé une larme. Tu te souviens, papa ? Elle était la seule à pleurer. J'ai des remords maintenant.

Michelle gardait en mémoire la pitoyable procession qui avait traversé le cimetière. Rosa sanglotait, un rosaire à la main, tandis que John cheminait derrière le prêtre. Il ne cessait de se retourner pour leur jeter des coups d'œil, à elle et à Jake. Comme ni l'un ni l'autre ne l'avait jamais rencontré, elle avait supposé qu'il s'interrogeait sur leur identité. Un autre homme s'était retourné lui aussi. Il marchait à côté de John et il…

— Ô mon Dieu, c'est lui… c'est cet homme ! s'écria-t-elle en se levant d'un bond.

Dans sa hâte à prévenir Theo, elle renversa sa chaise. Elle la ramassa d'un geste impatient et s'élança dans la cuisine, où elle se heurta à Theo qui revenait au même moment après avoir mis fin à sa conversation. Il l'attrapa et recula avec elle dans la véranda.

— Que se passe-t-il ?

— Je me souviens où j'ai vu cet homme…, bafouilla-t-elle précipitamment. Tu sais, il me semblait familier, eh bien c'est le même type.

— Du calme, fit-il. Reprends depuis le début.

— Le coursier qui m'a parlé au stade, sa tête me disait quelque chose. J'ai pensé que je l'avais certainement croisé à l'hôpital, sauf que non : il était à l'enterrement de Catherine. Il discutait avec John et marchait à côté de lui au cimetière.

Leur discussion avait échappé à Jake, qui réfléchissait lui aussi à la générosité de Catherine tout en imaginant le sourire d'Ellie devant la gentillesse dont sa nièce faisait preuve envers sa famille. Sa femme s'était toujours inquiétée de la nature égoïste de l'enfant, mais celle-ci s'était à présent rachetée.

— Je devrais appeler le mari de Catherine, lança-t-il à Michelle lorsqu'il l'entendit mentionner le nom de John.

— Oh papa, non, surtout pas !

— Non ! lui ordonna en même temps Theo.

— Et pourquoi ? demanda-t-il en pivotant sur sa chaise pour le regarder. Il faut que je le remercie. C'est une question de politesse. John était le mari de Catherine et il a bien fallu qu'il approuve ce testament.

— Monsieur, je ne veux pas que vous l'appeliez, le pressa Theo en se dirigeant vers lui. Promettez-moi de ne pas le faire.

— Donnez-moi d'abord une raison. Et une bonne de préférence.

— Très bien, répondit Theo avec calme. Il a essayé de tuer votre fille.

35

Big Daddy accusa mieux le choc que John Paul. Celui-ci n'avait en effet qu'une envie : grimper dans son pick-up, retrouver ce salaud et lui faire sauter la cervelle. Rien ni personne ne semblait pouvoir le ramener à la raison et il se moquait comme d'une guigne d'enfreindre la loi.

— Si tu sais qui se cache derrière tout ça, alors dégomme-le avant qu'il ait une autre chance de la tuer, exigea-t-il.

Theo ne se laissa pas démonter.

— Je n'ai encore aucune preuve, juste des éléments plus ou moins concordants, expliqua-t-il. Raison pour laquelle je dois aller à La Nouvelle-Orléans.

John Paul parut sur le point de le frapper. Michelle s'interposa entre eux et tenta de calmer son frère.

La sonnette de la porte d'entrée retentit alors, coupant court à leur dispute.

— On s'accroche, déclara Theo pendant que Jake allait ouvrir à Noah.

— Ça veut dire quoi, ça ?

— Qu'il est hors de question que tu tires sur quelqu'un. (Theo se tourna ensuite vers Michelle.) Promets-moi de ne pas quitter le Swan jusqu'à mon retour. Il n'y a pas de mais qui tienne. Je ne veux pas avoir à m'inquiéter à ton sujet…

— D'accord, opina-t-elle, avant de s'approcher de lui et de lui tapoter la poitrine. Sois prudent toi aussi.

— En cas de problème, fie-toi à Noah. John Paul, garde un œil sur ton père, compris ?

346

John Paul cessa de contester ses ordres et acquiesça d'un brusque hochement de tête. Pendant ce temps, Noah discutait avec Jake sur le seuil de la porte d'entrée. Avec son jean déchiré et son T-shirt bleu délavé, l'agent du FBI affichait une apparence dépenaillée – d'autant qu'il n'avait pas pris la peine de se raser. Michelle alla le saluer. Elle comprenait sans mal l'attirance de Mary Ann pour cet homme. Une pointe de danger émanait de lui qui donnait à la fois envie de le fuir et d'essayer de le réhabiliter.

— Il paraît que vous avez eu une nuit agitée, lui lança-t-il en plongeant son regard bleu dans le sien.

Elle ne put résister à la tentation.

— Il paraît que vous aussi.

— Oh oui. Votre amie m'a demandé de vous dire « hé-ho » de sa part. Je crois que ça signifie hello, ajouta-t-il en souriant. Ce matin non plus n'a pas été de tout repos, figurez-vous. Je pensais pourtant qu'un homme en vacances avait le droit de faire la grasse matinée. Où est Theo ?

— Dans la véranda avec John Paul. Il faut passer par la cuisine.

Noah s'avançait dans cette direction lorsqu'elle le stoppa.

— Vous voulez bien m'accorder une faveur ?

— Bien sûr. De quoi s'agit-il ?

— Essayez de supporter mon frère.

— Je suis capable de m'entendre avec n'importe qui, se vanta-t-il en riant.

— On parie ?

Il s'avéra dommage pour elle qu'elle n'eût pas misé d'argent car moins de trois minutes plus tard, les premières insultes volaient – la plupart proférées par son frère, mais avec la participation active de Noah.

Theo entra dans la cuisine avec les clés de voiture de son ami. Au même moment, Michelle grimaça : John Paul venait de traiter Noah d'un nom particulièrement obscène.

Theo l'avait entendu lui aussi.

— J'étais sûr qu'ils sympathiseraient, tous les deux, s'amusa-t-il.

— Tu appelles ça sympathiser ? s'étrangla-t-elle.

— Ils n'ont pas échangé de coups de feu, non ? Donc, Noah apprécie ton frère.

C'est alors que John Paul lança une bordée d'invectives toutes plus colorées et inventives les unes que les autres, ensuite de quoi

Noah le menaça, dans un vocabulaire tout aussi châtié, de le rendre à jamais incapable d'avoir une descendance.

— Oh oui, on jurerait même qu'il l'apprécie beaucoup.

— Ils ont une foule de points communs tous les deux. Qu'est-ce que j'ai fait de mes lunettes ?

— Elles sont sur la table. Que peuvent-ils bien avoir en commun au juste ?

— Leur fourberie, répondit-il en prenant ses lunettes et en les repliant.

— Noah n'est pas fourbe. Il sourit tout le temps.

— Oui, et c'est ce qui le rend encore plus dangereux. Les gens ne se doutent de rien jusqu'à ce qu'il soit trop tard. Mon frère m'a raconté des trucs sur lui qui donnent froid dans le dos – voilà pourquoi il veillera sur toi d'ailleurs.

Il lui passa un bras autour des épaules et l'entraîna vers la porte d'entrée.

— Tu ne m'as pas dit pourquoi tu devais aller à La Nouvelle-Orléans.

— Je vais vérifier certaines choses, se contenta-t-il de lui répondre.

Il se pencha ensuite pour effleurer ses lèvres, ce qui, estima Michelle, laissait grandement à désirer. Lui aussi dut partager son avis, car après l'avoir relâchée et ouvert la porte, il l'attira d'un geste brusque dans ses bras. Son baiser fut cette fois très différent.

En souriant, il ferma la porte derrière lui. Michelle resta près de la fenêtre et le suivit du regard jusqu'à ce que la voiture eût disparu. Il avait ordonné à John Paul de garder un œil sur son père et Noah était censé jouer les baby-sitters avec elle. Qui veillerait sur Theo cependant ? Michelle secoua la tête. Ne t'inquiète pas, se reprit-elle. Harris ne tardera pas à procéder à des arrestations.

Que pouvait-il arriver d'autre ?

36

Le Club des semeurs s'était réuni dans la chambre de John au motel de St Claire. Il passait en revue les documents afin de s'assurer qu'il n'en manquait aucun pendant que Dallas, Cameron et Preston attendaient en silence. Lorsque, enfin, il eut terminé, il leva les yeux et éclata de rire.

— Cette salope avait même glissé une copie de la lettre qu'elle m'a écrite.

— Je n'aime toujours pas la manière dont on a récupéré ces papiers, râla Preston. On a pris trop de risques.

— Quelle importance maintenant ? On est tranquilles.

Dallas n'était pas d'accord.

— Pas tant qu'on ne se sera pas débarrassés de Buchanan et du docteur. Et grâce à la dernière connerie de Cameron, on a intérêt à s'en occuper ce soir.

— Écoute, j'ai paniqué, d'accord ? J'ai aperçu Buchanan à la fenêtre et j'ai cru que je pouvais le dégommer, alors j'ai tenté le coup.

— On avait décidé d'entrer sans bruit, lui rappela Preston.

— Je voulais tellement le descendre… pour le bien du club, bégaya Cameron. Et puis, Buchanan ignore que c'est moi qui lui ai tiré dessus. Il doit supposer que quelqu'un en avait après lui. Dallas, tu as enquêté sur son compte. Tu nous as bien dit qu'il avait reçu des menaces de mort ?

— Pas de temps à perdre, enchaîna Preston. Il faut qu'on les élimine ce soir.

— Je me demande si le docteur s'est rappelé où elle avait croisé Cameron, lança Dallas.

Tous évitèrent de regarder ce dernier pendant qu'ils réfléchissaient au problème.

— Je vous ai expliqué que j'en avais marre d'attendre, se défendit-il.

— Tu n'avais pas le droit…, commença Preston.

John leva la main.

— Restons-en là, décida-t-il. Ce qui est fait est fait et Cameron regrette ses erreurs. Je me trompe ?

Ce ne furent pas tant ses paroles que le ton de sa voix, empreinte d'une fausse magnanimité, qui avertirent Cameron du danger.

— John a raison, approuva Dallas. On te connaît depuis trop d'années pour laisser une ou deux erreurs tout foutre en l'air. Oublions ce qui s'est passé. D'accord, Preston ?

— Ouais, d'accord. Tu veux un verre, Cam ?

Celui-ci refusa d'un signe de tête. Il sentait la nausée l'envahir.

— Je ferais mieux de remballer mes affaires et de repartir à La Nouvelle-Orléans… sauf si tu as changé d'avis, John, et si tu préfères que je reste ici pour vous aider.

— Nous aider à quoi ?

— À liquider Buchanan et le docteur. C'est prévu pour ce soir, non ?

— Oui, mais ils t'ont aperçu tous les deux, alors pas question que tu traînes dans les parages. On en a déjà discuté, Cameron. Rentre chez toi et attends-nous. Je t'appellerai quand tout sera fini et on ira fêter ça.

— Le docteur t'a vu aux funérailles de Catherine toi aussi. Pourquoi est-ce que tu te montres par ici ?

— Pour coordonner les opérations.

Cameron se leva en réprimant la vague de terreur qui montait en lui.

— Où est Monk ?

— Il est allé acheter du matériel. Pourquoi ?

— Il va vous donner un coup de main ? s'enquit-il avec un haussement d'épaules.

— Oui, répondit Dallas.

— Et le deuxième type du FBI, Clayborne ?

— On s'en occupera, l'apaisa John. Il vaut mieux que tu partes maintenant.

— Oui, ne t'inquiète pas, renchérit Dallas. Tout se déroulera sans problème.

Cameron sortit et referma la porte. Parce qu'il pensait que l'un d'eux l'espionnait peut-être par une fente entre les rideaux, il avança d'un pas tranquille jusqu'à l'angle du mur, comme si rien ne pressait. Une fois passé le coin cependant, il se mit à courir vers sa chambre. Là, il dégaina son revolver, l'arma, puis se précipita à l'intérieur.

Alors qu'il s'attendait plus ou moins à y trouver Monk, la pièce s'avéra vide. Son soulagement fut tel qu'il en éprouva un haut-le-cœur. Il fourra ses vêtements dans son sac de voyage, saisit ses clés et fonça jusqu'à sa voiture. Anxieux de déguerpir au plus vite, il écrasa aussitôt l'accélérateur, si bien que le véhicule dérapa d'un côté et de l'autre à la sortie du parking.

John lui avait ordonné de rentrer chez lui et de patienter. Ils lui régleraient son compte là, décida-t-il. Ses chers amis se déplace-raient-ils en personne ou bien enverraient-ils Monk s'en charger ? Dans les deux cas, Cameron savait qu'il était un homme mort. Il s'engagea sur l'autoroute non sans jeter de fréquents coups d'œil dans son rétroviseur afin de s'assurer que leur tueur à gages ne le suivait pas. Personne en vue. S'autorisant enfin à respirer, il souffla bruyamment et, ses mains moites et tremblantes agrippées tant bien que mal au volant, se mit à pleurer.

Il fallait qu'il retourne à son appartement récupérer l'argent caché sous l'une des lames de son plancher – il en aurait besoin lorsqu'il quitterait la ville. Il avait le temps, pensa-t-il. Buchanan vivant, les autres ne pouvaient se passer de Monk. Oui, il avait le temps.

Cameron tremblait si fort à présent qu'il comprit que seul un verre l'aiderait à se calmer et à réfléchir. Il emprunta la première sortie d'autoroute puis continua à rouler en quête d'un bar.

37

Phillip Benchley pestait intérieurement. L'avocat venait juste de parvenir au départ du dixième trou sur le parcours de golf du prestigieux country club de La Nouvelle-Orléans lorsqu'il fut convoqué au bâtiment administratif pour y rencontrer un procureur du ministère de la Justice.

— Mes amis m'attendent, annonça-t-il à Theo avec impatience mais politesse, en entrant dans le vestiaire et en s'asseyant sur un banc pour renouer les lacets de ses chaussures de golf noir et blanc. J'apprécierais que vous soyez bref.

Theo se présenta. À la seconde où il apprit que l'affaire dont il voulait s'entretenir avec lui concernait John Russell, Benchley se montra beaucoup plus cordial. Il se fendit même d'un sourire.

— Vous enquêtez sur John Russell ? Oh, je serais ravi si vous pouviez épingler ce connard. L'arrogance de ce type dépasse l'imagination. Quand Catherine Russell m'a appelé pour modifier son testament, j'en aurais presque sauté de joie. Elle n'aurait jamais dû épouser cet homme. Jamais, répéta-t-il. Bien, maintenant, dites-moi en quoi je peux vous aider.

— Vous avez déclaré à l'agent du FBI Noah Clayborne que vous aviez envoyé un pli au Dr Michelle Renard de la part de Catherine. C'est exact ?

— Oui, mais, comme je le lui ai expliqué, il vous faudra interroger le docteur si vous voulez savoir ce qu'il y a à l'intérieur. Catherine m'a remis une enveloppe scellée avec ordre de ne pas l'ouvrir.

— Cette enveloppe a été soustraite à Michelle avant qu'elle ait pu la lire. Catherine ne vous a pas donné le moindre indice quant à son contenu ? Elle n'a pas évoqué des documents comptables ou un audit ? Rien du tout ?

— Non, cependant, laissez-moi vous dire une chose : ce qu'elle renfermait devait être explosif, parce que Catherine m'a assuré qu'une fois que John en aurait pris connaissance, il n'oserait plus contester le testament. Elle en était sûre et certaine.

— Avait-il signé un contrat de mariage ?

— Oui, mais John est un avocat intelligent. Il aurait porté l'affaire devant un tribunal plutôt que de laisser autant d'argent lui filer entre les doigts.

— Pourquoi avez-vous reporté la lecture du testament de six semaines après la mort de Catherine ?

— Je vois que vous avez mené votre enquête. Encore une fois, je suivais ses instructions. Catherine était un peu rancunière, ajouta Benchley avec un sourire, et elle m'avait demandé d'attendre que les factures de John s'accumulent. Il menait la grande vie, ne s'en cachait pas et puisait dans la fortune de sa femme pour offrir des cadeaux à ses maîtresses. Quand Catherine a découvert qu'il la trompait, elle m'a appelé pour m'informer qu'elle souhaitait modifier son testament.

— Avez-vous assisté aux funérailles ?

— Je suis allé à la messe, mais pas au cimetière.

— D'après Michelle, la procession se limitait à quelques personnes. Vous en connaissiez certaines ?

— Oui, la gouvernante, Rosa Vincetti. Je l'ai rencontrée lorsque je me suis rendu chez Catherine pour discuter des changements qu'elle voulait apporter à son testament.

— Et les collègues, les amis de John ?

— Il y avait quelques employés de la banque où il travaille. J'ai bavardé avec l'un d'eux, qui m'a ensuite présenté aux autres, mais je ne me souviens plus de leurs noms.

— Quant à ses amis ?

— Voyons, je me rappelle une femme qui se tenait au fond de l'église. Elle m'a dit qu'elle était l'architecte d'intérieur de Catherine – en précisant cependant qu'elle avait aussi redécoré le bureau de John. Au moment où je partais, elle m'a couru après pour me donner sa carte de visite. Je trouvé son geste des plus inconvenants et j'ai jeté la carte dès que je suis rentré à mon cabinet. La seule autre personne dont j'aie gardé le souvenir était Cameron Lynch, un proche ami de John.

— Que savez-vous sur lui ?

— C'est un agent de change. Un agent de change très heureux en affaires, souligna-t-il. J'avais déjà entendu parler de lui, mais c'était la première fois que je le voyais. Il m'a paru alcoolique. Ce n'est pas une pensée très charitable, je vous l'accorde, mais il sentait la boisson à plein nez et avait les yeux injectés de sang. Je suis sûr qu'il tenait une bonne gueule de bois. Et puis son apparence générale le trahissait – vous voyez : le teint grisâtre, le nez rouge, les yeux bouffis, tout cela indique qu'il boit depuis un certain temps. Cameron n'a pas quitté John un seul instant et il était assis à côté de lui à l'église au même titre qu'un membre de la famille.

— John a-t-il discuté avec vous ?

— Vous plaisantez ? Il m'a regardé comme si j'étais transparent, ce qui, je l'avoue, m'a bien fait rire. Ce type me méprise, mais je m'en réjouis.

Theo en avait presque fini. Il lui posa quelques questions supplémentaires, puis le remercia et prit congé. Benchley avait auparavant eu l'amabilité d'appeler sa secrétaire afin de lui procurer les adresses dont il avait besoin.

Il lui restait deux démarches à accomplir avant de pouvoir retourner à Bowen.

Theo tenait à s'assurer que Cameron Lynch était bien l'homme que Michelle et lui avaient vu la nuit précédente. Il se rendit donc à l'accueil de sa société de courtage, avec en tête un joli mensonge pour amener la réceptionniste à lui montrer une photo du personnage. Il n'eut toutefois pas à y recourir. À peine eut-il franchi les portes qu'il aperçut sur le mur une photo en couleurs de Cameron Lynch, au milieu d'une série de portraits représentant tous les agents de change de la société. Theo s'arrêta net et coula un regard vers la réceptionniste. Bien qu'occupée à parler dans le micro de son casque, elle lui adressa un sourire. Il le lui rendit, puis décrocha la photo du mur, tourna les talons et sortit.

L'étape suivante requérait un peu d'aide, aussi appela-t-il le commissaire Welles, qui l'avait présenté à l'assemblée venue écouter son discours à La Nouvelle-Orléans. Il se rendit ensuite à l'appartement de Cameron Lynch, situé dans un coin mal famé à proximité du quartier rénové des entrepôts. Il gara sa voiture le long de la rue et attendit l'arrivée de deux inspecteurs du district de Welles.

Les deux hommes le rejoignirent un quart d'heure plus tard. Le plus âgé, l'inspecteur Underwood, lui serra la main.

— D'après le chef, vous êtes celui qui a fait tomber le Comte ? C'est un honneur de vous rencontrer.

L'inspecteur Basham s'avança à son tour.

— J'étais présent lors de votre discours au banquet.

Theo avait extrait la photo de Lynch de son cadre. Il la tendit à Underwood.

— Voilà le type que je veux coincer.

— Il paraît qu'on doit arrêter Cameron Lynch pour tentative de meurtre et que vous avez un témoin ? demanda Basham.

— Je suis l'un des témoins. Lynch a essayé de nous tuer, une amie et moi.

— Nous avons inspecté le quartier mais sa voiture ne s'y trouve pas, l'informa Underwood.

— Comment voulez-vous qu'on procède ? s'enquit son collègue. Le chef nous a prévenus que vous nous donneriez des instructions spéciales.

— Partez du principe qu'il est armé et dangereux. Quand vous lui passerez les menottes, lisez-lui ses droits et emmenez-le au poste, mais ne l'inculpez pas tout de suite. Installez-le dans une salle d'interrogatoire pour que je puisse lui parler. Je ne veux pas qu'il soit fiché, du moins pas dans l'immédiat.

— On va surveiller son appartement. Vous restez avec nous ?

— Non, j'ai encore une chose à régler, mais dès que vous le tiendrez, appelez-moi sur mon portable ou à un bar nommé le Swan, à Bowen. Avec un peu de chance, vous n'aurez pas à le guetter longtemps. Je pense qu'il est en route vers chez lui.

Cela semblait logique. Lynch n'avait pas intérêt à rester à Bowen, pas après avoir été repéré en tout cas. De plus, il ne pouvait savoir que son identité était désormais connue. Theo griffonna son numéro sur un bout de papier et le tendit à l'inspecteur, avant de lui répéter qu'il voulait être averti sur-le-champ de l'arrestation de Lynch, quelle que soit l'heure.

— Bien, monsieur, on n'y manquera pas, lui promit Basham.

— Une minute ! lança Theo au moment où les deux hommes s'éloignaient.

Il reprit son calepin et tourna les pages jusqu'à ce qu'il eût trouvé la bonne. Il leur demanda alors si l'un d'eux connaissait le chemin pour se rendre à l'adresse que Benchley lui avait donnée.

Underwood lui indiqua le trajet le plus rapide.

— C'est un quartier pourri, le prévint-il. Soyez prudent.

Theo traversa le cœur de La Nouvelle-Orléans en roulant lentement le long des rues étroites. Il pensait s'être perdu et effectuait un demi-tour lorsqu'il aperçut celle dans laquelle il désirait se rendre. Il parvint bientôt à destination, se gara, puis sortit son portable pour appeler Noah.

— Tu as découvert quelque chose ? lui demanda ce dernier.

Theo lui répéta ce qu'il avait appris sur Cameron Lynch.

— Demande à Ben Nelson de rechercher une Ford Taurus bleue de 1992.

Il lui dicta le numéro de la plaque et ajouta que Ben devait agir avec la plus grande prudence au cas où il repérerait le véhicule.

— Tu le crois capable de gérer la situation ? s'inquiéta Noah.

— Oui, il connaît son boulot. Surtout, dis-lui bien que Lynch est l'un des tireurs. Je veux qu'on boucle ce salopard dans une pièce à part jusqu'à ce que je puisse l'interroger.

— Cela m'étonnerait qu'il traîne encore par ici. Il se doute sûrement que tu l'as identifié.

— Je ne pense pas non plus qu'il soit à Bowen, mais j'espère qu'il est en train de rentrer chez lui. Que fait Michelle ?

— C'est une drôle de femme. Elle s'est endormie à table.

— La nuit a été longue pour elle.

— Pour toi aussi, remarqua Noah. Enfin, elle finit de se préparer pour aller au Swan avec Jake, moi… et le comique qui lui tient lieu de frère. Tu as des nouvelles de Harris ?

— Non. Je lui ai laissé trois messages. Les deux premiers étaient plus ou moins polis, le dernier pas du tout.

— Pendant que j'étais à La Nouvelle-Orléans ce matin, je suis passé à son poste de police, comme tu me l'avais demandé. J'ai parlé à son chef.

— Tu as obtenu une copie de son dossier sur Monk ?

— Non. Le type m'a dit que Harris était partie enquêter sur une affaire, mais il a refusé de me donner la moindre indication sur l'endroit où elle se trouvait. Il m'a bien fait comprendre qu'il ne voulait pas que je m'en mêle. Les douze heures seront bientôt écoulées. Tu en as encore pour longtemps avant de rentrer à Bowen ?

— J'ai un dernier truc à régler et je pars.

— Il faut que je te laisse, conclut Noah. Michelle m'appelle.

Theo saisit son calepin et ses lunettes et contempla la petite maison basse devant lui. Le jardinet bénéficiait de soins attentifs, comme en témoignaient les fleurs plantées de chaque côté de l'allée menant à la porte. La façade avait en revanche besoin d'être repeinte et le bois autour des fenêtres était pourri. La faute aux termites, songea-t-il en s'approchant. Le fait que le jardin fût bien entretenu, contrairement à la maison, suggérait que l'occupante des lieux n'avait guère les moyens d'effectuer les gros travaux.

Il sonna et attendit. Du coin de l'œil, il vit bouger le rideau d'une fenêtre. Il sonna une nouvelle fois.

— Qu'est-ce que vous voulez ? lança une voix de femme derrière la porte.

— Je souhaite parler à Rosa Vincetti.

— Vous êtes de la police ?

— Non, je suis un ami de Jake Renard.

La femme entrouvrit la porte, sans ôter la chaînette de sécurité.

— Je suis Rosa. Qu'est-ce que vous voulez ? répéta-t-elle.

De toute évidence, elle avait peur. Il aurait dû prendre le temps de se raser.

— Jake Renard m'a dit qu'il discutait souvent avec vous au téléphone quand il appelait Catherine.

— C'est vrai. Il l'aimait beaucoup.

Theo ne distinguait pas les traits de la gouvernante, toujours dissimulée par la porte. Une lumière vacillait derrière elle – peut-être une bougie, pensa-t-il.

— Vous n'êtes pas de la police ? demanda-t-elle de nouveau.

— Non, je suis avocat.

Rosa ferma la porte, ôta la chaînette de sécurité puis lui ouvrit. Elle recula afin de le laisser passer, mais Theo resta sur le seuil. Craignant qu'elle ne panique si elle apercevait son arme, il lui expliqua rapidement qu'il était dans l'obligation de la porter. Lorsqu'il eut fini, il l'assura encore qu'il n'appartenait pas à la police et qu'il n'était pas venu chez elle avec l'intention de lui causer des ennuis.

Rosa le surprit. Elle était bien plus jeune qu'il ne l'avait imaginé – environ cinquante ans, estima-t-il – et presque aussi grande que lui. Des mèches grises rehaussaient ses cheveux bruns, tandis que d'épais sourcils surmontaient ses yeux noirs, dans lesquels des larmes brillèrent lorsqu'elle lui refit signe d'entrer.

— Je m'appelle Theo Buchanan, se présenta-t-il en même temps qu'il s'avançait dans le salon.

— Je sais qui vous êtes, le coupa-t-elle presque. J'ai prié le Seigneur et Il vous a envoyé à moi.

Ne sachant comment interpréter cette remarque, il se contenta de hocher la tête.

— Asseyez-vous, je vous en prie, continua-t-elle. Dites-moi ce qui vous amène.

Theo prit place sur le canapé de brocart gris qu'elle lui désignait et attendit qu'elle se fût installée sur le fauteuil en face de lui. Une table en verre ovale les séparait. Il se pencha en avant et, les coudes sur les genoux, raconta à Rosa comment il avait rencontré Michelle Renard. Il s'efforça de la mettre à l'aise, de l'aider à comprendre les liens qui l'unissaient à la famille de la jeune femme. Rosa l'écouta avec attention.

Elle était visiblement très croyante, à en juger par les accessoires pieux disséminés sur toutes les surfaces de son intérieur. Contre le mur, derrière elle, se trouvait une console convertie en autel et recouverte d'un napperon en dentelle. Deux cierges brûlaient à un bout, tandis qu'à l'autre se dressait une représentation encadrée de la Vierge Marie, autour de laquelle était passé un rosaire.

Theo lui apprit ce qui s'était passé la nuit précédente et comment Michelle et lui avaient été victimes d'une embuscade.

— Catherine avait envoyé un pli à Michelle, n'est-ce pas ?

— Oui, en effet, répondit-elle.

Il masqua sa joie. Il avait deviné juste.

— Je pense que les hommes qui nous ont pourchassés essayaient de mettre la main dessus, poursuivit-il. Ils n'y sont pas arrivés cependant. C'est la police qui l'a en sa possession en ce moment.

Rosa se raidit.

— Vous n'avez pas eu le temps de lire les papiers ? demanda-t-elle.

— Pas encore. Mais je suis sûr que John Russell a tout manigancé. Je veux le coincer, et pour ça, je vais avoir besoin de votre aide.

— Cet homme est mauvais, murmura-t-elle. Il ira en enfer après sa mort. Il l'a tuée, vous savez.

Elle avait prononcé cette dernière phrase d'un ton tranquille, comme si la nouvelle figurait dans les journaux depuis des semaines.

— Il a tué Catherine ?

— Oui. Je n'ai aucune preuve, se hâta-t-elle d'ajouter. Seulement, au fond de moi, j'en ai la certitude. Les ambulanciers qui sont venus chez elle… l'un d'eux m'a dit qu'elle s'était étouffée en mangeant des caramels. (Elle secoua la tête.) C'est là que j'ai compris la vérité.

— Comment ?

— Catherine ne mangeait pas de caramels. Elle avait un bridge un peu fragile et s'inquiétait toujours à l'idée qu'il casse. Alors, vu qu'elle refusait de sortir pour aller chez le dentiste, elle ne prenait aucun risque. M. Russell lui rapportait une boîte de chocolats tous les soirs, avant de partir rejoindre ses putains, mais Catherine n'aurait jamais touché à un caramel.

Rosa fit un signe de croix et joignit les mains comme pour prier.

— Il faut que vous trouviez des preuves et que vous arrêtiez John Russell. Ce serait un péché de laisser un homme aussi mauvais s'en tirer alors qu'il a commis un meurtre. Vous devez le faire pour Catherine et pour moi.

— Je vais essayer, lui promit Theo. Catherine avait découvert les liaisons de son mari, n'est-ce pas ? C'est pour cette raison qu'elle ne lui a légué que cent dollars ?

— Oui, elle avait surpris une de ses conversations au téléphone. Il la traitait de noms horribles en parlant à sa maîtresse. Elle en a pleuré pendant des jours. Et puis un soir, elle l'a entendu discuter avec un homme d'une somme d'argent qu'il avait déposée sur un compte en dehors des États-Unis. Il lui assurait qu'il était inutile de s'inquiéter, que personne n'en saurait jamais rien, parce qu'il était le seul à détenir toutes les données sur son ordinateur, chez lui.

Theo commença à prendre des notes pendant que Rosa lui transmettait les informations qu'elle tenait de Catherine.

— Comment a-t-elle réussi à entrer dans ses fichiers ? Comment a-t-elle trouvé le bon mot de passe ?

— John le lui a donné. Bien sûr, sans qu'il s'en doute à l'époque. Elle a espionné ses appels et l'a entendu mentionner deux fois le Club des semeurs. Le lendemain, après qu'il était parti travailler, j'ai envoyé l'employée de maison faire quelques courses et j'ai aidé Catherine à descendre à la bibliothèque. Elle a essayé ces mots, mais sans résultat. En fait, elle les avait mal orthographiés. Catherine était une femme très intelligente, précisa-t-elle. La deuxième fois, elle les a tapés correctement et elle a eu accès aux fichiers.

— Il s'agit donc bien de *semeurs*, du verbe *semer*, comme quand on parle de semer le désordre ?

— Oui, c'est ce que Catherine m'a dit.

— Vous a-t-elle révélé ce que contenaient ces fichiers ?

— D'après elle, son mari réalisait des transactions financières illégales.

— Pourquoi a-t-elle ordonné à son avocat d'attendre sa mort pour transmettre des copies de ces informations ? s'enquit Theo d'un air dubitatif. Pourquoi n'a-t-elle pas simplement dénoncé John ?

— Vous ne comprenez pas.

— Expliquez-moi, alors.

— Catherine avait bien des qualités, mais c'était aussi une femme qui aimait tout contrôler. Elle voulait que les choses soient faites à sa manière, et que son mari respecte les liens sacrés du mariage. Il n'était pas question pour elle de lui rendre sa liberté, ni d'accepter qu'une autre femme vive avec lui une fois qu'elle serait morte. Elle comptait se servir des papiers qu'elle avait remis à M. Benchley pour...

— ... le mettre au pas ?

— Oui.

— Avez-vous rencontré les amis de John ?

— Non, il n'invitait jamais personne à la maison. Je pense qu'il cherchait à isoler Catherine. Il avait honte d'elle, et même à partir du moment où elle s'est alitée et n'est plus sortie de sa chambre, il n'a jamais emmené ses amis chez lui.

Theo referma son calepin.

— Puis-je vous poser une question personnelle ?

— Laquelle ?

— Pourquoi redoutez-vous autant la police ?

Rosa baissa les yeux sur ses mains.

— Mon fils a eu des ennuis l'année dernière. La police... ils ont débarqué à la maison en pleine nuit et l'ont tiré de son lit, pour le conduire en prison. J'ai eu peur pour lui. Catherine a appelé son avocat, qui lui a donné le nom de quelqu'un capable d'aider mon garçon.

— Un spécialiste en droit pénal ?

— Je crois. Mon fils est à l'épreuve en ce moment, mais chaque fois qu'il ne rentre pas ici le soir, je m'imagine qu'il a encore été jeté derrière les barreaux. Il a de mauvaises fréquentations, alors je prie le Seigneur tous les jours pour qu'Il veille sur lui. C'est un bon garçon, murmura-t-elle. Seulement, il est influençable et se laisse toujours manipuler par ces voyous.

— Quel genre d'ennuis s'est-il attirés ?

— Il a été mêlé à une affaire de drogue, répondit-elle, avant de se signer une nouvelle fois. Il en revendait. Il a arrêté, s'empressa-t-elle de préciser. Il m'a promis d'arrêter et il a tenu parole.

— Je comprends, opina Theo. Je ne veux pas vous compliquer la vie davantage, Rosa, mais il y a quelque chose dont j'ai besoin… et vous l'avez, n'est-ce pas ?

38

Dieu bénisse Catherine Russell et sa manie de tout posséder en double. Theo avait misé sur cette obsession en venant chez Rosa et Catherine ne l'avait pas déçu. Elle avait effectivement réalisé une autre copie des fichiers pour la confier à sa gouvernante.

Theo ne s'était en revanche pas attendu que celle-ci accuse John du meurtre de sa femme, même si, avec le recul, il se rendait compte qu'il n'aurait pas dû en être surpris. L'homme était capable de tout.

La copie de tous les papiers que Catherine avait envoyés à Michelle se trouvait à présent sur le siège à côté de lui. Theo savait qu'il lui faudrait quelques heures avant de les décrypter entièrement. Il s'était contenté d'y jeter un coup d'œil chez Rosa, mais il en avait déjà compris assez pour savoir qu'il pouvait inculper ce salaud de fraude fiscale, d'extorsion de fonds, d'escroquerie, de délit d'initié, et plus encore. Harris avait déclaré à Michelle que l'une des feuilles contenues dans l'enveloppe ressemblait à un document comptable, ce en quoi elle avait eu raison. Les autres étaient remplies des détails concernant toutes les transactions. Theo ne doutait pas un instant que chacune d'elles fût illégale et, tandis qu'il faisait route vers Bowen, il additionna les charges qu'il pouvait réunir contre Russell. Il y en avait assez pour l'envoyer croupir en prison durant le restant de ses jours. S'y ajouterait celle de tentative de meurtre – il était certain que John figurait parmi les hommes qui lui avaient tiré dessus la nuit précédente. Certes, rien ne lui permettait de l'affirmer... du moins pas encore. Il tenait aussi à ce que justice soit faite en ce qui concernait Catherine, et il avait besoin de temps pour réfléchir au moyen de prouver qu'elle avait été assassinée.

John s'était-il débarrassé lui-même de sa femme ou avait-il engagé quelqu'un ? Était-ce pour cette raison que Harris s'était déplacée à Bowen ? À l'en croire, l'inspectrice avait eu un tuyau l'informant de la présence en ville d'un tueur à gages. Monk avait-il tué Catherine et aidait-il à présent John à effacer tout indice compromettant ?

Où était passé ce fumier de Cameron Lynch ? Underwood lui avait promis de l'appeler à la minute où ils le coinceraient. Lynch était la clé de tout, avait-il conclu. S'il parvenait à le coffrer, il tiendrait les autres.

Theo songea de nouveau aux transactions répertoriées sur les documents. Une lettre figurait entre parenthèses devant chaque entrée pour désigner la personne responsable de cette contribution. Il y avait ainsi un *C* – probablement Cameron Lynch. *J* représentait John Russell, mais qui se cachait derrière *P* et *D* ? Le Club des semeurs. Quelle charmante dénomination pour une petite bande d'escrocs. Quatre hommes qui avaient amassé illégalement des millions de dollars.

— Plus que deux à démasquer, raisonna-t-il à voix haute.

Puis il éclata de rire. Catherine avait également inclus une copie de sa lettre à John, et Theo se représenta la tête de ce dernier lorsque, à sa lecture, il avait découvert la surprise que sa femme lui avait réservée.

Oh, Catherine ! Quelle femme retorse vous étiez !

39

Le Swan regorgeait de monde. La foule, composée en majeure partie de pêcheurs, était si compacte, si bruyante que Michelle sentait le sol trembler sous ses pieds. Noah et elle s'affairaient derrière le bar et prenaient les commandes. L'agent du FBI se simplifiait grandement la tâche : quelle que soit la boisson demandée, il servait une pinte de bière. Les clients n'avaient pas d'autre choix en dehors des boissons non alcoolisées.

John Paul assurait l'ordre et débarrassait les tables de la partie restaurant pendant que Big Daddy se tenait assis à une extrémité du comptoir, près de la porte de la cuisine, avec sa tablette de grand manitou et son stylo à bille. Il avait nettoyé et converti en coffre-fort une vieille boîte métallique dans laquelle il déposait l'argent du tournoi afin de ne pas le mélanger avec celui du bar. Les retardataires désireux de s'inscrire formaient une file longue jusqu'au parking. Tous payaient leur inscription en liquide – Jake refusait les chèques et les cartes de crédit –, signaient la feuille et se voyaient attribuer un ticket avec un numéro. Ils le présenteraient le lendemain à cinq heures du matin, en échange de quoi on leur remettrait un badge, ce qui empêchait toute fraude.

Un certain nombre d'étrangers venus des alentours étaient présents ce soir-là, de sorte que Preston et Monk n'eurent aucun mal à se fondre dans la masse. Habillés en jean, une casquette de base-ball vissée sur le crâne – comme plus de la moitié des clients –, ils avalaient leur bière près du juke-box avec l'air d'attendre que quelques chaises se libèrent.

Tous deux donnaient l'impression de passer un bon moment. Preston entama la conversation avec trois hommes attablés devant leurs bières, avant de leur raconter une histoire sur une supposée prise fabuleuse qui avait échappé à un pêcheur. Il fut bientôt rejoint par Monk, lequel exhiba quelques-uns des appâts qu'il avait achetés dans une boutique un peu plus loin. Monk avait enfilé un gilet de pêche trop grand pour lui afin de cacher son revolver. Contrairement à Preston, rien n'aurait pu l'inciter à entrer non armé dans un bar où, à quelques mètres de lui à peine, se trouvait un agent du FBI.

Preston était plus doué que lui pour le bavardage. Tous deux rirent, burent, et flirtèrent même avec deux ou trois femmes venues les draguer. Cependant, ils veillèrent toujours à garder un œil sur Michelle, tout en guettant l'arrivée de Theo Buchanan.

John, Dallas et Preston avaient jugé plus sûr et plus simple de les descendre tous les deux en même temps. Leur plan consistait à les attirer à l'extérieur, puis à les conduire au bayou sous la menace d'une arme et à les abattre une fois là-bas. Cameron était hors circuit. Monk avait déjà reçu l'ordre de le suivre à La Nouvelle-Orléans après qu'il en aurait terminé avec sa mission à Bowen. Bien qu'il décidât d'ordinaire seul de la méthode à employer, Dallas lui avait expliqué que, dans ce cas précis, il leur faudrait très rapidement un certificat de décès afin de pouvoir retirer l'argent déposé sur le compte du club. Tous les collègues de Cameron savaient combien il vivait mal son futur divorce, aussi avait-il été suggéré à Monk d'utiliser son revolver et de laisser un mot qui orienterait la police vers la thèse du suicide.

L'homme de main refusait toutefois de travailler plus longtemps à crédit. Après tout, l'enjeu s'avérait plus important à présent. Lorsque John protesta qu'ils n'avaient aucun moyen de se procurer la somme en liquide dans d'aussi brefs délais, il décida de négocier. Il n'ignorait rien de leurs malversations et de l'argent qui sommeillait sur le compte du club. Au lieu de ses gages habituels, il proposa de les tirer d'affaire en échange de la part de Cameron. Du point de vue de John, Preston et Dallas, le temps pressait. Ils n'avaient pas d'autre solution que d'accepter.

Mais que pouvait bien fabriquer Theo Buchanan ? S'il n'y avait pas eu autant de monde pressé au bar, Preston aurait tenté d'engager la conversation avec Michelle ou son père. Il lui aurait demandé avec qui elle comptait pêcher le lendemain – il avait vu le nom de Buchanan inscrit à côté du sien sur la feuille – puis, mine de rien, se serait enquis de l'endroit où il était.

Le bruit et la foule l'empêchant de s'adresser à elle, Preston allait devoir patienter jusqu'à ce que le bar se vide un peu. Il supposa que la plupart des pêcheurs rentreraient chez eux avant vingt-deux heures car tous devraient être de retour au Swan avec leurs bateaux et leur matériel à l'aube le lendemain. Le tournoi commençait officiellement à cinq heures et quart précises.

John et Dallas attendaient dans une voiture de location stationnée à un carrefour, quelques centaines de mètres plus loin, que Preston les contacte. Plus le temps passait et plus ils se sentaient à cran. Qu'est-ce qui pouvait bien retarder autant leurs deux complices ?

John ouvrit une bouteille d'eau et but une gorgée.

— D'une manière ou d'une autre, on agira ce soir, déclara-t-il. Tant pis pour ceux qui se trouveront là au mauvais moment. S'il faut tuer tout le monde dans ce bar, je te jure que je n'hésiterai pas. On a assez de munitions et je veux qu'on en finisse. Pourquoi Preston ne nous a-t-il pas encore appelés ?

— Tu as vu les voitures dans le parking. Il guette l'occasion.

À près de vingt et une heures, une foule compacte était encore massée à l'intérieur du Swan. Le juke-box déversait sa musique à plein tube – Elvis chantait ses « *blue suede shoes* » –, de sorte que les clients devaient forcer la voix pour couvrir le tumulte. Si Michelle n'avait été occupée à servir des consommations à l'extrémité du comptoir, près du téléphone, elle n'aurait pas entendu celui-ci sonner.

Elle pressa le combiné contre son oreille et se boucha l'autre d'une main pour tenter de comprendre la personne au bout du fil. Rien n'y fit cependant, aussi se réfugia-t-elle dans la réserve. Cherry Waterson lui téléphonait de l'hôpital, hystérique. Incapable de démêler le sens de ses paroles, Michelle finit par lui demander de lui passer une infirmière.

Trente secondes plus tard, après avoir donné ses consignes à cette dernière, Michelle raccrocha et courut vers Noah.

— Il faut qu'on file à l'hôpital. Tout de suite.

Il n'eut pas besoin de plus de précisions. Son expression à elle seule indiquait clairement qu'il s'agissait d'une urgence. Noah lâcha son torchon et siffla John Paul. Tous deux la suivirent dans la cuisine.

— Il y a un problème ? l'interrogea John Paul.

— Il me faut tes clés de voiture, répondit Noah.

— John Patrick a reçu une fléchette en pleine poitrine, lança Michelle en déverrouillant la porte arrière. Je dois y aller.

Elle prit le portable de Noah et, sans s'arrêter, composa le numéro du service de radiologie tandis que son frère jetait ses clés à l'agent du FBI.

— Préviens Theo, lui cria celui-ci. Il est en route pour le Swan. Dis-lui où on va.

Preston s'était frayé un chemin parmi la foule et, debout près de Jake Renard, faisait semblant d'étudier la feuille d'inscription épinglée au mur. Il tendit l'oreille lorsque John Paul expliqua à son père ce qui s'était passé. À l'instant où il sut que Michelle se rendait à l'hôpital et que son frère allait appeler Theo pour lui demander de se rendre directement là-bas, il posa son verre sur le comptoir et marcha vers la sortie.

À l'autre bout de la salle, un vieillard racontait une histoire à Monk. Bien que l'homme l'eût invité à se joindre à lui et ses amis, celui-ci préférait rester là où il était afin de pouvoir surveiller le parking depuis la fenêtre.

— Je passe mes journées assis devant un écran, lâcha-t-il. Qu'est-ce que vous disiez au sujet de cette truite mouchetée ?

Le vieillard secoua la tête devant cette marque d'inattention et reprit son anecdote depuis le début. Monk acquiesça à deux ou trois reprises afin de paraître intéressé, mais lorsqu'il aperçut Noah et Michelle monter dans un vieux pick-up, il se dirigea aussitôt vers la porte. Son interlocuteur eut beau lui crier quelque chose, il l'ignora et continua à avancer, la main dans la poche de sa veste.

Dehors, Preston se hâtait vers sa voiture, la tête baissée au cas où Michelle ou l'agent du FBI se seraient retournés. Monk le rattrapa.

— Où est-ce qu'ils foncent comme ça ?

— À l'hôpital. Buchanan ne va pas tarder. Si Clayborne se contente de déposer le docteur, on pourra s'occuper d'elle et du procureur là-bas. Il ne devrait pas y avoir grand monde à cette heure. La plupart des chirurgiens opèrent tôt le matin.

Preston appela ensuite John afin de le mettre au courant des dernières nouvelles. Leur plan fut aussitôt modifié.

— Dallas et moi, on va attendre dans le parking de l'hôpital et intercepter Buchanan, décida John. S'il arrive avant nous, Dallas le rejoindra et s'arrangera pour l'attirer à l'extérieur. Monk et toi, entrez et tenez la fille à l'œil. Dès qu'elle sera seule, enlevez-la et retrouvez-nous au point de rendez-vous.

— Tu déconnes ! cria Preston. J'ai entendu son frère dire qu'elle allait opérer un gosse. Je pense qu'on devrait se débarrasser d'elle sur place – et aussi du mec du FBI s'il reste dans les parages.

— Tu as perdu la tête ? grinça John. Tu as une idée du nombre de personnes qui l'entoureront ? Bon Dieu, réfléchis un peu. On veut donner l'impression que Buchanan a été victime d'un règlement de comptes, tu te souviens ? Et il faut aussi que la police et le FBI s'imaginent que la toubib y a laissé sa peau parce qu'elle était avec lui.

— Qu'est-ce que tu fais de Clayborne ?

John étudia la question un instant.

— S'il devient gênant, élimine-le.

— Putain, si quelqu'un venait à nous entendre…, fulmina Dallas.

— La ferme ! cracha John, avant de reprendre le fil de sa conversation avec Preston. La fille conduit quelle voiture ?

— Un vieux pick-up rouge.

John éteignit son portable et le laissa tomber sur ses genoux.

— Ralentis, marmonna Dallas. L'hôpital est juste à l'angle. (S'apercevant qu'il accélérait en effet, John leva le pied.) C'était quoi, le problème avec Preston ?

— Il voulait débouler et tirer dans le tas.

— Comment est-ce que tout a pu foirer à ce point ? Tu parles de liquider deux, peut-être même trois personnes, et moi j'accepte sans broncher.

— Tu n'as pas le choix.

— Ben voyons. Il suffirait qu'on plie bagage et qu'on s'envole pour les îles Caïmans. Une fois là-bas, on retire le fric, on le partage en trois et on disparaît dans la nature.

— Il nous faut d'abord le certificat de décès de Cameron.

— Monk pourrait nous l'envoyer.

— Comment se fait-il que tu aies des scrupules à descendre des étrangers mais pas à tuer Cameron ?

— Il est devenu potentiellement dangereux.

— Exact. Tout comme Buchanan et ses amis. Finissons-en ce soir.

— Je persiste à croire qu'on devrait tout annuler.

— Pas question, s'énerva John.

— On ne contrôle plus rien. Tout est de ta faute, connard !

John saisit son revolver avec une furieuse envie de coller le canon contre la tempe de Dallas et d'appuyer sur la détente. Il prit cependant une profonde inspiration.

— N'essaie pas de te défiler, menaça-t-il. Regarde, voici la voiture de Preston. Monk et lui doivent déjà être à l'intérieur.

— Une chance pour nous que le parking soit presque vide.

John se tordit le cou pour apercevoir l'emplacement réservé au docteur. Il sourit soudain.

— Le pick-up est là.

— Clayborne n'est apparemment pas reparti après avoir déposé la fille. Il l'a accompagnée.

— Alors tant pis pour lui.

— Mets-toi à côté de la camionnette violette, derrière la rangée d'arbres.

John se gara à l'endroit désigné, abaissa sa vitre électrique puis coupa le moteur. Pendant ce temps, Dallas enfila un K-Way noir qui se trouvait à l'arrière de la voiture et dont l'une des poches renfermait un petit semi-automatique.

— J'essaie de passer en revue toutes les éventualités. Buchanan et le docteur ne devraient pas poser de problème. Clayborne, par contre, si. Il a de l'entraînement et il cherchera les ennuis. Si les choses tournent mal et que Preston, Monk et moi, on soit obligés de les tuer à l'intérieur, il se défendra jusqu'au bout en essayant de nous faire crever avec lui.

— Alors descendez-le en premier, trancha John. Rappelle-toi, l'effet de surprise est de votre côté. Il ne verra rien venir.

— Non, mais… il anticipera.

— Il faut que tu réussisses à entraîner Buchanan à l'extérieur.

— Je dis juste qu'en cas de pépin…

— Écoute, l'interrompit John avec impatience, Monk envisage sûrement les mêmes possibilités que toi. À vous deux, vous arriverez bien à abattre Clayborne. Preston n'aura qu'à se charger de Buchanan.

— Sale blaireau. T'es gonflé de rester planqué.

— La fille sait qui je suis, c'est trop dangereux. Si elle me voit débarquer, elle risque de me reconnaître sur-le-champ. Non, je vous attendrai ici.

369

Dallas se pencha pour s'emparer de la clé de contact. John réagit comme si on l'avait insulté.

— Tu t'imagines que je vais vous planter là ?

— Ce n'est pas à exclure si tu entends des coups de feu.

John leva les mains.

— Très bien, prends les clés, mais garde-les à portée de main.

Au même moment, il aperçut une voiture s'engageant dans l'allée. Bien qu'ils fussent à l'abri derrière les arbres, il se baissa aussitôt. Le véhicule s'éloigna. Ils disposaient d'un angle de vue parfait sur l'entrée des urgences, située juste en face d'eux. Buchanan se garerait soit sur le parking des visiteurs, soit sur celui d'à côté, près du pick-up de la fille. Dans les deux cas, il ne les verrait pas.

— Si jamais je dois me lancer à ses trousses... cela pourrait bien se retourner contre moi, s'inquiéta Dallas.

— Pense à l'argent, murmura John d'une voix douce comme le velours. Pense à l'argent.

Tous deux se calèrent sur leur siège et patientèrent en silence.

40

Avant de se rendre à l'hôpital, Theo effectua un détour supplémentaire par une agence Pak Mail[1] où il photocopia les papiers que Rosa lui avait confiés. Il utilisa ensuite le téléphone de la société pour appeler son supérieur à Boston et l'informer de ce qui s'était passé tout en lui faisant faxer les documents par l'un des employés.

Puis il contacta l'antenne locale du FBI, obtint leur numéro de fax et les leur adressa à eux aussi. Enfin, parce qu'il se sentait fatigué et un peu paranoïaque, il faxa de nouveau le tout, à son domicile cette fois.

Lorsqu'il atteignit la périphérie de St Claire, le signal de son téléphone portable faiblissait. La batterie était presque à plat. Theo voulait encore joindre Ben pour lui demander de le retrouver à l'hôpital – il tenait à l'inclure dans son enquête et à lui remettre un jeu de copies à lui aussi. Il lui faudrait cependant attendre d'être arrivé pour lui parler, décida-t-il. À un feu rouge, il rassembla les papiers et les glissa dans la boîte à gants.

À présent qu'il avait le sentiment d'avoir paré à l'essentiel – son chef allait s'adresser à l'un de ses amis au fisc –, Theo se remémora une nouvelle fois sa conversation avec Rosa Vincetti. La pauvre était terrifiée par la police, ce dont il ne pouvait la blâmer au vu de son expérience. Les agents avaient forcé sa porte en pleine nuit et, revolver au poing, s'étaient rués à l'intérieur de sa maison pour

---

1. Pak Mail : société regroupant des bureaux franchisés proposant divers services aux particuliers et aux entreprises – emballage et expédition de marchandises, envoi de documents, soutien logistique, etc. (*N.d.T.*)

tirer son fils du lit, le menotter et l'emmener. Depuis, Rosa vivait dans la terreur que cela ne se reproduise.

« Catherine savait-elle que vous craigniez la police ? lui avait-il demandé.

— Oui. Je lui avais tout raconté. Nous étions très proches, comme des sœurs. Elle se reposait sur moi. »

Juste avant qu'il ne s'en aille, la gouvernante lui avait aussi avoué qu'elle espérait sans cesse apprendre l'arrestation de John dans les journaux. D'après Catherine en effet, les copies des fichiers de son mari devaient l'envoyer finir ses jours en prison.

« Qu'étiez-vous censée faire de vos copies ?

— Je n'en ai aucune idée. Elle m'avait dit de les garder en lieu sûr. J'ai prié… et attendu.

— Attendu quoi ?

— Que Dieu m'indique la voie à suivre. »

Après lui avoir juré que les papiers étaient en sécurité avec lui, il l'avait remerciée puis était parti.

Parvenu à quelques centaines de mètres de l'hôpital, Theo jeta un coup d'œil à l'horloge digitale du tableau de bord. Vingt et une heures quinze. Le temps passe vite quand on s'amuse, pensa-t-il. Pas étonnant qu'il eût l'estomac dans les talons et bâillât sans arrêt. Il n'avait rien bu ni mangé de toute la journée. Un peu de nourriture et de caféine s'imposaient. Après avoir vu Michelle et Noah, il irait se chercher quelque chose à grignoter à la cafétéria de l'hôpital.

Theo s'engagea dans l'allée menant à celui-ci. Comme il n'y avait personne sur les places de parking couvertes à l'entrée des urgences, il se rangea sur l'une de celles réservées à la police, juste à côté du panneau INTERDICTION DE STATIONNER.

Un infirmier sortait de l'hôpital au moment où il en franchit le seuil.

— Hé, mon vieux, vous n'avez pas le droit de laisser votre voiture là. Vous allez écoper d'une amende.

— FBI, rétorqua Theo.

— Merde ! marmonna John lorsqu'il le vit se garer près du bâtiment et entrer.

Dallas ouvrit sa portière.

— Appelle Preston et Monk. Dis-leur de me retrouver dans les escaliers nord. Je veux synchroniser les opérations, au cas où Buchanan me donnerait du fil à retordre.

372

John s'exécuta tandis que son acolyte claquait la porte et se mettait à courir. Lorsqu'il eut raccroché, il se pencha vers le siège arrière afin d'attraper son ordinateur portable. Il sortit ensuite de la boîte à gants le double de la clé qu'il avait demandé au moment de la location et l'inséra dans le contact.

Dallas commençait seulement à se méfier de lui. John sourit à cette pensée. En dépit de leurs combines illégales, tous – y compris Cameron, si cynique et à bout de nerfs qu'il fût – sous-estimaient naïvement ses capacités. Ils s'imaginaient réellement qu'il lui était impossible de retirer l'argent sans eux. Plus drôle encore, ces braves petites fourmis ouvrières comptaient sur lui pour partager le magot. Ah, la confiance ! Quelle arme merveilleuse.

John s'adossa à son siège. La nuit s'annonçait belle et chaude. Peut-être tout marcherait-il sans qu'il ait à recourir à son plan de secours. Preston se comportait cependant comme une tête brûlée, et John était quasi certain qu'il ne pourrait s'empêcher de tuer quelqu'un. Les choses tourneraient mal alors. Peut-être mourraient-ils tous.

Quelle veine ce serait.

Theo s'apprêtait à monter à pied au premier étage mais, alors qu'il traversait le hall d'entrée en direction de la cage d'escalier, Elliott Waterson le héla en criant :

— Coach ? Mes parents sont en haut.

Debout dans l'ascenseur dont il maintenait les portes ouvertes, l'adolescent devait le croire venu avec l'intention de soutenir Cherry et Daryl en attendant que John Patrick sorte de la salle d'opération.

Theo le rejoignit.

— Tu tiens le coup, Elliott ?

Le garçon éclata en sanglots. Les yeux gonflés, le nez rouge, l'air triste et hagard, il semblait avoir vécu l'enfer.

— Vous avez entendu ce qui est arrivé à mon petit frère à cause de moi ? murmura-t-il, tête baissée, avant de se remettre à sangloter. Je lui ai fait mal, Coach. Je lui ai fait très mal.

— Je suis sûr qu'il s'agissait d'un accident, Elliott.

Theo avait appris que Michelle s'était précipitée à l'hôpital afin de soigner un patient, lequel n'était autre que John Patrick, le petit garçon qui lui avait demandé de tuer Lois. Lorsque le frère de la jeune femme l'avait appelé cependant, il ne lui avait donné aucune précision quant à la gravité de la blessure ou l'origine de l'accident. Pourtant, Theo avait la conviction qu'Elliott n'aurait jamais levé la main sur son frère. C'était un bon garçon, issu d'une famille unie et aimante.

— Je sais que tu ne l'as pas blessé exprès.

— Mais c'est ma faute, et maintenant il va mourir.

Elliott manqua renverser Theo lorsqu'il se jeta contre lui. Incapable de réprimer ses pleurs, il enfouit le visage au creux de son épaule. L'adolescent avait beau être grand, costaud et plus lourd que lui d'au moins quinze kilos, il n'en demeurait pas moins un enfant ayant besoin d'être réconforté.

— Allez, suis-moi, on va chercher ta mère.

— J'aurais jamais dû..., bégaya Elliott, qui peinait à rester cohérent. Je voulais pas…

Sa douleur émut Theo. Il lui passa un bras autour des épaules.

— Tout ira bien, le rassura-t-il, d'un ton plus proche de la prière que de la promesse. Il faut que tu gardes espoir, Elliott.

S'apercevant soudain que l'ascenseur ne bougeait pas, il appuya sur le bouton.

— Raconte-moi ce qui est arrivé.

— M'man m'avait dit de pas lui offrir de jeu de fléchettes. Elle répétait qu'il était trop petit et qu'il risquait de se piquer avec les pointes. Seulement voilà, John Patrick en voulait à tout prix un pour son anniversaire, alors je lui ai quand même acheté. M'man était furax, bafouilla-t-il. J'aurais dû lui reprendre… mais je lui ai laissé. Avec un bout de corde, j'ai accroché la cible sur le gros arbre devant la maison, assez bas pour que John Patrick puisse y jouer. Après, la nuit a commencé à tomber, il en a eu assez et il a grimpé à l'arbre, comme il aime bien le faire. Moi, j'ai ramassé les fléchettes et je les ai lancées en reculant de plus en plus. Je les lançais vraiment fort.

Elliott était trop désespéré pour poursuivre. Parce qu'il devinait la suite, Theo grimaça. Les portes de l'ascenseur s'ouvrirent à cet instant et il entraîna le garçon à sa suite.

Noah attendait appuyé contre le mur, face à eux. Lorsqu'il les aperçut, il partit aussitôt prévenir les parents d'Elliott.

— John Patrick a sauté de l'arbre juste au moment où j'en jetais une, reprit l'adolescent. Je l'ai atteint à la poitrine, peut-être au

374

cœur... je sais pas, mais il a pas crié. Il a eu l'air tout surpris, c'est tout. Moi, j'ai hurlé « non ! » en courant vers lui parce que je me doutais de ce qu'il allait faire. Il a essayé de retirer la fléchette... mais elle est pas sortie... juste le manche... et il a fermé les yeux et il est tombé par terre. Comme ça... il... s'est écroulé. J'ai cru qu'il était mort. Papa a vu ce qui s'était passé lui aussi. Il venait de descendre de la camionnette et montait les marches. John Patrick va mourir, hein, Coach ? C'est sûr.

Theo ne savait que dire pour le consoler. Il s'éclaircit la voix :

— Allons rejoindre ta mère, déclara-t-il d'un ton décidé.

Des panneaux sur le mur, en face de l'ascenseur, indiquaient que le bloc opératoire se trouvait à gauche, au bout d'un long couloir. Noah avait cependant tourné de l'autre côté, aussi Theo poussa-t-il Elliott dans cette direction. L'agent du FBI s'arrêta alors sur le seuil d'une salle ouverte et s'écarta pour laisser passer Cherry et Daryl, qui accouraient vers eux.

À leur vue, Elliott lâcha Theo pour se jeter dans les bras de sa mère. Celle-ci le serra fort contre elle.

— Je suis désolé de ce qui arrive à John Patrick, dit Theo à Daryl.

Celui-ci semblait avoir vieilli de dix ans depuis leur dernière rencontre.

— Oui, oui, fit-il.

— C'est un si petit garçon, pleura sa femme.

— Mais il est fort, rétorqua Daryl. Il s'en sortira.

— Depuis combien de temps est-il en salle d'opération ? s'enquit Theo.

— Une demi-heure maintenant.

— A-t-on des nouvelles ? Son état a-t-il évolué ?

Elliott s'était arraché aux bras de sa mère et se tenait à présent à ses côtés, sa main dans la sienne. Cherry paraissait hébétée.

Daryl répondit à sa place :

— Le Dr Mike a envoyé une infirmière il y a cinq minutes pour nous annoncer que l'opération se passait très bien. Tu entends ça, Elliott ? Tu venais de descendre au rez-de-chaussée chercher le pasteur quand elle est arrivée. D'après le Dr Mike, l'ange gardien de John Patrick devait veiller sur lui parce que la fléchette a raté de peu une artère. L'infirmière pense qu'il faudra attendre au moins une heure encore avant que l'opération soit finie.

— Ils seront peut-être obligés de le transfuser, nuança Cherry.

— On se disait donc qu'on ferait mieux d'aller au labo et de leur donner notre sang au cas où John Patrick en aurait besoin, ajouta son mari.

— Ils refuseront de prendre le tien, Daryl. Pas avec l'opération que tu as subie récemment.

— Je leur proposerai quand même.

— Moi aussi, je donnerai mon sang, intervint Elliott en s'avançant d'un pas, le dos raide, et en s'essuyant les yeux du revers de la main.

— Où sont vos autres garçons ? demanda Theo.

— En bas, à la cafétéria, répondit Cherry. Il faut d'ailleurs que j'aille les voir. Henry doit s'agiter. À cette heure-ci, il est au lit d'habitude et j'ai oublié d'emporter la petite couverture qu'il serre contre son nez quand il suce son pouce.

Elle se remit à pleurer. Daryl lui passa un bras autour des épaules.

— Ne t'inquiète pas pour Henry. La femme du révérend se chargera de ramener les petits à la maison et de les mettre au lit, expliqua-t-il à l'intention de Theo. Ils ne devraient plus tarder maintenant. Descendons au labo, Cherry. Je veux être de retour ici avant que le docteur sorte du bloc.

Daryl était nerveux. Theo comprenait son besoin de faire quelque chose, n'importe quoi, pour venir en aide à son enfant. L'attente l'aurait rendu fou lui aussi et il n'entrevoyait probablement qu'à peine l'angoisse qui étreignait les parents de John Patrick.

— Il vaudrait peut-être mieux que l'un de nous reste ici, fit remarquer Cherry au moment où l'ascenseur arrivait.

— Je ne bougerai pas, la rassura Theo. Je vous préviendrai s'il y a du nouveau.

Noah s'était tenu à l'écart, mais dès que les portes se furent refermées sur les Waterson, il s'approcha de Theo.

— La mère semble en état de choc, commenta-t-il.

— La blessure est grave ?

— Elle avait l'air, mais franchement, je n'en ai aucune idée. C'était l'affolement ici. J'ai observé Mike par une vitre. Elle se lavait les mains et les avant-bras au lavabo tout en examinant les radios qu'un de ses collègues lui tenait. Il y avait des infirmières, des médecins et des assistants qui couraient dans tous les sens. Tout le monde criait des ordres, sauf Mike. Elle est restée d'un calme olympien, ajouta-t-il d'une voix teintée d'admiration. Il n'y a pas à dire, elle sait garder son sang-froid en période de crise. Je suppose que c'est pour cette raison qu'elle est devenue chirurgienne.

Theo l'approuva.

— Elle s'est comportée de la même façon la nuit dernière, pendant que les balles volaient autour de nous.

— À ce propos, tu as réglé tout ce que tu voulais à La Nouvelle-Orléans ?

— Oh, oui. Et tu ne devineras jamais ce que j'ai découvert.

Theo lui apprit l'existence du Club des semeurs et de leurs millions de dollars placés dans une banque des îles Caïmans. Quand il eut fini de lui retracer les étapes qui l'avaient mené jusqu'à Cameron et Rosa, il ajouta :

— J'aimerais épingler John Russell, mais j'ai l'impression que ses crimes ne se limitent pas à ce que révèlent ces papiers. Dès que la police aura coincé Cameron Lynch, je lui parlerai. Il me fournira les renseignements qui me manquent.

— D'après ce que Nick m'a raconté sur tes pouvoirs de persuasion, je n'en doute pas. Je jetterais bien un œil sur ces documents moi aussi.

— Je les ai laissés dans la boîte à gants de ta voiture.

— Ce n'est pas très malin.

— Aurais-je oublié de préciser que je les ai faxés à mon chef, au fisc, au FBI et à mon domicile ?

— Tu ne l'avais pas mentionné, en effet. Tu dis que les initiales à côté des transactions étaient *J, C, P* et *D* ? Dommage que John n'ait pas indiqué les noms complets.

— Catherine l'a peut-être fait. Je me demande s'il y avait une explication dans le pli qu'elle a envoyé à Michelle.

— Le *J* correspond de toute évidence à John Russell et le *C* à Cameron Lynch. Alors qui sont *P* et *D* ?

— Voilà toute la question, et je parie que nous aurons bientôt la réponse. Les inspecteurs Underwood et Basham ont dépêché d'autres agents un peu partout dans La Nouvelle-Orléans afin qu'ils interrogent les associés de John. On ne tardera pas à mettre des noms sur ces lettres.

— L'inspectrice Harris les connaît peut-être. Toujours aucune nouvelle d'elle ?

— Non.

— Ce n'est pas une femme de parole, on dirait. Les douze heures sont écoulées et elle avait promis de te remettre une copie de son dossier au bout de ce délai.

— Elle sera sûrement furieuse quand elle apprendra que je m'en suis procuré un double chez Rosa.

— Mais tu ne comptes pas l'en informer.

— Bien sûr que non. Je refuse de partager la moindre info avec elle. Je vais laisser Underwood et Basham se charger des arrestations et s'en attribuer tout le mérite.

Theo entendit soudain son nom résonner dans le haut-parleur. Apercevant un téléphone sur le mur, en face de l'ascenseur, il se dirigea vers lui. Dès qu'il se fut identifié, la standardiste le pria de patienter et, quelques secondes plus tard, le mit en relation avec l'inspecteur Underwood.

Leur conversation s'avéra très enrichissante.

— Aucun problème, conclut Theo. J'attendrai. Tenez-moi au courant. (Il raccrocha et se tourna vers Noah.) *Preston* et *Dallas*.

— Vraiment ? C'est du rapide.

— L'un des inspecteurs a trouvé les noms grâce à l'ex-petite amie de John, une dénommée Lindsey. Elle essayait de rentrer chez lui pour récupérer des vêtements qu'elle avait laissés là. La fille lui a expliqué qu'elle avait rencontré Cameron mais jamais les autres. En revanche, il lui est arrivé d'espionner les conversations téléphoniques de John et elle s'est souvenue des prénoms Preston et Dallas parce qu'ils l'appelaient souvent.

— Tu as leurs noms de famille ?

— Pas encore. Et devine ? Un autre type qui cherchait à contacter Dallas a passé un coup de fil un jour. Il s'agissait d'un certain Monk. Le fait a marqué Lindsey car John est devenu tout à coup très courtois, presque comme s'il en avait peur.

— Intéressant. Elle a eu l'occasion de leur parler, à lui ou aux autres ?

— Non. John ne l'autorisait pas à répondre au téléphone. Il ne voulait pas que les gens sachent qu'il fréquentait quelqu'un aussi peu de temps après la mort de sa femme. Lindsey a aussi affirmé à l'inspecteur qu'ils avaient prévu de se marier, mais qu'en rentrant chez lui il y a quelques jours, John lui avait ordonné de ramasser ses affaires et de partir – sans vraiment y mettre les formes.

— Raison pour laquelle elle se montre si bavarde maintenant, je suppose.

— Exactement. Je pense que Preston et Dallas seront sous les verrous avant minuit.

— Ce ne sera pas trop tôt ! s'exclama Noah. Comment Underwood a-t-il su que tu étais ici ?

— Je lui avais demandé de me joindre sur mon portable ou au Swan. John Paul ou Jake ont dû lui dire que j'étais à l'hôpital.

— Donc, on n'en a plus pour longtemps à tenir bon. On verra bientôt la fin de cette histoire.

Theo bâilla bruyamment et se massa la nuque.

— J'ai besoin d'un café.

— Il y en a dans la salle d'attente.

— Parfait. Mais d'abord, j'aimerais m'assurer que tout va bien du côté de Michelle. Je peux ? demanda-t-il en désignant du menton les larges doubles portes au-dessus desquelles était inscrit ENTRÉE INTERDITE en lettres rouge vif.

— Bien sûr. Je ne me suis pas gêné, moi. Tu l'apercevras derrière les vitres. Elle est dans la salle d'opération, juste sur la gauche après l'angle, là où il n'y a pas d'issue. Mais arrange-toi pour passer inaperçu. Les infirmières ont tendance à élever la voix. Je vais donner quelques coups de fil pendant ce temps, ajouta Noah en se dirigeant vers la salle d'attente. Tu veux que je te rapporte un café ?

— Non, j'irai me le chercher moi-même.

Theo s'apprêtait à pousser la porte lorsqu'il s'arrêta net et se retourna.

— Noah, reprit-il. Il n'y a pas un truc qui te paraît bizarre ?

— Quoi ?

— Les moyens employés par Catherine… elle a expédié ces documents à un membre de sa famille qu'elle n'avait jamais rencontré.

— John Paul m'a dit qu'elle n'était pas très nette comme fille.

— En effet.

— Alors tu tiens peut-être là ta réponse.

— Mouais. Peut-être, répondit Theo, peu convaincu cependant.

Il pénétra dans la zone interdite aux visiteurs avec le sentiment d'être un gamin qui se serait faufilé en douce dans un cinéma interdit aux mineurs. Il s'attendait presque que quelqu'un lui passe un savon ou l'attrape par le col pour le jeter dehors.

Theo se retrouva dans un large espace pourvu de plusieurs portes battantes et d'un ascenseur. Il suivit le couloir à sa gauche qui faisait un angle. Un brancard roulant était rangé au bout, contre le mur. Michelle s'affairait dans une salle d'opération située à droite.

Il faisait bien cinq degrés de moins dans cette partie de l'hôpital. Une musique lui parvint tandis qu'il s'approchait, et il reconnut la voix de ce bon vieux Willie Nelson, le chanteur préféré de la jeune femme. Un souvenir insaisissable surgit en lui, une sensation vaguement familière éveillée par l'odeur, la chanson, le froid. Peut-être une réminiscence de sa propre opération, songea-t-il.

Il observa l'intérieur de la pièce par la vitre et fut surpris de sa faible superficie, compte tenu du nombre de personnes présentes – il en compta six, parmi lesquelles un homme qui, assis derrière le patient, surveillait les écrans de plusieurs machines. Une infirmière empêchait Theo de voir John Patrick, mais il entraperçut le front de Michelle lorsque son assistante lui tendit un instrument et qu'elle se tourna légèrement. Les yeux posés sur elle, il sentit sa nervosité s'estomper. Il commença à se détendre, respira à fond et constata qu'il éprouvait soudain un certain bien-être rien qu'à la savoir proche de lui.

— Bon sang, je l'ai vraiment dans la peau, murmura-t-il en se dirigeant vers la sortie.

Michelle était-elle devenue une obsession ? Non, évidemment non, mais la vie lui semblait un peu plus ensoleillée, et certes bien plus belle, en sa compagnie.

Catherine, par contre, offrait un exemple parfait de névrose obsessionnelle. Cette pensée ramena Theo à l'énigme qu'il tentait de résoudre. Rosa lui avait expliqué que sa patronne avait eu l'intention de se servir des fichiers informatiques comme d'une menace pour exercer un contrôle sur son mari pendant qu'elle était en vie. Pourquoi Catherine n'avait-elle pas tout bonnement demandé à son avocat de les remettre à la police après sa mort ? Craignait-elle que Benchley ne suive pas ses instructions jusqu'au bout ou bien la méfiance de Rosa vis-à-vis des autorités avait-elle déteint sur elle ?

Theo comprenait bien pourquoi elle avait choisi Michelle. Chaque fois qu'il l'appelait, Jake lui vantait les qualités de ses enfants, de sorte qu'elle n'ignorait rien du parcours brillant de sa cousine. Elle s'était certainement dit que celle-ci devinerait la signification des chiffres et des transactions figurant sur les documents. Peut-être avait-elle douté des facultés de son oncle – sa bonhomie incitait beaucoup de gens à ne pas le croire aussi intelligent qu'il l'était. Cela, Catherine ne pouvait le savoir. En revanche, elle avait dû mesurer son obstination à sa juste valeur en constatant qu'il n'avait jamais voulu perdre le contact avec elle, avec ses coups de fil mensuels. Jamais il ne s'était laissé décourager par sa froideur et son indifférence. Pour elle, il était probablement évident que Jake veillerait à ce que Michelle accorde toute son attention à ces papiers et les transmette aux personnes adéquates.

Elle avait cependant tenu la police à l'écart et donné son deuxième exemplaire du dossier à Rosa. Pourquoi ?

La réponse lui creva soudain les yeux. Parce qu'elle était sûre que Rosa ne s'adresserait jamais à un inspecteur. Ce qui signifiait...

— Putain, murmura-t-il.

Il se maudit d'avoir mis autant de temps à comprendre. *Désolé, Catherine. Je suis bouché, je le reconnais.*

Pressé de prévenir Noah, il poussa les portes battantes et courut dans le couloir, heurtant au passage un chariot qui alla buter contre le mur opposé. Alors qu'il le rattrapait pour l'empêcher de tomber, une pile de serviettes s'écroula sur ses pieds. Il les ramassait, accroupi, quand la sonnerie de l'ascenseur retentit, suivie du bruit feutré des portes qui coulissaient.

L'inspectrice surgit du passage qui menait à la cabine et s'éloigna de lui en direction de la salle d'attente.

Harris ne portait pas de chaussures de marche cette fois. Elle avançait du pas rapide qu'adoptent d'instinct la plupart des policiers débordés quand ils sont en retard dans leur travail. Ses talons claquaient sur le linoléum comme des castagnettes.

— Hé, inspecteur ! lança Theo. Vous me cherchez ?

Harris avait presque atteint la salle d'attente. Surprise, elle se retourna brusquement en même temps qu'elle enfonçait la main dans sa poche. Puis elle sourit.

— D'où sortez-vous ? demanda-t-elle.

Noah apparut derrière elle et se dissimula dans le couloir tandis qu'elle s'empressait de rejoindre Theo.

— Du bloc opératoire, répondit-il. Je suis à vous dans un instant. J'ai juste un appel à passer.

381

Il se dirigea vers le téléphone mural situé à proximité, décrocha le combiné, composa le numéro du standard et parla à voix basse à l'opératrice. Il raccrocha ensuite et retourna son sourire à Harris.

— Comment saviez-vous que j'étais ici ?

— Je suis inspecteur. C'est mon boulot de retrouver les gens, rétorqua-t-elle avant d'éclater de rire. Un type au Swan m'a appris que vous étiez à l'hôpital et le service des admissions m'a indiqué à quel étage vous trouver. La tâche n'était pas compliquée. Je suis un peu en retard. Les douze heures sont écoulées, mais j'ai été retenue. Notez que j'ai quand même tenu parole.

— Je ne pensais plus vous voir. Je suis impressionné.

— J'ai fait une copie des papiers que, dans ma grande bonté, je vous autorise à lire. Rappelez-vous juste qu'il s'agit de mon enquête, ajouta-t-elle vivement.

— Je ne m'en mêlerai pas, lui promit-il. Où est le dossier sur Monk ?

— Je suppose que vous ne m'avez pas crue quand je vous ai affirmé que j'ai passé trois ans à chasser ce fantôme. Il y a deux énormes boîtes en carton remplies de documents dans le coffre de ma voiture. Il va vous falloir quelques semaines pour tout éplucher.

— Vous espérez me faire regretter de les avoir demandés ?

— Bien sûr. Dieu, ce qu'il fait froid ici, observa-t-elle en frissonnant. On dirait un tombeau. Qu'est-ce qui vous arrange maintenant ? Vous voulez transférer les boîtes dans votre voiture ou vous préférez que je les dépose quelque part ?

— Allons les charger tout de suite. Je commencerai à les étudier ce soir.

— Comme il vous plaira.

— Vous avez procédé à des arrestations ?

Harris plissa légèrement les yeux. De toute évidence, la question l'agaçait.

— Pas encore, lâcha-t-elle d'un ton sec. Il s'est enfui. À chaque fois, il me fait le coup de disparaître dans la nature. On a suivi sa trace jusqu'à un motel de St Claire qu'on a d'abord cerné avant de s'approcher. Sa voiture était là, garée juste devant sa porte, mais lui avait filé. Il a tout de même dû partir dans l'urgence puisqu'il n'a emporté ni son matériel ni ses vêtements. J'espère que mes hommes auront plus de chance aujourd'hui et qu'ils relèveront des empreintes. Ils sont sur les lieux en ce moment.

— Je pourrais aller jeter un coup d'œil ?

— Oui, si vous restez en retrait.

— Je vous l'ai déjà promis.

— Très bien, alors. Il s'agit du motel St Claire, à l'angle de la 4e Rue et de Summit.

Harris pressa le bouton d'appel de l'ascenseur et attendit. Levant les yeux, elle vit le chiffre 4 allumé. Theo et elle patientèrent côte à côte durant plusieurs secondes, jusqu'à ce qu'elle appuie de nouveau sur le bouton.

— Prenons l'escalier, décida-t-elle avec impatience, on ira plus vite. Je dois retourner à La Nouvelle-Orléans.

— Un rendez-vous important ?

— Qu'est-ce qui vous fait croire ça ?

— Simple supposition. Le temps que vous arriviez là-bas, il sera tard.

Elle jeta un nouveau regard vers les numéros. Le 4 était toujours allumé.

— La Nouvelle-Orléans ne dort jamais. Le Vieux Carré grouillera encore de monde à mon retour. Allons-y, déclara-t-elle comme Theo s'écartait.

Mais alors qu'elle faisait demi-tour pour le précéder, elle s'arrêta net. Noah se dressait devant elle, les mains jointes dans le dos.

— Hello, jeta-t-il d'un air joyeux.

— Te voilà, dit Theo. J'aimerais te présenter Mme Harris, inspecteur de police. Inspecteur, voici Noah Clayborne, ajouta-t-il en lui posant une main sur l'épaule. Il travaille pour le FBI, mais c'est aussi un très bon ami.

— Quel plaisir de vous rencontrer, déclara Noah pendant que Theo se postait derrière elle. J'allais justement…

Theo recula encore d'un pas.

— Salut, Dallas.

Elle se retourna d'instinct. Dans le même temps, elle comprit ce qui venait de se passer. Ses yeux s'écarquillèrent et elle eut un brusque mouvement de recul – trop tard cependant. Theo la plaqua de face contre les portes de l'ascenseur, l'empêchant ainsi de se servir de l'arme qu'il l'avait vue cacher dans sa poche.

Noah s'avança à son tour et lui replia le bras en arrière, avant de lui administrer un coup violent sur le poignet pour lui faire lâcher son revolver. Theo écarta celui-ci du pied.

— Où sont vos amis ? la questionna-t-il.

Il relâcha son étreinte et la contraignit à se retourner. Jurant, elle en profita aussitôt pour essayer d'envoyer son genou dans l'entrejambe de Noah. Sans succès.

— Ce n'est pas très gentil, commenta-t-il, avant de répéter la question de Theo d'une voix beaucoup moins amicale que ce dernier. Où sont vos amis ?

Dallas ne souffla mot. Les lèvres pincées, elle braqua sur lui un regard noir de haine.

Theo scruta de nouveau le numéro des étages. L'ascenseur était encore immobilisé au quatrième.

— Ils sont dans les escaliers, conclut-il. Ils ont dû bloquer la cabine pour m'obliger à les prendre. Reste à savoir s'ils sont au courant de ta présence.

— Ils le sont ? demanda Noah à Dallas.

Tout en la maintenant contre la paroi de l'ascenseur, les pieds décollés du sol, il lui enfonça son pouce dans le cou.

— Preston ! hurla Dallas. Monk ! Maintenant !

Le poing de Theo la réduisit au silence. Ses yeux se fermèrent aussitôt et elle s'affaissa, inconsciente, dès que Noah l'eut lâchée.

— Prépare-toi, murmura ce dernier, la tête tournée vers le couloir.

Il entreprit de fouiller rapidement Dallas et la débarrassa du glock qu'il trouva dans son holster. Il la roula ensuite sur le dos. Il s'apprêtait à vérifier qu'elle ne dissimulait pas d'autre arme au niveau de la cheville, sous son pantalon, lorsqu'il perçut le léger grincement d'une porte. Du doigt, il désigna la salle d'attente à Theo, lui signifiant par là que le bruit provenait de ce côté.

Theo l'avait entendu lui aussi. Il acquiesça et se rapprocha. Ayant pendant ce temps découvert un holster fixé à la cheville de Dallas, Noah le vida de son revolver et coinça celui-ci dans son jean. Il se pencha ensuite de nouveau sur le blouson de l'inspectrice. Après en avoir sorti quatre chargeurs, il se redressa puis, en silence, rejoignit rapidement Theo afin de glisser la moitié de ces munitions dans les poches arrière de son pantalon. Il lui donna ensuite le glock de « Harris », de façon qu'il ait une arme dans chaque main. Tous deux se mirent alors à attendre, cachés dans le recoin en face de l'ascenseur, le canon de leurs revolvers pointé vers le plafond.

Une porte se referma doucement à proximité de la sortie, juste après la salle d'attente. Monk. Un claquement similaire parvint à Theo depuis l'autre bout du couloir, à côté du bloc opératoire. Preston devait être là. Où se planquait John, alors ? Dans l'ascenseur ? Les escaliers ?

Il tendit l'oreille, à l'affût de pas. Rien. Silence complet. Espéraient-ils que Noah et lui s'avanceraient dans le couloir ?

Le cœur battant, il respirait péniblement.

— C'est une embuscade, murmura Noah. Laissons-les s'amener.

Theo fit signe que non. Peu lui importait d'être pris au piège. Il ne pouvait ni ne voulait rester passif. L'ascenseur était toujours bloqué au quatrième étage. Deux hommes guettaient le moment de les abattre, mais leur patience aurait des limites, et si Michelle ou l'une des infirmières sortait pour parler aux Waterson, ils les tueraient.

— Michelle, souffla-t-il tout bas.

Noah hocha la tête. Il avait compris.

Theo coinça l'un de ses revolvers sous son bras, se pencha et ôta à Dallas une chaussure qu'il jeta dans le couloir. Preston ouvrit aussitôt le feu. Trois coups retentirent. Puis le silence retomba.

Le hurlement de plusieurs sirènes retentit soudain, de plus en plus proche.

— Les flics ? interrogea Noah.

Theo acquiesça et lui apprit qu'il avait demandé à la standardiste de les appeler.

— Assez perdu de temps, ajouta-t-il ensuite.

Le vacarme des sirènes n'avait pu échapper à Preston, Monk et John. Peut-être penseraient-ils à une ambulance, mais ils tiendraient quand même à agir vite et à en finir avec eux. Non, ils n'allaient plus tarder à se manifester. Theo s'avança d'un pas vers le couloir. Noah lui donna un coup de coude.

— Dos à dos, proposa-t-il. C'est le seul moyen. On y va ensemble. À trois, d'accord ?

Après une profonde inspiration, tous deux se mirent en position.

— Un.

Du coin de l'œil, Theo vit Dallas se mettre à genoux. Elle avait récupéré l'arme qu'il avait poussée sur le côté et visait Noah.

Il fut le plus rapide. Le coup partit, ébranlant les portes de l'ascenseur. La balle atteignit l'inspectrice au creux de la gorge.

Projetée en arrière, elle ouvrit de grands yeux incrédules, qu'elle referma l'instant d'après. Elle était morte. Sa tête retomba sur sa poitrine tandis qu'elle s'affaissait contre le mur.

Noah lui accorda à peine un regard.

— Deux…, poursuivit-il en se replaçant épaules contre épaules avec Theo.

— Allons-y, chuchota celui-ci.

— Trois !

Ils se précipitèrent dans le couloir. Chacun repéra sa cible et la mitrailla en même temps qu'il fonçait vers elle.

Noah toucha Monk mais, sans ralentir, ce dernier s'engouffra dans les escaliers. L'agent du FBI se lança à ses trousses, assuré que Theo protégeait ses arrières de même que lui protégeait les siens. Lorsqu'il parvint à la porte donnant accès aux marches, il se plaqua contre le mur, passa le bras à l'intérieur et tira de nouveau. Monk, qui l'attendait, riposta aussitôt. La balle entailla la porte juste au moment où Noah reculait d'un bond. Une pluie de coups de feu lui succéda, tant et si bien que le mur d'en face se retrouva criblé de trous et que des fragments de plâtre volèrent en tous sens. Une poussière grise se répandit dans l'air.

Le bruit était assourdissant. Malgré les détonations qui résonnaient dans sa tête, Noah crut entendre une femme crier. Jetant un œil par-dessus son épaule, il vit Theo se jeter à la poursuite d'un homme sur lequel il faisait feu avec ses deux revolvers. L'inconnu courut s'abriter dans la zone d'accès au bloc opératoire.

Tourne à droite. À droite. Éloigne-toi de Michelle. Theo entra à son tour et roula à terre, priant pour que Preston tente de gagner la sortie.

Le glock dans sa main gauche était vide, mais il ne pouvait perdre du temps à le recharger. Les portes menant à l'unité de soins intensifs oscillaient encore sur leurs gonds. À n'en pas douter, Preston se tenait tapi là. Lorsqu'il se releva, Theo vit une ombre floue passer derrière la vitre. Il comprit qu'il devait contourner l'angle du mur au plus vite pour sortir de la ligne de mire de son ennemi.

Il y parvint juste à temps et manqua de peu être atteint au visage. Une infirmière surgit alors en hurlant du bloc opératoire.

— Retournez à l'intérieur ! lui cria-t-il.

Il retira le chargeur vide de son arme et le remplaça par l'un de ceux qu'il avait dans sa poche. Une fois l'infirmière disparue, il s'adossa au mur et attendit. La voix de Willie résonnait dans les locaux.

Tandis qu'il se rapprochait du coin, il appuya par mégarde son épaule contre un interrupteur et, juste à l'instant où la chanson se terminait, le couloir fut plongé dans l'obscurité. La vitre du bloc opératoire laissait toutefois filtrer assez de lumière pour lui permettre d'y voir clair. Où Preston s'était-il réfugié ? Avait-il déjà pris quelqu'un en otage ou bien avait-il trouvé une autre sortie ? Pourtant, il devait forcément emprunter ce couloir, non ?

Que fabriquait la police, à la fin ? Jamais là quand on a besoin d'elle, pensa-t-il. *Allez, Ben. Amène tes fesses. Sauve-moi la mise.*

Je ne te laisserai pas passer, Preston. Pas question. Reste où tu es, Michelle. Ne bouge pas avant que tout soit fini. Theo se rappela soudain le brancard et recula jusqu'à ce que son pied le touchât. Il enroula ensuite sa jambe autour de la barre métallique et le poussa près de l'angle du mur.

Allez, dépêche-toi. Montre-toi.

Michelle venait de poser le dernier point de suture et attendait le joli toussotement qui devait succéder au retrait du tube par l'anesthésiste. L'enfant avait très bien supporté l'opération. À moins de complications, il grimperait de nouveau dans son arbre favori avant un mois – à supposer bien sûr qu'il réussisse à échapper à la surveillance de sa mère.

— Fais-moi plaisir, bonhomme, tousse, murmura-t-elle.

Un faible gémissement lui répondit, suivi aussitôt d'une toux sèche.

— Il est prêt à quitter le bloc, commenta l'anesthésiste en retirant son masque, un large sourire aux lèvres. Il a eu de la chance, ce gamin.

— Bon travail, lança Michelle à toute l'équipe.

Soudain, des coups de feu éclatèrent dans le couloir. Le chaos s'installa aussitôt. Malgré les appels au calme de Michelle et de Landusky, l'une des infirmières hurla et se précipita vers la porte afin de découvrir la cause de ces tirs. La voix de Theo lui ordonnant de rentrer dans le bloc leur parvint alors.

— C'est Theo ! s'exclama Michelle. Il est blessé ?

— Je ne sais pas. Bon sang, que se passe-t-il ?

Personne n'en avait la moindre idée. De toute façon, seul comptait John Patrick. Il respirait sans assistance à présent, des inspirations claires et rassurantes. Landusky aida à rouler en vitesse la table contre le mur, près des portes, pendant qu'une infirmière apportait la perfusion. Elle et l'une de ses collègues se penchèrent ensuite sur le petit garçon afin de le protéger au cas où quelqu'un aurait surgi dans la salle avec un revolver. Landusky avait eu le même réflexe. Il se tenait courbé au-dessus de l'enfant, les bras de chaque côté de sa tête. Les autres s'accroupirent derrière la table et attendirent. Une assistante pleurait en silence, les mains plaquées sur ses oreilles.

Michelle avait quant à elle saisi le lourd extincteur, qu'elle brandissait comme une batte de base-ball. Elle se positionna près de la porte – sans trop s'en approcher cependant, afin que celle-ci ne la gêne pas si jamais le tireur entrait en donnant un grand coup dedans. Puis elle éteignit les lumières. Elle se refusait à envisager ce qui avait pu arriver à Theo. Sa seule priorité pour l'instant consistait à maintenir l'intrus en dehors du bloc opératoire.

— Si quelqu'un tire un coup de feu ici, tout l'étage risque de sauter, souffla Landusky. Les réservoirs d'oxygène et…

— Chut ! le coupa-t-elle, consciente comme tous les autres du danger.

Elle se pencha en avant pour mieux écouter. Quel était ce ronronnement étouffé, semblable à celui d'une centrifugeuse ? Oh non ! la cassette de Willie Nelson se rembobinait automatiquement. Une fois la bande ramenée au début, le magnétophone passerait en mode « lecture ». Il avait été placé sur une table, contre le mur opposé aux portes, et recouvert d'un drap stérile.

Michelle eut envie de crier le nom de Theo. Impossible, bien sûr. *Seigneur, faites qu'il n'ait rien. S'il est blessé… s'il saigne alors que moi, je me cache derrière cette porte… Non. N'y pense pas.* Où était Noah ? Pourquoi n'aidait-il pas Theo ? Se trouvait-il dans les parages lui aussi ? *Theo, où es-tu ?*

Theo se baissa, prêt à agir. Il sentit plus qu'il n'entendit l'homme approcher et, du pied, poussa violemment le brancard à l'instant où Preston surgissait en faisant feu au milieu du couloir. L'appareil heurta celui-ci de plein fouet. Pourtant, il le bloqua d'un seul bras sans même ralentir, avant de le repousser de toutes ses forces vers son assaillant.

Theo, plaqué contre le mur sous le choc, se jeta à terre. Tandis que l'autre essayait d'écarter le lit afin de mieux ajuster sa cible, il roula dessous, tira et le toucha à la cuisse gauche. Cela ne suffit toujours pas à freiner Preston, cependant. Son chargeur vide tomba sur le sol. Il en glissait un autre dans son revolver lorsque Theo souleva le brancard avec un cri de rage et, le tenant d'une main, s'en servit comme d'un bélier pour le forcer à reculer. Dans le même temps, il pressa la détente de son glock. La balle traversa le rembourrage du lit qui venait de se détacher et se logea dans l'épaule de Preston au moment où il se retournait.

Le salaud ne cilla même pas. Mais que fallait-il donc pour en venir à bout ? Profitant de ce qu'il battait précipitamment en retraite derrière l'angle du mur, Theo le mit de nouveau en joue. *Clic.* Rien ne se produisit. Il avait épuisé les munitions de ce chargeur. Il prit le deuxième qui lui restait, l'inséra dans le magasin de son revolver. Il se baissait quand Preston ouvrit de nouveau le feu sur lui.

Une balle lui frôla le front. Combien ce type en avait-il encore ? se demanda Theo. Avec un peu de chance, pas plus de deux. Il aurait du mal à s'en sortir, sinon. Une douleur vive lui irradia le bras alors qu'il plongeait de nouveau en avant pour se mettre à l'abri.

Le brancard gisait sur un côté. Il rampa vers lui en remerciant sa bonne étoile.

Preston ne tarda pas à resurgir. Theo lui envoya aussitôt son pied dans le genou mais, cette fois encore, ne réussit pas à le déséquilibrer complètement. L'homme recula juste d'un pas vacillant en tirant un coup dans le plafond.

Les portes à l'angle du mur explosèrent soudain. Preston ne chercha pas à voir qui arrivait. Il se trouvait tout près d'une salle éteinte. Comprenant qu'il était temps de lever le camp, il fonça dans le bloc opératoire avec l'espoir d'y trouver une autre sortie.

Une fois à l'intérieur, il s'arrêta et cligna des yeux dans le noir, attentif au moindre bruit. Puis il s'écarta des portes battantes en direction de Michelle, le canon de son arme pointé devant lui.

Elle l'entendit haleter. Il était trop près. Encore un pas et il la toucherait. Un peu de recul lui aurait été nécessaire pour être sûre de l'assommer proprement, mais elle songea qu'elle risquait de trahir sa présence.

Pourquoi ne bougeait-il pas ? Savait-il qu'elle était là ? Plus qu'un pas…

Il fallait distraire son attention. Quelque chose... n'importe quoi, du moment qu'il se détournait d'elle. Elle pourrait le frapper alors. Willie Nelson vint à son aide. *To All The Girls I've Loved Before...* À l'instant où la chanson commença, Preston pivota brusquement sur ses talons et tira à plusieurs reprises sur le magnétophone. Michelle en profita pour lui porter un coup violent sur la mâchoire avec l'extincteur.

— Allumez ! cria-t-elle tandis que Preston reculait en chancelant dans le couloir.

Elle le suivit et le frappa de nouveau sur la tête. Il sembla avoir son compte cette fois. Il bascula en arrière et s'écrasa contre le mur avec un bruit sourd.

Michelle se figea. Au moment où Preston levait son revolver, Theo bondit devant elle et fit feu sur le malfrat. Puis, sans se retourner, il poussa la jeune femme dans la salle d'opération, à l'abri du danger.

Touché à l'abdomen, Preston tomba à genoux, cependant que Noah arrivait en courant.

— Lâche ton arme, lui ordonna-t-il.

Pour toute réponse, Preston la braqua sur lui. Il n'eut toutefois pas l'occasion de presser la détente. Noah le devança et lui colla une balle dans la tempe. L'homme s'affaissa à terre. Une mare de sang se forma rapidement autour de lui.

Michelle écarta Theo de l'entrée du bloc.

— Il n'y a plus de danger, lança-t-elle. Emmenez le patient en réa.

Theo s'adossa au mur et, lentement, se laissa glisser jusqu'au sol pendant que Noah s'accroupissait près de Preston pour lui ôter son arme.

Tout le monde se mit à crier et à parler en même temps. Les yeux fermés, Theo inspira profondément. Le lit de John Patrick passa à côté de lui en couinant, manœuvré par les infirmières qui contournèrent le mort.

Après avoir retiré ses gants, Michelle s'agenouilla près de lui et inspecta du bout des doigts la plaie qu'il avait sous l'œil.

— Je suis trop vieux pour ça, marmonna-t-il.

— Tout va bien ? s'enquit Noah.

— Oui. Tu as descendu celui que Harris appelait Monk ?

— Non.

— Non ? s'alarma-t-il en essayant de repousser la main de Michelle pour voir Noah.

— Il s'est enfui – sans que je sache comment d'ailleurs –, alors même que je l'avais blessé. Toutes les issues sont bloquées et la police fouille les étages, mais il a décampé depuis longtemps.

— Tu ne peux pas en être sûr.

— Un patient du troisième a aperçu de sa fenêtre un homme qui traversait un parterre de fleurs, plus loin sur la colline. Il était courbé en deux, paraît-il.

— Et John Russell ? Aucune trace de lui ?

— Non.

— Tu as déchiré tes points de suture, intervint alors Michelle.

— Quoi ?

Elle avait prononcé ces mots à voix basse et sur le ton du reproche. Les yeux posés sur Noah, Theo en était à se demander ce qui avait pu laisser autant de traînées blanches sur son visage. Il se tourna alors vers elle et fut surpris de constater que des larmes coulaient sur ses joues. Elle n'était pas si dure que ça, finalement. En tout cas pas avec lui.

— Je ne l'ai pas fait exprès, chérie.

Il voulut essuyer ses larmes, mais elle l'en empêcha.

— Je vais être obligée de te recoudre. (Elle s'agitait comme une alcoolique restée trop longtemps privée de boisson.) Regarde mes mains, elles tremblent.

— Alors on attendra un peu avant que tu t'approches de moi avec une aiguille.

— Tu t'es jeté devant moi pour me protéger. Espèce d'idiot, c'était vraiment héroïque de ta part ! Il aurait pu te tuer.

Il ne la laissa pas le repousser cette fois. Lui encadrant la tête de ses mains, il murmura :

— Je t'aime, moi aussi.

41

Toujours prévoir un plan de secours.

Lorsque deux voitures de police surgirent en trombe sur la voie menant à l'hôpital, gyrophares allumés et sirènes hurlantes, John comprit qu'il était temps de lever le camp. Il se baissa sur son siège – précaution inutile, mais instinctive – et mit le contact. Quelques instants plus tard, une fois les policiers entrés au pas de course dans le bâtiment, il quitta lentement son emplacement en marche arrière puis tourna et s'éloigna du parking.

Il ne se souciait guère de savoir si ses acolytes étaient morts ou non. À quoi bon ? Dans tous les cas, ses projets à lui ne seraient en rien affectés.

À supposer même que la police les arrête et qu'ils avouent tout, il serait trop tard. Et si, par quelque miracle, un ou deux d'entre eux s'échappaient, eh bien ma foi, cela n'avait pas non plus d'importance. Il disposait d'assez de temps pour transférer l'argent du club sur un compte suisse qu'il avait ouvert des années plus tôt. Il avait également pris son ordinateur portable – fait curieux, Dallas ne s'en était pas étonnée –, de sorte qu'il ne lui restait plus qu'à se brancher sur une prise téléphonique et à effectuer quelques opérations pour être tranquille jusqu'à la fin de ses jours.

Une seule chose importait à présent : déguerpir, et vite. La police ne tarderait pas à bloquer l'accès à l'hôpital.

— Mmm, murmura-t-il.

Peut-être une voiture de patrouille se trouvait-elle déjà à la sortie. Il ne pouvait prendre le risque d'être arrêté, décida-t-il. Il recula de nouveau jusqu'au parking, puis emprunta le chemin goudronné réservé aux livreurs en roulant au pas.

Ce fut là qu'il repéra Monk. Celui-ci boitillait en direction de la rue, une main pressée sur son ventre. Était-il blessé ? Il en avait tout l'air.

John se mit à rire. L'occasion était trop belle pour qu'il la laissât passer. Personne en vue. Il n'y aurait donc pas de témoins. Et puis, il devait beaucoup d'argent à l'ancien homme de main du club.

Vas-y, lui cria une voix intérieure. *Fonce !*

Il saisit sa chance. Donnant un brusque coup de volant, il monta sur le trottoir et écrasa l'accélérateur. Monk se retourna lorsqu'il entendit le bruit de la voiture. À la vue de John, il s'arrêta pour l'attendre.

Il croit que je vais le faire monter. John accéléra au fur et à mesure qu'il se rapprochait. L'expression de Monk quand il comprit le danger qui le menaçait fut hilarante. Il sembla carrément scandalisé.

John calcula mal son coup cependant. Pensant que Monk plongerait sur la gauche, il se déporta légèrement afin d'être sûr de bien lui passer sur le corps. L'homme bondit toutefois de l'autre côté, de sorte que la voiture ne fit que l'effleurer.

Il n'osa pas revenir en arrière pour réessayer.

— Tant pis, on fait ce qu'on peut.

Il quitta le trottoir, regagna la chaussée et coupa à travers un quartier délabré avant de rejoindre la rue principale quelques centaines de mètres plus loin. Il eut alors la certitude d'être tiré d'affaire.

Depuis son portable, il appela le pilote qu'il avait engagé des mois auparavant et l'avertit qu'il arriverait à l'aéroport municipal trois quarts d'heure plus tard. Au premier feu, il bifurqua dans la direction opposée à La Nouvelle-Orléans. Jamais il ne remettrait les pieds là-bas, évidemment. Même avec sa nouvelle identité – son passeport était rangé dans la mallette avec son ordinateur –, il savait qu'il ne reviendrait jamais aux États-Unis.

Pas grave, songea-t-il. De toute façon, il avait des millions de dollars pour assurer son bonheur. John n'était pas du genre à jubiler mais, pour une fois, il ne bouda pas son plaisir. Après tout, il avait commis un crime en toute impunité.

42

Michelle finit de rédiger ses instructions puis se rendit en salle de réanimation afin de vérifier l'état de John Patrick . Daryl et Cherry, à qui l'infirmière avait donné l'autorisation d'entrer, se tenaient debout à son chevet, main dans la main. Trop bouleversé pour oser jeter plus qu'un bref coup d'œil à son frère, Elliott était resté dans le couloir.

— Le pire est derrière nous, dit Daryl à Michelle. Vous aussi, vous en avez bavé, ce soir, pas vrai ? La police a bloqué les escaliers et les ascenseurs. On se doutait qu'il y avait du grabuge, mais on n'imaginait pas que c'était aussi grave.

— Je suis contente de ne pas l'avoir su, lança Cherry en se tamponnant le coin des yeux avec un mouchoir.

— On a entendu les coups de feu, comme tout le monde à l'hôpital, mais on était sûrs que vous ne laisseriez rien arriver à John Patrick.

— Le Dr Landusky passera la nuit ici, les informa Michelle. Sauf si vous préférez que je veille votre fils…

— Vous en avez assez fait, l'interrompit Daryl, et je me demande comment on pourra jamais vous remercier. Rentrez chez vous.

Michelle emprunta les escaliers pour aller retrouver Theo aux urgences. La perspective de pouvoir dormir une semaine entière lui paraissait tout simplement merveilleuse. Theo était-il aussi épuisé qu'elle ? Alors qu'elle lui avait déjà recousu son bras, il n'avait pas quitté les urgences et, assis sur une table d'examen, une poche de glace sur le genou, il discutait au téléphone.

Il raccrocha à son arrivée.

— Les inspecteurs Underwood et Basham ont arrêté Cameron Lynch. Il était d'humeur bavarde, ajouta-t-il. Sa première réflexion après qu'ils lui ont lu ses droits a été qu'il n'avait pas l'intention d'écoper de quoi que ce soit pour le meurtre de Catherine. Il l'a qualifié de geste charitable.

— Il justifie ainsi son acte ? s'exclama-t-elle, horrifiée.

— J'ignore quelle histoire il compte nous faire gober. En définitive, c'est l'argent qui le motivait.

Theo attrapa Michelle par la taille et l'attira contre lui. Il éprouvait le besoin de la sentir proche, de la toucher. Au cours de son affrontement avec Preston, il avait bien cru la perdre, et jamais il n'oublierait la terreur qu'il avait ressentie alors.

Il l'embrassa dans le cou. Une infirmière les observait, mais il n'en avait cure. Et à la manière dont Michelle s'appuyait contre lui, il devina qu'elle non plus.

Noah entra alors.

— Qu'avez-vous sur le visage ? lui demanda Michelle.

Il s'approcha du miroir fixé au-dessus du lavabo.

— Des bouts de plâtre et de la poussière, je suppose, répondit-il en ouvrant le robinet et en prenant une serviette.

Theo lui apprit les dernières nouvelles relatives à Cameron pendant qu'il se nettoyait.

— John a déjà vidé le compte du club grâce à son ordinateur.

— Où a-t-il transféré l'argent ?

— On l'ignore encore, mais Underwood a chargé quelques hommes de mener l'enquête. C'est un groupe intéressant, remarqua-t-il.

— Le Club des semeurs ? En quoi quatre tordus peuvent-ils être intéressants ?

Après s'être essuyé, Noah laissa tomber la serviette dans le lavabo, se retourna et, bras croisés, attendit que Theo s'explique.

— Quand John a ouvert le compte du club, il a affirmé à ses amis qu'il leur faudrait se rendre tous les quatre à la banque pour effectuer le moindre retrait. Il s'agissait d'une mesure de précaution, selon lui, mais il mentait. En fait, il les manipulait depuis le début. Dallas, Preston et Cameron ont été stupides de continuer à lui faire confiance après la manière dont il les a bernés pour qu'ils l'aident à se débarrasser de sa femme.

— Pourquoi avait-il besoin d'eux ?

— Dallas servait d'intermédiaire entre lui et Monk. Quant aux deux autres, je m'interroge. Peut-être parce que chacun avait un pied dans un secteur stratégique. Le domaine de John, c'était la finance. Il occupait un double fauteuil d'avocat et de responsable de la gestion des portefeuilles au sein d'une banque. Cameron, lui, utilisait sa société de courtage pour détourner les pensions de retraite de ses clients. Dallas travaillait dans la police et Preston auprès du procureur du comté. Il réglait tous les problèmes juridiques.

» Dallas disait bien la vérité au sujet de Monk. Elle avait constitué un dossier sur lui et sur tous ses crimes, juste au cas où. Underwood l'a récupéré. Il m'a confirmé que Monk avait assassiné une adolescente il y a quelque temps à la demande du père de celle-ci. Vu les preuves, il a envoyé des hommes arrêter le type.

— J'espère qu'il croupira en prison, commenta Michelle.

— Underwood considère que Monk a du style, reprit Theo en posant la poche de glace sur la table derrière lui.

— Qu'entend-il par « style » ? s'étonna Michelle.

Devant la grimace de Theo lorsqu'il souleva sa jambe, elle saisit la poche et la replaça sur son genou.

— Il laisse toujours une rose près de ses victimes, répondit-il. En général sur leur lit, parce qu'il préfère les tuer la nuit.

— Dallas n'avait donc rien inventé.

— Elle était rusée. Elle s'écartait le moins possible de la vérité pour ne pas s'empêtrer dans des mensonges.

— Comment as-tu su qu'elle faisait partie du club ?

— J'ai chargé Noah de se renseigner à son sujet pendant qu'il était à La Nouvelle-Orléans. J'ai trouvé bizarre que le supérieur de Harris refuse de lui dire sur quelle affaire elle travaillait. Noah a l'habitude de traiter avec des inspecteurs peu coopératifs qui détestent que le FBI s'immisce dans leurs enquêtes, alors il a supposé que son chef se montrait volontairement vague. De mon côté, j'ai pensé que le type n'était pas forcément au courant de ce que mijotait Harris, mais je ne me suis pas posé plus de questions. J'ai rangé ça dans un coin de ma tête et je suis passé à autre chose.

— J'aurais dû prendre le temps de discuter avec les autres inspecteurs, s'excusa Noah. Pour voir comment ils la percevaient.

— Ils l'auraient probablement soutenue, objecta Theo. Ils se serrent les coudent entre eux.

— Je ne comprends toujours pas comment tu l'as percée à jour, insista Michelle.

— Grâce à Catherine. Elle était intelligente, alors j'ai fini par deviner pourquoi elle avait tout compliqué. Elle n'a pas enjoint à son avocat de transmettre les fichiers à la police parce qu'elle avait découvert que l'un des membres du Club des semeurs était inspecteur. C'est la même raison qui l'a poussée à en confier une copie à Rosa : elle pouvait compter sur sa gouvernante pour ne pas s'adresser aux autorités. Honnêtement, je me demande ce qu'elle espérait. Peut-être s'imaginait-elle que Rosa posterait les papiers… mystère. (Il bâilla.) Enfin, en procédant par éliminations, j'en ai déduit que Preston ou Dallas était flic. Et puis Harris s'est pointée à l'hôpital avec un blouson alors qu'il faisait une chaleur à crever dehors. Je l'ai vue ouvrir l'étui de son revolver quand elle m'a tourné le dos, mais comme elle gardait l'autre main dans sa poche, j'ai supposé qu'elle portait une autre arme.

— Je paierais cher pour savoir où se cache John Russell, pesta Noah.

— On finira par le coincer, le rassura Theo, avant de bâiller une nouvelle fois. Rentrons maintenant.

— Je suis prête, fit Michelle.

— Noah dormira dans ta chambre d'amis. Simple précaution.

— Tu crois que John ou Monk…

— Non, la coupa-t-il, mais je me sentirai plus tranquille, et toi aussi.

Tandis qu'ils se dirigeaient vers la sortie, Theo passa un bras autour des épaules de Michelle.

— Il faut que je m'arrête au motel pour prendre quelques affaires, les prévint Noah. Comment va le gamin, Mike ? Donnez-moi des bonnes nouvelles.

— Il s'en sortira. La blessure n'était pas aussi grave qu'elle le paraissait.

— Tu te reproches encore de ne pas avoir stoppé Monk dans sa fuite, Noah ? s'enquit Theo.

— Je ne pouvais pas être à deux endroits à la fois. Il fallait que je revienne sauver tes fesses, et la police avait déjà investi les escaliers. Je pensais qu'ils l'arrêteraient.

— C'est moi qui ai sauvé tes fesses, corrigea Theo.

— Ben voyons. Où sont mes clés de voiture ?

— Je les ai laissées dedans.

— Noah, comment pouvez-vous être sûr d'avoir blessé Monk ? demanda Michelle. Vous l'avez vu tomber ?

— Non, mais il y avait du sang sur la porte et les marches. J'ai dû le toucher à la hanche ou sur le côté. Enfin, ça ne l'a pas empêché de monter jusqu'au toit, de le traverser et de redescendre par l'escalier de secours. (Il se tourna, prêt à partir.) À tout à l'heure.

— Vous voulez bien attendre une minute ? Je ne suis pas certaine de réussir à démarrer.

Michelle se félicita de son initiative car Noah dut en effet manipuler les fils de contact du pick-up pour le mettre en route. Theo insista pour conduire et ne sembla pas éprouver la moindre difficulté à actionner la pédale d'embrayage avec sa jambe droite.

— Je vais dormir jusqu'à midi, déclara-t-elle.

— Impossible. Il faut que tu te lèves pour aller pêcher.

— Je veux rester chez moi, grogna-t-elle.

— Tu dois m'accompagner. Tu es ma coéquipière.

— Rappelle-toi que nous n'avons pas de bateau. Le mien est enfoui quelque part dans la végétation et nous n'avons aucune chance de remporter le tournoi sans embarcation. Les endroits les plus poissonneux se trouvent au cœur du marais.

— Ton père a demandé à John Paul de nous prêter l'un des siens. Il est déjà amarré derrière le Swan.

La nouvelle ne fut pas du goût de Michelle.

— Je préférerais rester au lit, mais je te laisse décider. Tu me tiens compagnie, après tout. (Elle se rapprocha, posa la main sur sa cuisse et s'efforça de prendre une voix sensuelle.) Je ferai tout ce que tu veux.

— Quel dilemme, plaisanta-t-il. Voyons, je peux donc soit me lever avant l'aube – chose que j'adore – et passer la journée assis dans un bateau à redouter que des serpents me tombent sur la tête, à transpirer à grosses gouttes et à chasser les moustiques, soit…

— Oui ? s'enquit-elle, le sourire aux lèvres à présent.

— Soit paresser au lit toute la journée avec une belle femme nue. Oui, le choix s'annonce vraiment difficile.

— Qui a dit que je serais nue ?

Il lui jeta un regard qui lui fit battre le cœur.

— Chérie, la question ne se pose même pas.

— Oh.

— Tu rougis. Après tout ce qu'on a...

— Je me souviens de ce qu'on a fait, le coupa-t-elle en lui fermant la bouche d'une main. (Elle s'aperçut alors qu'il avait pris une mauvaise direction.) Où vas-tu ?

— Au McDo. Je meurs de faim.

— Mais il y a largement de quoi manger à la maison.

— Un cheeseburger m'aidera à tenir jusque-là.

— Très bien, pas de problème.

Une minute plus tard, il comprit pourquoi elle se montrait soudain si conciliante. Elle savait que le McDonald's était fermé. Le temps qu'ils arrivent chez elle, Theo avait trop hâte de la déshabiller pour songer à manger. Michelle souhaita prendre une douche, à quoi il ne vit aucun inconvénient dès lors qu'elle l'autorisait à y participer.

Ils s'écroulèrent ensuite sur le lit pour faire de nouveau l'amour. Puis, allongé sur elle, il lui maintint fermement les mains au-dessus de la tête et lui avoua tous les sentiments qu'il brûlait de lui avouer et qu'elle rêvait d'entendre.

Vint alors le tour de Michelle.

— Dis-le, murmura-t-il.

Elle tenait cependant à rester pragmatique.

— Quand tu retourneras chez toi et que tu retrouveras ta routine...

— Dis-le.

— Tu considéreras ce qui s'est passé comme une... banale aventure.

— Allons-nous avoir notre première dispute ?

— Non, je veux juste...

— Dis-le.

Les larmes lui montèrent aux yeux.

— On ne se connaît que depuis...

— Dis-le.

— Je t'aime, murmura-t-elle.

De joie, il l'embrassa, avant de rouler sur le côté et de la serrer contre lui. Elle se mit à pleurer, mais il savait pourquoi. Elle pensait qu'il regagnerait Boston et reprendrait sa vie là-bas... sans elle.

Theo se serait énervé s'il n'avait pas gardé en mémoire que la femme qu'il aimait ignorait tout des hommes. Il attendit qu'elle se calme et que ses pleurs cèdent la place à des hoquets.

— Je suis sorti avec Rebecca pendant un an avant qu'elle emménage chez moi, lui confessa-t-il en lui caressant le dos. Après, on a vécu ensemble pendant une autre année avant de se marier, et tu veux que je te dise ?

Elle leva la tête afin de le regarder.

— Quoi ?

— Je ne la connaissais pas aussi bien que je te connais déjà. La vie est trop courte, Michelle. Je veux la passer avec toi. Je veux vieillir à tes côtés.

Elle avait désespérément envie de le croire. Pourtant, sans mettre en cause sa sincérité, elle restait persuadée que, une fois qu'il aurait retrouvé son travail, ses amis et sa famille, il prendrait conscience que sa place était là-bas.

— Épouse-moi, Michelle.

— Il faut que tu rentres à Boston. Si tes sentiments n'ont pas changé d'ici six mois, alors redemande-le-moi.

— Je ne peux pas rester éloigné de toi aussi longtemps.

— Sois raisonnable. Six mois, répéta-t-elle.

Il la repoussa sur le dos et roula sur elle. Dieu, qu'il l'aimait. Même quand elle était aussi têtue.

Il cessa d'argumenter et, ayant pour l'heure d'autres idées en tête, commença à l'embrasser en même temps qu'il lui écartait les jambes.

— Tu as gagné, chérie. Six mois.

43

Il tint bon trois longues et déprimantes semaines.

Puis il appela une société de déménagement, mit ses bateaux en vente, chargea le coffre de sa voiture et roula jusqu'à Bowen. Il s'arrêta en premier lieu au Swan, où, après l'avoir salué, il demanda officiellement à Jake la main de sa fille.

Après quoi, il rentra à la maison. Chez Michelle. Il frappa à la porte et, lorsqu'elle lui ouvrit, la serra dans ses bras en lui expliquant, d'un ton qui n'admettait pas de réplique, qu'il ne comptait pas rester séparé de la femme qu'il aimait durant six mois. Il n'avait pas la moindre intention de repartir, et elle allait devoir s'en accommoder.

Trop occupée à essayer de l'embrasser, Michelle ne souleva aucune objection. Theo n'en continua pas moins sur sa lancée : il projetait d'ouvrir un cabinet à Bowen, histoire de concurrencer les avocats véreux de St Claire, tout en travaillant un ou deux jours par semaine à La Nouvelle-Orléans pour le ministère de la Justice – qui n'allait en effet pas le laisser partir comme ça. Il l'informa également qu'il avait assez d'argent pour leur permettre de vivre tous les deux à l'abri du besoin.

Il pouvait d'ores et déjà prendre sa retraite, d'ailleurs, grâce à sa sœur Jordan. Sa famille et lui avaient investi dans sa société, laquelle leur avait rapporté une jolie fortune. Dernière chose, ajouta-t-il, il avait aussi appelé Conrad afin de le prévenir qu'il acceptait le poste d'entraîneur.

Il conclut en l'embrassant et en lui répétant combien il l'aimait.

— Je suis venu à Bowen chercher ce que j'avais perdu. Je voulais retrouver cette passion et cette énergie. Maintenant, je me sens vraiment exister. Ma vie est ici, avec toi, Michelle. Je suis rentré.

— Je t'aime, Theo, répondit-elle, en larmes.

Il la serra fort.

— Si jamais tu oses encore me renvoyer, je te jure de commettre un acte si embarrassant que tu en rougiras toute ta vie. Les habitants de Bowen en parleront à nos petits-enfants.

— Je suis médecin, lui rappela-t-elle. Rien ne peut m'embarrasser.

— Ah oui ? Alors si j'essaie de te joindre à l'hôpital pendant ta tournée des chambres, tu ne seras pas gênée d'entendre la standardiste appeler le Dr Je-sais-tout ?

Elle recula pour le regarder dans les yeux.

— Tu n'oserais pas...

— On parie ?

— Je ne te renverrai plus jamais. Promis.

Il se détendit enfin.

— J'aimerais que tu m'accompagnes au mariage de mon frère le week-end prochain. Cela se passera dans l'Iowa. Je veux que tu rencontres ma famille, et elle sera réunie au grand complet. D'accord, chérie ?

— Theo, tu es sûr...

— Tout à fait, la coupa-t-il avec emphase. Landusky peut te remplacer, non ? Ton père m'a dit que tu n'avais toujours pas pris de vacances.

— Mon père ? Quand lui as-tu parlé ?

— Je suis passé au Swan en arrivant. Michelle, veux-tu m'épouser ?

— Oui.

Ce fut aussi simple que ça. Elle éprouva un tel bonheur qu'elle se mit à pleurer.

— Je lui ai demandé ta main.

— C'est très délicat de ta part.

— Il a pleuré.

Michelle eut de nouveau les larmes aux yeux, jusqu'à ce que Theo la fasse rire.

— John Paul aussi a pleuré.

— Il finira par t'accepter.

— La ville entière va fêter la nouvelle. Ils essayaient tous de t'aider à trouver un mari.

— Quoi ?

— Voilà pourquoi il n'y avait pas de cartes avec des mots de bienvenue sur les plats, lui expliqua-t-il en souriant. Comment n'y as-tu pas pensé ? Tout le monde savait qu'on était faits l'un pour l'autre, sauf toi.

Avant qu'elle ait pu se formaliser d'un tel complot, il l'embrassa une nouvelle fois. Puis il jeta un œil à sa montre.

— Je dois y aller, chérie. Je n'ai pas envie d'arriver en retard à l'entraînement.

Après l'avoir regardé s'éloigner, elle soupira. Il lui fallait organiser un mariage. Elle réfléchit à tous les préparatifs qui l'attendaient et décida que, si elle se dépêchait, six mois devraient lui suffire. Oui, c'était jouable. Six mois.

Trois mois plus tard, ils étaient mariés.

Si la cérémonie fut élégante, la réception, elle, s'apparenta davantage à une orgie. Les frères de Michelle, Remy et John Paul, ainsi que les sœurs de Theo, Jordan et Sydney, tinrent respectivement les rôles de garçons et demoiselles d'honneur – ces dernières avec Mary Ann à leur tête. Nick, quant à lui, porta les alliances.

Rayonnante de joie, mais aussi très nerveuse, la mariée remonta l'allée centrale de l'église au bras de son père. Ce ne fut que lorsque le marié s'avança, irrésistible dans son costume, et lui adressa un clin d'œil qu'elle commença à se détendre.

Big Daddy avait souhaité louer une luxueuse salle de bal dans l'un des grands hôtels de La Nouvelle-Orléans, mais Theo et Michelle s'y étaient opposés. Ils tenaient à ce que la réception ait lieu au Swan.

Devant leur refus de tout compromis, Jake avait capitulé et décidé à la place d'utiliser une petite partie de l'argent que lui avait légué Catherine pour redonner un peu d'éclat à son bar. S'il ne toucha pas au flamant rose sur le toit – il lui semblait que son aile de guingois conférait un charme supplémentaire au Swan –, il fit en revanche goudronner le parking et loua une grande tente blanche qu'il remplit de fleurs et de tables couvertes de nappes blanches.

Il engagea également un orchestre, mais à la dernière minute, le plus jeune frère de Theo, Zachary, dut remplacer le batteur, Elton Spinner. Ce dernier avait en effet filé dès qu'il avait appris combien de représentants de la loi seraient présents. Il semblait qu'Elton avait toujours un mandat d'arrêt lancé contre lui.

Theo et Nick observaient Michelle, qui dansait avec leur père. Laurant, la femme de Nick, avait pris le petit John Patrick pour cavalier ; Noah et Mary Ann, collés l'un à l'autre, évoluaient sur la piste au rythme de la musique, tandis que Big Daddy entraînait la mère de Theo dans une série de pas endiablés.

— Des nouvelles de John Russell ? s'enquit Nick. Ou de Monk ? Noah m'a dit qu'ils suivaient toutes les pistes...

— L'étau se resserre. Ils ne tarderont pas à être arrêtés.

— Quel optimisme !

— Hé, c'est mon mariage aujourd'hui. J'ai le droit d'être optimiste.

Nick passa à un sujet plus agréable.

— Noah et Jake ont gagné le tournoi ?

— Oui. Ils ont reversé l'argent à l'équipe de foot. Tous les joueurs ont maintenant de nouveaux crampons et Jake réfléchit au moyen d'inscrire le nom du Swan sur leurs chaussures pour faire un peu de publicité à son bar.

— Donc, tu es maintenant entraîneur de foot en plus de tout le reste ?

Theo ne parvenait pas à quitter sa jolie femme des yeux.

— Eh oui. Va comprendre.

Nick éclata de rire.

— Ce sera sympa d'avoir un médecin dans la famille. Allez, raconte, fit-il en lui donnant un coup de coude pour attirer son attention.

— Quoi ?

— Comment ça s'est passé ?

— De quoi parles-tu ?

— Comment en es-tu arrivé à devenir entraîneur ?

Theo sourit.

— Il y avait un gamin...

44

Encore une nuit de rêve au paradis. L'air était vif et pur, et le ciel constellé d'étoiles qui brillaient au-dessus de la ville dorée.

Habillé d'une robe de chambre en soie et de chaussons en daim, John contemplait la vue qu'offrait la terrasse de son immense appartement. La vie n'avait jamais été aussi belle. Un verre en cristal à la main, il but une gorgée de cognac et soupira d'aise, enveloppé des douces senteurs de la nuit.

L'utopie était devenue réalité. Il avait une nouvelle vie, une nouvelle identité, et tant d'argent qu'il n'aurait jamais à entamer son capital. Les intérêts seuls lui permettaient de ne se priver de rien. En soi, cette pensée lui procurait plus de plaisir encore que le décor qui l'entourait.

À un froissement derrière lui, il devina que la fille se rhabillait. Elle prononça son nom, mais il ne se retourna qu'au moment où elle lui envoya un baiser et sortit. Celle-là, pensa-t-il, avait surpassé toutes les autres. Il savait qu'il remettrait ça avec elle. Elle se montrait si imaginative au lit, si totalement dépourvue d'inhibitions. Peut-être lui téléphonerait-il le lendemain. Mais il se souvint alors de la blonde avec qui il avait prévu de s'amuser. Quel était son nom déjà ? Pas moyen de se le rappeler. Elle l'avait intrigué cependant. Quelque chose en elle lui évoquait Dallas, et peut-être était-ce la raison pour laquelle il avait envie d'elle. En souvenir du passé. Le Club des semeurs. Tout cela lui semblait remonter à une éternité, alors qu'il n'y avait guère plus de six mois qu'il était monté à bord de son avion. Dallas et Preston étaient morts – il l'avait lu dans le journal. Il se surprenait souvent à s'interroger sur leurs derniers instants. Était-ce Buchanan qui les avait tués, ou bien l'autre ? Comment s'appelait-il ? Clayborne. Oui, voilà.

Quelle ironie du sort, songea-t-il, que Cameron, le maillon faible du club, ait survécu. Pauvre Cameron. John connaissait sa claustrophobie. Goûtait-il les joies de la vie en prison ? se demanda-t-il. Puis il sourit. Avait-il déjà craqué ?

Monk était probablement mort. John avait remarqué le sang sur sa chemise et était sûr qu'il n'avait pas pris le risque d'aller se faire soigner. L'homme avait dû ramper dans un trou comme un animal blessé et agoniser là.

John termina son cognac et reposa le verre sur la table avant de traverser le salon et le couloir en bâillant. Ses ébats l'avaient épuisé. Le lendemain serait une grosse journée – il voulait se lever tôt afin d'être sur son yacht avant neuf heures. Les dernières affaires nécessaires à sa croisière attendraient le matin pour être emballées.

Il ouvrit la porte de sa chambre, entra et alluma. Le parfum de la fille embaumait l'air. Il sourit de nouveau. Non, la vie n'avait jamais été aussi belle.

Se tournant vers le lit, il s'étira paresseusement, puis dénoua sa robe de chambre. Il s'avança alors d'un pas, mais eut presque aussitôt un brusque mouvement de recul.

— Non ! s'écria-t-il. Non !

Sur les draps en satin, au milieu du lit, reposait une longue rose rouge.

Achevé d'imprimer sur les presses de

BUSSIÈRE

GROUPE CPI

à Saint-Amand-Montrond (Cher)
en décembre 2004
pour les Éditions Belfond
12, avenue d'Italie
75013 Paris

Composé par Nord Compo
à Villeneuve-d'Ascq

N° d'édition : 3947. — N° d'impression : 045131/1.
Dépôt légal : décembre 2004.

Imprimé en France